KICK OFF

FÜNF LADIES AUF ABWEGEN

Krimikomödie

von

Jo Berger

1. Auflage
Taschenbuchausgabe März 2017

Lektorat: Korrektorat: Susanne Pavlovic
Korrektorat: Sabine Maria Steck
Umschlaggestaltung:
Catrin Sommer, www.rausch-gold.com
Unter Verwendung von:
shutterstock_325515338, shutterstock_ostill_126629654,
Fotolia_ majivecka_63926760

Jo Berger
c/o Papyrus Autoren-Club
Pettenkoferstr. 16-18
10247 Berlin
kontakt@jo-berger.com
www.jo-berger.com

ISBN: 978-9463429856
Herstellung und Verlag: Bookmundo

KICK OFF

FÜNF LADIES AUF ABWEGEN

JO BERGER

DIE AUTORIN

Jo Berger lebt mit ihrem Mann und einer Tochter in der Metropolregion Rhein-Neckar. Seit 2016 schreibt sie hauptberuflich Liebesromane, Krimikomödien mit einem Hauch Lovestory und amüsante Kurztexte aus dem Frauenalltag. Seit 2015 tritt sie als Mitorganisatorin des in 2015 gegründeten Unternehmens »Das Autorensofa - triff Deinen Autor« in Erscheinung. (www.das-Autorensofa.de)

Die Leser lieben ihren Witz, der in keinem Roman fehlt. Denn wenn Jo Berger zu ihrer Feder greift, dann meist mit viel Humor und Herz. In ihren Romanen geht es um die ganz große Liebe, um Lebenslust, Glück und große Gefühle. Es geht um Frauen in den Achterbahnen des Lebens, um Traummänner, beste Freundinnen und Lebensträume. Natürlich immer mit Happy End.

In jedem Fall ist Ihnen garantiert: Lachen, weinen und seufzen, wunderbare Bilder im Kopf und große Gefühle. Ganz einfach Bücher, die sich wie gute Kinofilme vor dem inneren Auge abspielen und ein gutes Gefühl hinterlassen.

– 1 –

Carla Benedikt stand mit dem Rücken zum Salat.

Einmal ist keinmal, dachte sie, griff nach einer in Folie eingeschweißten Mozzarella-Pizza und studierte stirnrunzelnd die Zutaten auf der Rückseite. Dieser verkorkste Tag in der Bank musste irgendwie kompensiert werden. Allerdings hatte sie weder Lust auf Kommunikation – davon hatte sie in der Firma mehr als genug –, noch auf Sport oder Spaziergänge in strömendem Regen. Gut, es war immerhin warmer Regen, der Juni gab alles, leider auch alles, was er aus der dichten Wolkendecke quetschen konnte.

»Tun Sie sich das nicht an, Kindchen«, sagte plötzlich eine vertraute Stimme neben ihr. »Es gibt bessere Optionen, sich zu ernähren.«

»Herr Jörgensen …« Carla zuckte zusammen und legte hastig die Pizza zurück. »Na, das ist ja eine Überraschung. Wie geht es Ihnen?«

Sie hätte ihren ehemaligen Vorgesetzten beinahe nicht wiedererkannt. Er wirkte verwahrlost und ungepflegt und konnte in der Aufmachung bedenkenlos als Bettler durchgehen. Und das bei der gigantischen Abfindungssumme, die er erhalten hatte. Sie runzelte die Stirn. Hätte er mit einem Hut vor seinen Füßen vor dem Supermarkt gesessen, sie hätte ihm ein paar Münzen hineingeworfen.

»Wie soll es einem schon gehen, wenn man wenige Jahre vor der Rente abserviert wird? Mich stellt ja keiner mehr ein.« Er fuhr sich mit der Hand durch das schüttere Haar und seufzte, als ob ihn diese Worte übermenschliche Kraft kosteten.

Im Gegensatz zu früher waren seine Augen ohne jeden Glanz. Statt des gewohnten Designeranzugs trug er eine verschlissene Hose und ein blaues, zerknittertes Hemd mit Schmutzrändern am Kragen.

Carla registrierte, wie seine Hand leicht zitterte, und sie hatte das Bedürfnis, ihn zusätzlich abstützen zu müssen. Kein Zweifel, Jörgensen hatte sich aufgegeben. Sie verfluchte dieses Sanister-Syndikat, wie sie die Bande von Unternehmern nannte, die ihm seinen Lebensinhalt genommen hatte.

»Aber Sie haben doch eine nicht unerhebliche Abfindung erhalten, Herr Jörgensen. Warum sehen Sie sich nicht die Welt an? Jetzt haben Sie doch die Möglichkeit, alles das zu tun, was Sie schon immer tun wollten.«

Er lächelte wehmütig. »Einen alten Baum verpflanzt man nicht mehr. Was soll ich in der Welt? Meine Familie war die Bank. Sonst habe ich ja … aber Sie, liebe Carla, Sie sind noch jung.« Er hob den Zeigefinger und blickte sie eindringlich an. »Die werden versuchen, Sie zu formen. Besser, Sie sehen sich nach einem neuen Arbeitgeber um. Gute Kreditfachleute werden immer gesucht, die Zinsen sind niedrig, die Leute wollen Kredite. Ach …«, winkte er resigniert ab und Carla bemerkte, wie sich in seine zuvor blasse Gesichtsfarbe jetzt eine ungesunde Röte mischte und er sich am Regal abstützte. »Diesen Schurken gehört … gehört …«

»Ist mit Ihnen alles in Ordnung Herr Jörgensen? Wollen Sie sich setzen?«

»Nein, nein, es geht schon. Ich habe … heute nur noch nichts gegessen.« Er sah sie ernst an und hob den Zeigefinger. »Denen gehört ein für alle Mal das Handwerk gelegt, bevor sie noch mehr Exis… noch mehr Exis…«

Plötzlich fasste er sich an die Brust.

»Herr Jörgensen!« Carla griff erschrocken nach seinem Arm. »Sie sollten sich wirklich einen Moment hinsetzen, Sie …«

Dann ging alles sehr schnell. Jörgensen warf ihr einen langen Blick zu, in dem große Überraschung, aber auch ein Funken Zufriedenheit stand. Noch im Fallen fegte seine Hand einige Packungen Cheeseburger aus dem Regal, bevor er an Carla vorbei mit dem Gesicht nach unten auf den Steinboden klatschte.

Keine fünfzehn Minuten später trafen die Sanitäter ein, konnten jedoch nur noch den Tod des Mannes feststellen. Der lag mittlerweile in der stabilen Seitenlage und mit einem Lächeln im Gesicht zwischen Fast Food und Salatbar, während seine Körpertemperatur sich allmählich der Kühle der Bodenfliesen anpasste. Eilig schaffte man ihn fort.

Die Menge zerstreute sich teils aufgeregt plappernd, teils ergriffen schweigend, und eine Ladenhilfskraft räumte die Cheeseburger ins Regal zurück.

~ 2 ~

Zwei Monate später

»Stell ihn dir einfach in Unterhosen vor.« Kim schlug Carla auf die Schulter. »Dieser Sack kriegt irgendwann genau das, was er verdient, glaub mir.«

Carla nickte entschlossen, holte tief Luft und klopfte an die schwere, mit Leder bezogene Tür des Chefbüros. Am liebsten hätte sie umgedreht. Dieser Bluthund könnte sie glatt dazu bringen, ihre Fassung zu verlieren. Aber Termin war Termin, wenn auch kurzfristig. Sei´s drum.

Also in Unterhosen vorstellen. Gut. Am besten mit Totenköpfen.

Energisch und mit erhobenem Kinn trat sie ins Zimmer.

»Sie sind fünf Minuten zu spät, Frau Benedikt. Wir sind hier eine andere Arbeitsweise gewohnt.« Dr. Mensinger sah erst auf seine Armbanduhr und bedachte Carla anschließend mit einem durchdringenden Blick aus eisgrauen Augen.

Carla fühlte sich sofort nackt. Spontan überfiel sie das Bedürfnis, ihr Kostüm glatt zu streichen und den wadenlangen Rock über die Knöchel zu zupfen, sie verkniff sich jedoch jede Impulsivität. Sie empfand es als Unverschämtheit, dass Frauen sich im Geschäftsleben mit dem Erscheinungsbild herumschlagen mussten, um fürs Erste auf Augenhöhe mit männliche Kollegen gehoben zu werden. Sie erinnerte sich an die scharfe Kritik zu Angela Merkels Frisur, wohingegen ihr Vize so viel Wampe vor sich herschieben durfte, wie er wollte, ohne dass seine politische Befähigung angezweifelt wurde. Mächtiger als das Gefühl der Hilflosigkeit war jedoch der Drang, ihm die Aufzeichnungen in ihrer Hand mit der gleichen Wertschätzung, die er seinen Mitarbeitern zuteilwerden ließ, genussvoll zwischen die schmalen Lippen zu schieben.

Am Ende beschränkte sie sich auf ein diszipliniertes Nicken. »Mir fehlte noch eine Information, Herr Mensinger. Nebenbei, Sie wollten sehr kurzfristig eine aussagekräftige Grafik dazu, wenn ich Sie daran erinnern darf.« Sie trat einen Schritt vor und zog sich den Stuhl heran. An dem Besprechungstisch, der ellipsenförmig in den Raum strebte und nahtlos in Mensingers Schreibtisch überging, fühlte Carla sich wie eine Ameise am Rand eines schwarzglänzenden Plateaus. Nur nicht Bange machen lassen. Carla reckte ihr Kinn vor.

»Im Übrigen, Herr Mensinger,« sie blickte ihn kühl an, »bin ich bereits seit zwölf Jahren bei der Elanbank beschäftigt. Bislang war man mit meiner Arbeitsweise äußerst zufrieden.«

Ha, das hatte sein Ziel nicht verfehlt. Da musste schon was anderes kommen als so eine Gesäßtasche.

»Sanister, Frau Benedikt, Sanister Bank. Elanbank war gestern. Und es heißt Dr. Mensinger.« Er fuhr sich mit einem Kamm durch das gescheitelte Haar, und sie wunderte sich, dass sich die offensichtlich mit Unmengen von Gel fixierte Matte überhaupt durchkämmen ließ. Auffordernd blickte er sie an, verzog sein Gesicht zu einem misslungenen Lächeln und steckte den Kamm in die Anzugtasche zurück. Der Typ widerte sie mit jeder Pore seines schmierigen Daseins an.

Sie beobachtete mit regungsloser Miene, wie er mit großspuriger Geste einen zusammengeknüllten Zettel Richtung Papierkorb warf - und ihn verfehlte. Das Knäuel landete weit daneben. Carlas Mundwinkel zuckten.

»Herrje«, fuhr er sie an, »gaffen Sie nicht so unnütz in der Gegend rum, sondern zeigen Sie mir den Beschlussantrag für die Geschäftsleitung. Der muss heute noch raus.«

»Aber gerne doch, Herr Mensinger.« Sie schob ihm die Unterlagen über den Tisch, schlug die Beine übereinander und registrierte, wie er sich selbstgefällig mit der Hand über die Haare fuhr. Sein Blick wanderte auf ihre Knie, blieb einen Moment dort, dann schnappte er sich die Unterlagen und überflog sie hastig.

»Wann lernen Sie es eigentlich?«, begann er übertrieben freundlich und tippte mit dem Finger auf das Papier. »Hier, liebe Frau Benedikt, die Schriftgröße ist falsch. Arial elf muss es sein, nicht zwölf. Lesen Sie denn Ihre Mails nicht? Haben Sie zu viel zu tun?«

Bitte? Da hörte sich doch alles auf. Carla öffnete den Mund zu einer Erwiderung, doch der Schmierlappen kam ihr zuvor.

»Machen Sie das noch mal, aber diesmal richtig«, fuhr er fort. »Ach ja, und bei der Balkengrafik hätte ich gerne den Farbverlauf in unseren neuen CI-Farbtönen, klar? Ich erwarte es dann nach der Mittagspause als Datei. Sie brauchen Ihren hübschen Hintern somit heute nicht mehr in mein Büro zu bemühen.«

Unter Carlas beherrschter Oberfläche brodelte es. Auf keinen Fall durfte sie sich das anmerken lassen. Also versuchte sie, zu lächeln, merkte jedoch, dass sie dabei höchster Wahrscheinlichkeit nach mehr Ekel als Freundlichkeit ausstrahlte. »Herr Mensinger, eine solche Anweisung …«

»Arial elf. Verstanden? Zwölf war gestern. Im Übrigen genauso wie die Elanbank, Frau Benedikt. Danke.« Damit lehnte er sich zurück, faltete die Hände im Schoß und sah sie arrogant an. Gerade so, als genieße er ihre zugegebenermaßen etwas verblüffte Reaktion.

Erst jetzt bemerkte sie, dass sie ihn mit aufgeklapptem Mund anstarrte. Abrupt stand sie auf, griff sich die Unterlagen und verließ gefasst und kerzengerade das Büro.

Es war kurz vor zwölf Uhr mittags. Gleich würde die Bankzentrale am Berliner Tiergarten für zwei Stunden schließen. Außerhalb des klimatisierten Gebäudes stülpte sich die schwülwarme Hitze wie eine Glocke über die Stadt. Wer sich im Freien aufhielt, suchte Schatten oder die erfrischende Kühle eines Sees.

Carla hatte weder das eine noch das andere. Sie ließ sich auf ihren Schreibtischstuhl fallen und unterdrückte einen Wutschrei. Arial elf! Lächerlich! Nicht nur, dass ihr neuer Chef sie ständig in sein Büro rief, auch den Job der Abteilungsleitung hatte ihr das promovierte Arschloch in Arial siebzig vor der Nase weggeschnappt.

Gerade schlug sie erbost mit der Hand auf die Schreibtischplatte, als Susann Becker vorsichtig den Kopf zur Tür herein streckte. »Entschuldigung, ich wollte nur schnell *Hallo* sagen.« Sie blickte sehnsuchtsvoll über Carla hinweg zum Fenster. »Hach, du hast es gut. Meinst du, ich bekomme auch mal so ein tolles Büro?« Sie hielt inne. »Oh je, du warst beim Chef, richtig? Blöder Zeitpunkt? Blöder Zeitpunkt! Es ist doch alles in Ordnung?«

Carla nickte zu allen Punkten. »Was glaubst du? Der Typ hat keine Ahnung von nichts, aber immer eine feste Meinung dazu. Und wahrscheinlich mehr als das Doppelte auf dem Konto.«

»Klingt nicht gut. Mittagessen heute? Oder eher nicht? Oh Verzeihung, ich glaube, du steckst bis über beide Ohren in Arbeit.«

»Stimmt, geht heute leider nicht, ich muss Diagramme anmalen. Und entschuldige dich nicht dafür. Du hast ja nur gefragt.«

»Oh. Ja. Klar. Entschuldige. Wäre keine gute Idee, dir viel Spaß zu wünschen, oder?«

Statt einer Antwort schüttelte Carla lächelnd den Kopf und zeigte mit dem Finger an Susann vorbei. »An deinem Schalter steht ein Kunde. Beeil dich, bevor der Zorn der alten Gamberling über dich kommt.«

Gehetzt blickte Susann über die Schulter, zog wie zum Schutz die Schultern hoch, als könnte ihre Chefin sie beobachten - und vielleicht tat sie das ja auch -, winkte Carla unbeholfen zu und stakste, so schnell es ihre hohen Pumps zuließen, an ihren Arbeitsplatz zurück.

Carla stand auf und schloss die Tür. Man sollte sie heute besser in Ruhe lassen. Sie haderte mit der Entwicklung. Jetzt war sie dreiunddreißig und immer noch keinen Schritt weiter. Seit der Übernahme durch die Sanister Bank AG trieb eine neue Führungsmannschaft ihr Unwesen, und die Aussicht auf die Abteilungsleitung war für Carla in unerreichbare Ferne gerückt.

Der arme Herr Jörgensen … Sie hatte ihn gemocht.

Sie lehnte sich zurück und starrte auf das Bild an der Wand gegenüber. Es zeigte das Chrysler Building in New York. Irgendein Berliner Künstler hatte es gemalt.

Sie sollte arbeiten, nicht Bilder anstarren.

Ihr Pflichtgefühl fräste sich dröhnend ein Loch in ihr Bewusstsein. Sie ignorierte es, denn aktuell strebte Carla dringend ein Bad in Selbstmitleid an. Nur fünf Minuten. Was gäbe sie dafür, ihre Zehen in den Sand irgendeines Südseestrandes zu stecken, am besten den Kopf gleich mit.

Es half alles nichts, auf dem Schreibtisch lag eine unbearbeitete Akte und seit Neuestem musste sie für jeden Kreditantrag ein aufwendiges Genehmigungsverfahren anstoßen. In Arial elf. Das und die Tatsache, dass an ihrer Hand etwas Vertrautes fehlte, nahmen ihr den Appetit. Sie hatte nicht einmal Lust, den Pizzaservice zu bemühen, obwohl sie Lucy gerne mal wiedersehen würde. Carla kaute auf dem Kugelschreiber herum und dachte darüber nach, nach Dienstschluss auf ein Gläschen bei Lucy vorbeizuschauen. Oder eher doch morgen, sie wollte sich noch Arbeit mit nach Hause nehmen. Essen konnte sie irgendwann. Das wurde sowieso überbewertet, genau wie Schlaf oder Sex. Oder wie die Wahrscheinlichkeitsquote von Beziehungen, die länger als drei Jahre Bestand hatten.

Wie auf ein Zeichen klingelte das Telefon.

»Ich bin es. Hallo. Mein Ladekabel müsste noch bei dir liegen. Kann ich es heute Abend abholen?«

»Dir auch einen schönen Tag.« Der hatte ihr gerade noch gefehlt. »Und wo soll sich das versteckt haben? Ich habe keines gesehen.«

Sie hörte es klackern und sah Oliver förmlich vor sich, wie er den Hörer zwischen Schulter und Kinn geklemmt hatte und auf seine Tastatur einhämmerte. »Du bist aber patzig heute.«

Einen Moment fehlten ihr die Worte, im nächsten hätte sie am liebsten aufgelegt oder ihn angebrüllt, besann sich jedoch anders. In diesem Moment wurde ihr klar, dass sie ihn definitiv nicht mehr zurückwollte.

»Was heißt denn *heute*? Wenn ich mich erinnere, haben wir vor vier Wochen das letzte Mal miteinander gesprochen. Im Übrigen solltest du dein Ladekabel gegebenenfalls im Ausschnitt meiner Nachfolgerin suchen, bei mir liegt es jedenfalls nicht.« Zum Teufel mit der Zurückhaltung, der hatte vielleicht Nerven, sie anzurufen. Noch dazu aus solch einem banalen Grund.

Das Klackern am anderen Ende der Leitung hörte auf. »Das war jetzt nicht nett, Carla.«

»Ach ja? Und was du getan hast, war das etwa die feine Art?«

Stirnrunzelnd betrachtete sie den hellen Streifen an ihrem Ringfinger. Schade um den Ring, er hatte ihr gefallen. Den Mann dazu hatte sie fast drei Jahre geliebt, die letzten drei Monate sogar mit dem Status »verlobt«. Und vor vier Wochen hatte Oliver mit seiner ganz subjektiven Version von *verlobt* die Kellnerin vom Schnitzel-Pub gevögelt. Als ob die Ringübergabe gleichzeitig die Freikarte zum Fremdenverkehr gewesen wäre. Ob die Schnitzeltussi jetzt den Ring trug? Schnell schob Carla diesen Gedanken beiseite.

»Carla, Liebes, es war ein Ausrutscher, glaub mir doch. Darf ich heute Abend …«

»Das sagen sie alle, vor allem die, die sich ständig durchs Leben flunkern. Was soll das jetzt, Oliver? Ein plumper Annäherungsversuch? Ich könnte wetten, dein Ladekabel ist genau dort, wo es hingehört.«

Im erfreulichsten Fall um deinen Hals gewickelt, das andere Ende an der Decke verknotet und ich komm gleich vorbei und gebe dir den finalen Schubs.

Er seufzte lautstark und sie wusste, dass er nun Stufe 2 zünden würde. Und recht hatte sie.

»Nun gut, ich gebe es zu. Ich wollte dich sehen, mit dir reden. Ich vermisse dich, Carla. Bekomme ich eine Chance?«

»Ach, Oliver. Lass mich einen Moment überlegen. Ähm, nö. Einmal Fremdgänger, immer Fremdgänger. Außerdem habe ich jetzt keine Zeit für diesen Sondermüll, ich muss arbeiten.«

Stufe 3.

»Wie kann ich dich umstimmen? Erinnere dich an unsere gemeinsame Bootsfahrt, an unsere langen Gespräche. Nächtelang haben wir nur gequatscht. So etwas konnte ich nur mit meiner Mutter und dir. Na?«

Oh bitte, wie billig zu vermuten, die Muttermasche zöge bei ihr. Ein weiterer Beweis, dass er sich niemals wirklich dafür interessiert hatte, sie über die Bauchnabelgrenze hinweg kennenzulernen. Sie wollte nicht wissen, wie oft er über den Beziehungstellerrand hinausgevögelt hatte.

»Danke, ich hatte schon interessantere Wortwechsel mit selbsthergestellter Avocadocreme.« Zügig, bevor sie noch Dinge sagte, die deutlich unter ihrem Niveau lagen, beendete sie das Gespräch und verbat sich weitere Anrufe.

Sanft massierte sie sich den verspannten Nacken. Toll, mit dreiunddreißig Jahren war sie nicht nur knapp an der Abteilungsleitung vorbeigeschrammt, sondern auch unverhofft und unsanft in den Single-Markt gekracht. Sie sollte das Beste daraus machen, rausgehen und die Weiden ablaufen, vielleicht wartete dort ein zarter Halm nur auf sie.

Das Problem war nur, Männer in ihrem Alter waren entweder vergeben oder schwul oder beides. Oder indiskutabel. Zudem nahm sie sich gerne Arbeit mit nach Hause, da hatte sie wenigstens Ruhe. Dass sie Oliver kennengelernt hatte, war nur dem Umstand geschuldet, dass sie ihren Kaffeevorrat mitten in der Nacht im Tankstellenshop hatte auffüllen müssen. Wie sie es auch drehte und wendete, so würde das nie was mit dem Traumprinzen, und die Frauenquote in Führungspositionen gab es ebenso wenig wie den Mann, den man sich backen konnte, zumal Kochen nicht in ihr Portfolio passte.

Carla entdeckte einen hellen Schnipsel auf dem dunkelblauen Teppich. Sie hob das Papierfetzchen auf, faltete es zusammen und schnippte es in den Abfalleimer. Mittagspause. In der Bank kehrte Ruhe ein, endlich.Durch die verglasten Wände sah sie Susann am Schreibtisch hinter dem Schalter sitzen. Sie hatte die Füße seltsam unter dem Stuhl verschlungen und biss zaghaft in einen Apfel. Carla bekam ein schlechtes Gewissen, obwohl sie ja gar nichts dafürkonnte. An und für sich konnte sie für so vieles nichts. Für den Tod ihrer Mutter vor ein paar Jahren beispielsweise. Die hatte sich nach dem Unfalltod ihres Mannes ganz alleine ins Grab gesoffen. Zu diesem Zeitpunkt war Carla gerade mal fünfzehn gewesen. Bis vor vier Jahren hatte sie sich in ihrer Freizeit ausschließlich um ihre alte Dame gekümmert, die das Trinken nicht sein lassen konnte. Schließlich hatte ihre Mutter beschlossen, ihrer Leber mehr Raum zu lassen, und die Leber, die damit etwas überfordert gewesen war, hatte den Geist aufgegeben. Ja, so war das gewesen, und Carla konnte wirklich nichts dafür. Auch dafür nicht, dass sie sich kurz darauf in einen Vollhorst verliebt hatte.

Vor ihrem Büro stakste mit zusammengekniffenen Lippen die frischgebackene Chefin der Schalterabteilung, Gamberling, vorbei. Sie erinnerte Carla an die Hausdame Fräulein Rottenmeier aus Heidi. Die Gamberling war - genau wie der Mensinger - auch so ein Sanister-Mitbringsel. Und diese Frau mischte sich überall ein. Erst letzte Woche hatte sie einen Vorschlag eingereicht, neue Bankautomaten mit einer verbesserten Schutzelektronik auszurüsten. Kein Wunder, dass man die Personalkosten reduzieren wollte, man brauchte das Geld für andere Dinge.

»Nur, dass sie an der falschen Stelle sparen«, sagte sie laut vor sich hin. Entschlossen packte sie den gedanklichen Müll in den mentalen Schredder und öffnete die Datei. Arial elf. Heftchenleser, dämlicher! Sie hätte schwören können, dass der Mensinger sich heimlich Pornos ansah.

Susann

Susann biss in einen Apfel. Im Grunde genommen konnte sie sich glücklich schätzen, hatte sie doch einen Job und eine kleine Wohnung und … ja, das war doch schon mal was.

Es gab viele, die konnten sich nicht mal einen Apfel leisten und lebten unter Brücken. Sie dagegen kehrte nach Feierabend in ihre kuschelige Zwei-Zimmer-Wohnung zurück und tat das, was sie am liebsten tat: lesen. Tagsüber musste sie Kunden bedienen und lächeln und Kunden bedienen und lächeln. Ihre Zukunft lag zweifelsohne in dieser Bank, sie hatte sich damit abgefunden. Zum Lesen war sie am Wochenende nicht wirklich gekommen, weil sie mit dem Geburtstag ihrer Mutter und der Feier des Rentenantritts ihres Vaters beschäftigt gewesen war. Also hatte Susann den Sonntag nicht nur wie üblich zum Mittagstisch bei ihren Eltern verbracht, diesmal waren neben dem obligatorischen Kuchen ohne Kerzen auch Kanapees mit Kaviar sowie einige Leute mit Einfluss anwesend. Susann war gern zu Hause, keine Frage, auf die Freunde ihrer Eltern und deren ewiges, leeres Gerede über Firmenkäufe und Umsätze konnte sie jedoch getrost verzichten. Im Prinzip hatte Susann sich die ganze Zeit zu ihren Büchern gesehnt.

Ins Leere blickend nagte sie auf dem säuerlichen Apfel herum, der ihr überhaupt nicht schmeckte, aber bezahlt war, und dachte über Leid und Leben nach.

»Haben Sie nichts zu tun, Frau Becker?« Die alte Gamberling stand wie aus der Unterwelt geschossen plötzlich neben ihr. In einer Hand ein Stück Banane, sah sie durch eine Designerbrille streng auf Susann hinab.

Susann zuckte zusammen und verschluckte sich beinahe an einem Apfelstückchen. Wie brachte diese alte Megäre es nur fertig, geräuschlos durch die große Halle mit sechs Schreibtischen und fast doppelt so vielen Schaltern zu schleichen? Und das sogar mit Highheels. Normalerweise hörte man hier jeden noch so leisen Stoßseufzer. Das viele Lesen schulte möglicherweise das Ausblenden von Umgebungsgeräuschen, anders konnte sie es nicht erklären. Aber gut, dann waren eben nur fast alle in der Mittagspause.

»Es ist doch Pause, Frau Dr. Gamberling«, hauchte sie über den Apfel hinweg, den sie mit beiden Händen haltsuchend umklammerte. Zumindest verhinderte er, dass sie an ihrer Kleidung herumzupfte, wie sie es immer tat, wenn sie aufgeregt war. Und leider war sie oft aufgeregt, weil sie ständig fürchtete, einen Fehler zu begehen. Und weil sie Angst hatte, Fehler zu machen, machte sie Fehler.

»Pause!«, schnaubte die alte Gamberling. »Ich mache auch keine Pause. Haben Sie die manuellen Überweisungsträger von heute Vormittag schon erfasst? Nein? Dachte ich mir. Dann essen Sie jetzt in Gottes Namen Ihren verdammten Apfel und dann kümmern Sie sich drum, bevor die Kunden hier aufkreuzen.«

»Sicher, Frau Dr. Gamberling.«

»So ist´s fein. Übrigens, Frau Becker, Sie können sich von und zu schreiben, dass die Sanister Bank AG Sie nach der Ausbildung übernommen hat, wissen Sie das? Also enttäuschen Sie uns nicht.« Sie nickte ihr geflissentlich zu, steckte das letzte Stückchen Banane in den Mund und verließ steifen Schrittes den Raum.

Susann wusste, dieses Nicken bedeutete so viel wie ein überschwängliches Schulterklopfen oder eine Sonderzahlung. Sie warf den Obstrest in den Papierkorb und wollte sich gerade an die Arbeit machen, als die Gamberling zurückkam.

»Habe ich gestern meine Tabletten hier liegen lassen?« Unruhig streifte sie zwischen Schaltern und Schreibtischen umher, hob hier einen Papierstapel hoch, schob dort ein paar Unterlagen zur Seite.

»Sie meinen die gegen das Hyper …, Hyper …?« Susann schalt sich selbst einen Esel. Wenn sie sich dieses Wort schon nicht merken konnte, hätte sie auch nicht versuchen sollen, es auszusprechen.

»Hyperkaliämie, Sie Schmalhirn. Ich frage mich ernsthaft, ob Sie die recht komplexen Zusammenhänge, die das Bankgeschäft mit sich bringt, in ihrem kleinen Köpfchen sortiert bekommen, Frau Becker. Wo sind denn meine Tabletten? Gestern noch hab ich sie genommen, als ich Frau Scharmann über die Schulter … Wo zur Hölle hab ich diese Mistdinger nur hingelegt? Ah, da sind sie ja.«

Susann sah ihrer Chefin zu, wie diese ihr leicht abgewandt mit zitternden Fingern einige Tabletten aus der Packung drückte, sie in den Mund warf und mit Frau Scharmanns Mineralwasser nachspülte. Anschließend stellte sie langsam die Flasche ab. Seltsam langsam, gerade so, als müsse sie sich beherrschen. Wohl hatte sie irgendwas entdeckt. Im Zweifelsfall einen Fehler. Besser, sie sagte jetzt nichts, sonst ginge gleich ein Donnerwetter los. Hastig sortierte Susann die Überweisungsträger und versuchte dabei, sich so unsichtbar wie möglich zu machen.

Hyperkalifragilistischexpialigetisch. Ja, das konnte sie sich merken. Nur dass es anders hieß, nämlich Superkalifragilistischexpialigetisch. Ein Stück aus dem Musical Mary Poppins. Sie unterdrückte den Wunsch, die Melodie zu summen. Bloß nicht auffallen. Still und mit dem Kopf in Arbeit sah man sie am liebsten. Na ja, bis auf Dr. Mensinger vielleicht, der …

»Frau Becker?« Die letzten zwei Buchstaben kletterten auf der Tonleiter ganz nach oben und schmerzten in den Ohren.

Susann blickte erschrocken auf. Ihre Chefin hatte sich zu ihr herumgedreht und hielt mit einem Gesichtsausdruck, als hätte sie sich gerade eingepullert, die Packung mit den Tabletten hoch.

»J … ja?« Du liebe Güte, jetzt wurde die Alte auch noch blass. Nein, käsig traf es eher. Nein, auch nicht. Vielleicht aschfahl, kalkig, blutleer? Hm, am allerehesten leichenblass. Ja, das war stimmig. So sah sie aus. Leichenblass. Totenbleich.

Insgeheim gratulierte Susann sich für die Synonymfindungen.

»Frau Beckäär?«, jaulte die Gamberling erneut und streckte ihr die Hand mit der Packung entgegen, »das sind nicht meine Tablet-tään …«

»Nicht?«

Statt einer Antwort hob die Gamberling den Arm und wirkte für einen kurzen Moment, als wolle sie die Nationalhymne singen. Daraufhin kippte sie vornüber, wobei sie Susanns schön gewachsene Yuccapalme zum Glück nur um wenige Zentimeter verfehlte, fiel stocksteif nach vorne und regte sich nicht mehr. Die Hand mit der Tablettenschachtel lag ausgestreckt Richtung Ausgang. Beinahe wie ein Wegweiser.

»Oh.«

Wie sich nach der Ausstellung des Totenscheines durch den herbeigerufenen Arzt konkretisierte, hatte die Gamberling versehentlich die rezeptfreien Kaliumtabletten ihrer Mitarbeiterin geschluckt.

Diese Tatsache allein führte bei jemandem mit einem normalen bis niedrigen Kaliumspiegel in der Regel nicht unbedingt zum Herzstillstand, erklärte der Arzt und zeigte eine Packung, die der von Frau Scharmann äußerst ähnlichsah. Außer jedoch, jemand, wie zum Beispiel die arme Frau Dr. Gamberling, würde an Kaliumüberschuss leiden und Medikamente dagegen einnehmen. Und sie hatte Bananen gegessen, ganz übel. Viel zu viel Kalium in der Frau. Da konnte der Tod schon mal in Minutenschnelle einsetzen.

Womit die Bezeichnung *totenbleich* ihre Berechtigung bekommt, dachte Susann, behielt es aber für sich. Dann wurde ihr übel.

***

Eiligst schafften die Sanitäter die Leiche fort, bevor noch Kunden aufkreuzten und Fragen stellten.

Auf den Schreck genehmigte Dr. Florian Mensinger sich erst mal einen Bourbon. Die arme Susann wurde für den Rest des Tages beurlaubt, hatte sie doch für allgemeine Bestürzung gesorgt, indem sie direkt auf den Rücken der kürzlich Verstorbenen etwas undefinierbar Strengriechendes erbrochen hatte. Susanns Schalterkollegin Scharmann tippte auf ein Potpourri aus Erdbeershake und Apfel. Zum Glück erklärte sich die Kreditsachbearbeiterin Benedikt bereit, die frisch ausgelernte und höchst nervenschwache Becker nach Hause zu begleiten.

Kurze Zeit später wurde die Tür für den Kundenbetrieb geöffnet und in einer spontan anberaumten Telefonkonferenz der Sanisterhierarchie die Nachfolge Gamberlings geklärt. Der Laden musste schließlich laufen und wer, wenn nicht der geschätzte Dr. Mensinger, wäre imstande, dem Mob anzuordnen, wann und durch wen Überweisungsträger zu bearbeiten wären. So kam es, dass Frau Scharmann vom Schalter weg und hin zu den manuellen Erfassungen degradiert wurde. Und diese überteuerte Schnapsidee mit den neuen Bankautomaten wäre dann wohl auch erst mal vom Tisch.

»Und wer soll jetzt an meinem Schalter die Kunden bedienen?«, fragte die Scharmann ihren neuen Boss.

»Na, Sie natürlich«, lautete Mensingers lapidare Antwort.

Das hatte zur Folge, dass die Überweisungsträger nach Schalterschluss nach wie vor unbearbeitet herumlagen, weil schlicht und einfach die Zeit fehlte. Die fassungslose Scharmann erhielt umgehend eine Abmahnung und Herr Dr. Mensinger einen neuen Kamm.

Carla

»Halt das bitte mal.« Carla hatte ihren Wagen erreicht und drückte Susann den Aktenordner für das Kultursponsoring in die Hände - das Budget für das nächste Jahr musste morgen abgegeben sein. Umständlich fischte sie den Autoschlüssel aus der Handtasche. Wenn sie früher Feierabend machte, musste sie eben heute Abend den Ordner durcharbeiten. Sie wollte vieles, aber beileibe keine Zielscheibe für die Sanisterbande abgeben. Korrekt, penibel, unangreifbar. Das war ihr Schutzschild. Sie öffnete die Wagentür und stöhnte auf. Ein Schwall warmer Luft strömte ihr entgegen. Anders als die Geschäftswagen der oberen Hierarchie, die auf reservierten und überdachten Parkplätzen standen, befanden sich die Fahrzeuge des Fußvolks in der prallen Sonne. Carla hatte keine Lust auf die sengende Hitze im Wageninneren und bereute einen Moment, sich gegen das teuere Cabriolet und für einen gediegenen Audi A1 entschieden zu haben. Es blieb ihr jedoch nichts anderes übrig, sie musste Susann nach Hause fahren. Wenn nicht jetzt, dann später.

»Ich hab Hunger«, piepste Susann und nahm den Ordner mit einem Seufzer entgegen. »Ich hatte nur einen Erdbeershake und einen Apfel. Und der hat nicht mal geschmeckt.«

»Ja«, sagte Carla, »was nicht zu übersehen war.«

»Gott, war mir das peinlich. Ich habe mich noch nie auf eine Tote übergeben.«

»Stell dir vor, ich auch nicht.« Mittlerweile stand Carla vor der geöffneten Wagentür. Viel zu heiß im Auto. Spontan schwenkte sie um. »Weißt du was? Wir gehen eine Kleinigkeit essen, ich lade dich ein.«

»Oh, ich … ich weiß nicht. Ich wollte …«

»Dich zu Hause verkriechen, einen Liter Eiscreme verschlingen und dir die Schuld am Tod der Gamberling geben?«

»Ja, irgendwie schon.«

Wieso war ihr das klar gewesen? Carla seufzte, nahm Susann den Ordner ab und warf ihn in den Wagen. »Los, essen gehen und Mund halten. Wir laufen. Macht den Kopf frei.« Sie hakte das Seelchen unter und zog es mit sich.

»Kannst du ein bisschen langsamer laufen? Und auf was hast du Appetit? Wohin gehen wir eigentlich?«, fragte Susann, die für einen von Carlas Schritten zwei brauchte.

Carla drosselte ihr Tempo. »Welche Frage willst du zuerst beantwortet haben?«

»Hä?« Susann drehte sich im Gehen zu ihr um. »Ach so. Wo ...« Im nächsten Moment wedelte Susann hilflos mit den Armen. Carla griff geistesgegenwärtig zu und verhinderte so den Sturz über einen Begrenzungspfosten.

»Alles in Ordnung?«, fragte sie das kopflose Mädchen, das sich unbeholfen den karierten Rock glattstrich und ihr verlegen zulächelte.

»Ja, danke. Entschuldigung. Ich bin eben ein kleiner Schussel, sagt meine Mutter auch immer.«

»Quatsch, so etwas kann jedem passieren, der rückwärts läuft«, schmunzelte Carla und hakte sie zur Sicherheit dauerhaft unter. »Komm, wir gehen ins *Wirtshaus am See*. Kennst du das?«

»Nein, sollte ich? Wie lange laufen wir da hin? Was gibt es dort zu essen?«

Carla schüttelte lachend den Kopf. »Die Antworten lauten: Nein. Circa fünfzehn Minuten. Bier und Brezeln.«

Sie hatte das dringende Gefühl, Susann brauchte erstens was in den Magen und zweitens akut jemanden zum Reden.

Kim

Kim Thomas verschränkte die Arme vor ihrer Brust und blickte Mensinger ungeduldig an. So dringend konnte sein Problem nicht sein.

Der Typ saß breitbeinig und zurückgelehnt in seinem Chefsessel und bedeutete ihr in aller Seelenruhe mit dem Zeigefinger, dass sie einen Moment warten sollte. Jetzt schlug er die Unterschriftenmappe zu und schob sie mit einem widerlichen Grinsen von sich. Auf der Mappe erkannte Kim deutlich das Wort Kündigungen.

Sie trat an den Schreibtisch, stützte sich mit den Händen auf und blickte ihn angriffslustig an. »Wollen Sie erst noch ein paar Telefonate führen oder das Programm auf Ihrem Rechner haben? Bei Letzterem müsste ich dann mal an Ihren Computer, um mich als Admin einzuloggen. Ich hab auch nicht ewig Zeit!« Dass das blasierte Arschloch fast schon angewidert vor ihr zurückzuckte, als hätte sie Lepra, war ihr ein innerliches Fest. Am liebsten hätte sie dem notgeilen Hammel mit stahlhartem Griff die Eier zusammengedrückt und ihn gefragt, wie sich das anfühlte.

»Sie sollten auf Ihre Wortwahl achten, Frau Thomas«, sagte Mensinger mit vorgerecktem Kinn und rollte mit dem Sessel zur Seite, ohne ihr den Platz anzubieten. Ein weiteres Charaktermerkmal, das sie ihm absprach: Manieren.

Kim trat an den Rechner. Eine Sache von wenigen Minuten. Einloggen, Programm laden, ausloggen. Sie bedauerte es, dass ihr Job in der IT sie gelegentlich zu einem Besuch in der oberen Etage zwang.

Neben ihr grunzte der Idiot zufrieden, zückte seinen Kamm und fuhr sich damit durch die gegelten Haare. Einfach ekelhaft. Wenn nur solche Männer auf Erden wandeln würden, könnte man glatt lesbisch werden.

»Herr Dr. Mensinger?« Frau Joschka, die alte Sekretärin, Überbleibsel von Mensingers Vorgänger Jörgensen, stand in der Tür. »Ein Herr van Veen ist am Apparat. Nehmen Sie bitte die Rufumleitung zurück? Dann kann ich durchstellen. Und soll ich Frau Benedikt für morgen terminieren?«

»Van Veen, ah ja.« Mensinger wedelte mit dem Kamm. »Sicher doch. Wann wird er eintreffen?«

»Dienstag, also morgen, 13 Uhr.«

Kim beobachtete den Fortschrittsbalken des Programmdownloads. Siebzig Prozent. Es ging schnell. Gut, denn sie konnte nicht garantieren, sich noch länger zusammenzureißen. Wenn dieser Typ noch einmal diesen fettigen Kamm zückte, würde der als Nächstes sein Zäpfchen kitzeln.

»Danke. Sie können die Benedikt terminieren. Und stellen Sie den Mann zu mir durch«, hörte sie ihn sagen.

»Bo van Veen, Kostencontrolling und Workflowspezialist«, erklärte ihr Mensinger überflüssigerweise und ohne sie anzusehen, als Frau Joschka fast schon fluchtartig den Raum verlassen hatte.

Neunzig Prozent. Kim trommelte mit den Fingerspitzen auf den Schreibtisch.

»Erst kürzlich von der Konkurrenz abgeworben«, fuhr Mensinger fort. »Ein noch recht unerfahrener, jedoch aufstrebender Mitarbeiter mit Potenzial, Prädikatsabschluss und enorm betriebswirtschaftlicher Denkweise. So hat die Geschäftsleitung ihn mir empfohlen. Na, ich und der van Veen werden Ordnung in diesen verstaubten Laden bringen, das verspreche ich Ihnen. Der Frischling kann dann unter anderem der akribischen Benedikt gründlich auf den Zahn fühlen.« Jetzt blickte er Kim an. »Was meinen Sie, Frau Thomas? Ist doch eine blendende Idee, nicht?«

Zweiundneunzig Prozent. Verdammt. Nach hinten raus ließ sich der Download Zeit. Sie erwiderte Mensingers herausfordernden Blick mit kühler Beherrschtheit. Hatte der ein Glück, dass sie heute gut drauf war. Zu ihrer Erleichterung klingelte jetzt Mensingers Telefon und verschonte sie vor einer Antwort.

»Mensinger. Grüße Sie, Herr van Veen. Wie ich höre, darf ich Sie morgen erstmals in meiner Abteilung begrüßen. Freue mich außerordentlich, außerordentlich«, hörte sie ihn großspurig tönen. Dabei stand er auf und begann, mit einer Hand in der Hosentasche, schwadronierend durch das Zimmer zu spazieren.

»Ja natürlich, das passt sogar ganz wunderbar, wunderbar. Sie stehen bei mir auf der Prioritätsliste zuoberst, und ich freue mich, Sie kennenzulernen, Herr van Veen. Den guten Steuermann allerdings lernt man erst im Sturme kennen, nicht wahr? Aber wie schon Benjamin Franklin sagte: Einen Nagel schlägt man nicht mit einem einzigen Schlag in die Kiste.«

Was machte er denn jetzt? Mit zusammengekniffenen Augen verfolgte sie, wie er eine Schranktür öffnete, in den an der Innentür angebrachten Spiegel sah, sich etwas aus den Schneidezähnen pulte und es an seinem Anzug abwischte.

Schnell wandte sie den Blick ab und zwang sich, auf den Rechner zu sehen. Achtundneunzig Prozent. »Mach hin, du Mistprogramm, sonst muss ich gleich über den Tisch kübeln.« Sie zischte die Worte nur, aber der Druck musste raus, wie auch immer.

Mensinger schien es nicht gehört zu haben. »Wunderbar, Herr van Veen, dann bis morgen also. Ich lasse den Termin bei Frau Benedikt eintragen.«

Hundert Prozent. Fertig. Kim loggte sich aus und sah Mensinger scharf an.

»Das Programm ist jetzt auf Ihrem Rechner.«

»Äh, ja, danke, Frau Thomas. Sie können dann gehen.« Er wedelte mit der Hand, als wäre Kim eine Fliege, und riss die Tür zum Nebenzimmer auf.

Was war das nur für ein ungehobelter Mensch? Kim ging eine Spur langsamer als geplant zur Tür, warum, wusste sie selbst nicht.

»Van Veen kommt Mittwoch. Mittwoch! Hören Sie nicht zu, wenn Ihnen etwas gesagt wird, Frau Joschka? Mittwoch. Nicht morgen. Erledigen Sie das. Aber diesmal korrekt.« *Rumms*.

Schnell drückte sich Kim aus der Tür.

Wütend überquerte sie mit langen Schritten den Gang und nahm statt des Fahrstuhls das Treppenhaus nach unten. Sie brauchte jetzt ein wenig Bewegung, sonst würde sie platzen. Sie nahm sich fest vor, das Foto von Mensinger aus der digitalen Personalakte auszudrucken, und wunderte sich, warum sie das nicht schon längst getan hatte.

Carla

Carla und Susann wählten zwei abseits im Schatten stehende Korbstühle am Rand der hölzernen Seeterrasse und bestellten Wasser, Bier und Brezeln.

»Brezeln sind grad aus.« Der Blick der offenkundig genervten Kellnerin faserte dünn an ihr vorbei und verlor sich im nirgendwo.

»Was haben Sie sonst noch?«, fragte Carla und beobachtete aus dem Augenwinkel Susann, die aufgestanden und zum Wasser gegangen war. Jetzt zog sie ihre Schuhe aus und hängte die Füße ins flache Wasser.

»Salat, Pizza, Fleischkäsebrötchen, Wurst mit …«

»Was für ein Salat?«

»Grüner, Gurke, Tomate, gemischt.«

»Tomaten mit Mozzarella auch?«

»Joa.«

»Zweimal bitte.«

Mit der Hektik einer Ackerschnecke notierte die Kellnerin die Bestellung und machte sich in ähnlich mörderischem Tempo auf den Weg ins Innere der Lokalität. Carla lehnte sich im Stuhl zurück, schüttelte die Pumps von den Füßen und wackelte mit den Zehen. Sollte sie ihren Job verlieren, konnte sie immer noch kellnern. Das mit dem gelangweilten Blick bekäme sie locker hin.

»Komm doch auch her, Carla. Das Wasser ist schön kühl.«

Ja, dachte Carla, und wunderbar dreckig. »Ich bleibe lieber hier, Susann. Nicht, dass die Kellnerin denkt, wir wären gegangen.«

Susann seufzte, kam in die Höhe und setzte sich wieder zu ihr. Die Schuhe stellte sie unter den Tisch.

»Wie kommst du eigentlich mit unserem Dr. Mensinger zurecht?«, wollte Carla wissen. Noch beim Reden wurde ihr klar, die Frage war keine gute Idee. Susanns Gesicht verzog sich, als hätte sie in einen sauren Apfel gebissen. Was sie ja letztlich auch getan hatte, war nur bereits eine Weile her.

»Bier, Wasser, Salat. Bitteschön.« Die Kellnerin hatte sich unbemerkt angeschlichen, das flinke Luder.

»Gott sei Dank. Ich bin am Verhungern«, sagte Susann, offensichtlich froh über die Störung.

Ob Susann mit Mensinger als neuem Vorgesetzten vom Regen unter Auslassung der Traufe direkt in die Scheiße käme? Besser, sie sprach das Thema nicht mehr an.

»Gar nicht«, sagte Susann plötzlich und starrte mit zusammengepressten Lippen auf die sich leicht in der Brise bewegende Wasseroberfläche.

»Gar nicht, was?«

»Ich komme überhaupt nicht mit ihm zurecht. Er ist ein Ekel. Und er hat mir gedroht, mich rauszuwerfen, wenn ...« Sie holte tief Luft. »Wenn ich ihn bei der Maier melde.«

Carla verschluckte sich fast am Wasser. »Bitte, der droht dir mit der Gleichstellungsbeauftragten?«

»Ja, leider. Und die Maier schläft auch noch mit dem. Stell dir das mal vor.«

»Mag ich mir nicht vorstellen. Da bekomme ich sofort Herpes.«

Sie versuchte, das nach ranziger Butter schmeckende Gemisch aus Abscheu und Unglauben loszuwerden. Sollte sie ihn unterschätzt haben? Mensinger steckte bislang in der Kategorie »triebhafter Heftchenleser mit notorischer Vermessenheitsverzerrung«. Nein, der bluffte nur.

»Der blufft nur.«

»Ach Carla, wenn es doch nur einen Weg gäbe, wie man diese Machenschaften auffliegen lassen könnte.«

»Welche davon meinst du genau?«

»Na alle. Das Mobbing, die menschenverachtenden Methoden, die Drohungen, die ungerechtfertigten Kündigungen. Am liebsten wäre mir, er würde mich rauswerfen, ganz ehrlich.«

Carla blickte ihre junge Kollegin nachdenklich an. »Du könntest selbst kündigen.«

»Und das Arbeitslosengeld gesperrt bekommen?« Susann schüttelte den Kopf.

»Hm. Du könntest dir einen neuen Job suchen, bevor du kündigst. Neue Bank, neues Glück.«

Keine Antwort. Stattdessen sah Susann auf ihre Hände.

»Wenn du eine Lösung auf deinem Fingernagel gefunden hast, sag Bescheid«, sagte Carla nach einer Schweigeminute trocken. Susann hatte verständlicherweise keinen Grund zu guter Laune. Aber wie sollte man die Sache sonst nehmen außer heiter? Wenn sie jetzt ebenfalls wie sieben Tage Regenwetter durchs Leben schlich, half das niemandem weiter, am allerwenigsten ihr selbst.

»Ganz ehrlich, Susann? Wir haben nicht den Hauch einer Chance, dagegen anzugehen. Aber du könntest mal den karierten Anflug von Rock gegen was Längeres oder eine Hose ersetzen. Der Mensinger scheint Miniröcke ausgesprochen anregend zu finden, und man muss den Bienen die Blümchen ja nicht direkt vor die Nase halten.«

»Das meinst du jetzt nicht wirklich … oder doch?«

»Lass mich einen Moment überlegen … Doch, ich meine das genau so.«

Eine halbe Stunde später setzte sie Susann vor einem imposanten Altbau im Berliner Bezirk Grunewald ab. Das quadratische Gebäude hatte bodentiefe Fenster sowie ein spitz zulaufendes Dach mit halbrunden Gauben von enormen Ausmaßen.

»Das ist dein Haus?«

»Nein, nein«, winkte Susann ab. »Nur die Dachwohnung gehört mir. Also meinen Eltern, sie haben sie für mich gekauft. Schön, nicht?«

»Deine Eltern sind klasse, Susann. Jetzt erzählst du mir gleich auch noch, dass dahinter ein See ist.«

»Ja, warum?«

»Beweg deinen Hintern aus meinem Auto, wir sehen uns morgen.« Sie zwinkerte Susann zu, wartete, bis sie ausgestiegen war, setzte den Blinker und fuhr los.

Carla hatte es eilig, die knapp dreißig Kilometer bis nach Alt-Treptow zügig hinter sich zu bringen. Je eher sie das Budget fertigstellte, umso eher konnte sie in Ruhe nachdenken. Mit einem Glas Wein in den Händen und den Füßen auf der Balkonbrüstung würde sie diesen verrückten Tag ausklingen lassen. Soweit der Plan.

Gegen 23 Uhr hatte sie das Budget für das Kultursponsoring fertig, die Pflanzen auf dem Balkon freuten sich über die wassergefüllten Untersetzer und Carla stand frisch geduscht und müde in der Küche. Halbherzig griff sie zum Flaschenöffner, um sich das geplante Glas Rotwein zu genehmigen. Nach kurzer Überlegung und einem herzhaften Gähnen legte sie ihn in die Schublade zurück und ging zu Bett.

– 3 –

Carla

Am nächsten Morgen saß Carla an ihrem Schreibtisch und nippte am Kaffee.

Ohne Kaffee war sie nicht Fisch, nicht Fleisch, und zu warten, bis der Kaffeeautomat in der Küche sich warmgelaufen und gereinigt hatte, grenzte an seelische Folter. Also hatte sich Carla den ersten Bürokaffee an diesem Morgen kurzerhand in der Bäckerei um die Ecke besorgt.

Als Nächstes sortierte sie mit einer über Jahre hinweg angeeigneten Routine den Posteingang in eine spezielle Mappe mit Tagesregistern und stufte die zu erledigenden Aufgaben für den heutigen Tag nach Priorität ein. Alles musste seine Ordnung haben. Da heute keine Termine anstanden, konnte sie sich die Zeit nehmen, um einen Kreditantrag über eine gigantische Höhe sorgfältig zu prüfen. Sie nahm einen weiteren Schluck aus dem Becher und schaltete ihren Computer ein.

Sie haben drei ungelesene Nachrichten. Nur drei?

Carla überkam das unbestimmte Gefühl, seit Kurzem von Informationen abgeschnitten zu werden. Lustlos klickte sie die erste Mail an. Wo war ihre intrinsische Motivation geblieben? Vermutlich irgendwo in den Abgründen der letzten Monate, nachdem die Sanister Bank AG der Elanbank den Sack zugemacht und den maroden Laden weit unter Wert aufgekauft hatte.

Sie las: Information und aktualisierte Vorlagen zu Geschäftskorrespondenzen und Folien-Präsentationen. Bla, bla, Arial elf, bla. Gezeichnet: Dr. Florian Mensinger.

Carla schnaubte und klickte auf Löschen. Das war dann also die besagte Nachricht, die sie gestern noch nicht gelesen hatte …

Die zweite Mail pries ihr ein noch nie da gewesenes Potenzmittel an: »Stundenlanger Spaß im Bett, Frau Benedikt?«

Witzbolde. *Löschen*.

Die dritte Mail bat sie um Terminbestätigung mit einem Herrn van Veen für Mittwoch, dreizehn Uhr. Also morgen.

Und wer war dieser van Veen jetzt schon wieder? Fast wöchentlich hörte oder las Carla unbekannte Namen, die plötzlich Aufgaben der Kollegen mitbetreuten, angeblich zur Unterstützung. Sie überflog die Mail. Viel stand da nicht, nur die Aufforderung, diverse Arbeitsabläufe aus Kreditsachbearbeitung und Kultursponsoring mit diesem van Veen durchzugehen. Und das alles unter dem Betreff: Workflowoptimierung.

Natürlich! Die Arbeitsabläufe durchgehen. Ja, klar. Die nannten es Optimierung, sie sagte Observieren dazu.

Van Veen also. Wieder ein neuer Name, ein weiterer Aufräumer aus dem Sanister-Netzwerk. Nun war sie also dran. Makula aus der Finanzbuchhaltung hatte auch eine Workflowoptimierung durchlaufen. Man hatte ihn ein paar Monate später mit einem lächerlichen Betrag inklusive Freistellung abgefunden und ein junger Sanistersprössling hatte seinen Job übernommen. Einer, der Aktiva für eine weibliche Sportskanone hielt. Was hatte noch gleich in der allgemeinen Information an alle Mitarbeiter gestanden? *Herr Makula wendet sich nun einer neuen Herausforderung zu.* Natürlich, mit achtundfünzig Jahren und kurz vor der Altersteilzeit hatte er wohl jede Menge verlockende Stellenangebote.

Verärgert und gar nicht beherrscht, wie es sonst ihre Art war, knallte sie den Becher auf den Tisch. Kaffee schwappte heraus.

»Halten die uns für blöd?« Fluchend zupfte sie Papier von einer Rolle und wischte die braune Brühe weg. Zum Glück war der Kaffee nur vor und nicht über der Tastatur gelandet.

»Guten Morgen. Was ist denn mit dir los, so kenn ich dich ja gar nicht?« Susann stand in der Tür.

»Ach …« Carla lehnte sich zurück, trank den letzten Schluck lauwarmen Kaffee und warf den Becher in den Papierkorb.

Im Gegensatz zu Mensinger traf sie immer. Meistens. »Kennst du einen van Veen?«

»Nö. Sollte ich?«

»Nicht wirklich. Morgen hab ich einen Termin mit ihm. Arbeitsabläufe optimieren.«

»Oh.«

»Ja, oh.« Mit den Fingern fuhr sie sich übers Haar, löste den Zopf und band ihn wieder zusammen. Susann stand betreten im Türrahmen zu Carlas Büro und fummelte verlegen an der Handtasche herum. Schließlich setzte sie zu einer Antwort an und …

»Wie schön, wie schön, Sie beide so früh hier zu sehen. Dann kann ich Ihnen gleich Frau Lambrecht vorstellen. Sie wird ab heute das Sekretariat unterstützen.« Mensinger schob Susann grob zur Seite und ein rothaariges Wesen sanft nach vorne. Seine Hände klebten dabei an ihren ausladenden Hüften.

Carla zog eine Braue hoch. Der Organismus vor ihr bestand ausschließlich aus Vorbau, blinzelte komisch und war offenbar des Sprechens nicht mächtig. Sie trug ein grünes Kostüm, das so eng saß, als hätte man sie hineingeschossen.

»Benedikt, Kreditwesen. Herzlich willkommen im Team, Frau Lambrecht.«

»Im Team der Sanisters, meinen Sie«, sagte Mensinger übertrieben fröhlich, und Carla hatte Mühe, ihm nicht ihre Verachtung vor die Füße zu speien.

Die Neue kicherte verlegen und erwiderte Carlas Händedruck mit der Schwammigkeit eines toten Fisches. Unwillkürlich überfiel Carla der Wunsch, die Hand irgendwo abzuwischen.

Unvermittelt drehte Mensinger seine Errungenschaft mit einem gezielten Druck auf die linke Hüfte zu Susann. Dort wiederholte sich die Prozedur, und Carla bemerkte, dass Susann ähnlich begeistert war.

Moment mal. Noch eine Sekretärin? Da war doch was faul.

»Ja, dann …«, Mensinger klatschte in die Hände, wobei er vermutlich bedauerte, diese von der Dame lösen zu müssen,

»drehen wir mal unsere Runde, was, Frau Lambrecht?«

Die nickte dienstbeflissen und stöckelte mit ihm davon.

»Sekretärin? Bisher reichte doch Frau Joschka im Vorzimmer aus?«, fragte Susann und zog, offenbar ohne es wahrzunehmen, an einem Ärmelfaden ihrer Bluse.

»Genau das ging mir auch durch den Kopf. Lass das, Susann, sonst geht die Naht auf. Warte mal.« Carla zog eine Schere aus der Schublade und schnitt den Faden ab.

»Danke. Ähm, Verzeihung.«

»Keine Ursache. Und eine Entschuldigung ist nicht nötig. Ja, geht schnell hier. Abteilungen werden aufgelöst, andere aufgestockt ...«

»Und wir kriegen nichts mehr mit.« Susann zuckte mit den Schultern. »Ich geh dann mal an den Schalter. In fünf Minuten wird geöffnet.«

Carla nickte und sah ihr hinterher. Heute trug sie eine dunkle Hose statt Minirock und flache Schuhe dazu. Braves Mädchen.

So, jetzt aber an die Arbeit. Sie bemerkte, dass sie die Schere wie ein Messer in der Hand hielt. Schnell legte sie sie zurück, warf den Faden in den Papierkorb und ging sich die Hände waschen. Ein unangenehmer Fischgeruch schien daran zu haften.

Auf dem Rückweg kicherte es hinter Mensingers Bürotür. Ansonsten herrschte bis auf das Gemurmel an den Schaltern eine beinahe schmerzhafte Stille. Sie drehte ab Richtung Küche. Planänderung. Erst mal Kaffee.

Während das heiße Gebräu mit lautem Röhren in die Porzellantasse tröpfelte, räumte Carla misslaunig die Geschirrspülmaschine ein. Jeder bediente sich hier und keiner räumte seinen Kram weg. Zur Hälfte gefüllte Tassen standen unordentlich auf der Ablage neben der Spüle, teilweise noch mit dem Löffel darin. Daneben verschmutzte Teller, ein zerbrochenes Glas, eine gefüllte Thermoskanne, eine geöffnete Pillendose. Wer ließ denn hier seine Pillen stehen? Sie griff danach. Oh, Valium. Sollte sie vielleicht auch mal nehmen. Ach was. Sie stellte das Medikament zur Seite und schuf wenigstens in der Küche den notwendigen Überblick. Es hatte in letzter Zeit einfach zu viele Änderungen gegeben. Nichts lag mehr an seinem Platz, alles hatte seine Ordnung verloren, und damit meinte sie nicht die Küche. Wo war eigentlich der Deckel vom Pillendöschen? In der Zwischenzeit hatte die Maschine mit ungefähr einer Trillion Kaffeetropfen die Tasse gefüllt.

Carla nahm die Tasse, drehte sich ab und erschrak, als Mensinger zu ihr in die Küche trat. Sie nickte ihm reserviert zu, er nickte kühl zurück und stellte eine Tasse in die Kaffeemaschine. Anschließend bückte er sich und öffnete den Kühlschrank. Carla hörte durch das Dröhnen der Maschine hindurch, wie er mit einem überheblichen Tonfall sagte, er wolle mal schauen, was da Leckeres von den Kollegen drin wäre, er hätte Hunger auf etwas Scharfes, als ihr autonomes Nervensystem die Regie übernahm. Sie sah sich einige Pillen in Mensingers Kaffee schütten, nicht viele, zwei, vielleicht auch zehn, so genau zählte sie nicht. Als er sich wieder aufrichtete, lag die Pillendose bereits im Abfalleimer. Mensinger grinste sie an und biss in ein belegtes Brötchen. Sie lächelte betont freundlich zurück und verließ die Küche.

Vorsichtig die bis zum Rand gefüllte Tasse in einer Hand balancierend, steuerte sie ihr Büro an. Hatte sie das eben wirklich getan? Was, wenn er jetzt sterben würde?

Mensinger

Die Dinge liefen gut für ihn.

Dr. Florian Mensinger zog eine Zigarre aus dem Etui, steckte sie an, kippte Whisky in seinen Kaffee und nahm einen Schluck.

»Sie meinen, ich bin der Aufgabe gewachsen, Herr Dr. Mensinger?«, hauchte Annabelle Lambrecht und warf ihm von unten herauf einen feuchten und sehr eindeutigen Blick zu.

»Aber sicher doch, sicher doch.« Er verzog sein Gesicht zu einem breiten Grinsen. Welch ein grandioser Schachzug von ihm, die Lambrecht als Unterstützung für das Sekretariat einzustellen. Er hatte der Joschka, dieser alten Schabracke, den Kündigungsbrief gestern Abend überreicht. Schließlich hatte er mehr als einen Grund dazu. Was schickte sie auch immer wichtigste Informationen zu spät raus? Zum Glück war sie mit einer sofortigen Freistellung einverstanden gewesen, hatte darüber hinaus sogar gelächelt. Er hatte mit Tränen gerechnet, war aber der Letzte, der sich beschweren wollte. Zwei Fliegen mit einer Klappe geschlagen. Die alte und teure Angestellte raus, die junge und günstigere rein. Dieser Coup brachte ihm einen ordentlichen Puffer im Personalbudget. Was war er doch für ein cleveres Kerlchen. Und gut aussehend noch dazu.

»Liebe Frau Lambrecht …« Gelassen lehnte er sich zurück und blies Rauch in Richtung ihres Dekolletés. Die Vorhut sozusagen. »Ihr Arbeitsplatz ist eingerichtet, alle elektronischen Zugänge wurden erteilt, Sie haben eine E-Mail-Adresse und Zugriff auf alle Vorlagen, die Sie benötigen. In Ihrem Postfach befindet sich bereits eine Mail von mir zum leidlichen Thema Kündigung des lokalen Kultursponsorings, was in den Bereich von Frau Benedikt gehört. Noch. Lesen Sie die Informationen gründlich durch, verfassen Sie auf dieser Grundlage ein Schreiben, achten Sie darauf, insbesondere die einstimmige Verabschiedung durch die Geschäftsleitung zu erwähnen, und …«, er blickte auf die Uhr, »senden Sie es an mich. Ich leite es dann an die Verantwortlichen weiter.«

»Natürlich, Herr Dr. Mensinger.« Die unterwürfige Haltung der rattenscharfen Lambrecht gefiel ihm.

»Ich sehe, wir werden wunderbar kopu…, kooperieren, Frau Lambrecht.« Er stand auf und geleitete sie in das Büro nebenan. Heiliger Heinz, diese Titten! Die machten ihn ganz schwindelig.

Wieder allein nahm er einen weiteren Schluck aus der Tasse, verzog das Gesicht und schüttete den Rest in die Grünpflanze. Der Kaffee schmeckte heute seltsam. Dann machte er sich auf den Weg ins Tagungshotel.

Carla

Carlas Telefon klingelte und sie beeilte sich, in ihr Büro zu kommen. Atemlos nahm sie den Hörer ab. »Benedikt?«

»Hör mal, Schätzchen. Erzähl mir nicht, du versinkst gerade in Arbeit. Ich muss wissen, was da oben läuft. Außerdem hab ich auch ein paar Neuigkeiten.«

»Kim …«

»Carla … Komm mal runter. Bis gleich.«

Aufgelegt. Carla starrte auf den Hörer. Okay, was immer Kim wollte, es schien wichtig zu sein, die burschikose Frau ging in der Regel verschwenderischer mit Worten um.

Es tat Carla leid um den herrlich heißen Kaffee, der nun ohne sie kalt werden musste. Und es tat ihr leid für sich selbst. Bisher hatte die Zeit gefehlt, auch nur einen einzigen Blick in den Kreditantrag zu werfen, und das bereitete ihr latentes Missbehagen. Generell verursachten ihr unerledigte Dinge Beklemmungen. Hastig zog sie ein Blatt aus dem Korb und notierte: Nutella, Frischkäse, Vollkornbrot, Alkohol. Antrag heute noch prüfen. Unterlagen vorbereiten, Meeting van Veen, morgen, 13 Uhr.

Im Anschluss daran sperrte sie den Bildschirm, schnappte sich kurz entschlossen die Kaffeetasse, trank einen Schluck ab und machte sich auf den Weg in den Keller. Diese halbe Stunde würde sie arbeitstechnisch nicht sonderlich weit zurückwerfen. Außerdem brannte sie auf Kims Neuigkeiten. Während der Fahrstuhl sie in die Kelleretage brachte, nippte Carla mit sich und der Welt im Unreinen am Kaffee. Sie wollte die alte Führungsmannschaft der Elanbank wieder zurück, verdammt! Und sie hatte sich vorgenommen, niemandem den Valiumzwischenfall, für den sie sich mittlerweile schämte, zu verraten. Nicht einmal Kim.

Kurz darauf trat sie aus dem Fahrstuhl und stand nach wenigen Schritten vor einer Stahltür. Sie klingelte. Es summte, und die Tür ging auf. Dahinter befanden sich die Büros der IT: Diverse Server in kühlen Räumen und Menschen, die im Halbdunkel arbeiteten, manche hinter drei Bildschirmen pro Arbeitsplatz. Am Ende des langen Ganges, durchzogen von Kaffeeduft und dem ekligen Aroma alten Zigarettenrauches, befand sich das Büro von Kimberley Thomas, genannt Kim, Chefin der Systementwicklung, Schnittstelle zur Security und Herrin aller Passwörter.

Carla klopfte, mehr aus Gewohnheit, als dass sie es müsste, bevor sie in Kims Büro trat - oder eher in die Abstellkammer, wie Kim ihr gerade mal zwölf Quadratmeter kleines Reich bezeichnete. Sie fragte sich, warum Kim dieses Büro liebte und damals nicht zum Auszug zu bewegen gewesen war.

Kim saß hinter vier Bildschirmen an einem Schreibtisch. Als Ablage für diverse Papierstapel diente ihr aufgrund des Platzmangels eine Kommode. An den Wänden hingen Unmengen von Endlospapier mit Befehlsfolgen, daneben Organigramme und ein Kalender vom Vorjahr. Der Teppich hatte genau wie das Mobiliar schon bessere Zeiten gesehen, und das künstliche Licht schmeichelte ihm nicht. Tageslicht war nur zu erahnen. Das Fenster, das sich in Kopfhöhe schmal über die Länge des Raumes zog, würde selbst im nicht verdunkelten Zustand kaum Licht einlassen.

»Hey, Kim.«

»Hey, Herzchen, du kannst das Klopfen nicht lassen, was? Wer, denkst du, hat auf den Knopf gedrückt, hm?« Kim grinste. »Oh, gut, du hast dir deinen Kaffee gleich mitgebracht. Passt.« Sie deutete auf eine uralte Kaffeemaschine in der Ecke, in der ein letzter Rest schwarzer Brühe sich in eine undefinierbare, feste Masse verwandelt hatte und einen beißenden Gestank verbreitete.

»Der ist etwas älter, glaube ich. Mach doch mal die Maschine aus, Carla, wenn du schon stehst. Ich brauch heut keinen Kaffee mehr. Der schmeckt sowieso am besten morgens, und nur dann, wenn alle ihr Maul halten. Momentchen, bin gleich bei dir, muss nur noch die E-Mail auf den Weg bringen. Manche sind so bescheuert, die sollten bis fünf zählen, dann hätte ich wenigstens mal eine halbe Stunde Ruhe. So, fertig.«

Kim legte ihre Füße auf den Schreibtisch und faltete die Hände im Nacken. »Gut siehst du aus.«

»Hör auf zu lügen, Kim.« Carla zeigte auf Kims Turnschuhe. »Noch von der Joggingrunde heute Morgen?«

Wenn jemand aus Prinzip keine Komplimente machte, dann die maskuline Kim. Wenn sie es nicht besser wüsste, hätte sie bei Kim auf eine homosexuelle Neigung getippt. Zumindest die Geschäftsleitung schien den Eindruck zu erwecken, als würde sie Kim genau diese Neigung zusprechen. Carla hätte schwören können, dass unter Kims schwarzem Shirt ein Sixpack lauerte, für das jeder Mann ohne Zögern ein Ei geopfert hätte. Kim passte nicht nur rein äußerlich nicht ins Konzept der Sanisters und in deren dezidierte Vorstellungen von Kompetenz und Außenwirkung. Kim bevorzugte das Legere, das Unangepasste. Carla bewunderte Kims Art, der Welt zu begegnen. Nicht, dass sie mit ihr tauschen wollte, aber die Frau hatte etwas, das ihr fehlte. Sie wusste nur nicht genau, was. Kim schien völlig unbeeindruckt von Autoritäten, hatte immer einen Spruch auf Lager und jammerte nie. Wurde man so, wenn man mit zwei älteren Brüdern aufgewachsen war?

»Stimmt, du siehst beschissen aus.« Kim zog die linke Seite ihrer Oberlippe hoch und hatte in diesem Augenblick verblüffende Ähnlichkeit mit dem jungen Billy Idol. »Gejoggt bin ich gestern Abend, aber mit genau diesen Schuhen. Zum Glück sitz ich hier unten und nicht da oben in den Schickimicki-Stockwerken. Also, was geht ab bei euch? Die Marga von der Personalabteilung ist krank, mir fehlen Infos, und wenn mir Infos fehlen, fehlen mir Infos und das wiederum macht mich krank. Und ich kann es mir nicht leisten, krank zu sein, weil dann der Laden hier im Chaos versinkt, weil jede dritte Witzblattfigur ihr Passwort vergisst oder anderes läppisches Zeug. Und weißt du, wer diese Nullnummern sind? Muss ich dir nicht sagen, oder? Nenn mich Popel der pathologischen Passphrasen. Die können mich echt bald mal gernhaben, sag ich dir. Irgendwann verschwinde ich auf die Bahamas - von heut auf morgen - aber vorher ändere ich alle Codewörter ab. Also, was ist los im Elitärbereich?«

»Ach Kim …« Carla schnippte die Schuhe von den Füßen und legte ihre Beine ebenfalls hoch. »Die Gamberling ist gestern gestorben und …«

»Weiß ich, hab ihre Mailadresse gelöscht und die Berechtigungen auf den Mensinger übertragen. Erzähl mir Neues.«

»Mensinger hat eine junge Sekretärin eingestellt, die …«

»Lambrecht. Ist bekannt. Erzähl mir etwas, das ich nicht an meinem Rechner herausfinden kann.«

»Mensinger belästigt Susann. Er greift ihr an den Hintern und droht ihr mit Kündigung, sollte sie gedenken, zu plaudern. Zudem behauptet er, mit der Maier ins Bett zu gehen, was ich für einen Bluff halte. Ach ja, und morgen habe ich mit einem Bo van Veen einen Termin zur Workflowoptimierung. Ein weiterer Sanister in unseren Reihen.«

»Allerdings. Irgendwo muss ein Nest sein, so wie die hier einfallen. Du wirst sehen, am Ende hocken nur noch diese Typen hier, darauf läuft es doch hinaus. Verfluchtes Pack, verschissenes! By the way, dieser Oberarsch von Mensinger hat per Mail die Order an die Buchhaltung gegeben, seinen Jahresbonus als Barauszahlung zu verbuchen und in seinem Tresorfach zu verwahren. Dürfte ein nicht unerhebliches Sümmchen sein, was er da versucht, vor der Gattin geheim zu halten, dieser Kackstiefel. Hey, dem müsste man die Kohle unterm Arsch wegklauen. Einfach mal gepflegt die entsprechenden Tresore ausräumen und die Konten aller großkotzigen Oberärsche knacken.« Kim brummte, nahm einen Dartpfeil aus der Schublade, zielte und warf ihn knapp an Carlas Kopf vorbei.

»Hey, bist du irre? Was soll das?« Carla drehte sich um und erblickte an der gegenüberliegenden Seite eine Reihe von Fotografien auf einer großen Pinnwand. Sie zeigten die Gesichter der erst seit Kurzem eingesetzten Führungsmannschaft. Carla stand auf, um die Bilder von Nahem zu betrachten. Sie erkannte den Geschäftsführer Dr. Hoovensing, der nur alle paar Wochen die Zentrale besuchte. Er hatte einen Pfeil im linken Auge.

Im Weiteren hingen dort Mensinger und die durchgestrichene Gamberling (Gott hab sie selig). Albrecht von der Finanzbuchhaltung (noch ganz ohne Dartpfeil), der neue IT-Chef Marquardt (in jedem Auge ein Pfeil und die Nase war mit Zigarettenglut herausgebrannt), und noch einige andere Neue in Schlüsselpositionen. Der Pfeil von eben hing exakt zwischen Mensingers Augen.

»Guter Wurf.«

»Danke. Mit jedem Tag in diesem Loch erhöht sich die Zahl derer, die man gepflegt in den Ausguss kippen könnte. Und der gehört absolut dazu. Du nicht, Carla. Das war´s dann auch schon, wenn ich es recht überlege.«

»Und was ist mit Susann? Die Scharmann, die alte Joschka, deine Kollegen hier unten, wie zum Bei…?«

»Womit wir beim Thema wären. Ich vermute, du weißt es noch nicht.« Kim nahm die Füße vom Tisch und beugte sich vor.

***

In der Zwischenzeit hatte die Geschäftsleitung zu einer Tagung ins Intercontinental, Tagungsraum Köpenick, geladen. Dort beriet sie sich bei Speis und Trank gemeinsam mit dem oberen Führungskreis und acht weiteren Entscheidungsträgern, die extra aus Frankfurt eingeflogen worden waren, über weiterführende Maßnahmen bezüglich des Einsparpotenzials zur Erreichung des Jahreszieles. Die Investitionen der Übernahme mussten bei gleichzeitiger Gewinnmaximierung schließlich irgendwie kompensiert werden. Erfreulicherweise konnte bereits zum Ende des kommenden Quartals eine Reduzierung der fixen Personalkosten um zwanzig Prozent prognostiziert werden.

Im Übrigen sei dem unermüdlichen Dr. Mensinger gedankt,

der spontan und selbstlos das tiefe Loch fülle, das auf so bedauerliche Weise die allseits geschätzte Frau Dr. Gamberling gerissen hatte, der Herr möge sich der dienstbaren Seele annehmen. Aber nun, es war nicht von der Hand zu weisen, dass dieser unglückselige Umstand der Geschäftsleitung zupasskam. Die neuen Bankautomaten würden warten müssen. Diese zugegebenermaßen irrsinnige Idee Gamberlings, die in diesem Jahr mehr Kosten als Einsparungen verursacht hätte, war folglich mit ihr gestorben. Zu erwähnen sei auch nicht zuletzt Mensingers umsichtiges Handeln und außerordentliches betriebswirtschaftliches Gespür. Die Empfehlung, das lokale Kultursponsoring mit sofortiger Wirkung einzustellen, welches die Operation »LoB«, Low Budget, mit stolzen zwei Millionen Euro im Jahr zu einem sehr erfolgreichen Abschluss führen und über die Gewinnschwelle tragen möge, wurde bereits umgesetzt.

Das hörte Dr. Florian Mensinger ausgesprochen gern, wenn auch undeutlich und mit Hall, weswegen er ständig kichern musste und mit befremdlichen Blicken bombardiert wurde. Nebenbei trieb diese Verlautbarung ihm und allen anderen Anwesenden eine freudige Röte ins Gesicht, ging es schließlich um nicht unerhebliche Zielerreichungsboni, so denn das Ergebnis die angestrebte Zwei-Prozent-Hürde knackte. Im Falle Mensingers war der Bonus so gut wie sicher.

Dieser bedankte sich mit einem lauten »Hey, hey, hey, ich bin der goldene Reiter«, hob den Arm mit gestrecktem Daumen und kippte lachend mit dem Stuhl nach hinten, wo er in der Folge laut schnarchend liegenblieb.

Kurzerhand bettete man ihn im Flur auf ein Sofa, legte ihm die Aktentasche auf den Bauch und seine Hände darüber und war sich sicher, der werte Kollege müsse seinen Rausch ausschlafen - und im Prinzip war es ja auch so. Man besprach sich, ihn später in seiner Wohnung oder im Krankenhaus abzuliefern, sollte er nicht wieder zu sich kommen, und heuchelte Verständnis für Mensingers ausgesprochen peinliche Lage. Insgeheim hoffte jeder für sich, Mensinger - der schmierige Sack - würde den Löffel abgeben und seinen Stuhl für einen Fähigeren, nämlich ihn selbst, räumen.

Während Mensinger nach einer Stunde erholsamen Schlafes wieder zu sich kam und äußerst verwirrt, aber auch beschämt, den Weg zurück in die Bank antrat, – er traute sich schlichtweg nicht, Dr. Hoovensing unter die Augen zu treten, sollten sie doch ohne ihn feiern – klatschten sich die Kollegen im Tagungsraum in die Hände und dem Nachbarn auf die Schulter, bestellten Digestifs und waren sich einig, den voraussichtlich immens erfolgreichen Abschluss der Operation »LoB« am Abend in der Lounge gebührend zu begießen. Der Raum ist ab 20 Uhr reserviert. Die Geschäftsleitung hofft auf zahlreiches Erscheinen der jetzt in vollem Bewusstsein stehenden Anwesenden.

Freie kubanische Zigarren für alle.

Carla

Ungefähr zur gleichen Zeit öffnete sich in der Bankzentrale die Fahrstuhltür und Carla stürmte hinaus, direkt zum Damen-WC.

Dort angekommen kühlte sie ihre Stirn mit Wasser und tupfte sich die verschmierte Wimperntusche von den Wangen. Der Himmel mochte wissen, warum mit einem Male die Tränen geflossen waren. Zum Glück befand sich um diese Uhrzeit ein Großteil der Belegschaft in der Mittagspause, so hatte sie niemand gesehen. Noch niemals hatte sie Tränen aus Wut vergossen. Trauer um den Tod ihres Vaters, ja, um den der Mutter, ja. Verletzte Gefühle, ja. Aber zur Stunde stand ihr der Zorn bis unter die Augenlider, verschaffte sich Luft und brannte auf ihren Wangen. Wie konnte dieser Schlipswichser, wie Kim ihn so treffend bezeichnet hatte, die alte Joschka rauswerfen? Und das auch noch klammheimlich mit sofortiger Freistellung? Ihr fielen keine Worte mehr ein, die auf diesen Menschen und auf diese menschenverachtende Vorgehensweise passten.

»Und die Scharmann ist demnächst reif, sie weiß es nur noch nicht«, sagte sie zu ihrem Spiegelbild, als müsse sie es laut aussprechen, um es glauben zu können. Kim hatte ihr erzählt, dass Frau Scharmann heute Morgen die zweite Abmahnung erhalten hatte, von Mensinger eigenhändig getippt. Nach der dritten war Schicht im Schacht, wusste Carla. Und das Schlimmste, Kims Vorgesetzter Marquardt hatte Kim zwischen Tür und Angel empfohlen, sich schon mal so langsam nach einem neuen Job umzusehen.

Doch Kim wäre nicht Kim, wenn diese Grenzsituation nicht ihren Kampfgeist wecken würde. Nachfolgende Recherchen brachten ein geheimes Projekt mit dem wohlklingenden Namen »Anubis« zutage. Ein altägyptischer Gott, Anubis, der Totenbegleiter. Wie treffend. De facto: Die IT sollte ausgelagert werden.

Kim hatte es auf den Punkt gebracht: Eigentlich müsste man ebenjene schädigen, die es verdient hätten, und den verdammten Laden ausräumen. Und sich dann ins Ausland absetzen. Ja, klar. Und wenn sie morgen im Lotto gewinnen würde, dann ... Ein immer gern genommener Gedanke, die kleine, ganz persönliche Flucht. Was würde ich tun, wenn ...

Carla lehnte sich an die geflieste Wand und wartete, bis sich das Durcheinander in ihrem Kopf sortierte. Sie durfte nicht unüberlegt reagieren, musste nachdenken, einen kühlen Kopf bewahren. Das konnte sie, da fühlte sie sich sicher. Schritt für Schritt. Der nächste musste die Bearbeitung des vermaledeiten Kreditantrages sein. Die Rückkehr zu Routinetätigkeiten würde sie erden.

Also gut, Carla Benedikt, sei pflichtbewusst und unangreifbar, nimm die Emotion raus und bleibe sachlich. Und iss erst mal was, dein Magen hängt auf halb acht.

Sie beschloss, beim Bäcker irgendetwas mit Käse Überbackenes zu kaufen und sich damit für den Rest des Tages in ihrem Büro einzuschließen. Die Uhr zeigte kurz nach eins. Kein Wunder, dass sie Hunger hatte. Bis auf Kaffee hatte heute noch nichts ihre Magenschleimhaut gereizt.

Als sie die Schalter passierte, saß da nur Frau Scharmann und löffelte eine Tassensuppe.

»Mahlzeit, Frau Scharmann. Haben Sie Frau Becker gesehen?«

»Ja, Frau Becker ist zum Bäcker, will sich irgendwas Süßes holen. Na, sie kann es sich leisten, die Glückliche. In dem Alter war ich auch noch so.« Sie deutete mit den Händen den Umfang eines Bambusstabes an.

Carla hätte die Frau am liebsten in den Arm genommen und getröstet, aber sie hielt sich zurück, denn sie durfte ja offiziell von nichts wissen. Mit einem gequälten Lächeln bedankte sie sich und steuerte ihr Büro an.

»Ach, Frau Benedikt?«

»Ja?« Sie drehte sich um.

Die Scharmann wedelte mit dem Löffel und zwinkerte ihr zu. »Da wartet ein sehr attraktiver Herr auf Sie. Entschuldigung, aber ich war so frei, ihn in Ihr Büro zu führen und ihm ein Wasser hinzustellen.«

»Da wartet ein Mann in meinem Büro? Wie heißt er denn?«

Scharmann zuckte mit den Schultern. »Hab ich vergessen. Wandern oder so ähnlich. Aber bei diesen Augen könnte er auch Kallewirsch heißen, das wäre mir so was von gleich.«

Carla zog die Brauen hoch. »Danke fürs Kümmern, Frau Scharmann.«

»Für sie immer wieder gerne.«

Die arme Frau, wenn die wüsste, dass sie auf der Abschussliste steht, würde sie nicht mehr so verschmitzt lächeln.

Von Weitem erkannte sie durch die verglaste Front die Rückseite eines hochgewachsenen Mannes, der aus dem Fenster sah. Seine Hände steckten in den Hosentaschen und er trug die übliche Bürouniform: dunkle Anzughose, helles Hemd und aller Wahrscheinlichkeit nach eine Krawatte in gedeckten Tönen. Sollte er Single sein, tippte Carla auf einen Schlips mit Punkten. Oder ohne Punkte, aber dafür in einer schrecklichen Farbe. Na, Hauptsache, er hatte keinen gegelten Seitenscheitel.

Sie richtete sich gerade und trat in den Raum. »Guten Tag, ich bin Carla Benedikt. Hatten wir einen Termin, Herr …?«

Der Mann drehte sich um und streckte ihr mit einem herzlichen Lächeln die Hand hin. »Van Veen. Bo van Veen. Zentrales Kostencontrolling. Guten Tag, Frau Benedikt. Entschuldigen Sie, dass ich so unverfroren in Ihr Büro … eingedrungen bin. Und ja, wir hatten einen Termin. Um 13 Uhr. Oder habe ich mich im Datum geirrt? Das wäre mir allerdings sehr unangenehm. Ich bin extra aus Frankfurt angereist, müssen Sie wissen. Warten Sie, ich sehe mal im Blackberry nach.«

Keine Krawatte. Das hob ihn fürs Erste erfreulich vom Sanisterclan ab.

Carla nickte ihm freundlich zu. Himmel, diese Augen!

Reiß dich zusammen, Carla! Sie sollte wegsehen, auch wenn sie das Spiel somit verlor. »Nehmen Sie doch bitte erst einmal Platz, Herr van Veen, da lässt es sich bequemer prüfen. Sie sind also im Kostencontrolling verhaftet …«

Er setzte sich und lächelte ihr verlegen zu. Carla erkannte winzige Lachfältchen um seine Augen. Zusammen mit seinen leicht aufwärts geschwungenen Mundwinkeln und den kurzen, verwuschelten braunen Haaren wirkte er wie ein verschmitzt aussehender Naturbursche, der nur versehentlich in einem Anzug steckte.

Schluss damit, Carla, der Typ rationalisiert dich weg, bevor du Sollzins rufen kannst.

»Kann ich Ihnen außer Wasser noch etwas anderes anbieten? Kaffee vielleicht? Tee?«

Die Tür?

»Danke, Wasser genügt.«

Er fuhr sich mit der Hand durch die Haare. Jetzt war Carla auch klar, warum seine Frisur so unaufgeräumt wirkte, er schien das öfter zu tun. Noch ein Pluspunkt. Im Gegensatz zu den schleimigen Sanistertypen, die alle aus einer Schmiede zu kommen schienen und von denen wahrscheinlich jeder eine Packung Gel gratis zur monatlichen Gehaltsabrechnung erhielt, wirkte dieser Mann wie der erste Sonnenstrahl nach monatelanger Dunkelheit der Polarnächte.

Carla setzte sich ihm gegenüber und verfolgte, wie er den Termin in seinem Handy suchte. Dann öffnete sie ihre Mails. Na bitte, da stand es schwarz auf weiß in der E-Mail-Nachricht von Frau Joschka. Workflowoptimierung, Mittwoch, 13 Uhr. Heute war Dienstag. Moment, von Frau Joschka? Sie sah die Empfänger durch. Das waren sie selbst und der Mensinger. Kein van Veen dabei. Seltsam.

»Herr van Veen, haben Sie den Termin selbst gar nicht versendet? Ich sehe gerade, dass Sie weder der Absender sind noch im Verteiler stehen.«

»Wie?« Er blickte hoch. »Nein, die Einladung ging von Dr. Mensinger aus. Ah, hier. Dienstag, 13 Uhr.« Er zuckte entschuldigend die Schultern. »Sorry.«

Du liebe Güte, konnte der Mann verschmitzt lächeln. In Carlas Magengrube flatterte es, nur kurz zwar, aber deutlich wahrzunehmen. Sie räusperte sich.

Ein Sanister! Das geht überhaupt nicht.

»Keine Ursache. Bei mir steht Mittwoch, 13 Uhr. Schätze, da ist dem Sekretariat ein Missgeschick unterlaufen. Aber wie auch immer, jetzt sind wir hier. Der Termin ist demnach heute, ich kann Sie ja unmöglich bitten, morgen wiederzukommen. Also lassen Sie uns beginnen.«

Kim

Kim sah auf die Uhr und schaltete die Bildschirme aus. Feierabend für heute.

Der Tag hatte für sie um vier Uhr mit dem wöchentlichen Datenabgleich mit der Securityfirma begonnen. Die Security-Chefin Annett Waidmann war Kim gleichzeitig eine gute Freundin, das machte diese leidige Aufgabe etwas angenehmer.

Annett, die sich vor Kurzem von ihrem Mann Steffen getrennt hatte, hatte den Check online mit ihr gemeinsam durchgeführt. Und Kim pflegte mit beiden ein freundschaftliches Verhältnis. Zum Glück hatten sich die zwei einvernehmlich getrennt, denn sie mussten zusammenarbeiten. Steffen arbeitete in derselben Firma wie Annett, und mit beiden verband Kim nicht nur der berufliche Kontakt.

Eine Stunde später rannte Kim sich am Spreeufer die Seele aus dem Leib. Laufen trieb unsinnige Gedanken aus dem Kopf. Wenn ihr Herz wie ein Pferd auf der Flucht galoppierte, die Muskeln ächzten und die Luft knapp wurde, dann legte sie noch einen Zahn zu. Auf den letzten Metern alles geben, ein Sprint bis zur nächsten gedachten Marke, die eigene Höchstleistung übertreffen, jeden Tag ein Stückchen weiter, eine Sekunde schneller.

Geschafft. Japsend stützte sie sich mit einer Hand am kühlen Stahl eines Treppengeländers ab. Kim wartete, bis sie wieder leidlich durchatmen konnte, zog sich das nasse Stirnband vom Kopf und drückte den Schweiß heraus wie Wasser aus einem Wischlappen. Immer noch in kurzen Stößen atmend hob sie den Kopf und blinzelte gegen die Sonne. Schön hier. In einiger Entfernung lag am Ufer das Hostel Boat *Eastern Comfort*, ein Stückchen dahinter spannte sich die Oberbaumbrücke über die Spree. Touristen schlenderten am Wasser entlang und bestaunten die über eine lange Strecke gut erhaltenen Mauerreste, die eigentlich keine Mauerreste waren, sondern nur ein vorgelagerter Wall. Die Luft war erfüllt von Autolärm, internationalem Geplapper, Musik unterschiedlichster Stilrichtungen. Die Ausdünstungen von abgestandenem Bier, Urin und totem Fisch kitzelten vertraut ihre Nase. Das alles aalte sich unter wolkenlosem Himmel bei dreißig Grad im Schatten. Nirgendwo anders stank es auf diese Weise und pulsierte das Leben in diesem Rhythmus. Nirgendwo anders wollte sie leben. Ein Passant sah sie verwundert an und beschleunigte seine Schritte.

»Was? Noch nie ne Frau in Joggingklamotten gesehen?«, fuhr sie ihn an und beachtete ihn nicht weiter. Sicher, sie musste ein schrilles Bild abgeben in ihrem neonfarbenen, grünen Jogginganzug, den leuchtend blauen Schuhen und dem knallgelben Stirnband, keuchend an einer Treppe am Spreeufer klebend, als stünde sie kurz vor einem Systemkollaps. Sie sollte das Rauchen einschränken. Aber das konnte sie nur, wenn sie sich nicht aufregte. Und im Moment regte sie sich in der Firma ständig auf. Überhaupt regte sie sich zu leicht auf. Ihr fehlte Sex. Aber dazu brauchte sie einen Mann. Und die schienen sie zu meiden wie die Katzen das Wasser. Vielleicht sollte sie sich die Haare wachsen lassen. Ach Quatsch, lange Haare waren unbequem. Kurzerhand fegte sie den Gedanken an muskulöse Männerkörper und wochenendlangen Sex beiseite und beschloss, die geschätzten zehn Minuten bis nach Kreuzberg im Intervalllauf zu bewältigen. Zwei Minuten rennen was das Zeug hielt, eine Minute gehen. Ja, das war eine gute Idee und würde in ihren Muskelfasern die Erinnerung an Schnellkraft speichern und dämliche Gedanken aus ihrem Hirn ziehen. Das war gut, das formte eine lange und definierte Muskulatur und keine knubbeligen Muskelberge. Hm, allerdings könnte sie durchaus noch einen kleinen Umweg von knapp zwei Kilometern verkraften, das sollten die Tanks hergeben. Vielleicht bis ans Badeschiff, um dort etwas zu trinken und kurz ins Wasser zu springen, dann über den Görlitzer Park zurück und …

»Hey, gib Kohle, du Schwuchtel!«

Kim wandte den Kopf und sah zwei Jugendliche in abgerissenen Jeans und schmuddeligen Shirts. Die beiden standen vor einem schmächtigen Mann, er war sicher einen Kopf kleiner als die beiden Halbstarken, der sich an den Uferrand hatte drängen lassen und jeden Moment drohte, hineinzufallen.

Steffen?

Sie sah genauer hin. Schmale Statur, schütteres Haar, abfallende Schultern. Steffen. Annetts Exmann. Er und Annett hatten sich vor vielen Jahren in der Firma kennengelernt. Wie das bei jungen Leuten manchmal so war, hatten sie nicht achtgegeben und Annett hatte einige Monate später einen Sohn zur Welt gebracht, der jetzt schon einundzwanzig war. Natürlich hatten sie in aller Eile geheiratet und einige Jahre später festgestellt, dass sie nicht wirklich zusammenpassten.

Na wartet, ihr Blindgänger, euch gebe ich Kohle. Die kamen ihr gerade recht.

»Aber ich hab keine ...«, hörte sie Steffen ängstlich sagen. Ein Kämpfertyp war er noch nie gewesen.

Mit wenigen Schritten gelangte sie zu der ungleichen Truppe und tippte dem Größeren auf die Schulter. Der drehte sich rum. »Was?!«

Ohne Umschweife packte Kim den Knaben, der nicht einmal sechzehn Jahre alt sein mochte, am T-Shirt und zog ihn zu sich. Aus dem Augenwinkel registrierte sie, dass sein Mitspieler zurückwich und Steffen seinen unsicheren Platz verließ und mit zwei langen Schritten neben sie trat. »Hör mal, du Milchbrötchen, verkrümel dich gefälligst still und leise. Und immer schön den Blick gesenkt halten, verstanden? Das gilt auch für deinen kleinen Bruder. Hannibal Lecter ist ein Schmusekätzchen gegen mich. Lass es nicht auf einen Beweis ankommen.«

»Hannibal wer?«, muckte der Teenager auf, packte mit beiden Händen ihren Unterarm und versuchte, sich loszureißen.

Kim lachte. »Intelligent wie ein Spuckefaden und bockig noch dazu. Da muss schon der Metzger kommen, nicht das Würstchen.« Sie ließ ihn los, tätschelte ihm die Wange und verpasste ihm einen Stoß gegen die magere Brust. Das Bürschchen stolperte einen Schritt rückwärts, fiel hin und raffte sich wieder auf. Mit erhobenen Händen ging er rückwärts. »Ist ja schon gut, ey. Alles cool.« Dann zog er den Jüngeren mit sich fort.

»Danke, Kim. Bist eben ein ganzer Kerl.« Steffen hielt ihr eine Zigarette hin. »Auch eine? Ich brauch jetzt eine Dosis Nikotin auf den Schreck.«

»Das mit dem Kerl überhöre ich jetzt einfach. Und, nein danke, jetzt keine Kippe. Ich bin gerade gejoggt.« Sie beobachtete, wie Steffen sich mit zittrigen Fingern die Zigarette anzündete. Man sah ihm nicht an, dass er einer der cleversten Köpfe in der Welt der Bits and Bytes war, die die menschliche Rasse zu bieten hatte. Nerds zeichneten sich ja meist eher nicht durch eine sehr beeindruckende physische Präsenz aus. Steffen war ein Supernerd, und nicht umsonst der Chef-Softwareentwickler der Securityfirma, die eng mit der Bank zusammenarbeitete.

»Ach, sag mal, wo ich dich gerade treffe. Hast du irgendwas läuten hören? Wechsel der Sicherheitsfirma vonseiten der Sanisters beispielsweise?«

»Allerdings.« Er zog den Rauch tief ein und blies ihn an ihr vorbei. »Aber es gehen viele Gerüchte rum. Ich hoffe, das ist nur eines davon. Wenn ich allerdings deinen Gesichtsausdruck richtig deute, scheint was dran zu sein.«

»Kein Gerücht«, brummte Kim. »Such mal nach Anubis.«

»Anubis? Klingt nicht vertrauenerweckend.«

»Du sagst es. Schätze, meine Tage in der Bank sind gezählt. So, ich mach dann mal weiter, bevor ich auskühle.«

»Hey, Kim. Danke noch mal. Ich bin dir was schuldig. Du hast ja meine Nummer. Aber ich denke, wegen Anubis telefonieren wir sowieso mal.«

Sie nickte ihm zu. »Alles klar. Grüß Annett, wenn du sie siehst.«

»Mach ich.« Kim warf einen letzten Blick über die Schulter, um sicherzugehen, dass die Teenager außer Sichtweite waren, nickte nochmals und joggte los Richtung Badeschiff. Ein kühles Bier würde ihr jetzt gerade recht kommen.

Die Welt war schlecht. Anubis! Das schlug in der Tat dem Fass den Boden aus. Kim schnaubte und rückte das nasse Stirnband gerade.

Mit zwei Brüdern war sie aufgewachsen, hatte gelernt, sich zu prügeln, und konnte auf Kommando rülpsen. Sie war in der Lage, komplexe Sachverhalte zu programmieren, und stand in enger und vertrauensvoller Kooperation mit der noch von der Elanbank beauftragten Securityfirma. Und somit auch mit Annett und Steffen. Die Systeme funktionierten, es lief alles wie am Schnürchen. Und jetzt kam diese Sanister-Drecksbande und behauptete kurz vorm Outsourcing der gesamten IT, es gäbe Effizienteres, nämlich ihre Sicherheitsfirma, ihre Systeme. Ihre, ihre, ihre.

Glaub keinem Gutachten, das du nicht selbst hast fälschen lassen.

Unsinnige Systemumstellungen vertrugen sich eben nicht mit einem grundsätzlichen Sparkurs. Annett hatte es nicht glauben können, als Kim ihr vorhin von Anubis und der weiteren Planung dieser Gangster erzählte. Heilige Scheiße, hier ging es anscheinend nur ums Sanister-Prinzip, nicht um bessere Techniken. Und um ihren Arbeitsplatz, um die gewohnten Abläufe. Im Prinzip ging es eigentlich um alles. Und verflucht noch eins, auf das Niveau dieser Hohlköpfe musste sie sich erst mal runtersaufen.

Carla

Ungefähr zwei Stunden und eine Flasche Mineralwasser später verließ Bo van Veen Carlas Büro. Man sähe sich, hatte er ihr gesagt, er wäre jetzt eine Weile in Berlin und dürfe das Verfügungsbüro nutzen. Zurückgelassen hatte er ein Kärtchen mit seinen Kontaktdaten und eine Carla Benedikt, die ihm paralysiert hinterher starrte.

Nicht der Umstand, dass der Mensinger das lokale Kultursponsoring gestrichen hatte, machte sie fassungslos, eher die Art, wie dies vonstattengegangen war. Ein ihr völlig Fremder hatte sie vor vollendete Tatsachen gestellt. Gut, van Veen hatte die für Carla folgenschwere Neuigkeit zwar taktvoll übermittelt, eine Beschneidung des Arbeitsbereiches war jedoch nach Carlas Empfinden in der Regel zunächst Sache zwischen Vorgesetztem und Mitarbeiter. Naturbursche hin, smartes Lächeln her, sie konnte den Van Veen nicht ausstehen, sie konnte niemanden von den Sanisters ausstehen. Sollte sie nun wüten, einen Heulkrampf kriegen oder ihrem Boss, diesem aufgeblasenen Furunkel am Arsch der Finanzdienstleister, mit einem gezielten Wurf den Pfeil zwischen die zusammengewachsenen Augenbrauen setzen? Am besten in dieser Reihenfolge unter Auslassung des Heulkrampfes. Sie fuhr mit den Händen übers Gesicht, schloss die Augen und legte den Kopf in den Nacken. Bevor sie heulte, würde sie eher fünf Croissants essen. Mit extra Schoko. Und Sahne.

Als sie die Augen wieder öffnete, traf sie Susanns fragender Blick, bevor diese sich wieder einem Kunden zuwandte.

Ruhe bewahren, Carla. Alles andere wäre unprofessionell.

Nachdenklich rückte sie Unterlagen gerade, zupfte ein loses Haar von der Bluse und starrte auf die Mappe auf dem Aktenstapel ganz oben. Der nach wie vor zu prüfende Kreditantrag setzte mittlerweile Staub an und das würde er zumindest auch heute noch tun müssen. Unangenehmes wollte zuerst erledigt werden. Aus Mensingers Schreiben ging eindeutig hervor, alle von der Streichung betroffenen Künstler und Galeristen seien unverzüglich in Kenntnis zu setzen. Im Weiteren wären die zurzeit in der Zentrale ausgestellten Exponate der lokalen Galeristin Gutheil noch diese Woche an die Dame zurückzugeben. Mit Ersterem war die Lambrecht betraut, mit Letzterem Carla. Wenigstens diesen umfangreichen Schriftverkehr und anschließende verdrießliche Telefonate hatte jemand anders an der Backe. Trotzdem, Gerdi Gutheil war Carla ans Herz gewachsen, und das wusste der Mensinger sehr genau.

Gefasst atmete Carla durch und machte sich auf den Weg in die Bäckerei. Sie brauchte Nervennahrung. Zwanzig Minuten später hatte sich dank eines mit Käse und Speck überbackenen Kürbiskernbrötchens und einem Schokocroissant als Nachtisch ihre Laune wesentlich angehoben. Sie informierte Susann kurz per Telefon über das jüngste Ereignis und schlug seufzend den Sponsoringordner bei »G« auf.

Insgesamt sechs verglaste Ausstellungsstücke geringeren Wertes der Galerie Gutheil hingen derzeit im Foyer. Sie würde die Bilder problemlos in ihren Wagen packen können. Zum Glück war die Galeriebesitzerin nicht auf das Sponsoring angewiesen. Bedauerlicherweise jedoch viele andere.

Vor ihrem Büro lief Mensinger vorbei. Das Meeting war wohl schon zu Ende. Ob sie ihn auf das Schreiben ansprechen sollte? Nein, darauf wartete dieses Ekelpaket nur, diese Blöße durfte sie sich nicht geben. Schon gar nicht in ihrer trotz Schokocroissant momentan noch recht emotionalen Verfassung.

Sie wählte die Nummer der Galerie. Besetzt. Und nun? Bis Dienstschluss dauerte es noch eine knappe Stunde. Zeit, um zumindest mit der Prüfung des Antrages zu beginnen, dachte Carla und beschloss, sich jetzt doch noch einen Kaffee anzutun. Der viel zu hohe Kaffeekonsum war eine ihrer Schwächen. Neben Schokolade, Wein und Nussnugatcreme.

Auf dem Weg zur Küche hoffte sie, dass niemand in Vorfreude auf den Feierabend den Automaten bereits ausgeschaltet hatte. Sie könnte sich etwas Kakao in den Kaffee rühren. Und Sprühsahne dazu?

Aus der Küche drangen Stimmen. Carla stockte.

»Aber Herr Dr. Mensinger. Bitte …«

»Stell dich nicht so an. Hast heute extra ne Hose angezogen, was? Willst mich ärgern, wie?«

Carla verkrampfte. Lieber sterben als jetzt umdrehen. Das Valium hatte ihm anscheinend nichts anhaben können, oder er hatte die Tasse nicht leer getrunken. Wie auch immer, offenbar erfreute er sich einer solch guten Gesundheit, dass er seine Pfeile schon wieder in fremde Jagdgebiete steckte.

Wut bündelte sich in ihrer Magengrube zu einem kleinen Feuerball. Dieser substanzlose Auswurf eines notgeilen Einzellers sollte nur nicht glauben, dass sie vor Sorge um ihren Job wurmgleich um ihn herumkriechen würde wie der Rest der gesichtslosen Steigbügelhalter.

Gedanklich zückte sie zwei, drei Dartpfeile und betrat die Küche.

»Guten Tag, Herr Mensinger …« Sie stellte sich direkt hinter den

Widerling, der soeben seine schmierigen Griffel unter Susanns Bluse schob. Dabei unterschritt Carla absichtlich die gebotene Distanz von ungefähr einem halben Meter. Das hätte sie besser bleiben lassen, sein Rasierwasser roch unerträglich aufdringlich.

Susann flüchtete in eine Küchenecke. Der Schmierlappen fuhr ertappt herum. »Frau Benedikt …«

»Ja, allerdings. Was tun Sie da?«

Susann hielt Glas und Geschirrtuch schützend an sich gedrückt wie einen Schild.

Mensinger zog seinen Kamm aus der Anzugtasche und fuhr sich damit über das fettige Haar.

»Was meinen Sie denn, was ich hier tue, Frau Benedikt? Nichts, absolut nichts. Ich habe Frau Becker geholfen, die Spülmaschine auszuräumen. Nicht wahr, Frau Becker?« Er warf Susann über die Schulter einen Blick zu.

»Nein, Herr Dr. Mensinger, nicht wirklich. Sie haben …«, setzte Susann an.

»Nichts anderes getan, als zu helfen«, grinste er.

»Nun …«, Carla zog ihr Handy aus der Blazertasche und hielt es hoch. »Das Video auf meinem Handy zeigt da aber eine völlig andere Szene.«

Das war mehr als frei aus dem Ärmel geschüttelt. Hoffentlich fiel er drauf rein. Sie gab sich Mühe, ihre Mimik überheblich aussehen zu lassen, und steckte das Handy mit einer langsamen Bewegung zurück.

»Das haben Sie nicht getan. Geben Sie das Handy her!« Er verkürzte die Distanz. Seine kalten Augen waren jetzt nur eine Dartpfeillänge von ihrem Gesicht entfernt. Sie roch seinen Atem. Seine Ausdünstung von zu viel Rasierwasser, kaltem Zigarrenrauch und Alkohol ließ sie schlucken. Mist, jetzt schmeckte sie das Zeug auch noch auf ihrer Zunge.

»Wie käme ich dazu? Lassen Sie es doch drauf ankommen. Herr. Dr. Mensinger!«

»Das wagen Sie nicht.«

Carla verkürzte die Distanz auf eine halbe Dartpfeillänge, auch wenn ihr dabei die Galle beinahe überlief.

»Glauben Sie? Noch eine einzige sexuelle Belästigung, und nicht nur die Geschäftsleitung wird Freude an dem Filmchen haben.«

Endlich, er trat zurück und steckte den Kamm weg. Carla konnte wieder durchatmen.

»Sie drohen mir, Frau Benedikt? Damit haben Sie sich ihr eigenes Grab geschaufelt. Vorgesetztenbeleidigung in dieser Dimension hat erhebliche Konsequenzen. Sind Sie tatsächlich so einfältig?«

Jetzt lächelte Carla. Er hatte es tatsächlich gefressen. Hätte ihr jemand noch vor wenigen Tagen gesagt, sie würde ihren Vorgesetzten mit einer infamen Lüge erpressen, hätte sie ihn ausgelacht und behauptet, es ginge nichts über ein stets korrektes Benehmen und Selbstkontrolle. Wobei man offenbar auch eine Lüge sehr korrekt und beherrscht rüberbringen konnte: Weder rammte sie diesem brünstigen Bock einen Bleistift in den Hals, noch schüttete sie konzentrierte Natronlauge in seinen Kaffee.

»So? Aber ich habe Sie nicht beleidigt. Oder, Susann? Ich habe mir nur einen Kaffee geholt.«

Susann nahm all ihren Mut zusammen. »Stimmt. Kann ich bestätigen«, hauchte sie über ihr Geschirrtuch.

Hektisch und mit rotem Kopf blickte Mensinger von einer zur anderen, schrie etwas Unzusammenhängendes, in dem mehrfach die Vokabel »Nachspiel« vorkam, und stürmte aus der Küche.

»Wow …« Carla lehnte sich aufatmend an die Küchentheke. »Ist noch Kaffee da?«

»Danke, Carla. Ich weiß gar nicht, was ich sagen soll.«

»Nichts. Das war längst überfällig. Und keine Sorge, das sogenannte Nachspiel wird nicht so schnell kommen. Der hat viel zu viel Angst, dass seine Frau anzügliche Informationen bekommt.«

Und schon wieder geflunkert.

»Du hast gar nicht gefilmt, oder doch?«

»Nein. Hab ich nicht. Aber er hat´s geschluckt.«

»Du bist genial, Carla.«
»Wie man es sieht. Dämlich wäre auch eine Option.«
Susann fiel ihr um den Hals, bedankte sich noch mehrere Male und musste wieder an den Schalter zurück. Carla verzog sich mit einer Tasse frisch gebrühten Kaffees und einem Gefühl im Bauch, dass in ihrem Leben im Moment nicht wirklich alles so reibungslos lief, wie es sollte, in ihr Büro. Noch eine halbe Stunde. Es rentierte sich kaum, mit dem vermaledeiten Kreditantrag noch anzufangen. Sie griff erneut zum Telefon. Diesmal bekam sie ein Freizeichen.

4

»Sie haben Ihr Ziel erreicht. Das Ziel liegt rechts.«

Carla lenkte den Wagen in eine freie Parklücke und schaltete den Motor aus. Die Bilder lagen auf dem Rücksitz. Sie hatte ihre Notfallwolldecke darübergelegt, die sie immer im Kofferraum spazieren fuhr. Oliver hatte sie deswegen immer aufgezogen, aber eine Decke im Zugriff zu haben, schien Carla zumindest kein Fehler zu sein. Auch wenn sie nur zum Verhüllen von geringwertigen, gerade mal backblechgroßen Exponaten diente.

Sie stieg aus und blinzelte gegen die Sonne, die helle Fäden durch Birkenkronen schickte. In dieser Gegend säumten Birken nicht nur die Randstreifen der Bürgersteige. Diese breite Straße hatte sogar eine Mittelpromenade mit Birken. Birken, soweit das Auge reichte. Eine ausgesprochen angenehme Wohngegend. Wer sich hier ein Haus leisten konnte, hatte keine Zukunftssorgen. Eine Villa reihte sich an die nächste. Die Altbauten mochten aus den Dreißigerjahren sein. Alles in allem schien es hier sehr ruhig, sehr grün, ausgesprochen geschmackvoll und verdammt teuer. Insbesondere das Haus der Gutheils ließ erahnen, dass hier mehrere Gärtner ihr Auskommen haben dürften. Eine Natursteinmauer fasste das gesamte Anwesen ein, und ein schmiedeeisernes Tor hielt ungebetene Gäste ab. Mittendrin fügte ein weißes Haus mit langen Sprossenfenstern und Walmdach sich gefällig in das parkähnliche Grundstück mit unzähligen, rund geschnittenen Buchsbäumen ein. Links und rechts der Doppeltür stützten dicke Säulen das Vordach, und zwei marmorne Hunde thronten mit erhobenen Nasen auf ihren Sockeln. Wie geschmacklos Kunst doch sein konnte.

Sie suchte das Klingelschild. Vergebens. Allein die Hausnummer, die ihr Gerdi Gutheil telefonisch durchgegeben hatte, musste genügen. Ab einem bestimmten Jahreseinkommen brachte man keine Namen an Hausmauern an. Schon gar keine selbstgeklöppelten Tonplatten mit Buchstaben aus Salzteigwürmchen, wie sie ihre Mutter so gerne gehabt hatte.

Schließlich fand Carla die Klingel in der Mauer, eine kleine runde goldfarbene Erhebung. Sie läutete. Kurz darauf knackste es und von irgendwoher vernahm sie Gerdi Gutheils Stimme: »Wie schön, Sie sind da, Carla. Warten Sie, Frieder kommt gleich und ist Ihnen behilflich.«

Wer war Frieder? Ihr Mann? Einen Moment später erschien ein attraktiver Mittdreißiger im Blaumann und öffnete die Tür - rein altersmäßig eher nicht der Ehemann. Was war das überhaupt für ein Name? Männer in diesem Alter hießen Michael, Marc, Ole oder Alexander. Aber doch nicht Frieder. Nun ja, andere Ortsteile, andere Sitten.

»Hallo«, grüßte er frisch, wischte sich eine Hand an der Hose ab und streckte sie ihr entgegen. »Sie müssen die Frau von der Bank sein. Wo sind die Bilder?«

Nun, zumindest kam Frieder gleich zur Sache. Nettes Lächeln hatte er. »Hinten im Wagen. Unter der Decke.« Mit der Fernbedienung öffnete sie die Türen. Frieder zog zwei Exponate heraus. Carla nahm die anderen an sich.

»Bitte folgen Sie mir, Frau Benedikt.« Hinter ihr fiel das Tor zu und verschloss sich mit einem Summen.

»Kommen Sie bitte. Frau Gutheil bat darum, die Kunstwerke in der Garage unterzubringen und Sie, Frau Benedikt, anschließend zu sehen.«

Sie stellten die Bilder in einer Garage ab, in der locker fünf Familien hätten residieren können, wenn der Platz nicht für acht Autos, eine Hebebühne und ein Abteil für Gemälde benötigt worden wäre.

»So lebt man hier also«, staunte Carla. »Und Sie arbeiten für die Gutheils, Frieder?«

»Ja, ich bin für die Babys hier zuständig.« Nicht ohne Stolz umschrieb er mit dem Arm einen Halbkreis. »Zweimal die Woche werden sie komplett durchgecheckt, Probe gefahren und gewaschen.«

»Und wann machen Sie Feierabend?«

»Jetzt«, erwiderte er lachend. »Bin eben mit dem Bentley fertig geworden, hat ein bisschen länger gedauert. Aber nun geht es heim zur Familie.«

»Wie schön. Kinder?«

»Zwillinge. Drei Jahre alt.«

»Scha… schön.« Man konnte wenigstens mal fragen. Tja, so war das. Aber »Frieder liebt Carla« machte im geritzten Herz am Buchenstamm nicht wirklich was her. Der gut aussehende und leider vergebene Frieder brachte sie zur Eingangstür und verabschiedete sich. Das marmorne Viehzeug - Carla erkannte jetzt, dass es sich um Windhunde handelte - sah aus der Nähe noch viel abscheulicher aus.

»Meine liebe Carla, vielen Dank für den Botendienst. Kommen Sie doch bitte herein, ich habe uns eine kleine Erfrischung zubereitet.«

Gerdi Gutheil kam mit ausgestreckten Armen auf sie zu, legte die Hände auf Carlas Schultern und hauchte, links, rechts, zwei Luftküsse an ihren Wangen vorbei.

Carla folgte der Grande Dame, wie man sie unter Kollegen nannte, durch eine imposante Eingangshalle, in deren Mitte eine geschwungene Treppe nach oben führte. Fast wie bei »Im Winde verweht«, dachte Carla und fragte sich, ob jemals ein Kind dieses Geländer hatte runterrutschen dürfen.

Anschließend schlich sie ehrfurchtsvoll durch die Halle, durchquerte einen nicht weniger eindrucksvollen Wohnraum, und trat durch eine halbrunde Terrassentür in den Garten.

»Ein Swimmingpool …«, hauchte sie. Und was für einer. Er hatte keine Ecken, sondern schlängelte sich gut zwanzig Meter durch das perfekt gepflegte Grün. Gut, jetzt war sie neidisch. Vom-Winde-Verweht-Treppen und zwei Sofagarnituren in einem Tanzsaal mit offenem Kamin entlockten ihr ein anerkennendes Nicken. Aber ein Pool riss sie vom Hocker.

»Ja«, erwiderte die Gutheil lächelnd und goss eisgekühltes Wasser aus einer Karaffe in Gläser, »der ist fantastisch, nicht? Haben wir erst vor zwei Jahren bauen lassen. Ich drehe dort jeden Morgen meine Runden, das hält fit. Ich war mal eine gute Schwimmerin, müssen Sie wissen. Schade, dass wir keine Kinder haben, Egon und ich. Wäre eine Freude, mit den Enkeln hier zu planschen. Aber nun«, sie reichte Carla ein Glas, »man kann nicht alles haben. Setzen Sie sich doch, Carla. Und nennen Sie mich Gerdi, bitte.« Sie zeigte auf eine gemütliche, mit weißen Kissen beladene Sitzgruppe aus Teakholz.

Carla nahm das Glas, setzte sich und kam sich in ihrem Kostüm von der Stange schäbig vor. Gerdi saß ihr wie aus dem Ei gepellt gegenüber, ganz Grande Dame. Das graue Haar war kurz gehalten. Der flotte Schnitt und Gerdis strahlende Augen mit unzähligen kleinen Lachfältchen an den Seiten gaben ihr etwas anziehend Sympathisches und ja, auch Jugendliches. Kaum zu glauben, dass Gerdi bereits 65 Jahre zählte. Sie war vollständig in weiß gekleidet, eine Kurzarmbluse, darüber eine doppelt gelegte Perlenkette. Eine dünne Stoffhose schmiegte sich um ihre schlanken Beine und die Füße steckten in flachen Sandalen. Carla beschloss, in diesem Alter genauso jung zu wirken. Und einen Pool zu haben. Und weiße Flatterhosen. Und diese natürliche Eleganz, mit der Gerdi auf die Welt gekommen zu sein schien.

Streng dich an, Carla, ist ein hartes Stück Arbeit. Insbesondere die Sache mit der Eleganz.

»Sagen Sie, Carla, nicht dass es mich einschränken würde, aber es interessiert mich: Warum entzieht die Bank der lokalen Kunst das Sponsoring? Und so plötzlich? Vor zwei Monaten erhielt ich ein Schreiben, dass alles weiterlaufe wie bisher. Ist etwa die Existenz des Geldinstitutes gefährdet?« Sie lehnte sich zurück, schlug die Beine übereinander und sah sie erwartungsvoll an.

Carla druckste herum. Sie konnte doch nicht mir nichts, dir

nichts Interna ausplaudern? Nein, das konnte sie nicht, aber so ein bisschen Drumherum reden sollte drin sein. Also erzählte sie.

Als es dämmerte, reicherte Gerdi das Wasser mit einem Rosé an und gedämpftes Licht verwandelte den Garten in eine zauberhafte Welt, aus der Carla gar nicht mehr fortwollte. Dementsprechend gesprächig verlief der Abend. Am Ende hatte sie Gerdi über den Tod der Gamberling in Kenntnis gesetzt und über den bevorzugten Aufenthaltsort von Dr. Mensingers Grabschfingern, sie hatte über unfaire Entlassungen und Mobbing geplaudert … Ach, einfach alles rutschte über Carlas Lippen. Und das tat verdammt gut. Seit ihr Verlobter keiner mehr war, fehlte ihr ein Gesprächspartner, und für Freundinnen hatte sie nie die Zeit aufbringen wollen, können, dürfen. Erst die Mutter, dann der Verlobte und der Job, dann nur noch der Job. Und jetzt? Klar war, sie wollte auch einen Pool. Ganzjährig beheizt, bitte.

»Ich glaube«, sagte Carla und stellte das halb volle Glas zurück, »ich gehe jetzt besser. Es ist spät und ich muss noch fahren. Der Rosé ist übrigens vorzüglich. Viel zu schade zum Verdünnen. Und herzlichen Dank für die Bewirtung. Es hat mir viel Freude bereitet, mit Ihnen zu plaudern.« Sie griff nach ihrer Tasche und stand auf.

Gerdi tat es ihr gleich. »Keine Sorge, Ihre Geschichten bleiben bei mir. Kommen Sie doch am Wochenende einmal vorbei! Wir könnten gemeinsam schwimmen und frühstücken.« Sie zögerte. »Carla, ich rede nicht gerne um den heißen Brei. Ich mag Sie. Sie sind eine äußerst clevere Person und angenehme Gesprächspartnerin. So voll von Lebenslust und Optimismus und Zielen. Davon hätte ich gerne mehr. Die Frauen in meinem Dunstkreis trinken immer nur Tee und jammern über diverse Affären ihrer Männer. Sie züchten Kombuchapilze, und die uferlosen Plaudereien drehen sich um Dinge wie den aktuellsten Todesfall bei der Tante des Bruders eines entfernten Bekannten. Sie verstehen? Ich bin das leid. Ich möchte am Leben teilnehmen, nicht am Sterben, denn das kommt garantiert und meistens zum ungünstigsten

Zeitpunkt. Also, möchten Sie mir eine Freundin sein?«

Mittlerweile standen sie an den Windhunden. Ob sie die Freundin dieser bemerkenswerten Frau sein wollte? Klar. Was für eine Frage.

»Es wäre mir eine Ehre, Ihre Freundin zu sein.«

»Wunderbar«, sagte Gerdi lachend. »Dann gleich die Testfrage.«

»Testfrage?« Wie viel Alkohol hatte die Frau getrunken?

»Wie gefallen dir … Wir duzen uns jetzt, einverstanden? Also, wie gefallen dir die Marmorhunde?«

»Ehrlich?«

»Absolut.«

»Überhaupt nicht. Sie sind scheußlich.«

»Ja, sie sind in der Tat äußerst stillos. Sie gehören meinem Mann …«

Gerdi

Gedankenverloren räumte Gerdi den Tisch ab und gab zwei Fingerbreit Scotch in ein Glas. Barfuß setzte sie sich an den beleuchteten Pool und verfolgte, hin und wieder am Glas nippend, die sanften Bewegungen der Wasseroberfläche. Sie zündete sich eine Zigarette an und inhalierte tief. Es passte nicht zu ihr, meinte Egon, man würde die Nase rümpfen, eine Frau von Stand und Zigarette … Nein, das ginge nicht.

Und wie das ging. Gerdi liebte es. Sollten die Schnösel doch denken, was sie wollten.

Das Schicksal meinte es gut mit ihr. Trotzdem, Zufriedenheit musste sich anders anfühlen. Glück erst recht. Eigentlich hatte sie allen Grund zum Glücklichsein. Wenn sie jedoch darüber nachdachte, welchen Kampf Carla täglich auszufechten hatte, kam ihr das eigene Leben vor wie dieser Pool hier. Ab und zu bewegte eine leichte Brise oder ein Insekt oder einfach nur die Umwälzpumpe das Wasser, ansonsten geschah recht wenig. Gleichförmig, stetig, nett anzusehen. Und total langweilig. Es passierte einfach nichts, und dieses Nichts verschlang ihr Geld und raubte ihr die Kraft. Irgendwie glich die Begrenzung des Pools ihrem Umfeld und sie selbst dem Wasser darin. Und morgen, am Mittwoch, würden sich wieder einmal die Ehefrauen aus dem beruflichen Umfeld ihres Mannes, Egon Gutheil & Partner, Rechtsanwaltskanzlei, zum Teekränzchen bei ihr einfinden und die ewig gleiche Scheiße über sie ergießen.

Kurzerhand stand sie auf, drückte die Zigarette aus, griff sich ihr Smartphone, man ging ja mit der Zeit, und sagte für morgen ab. Ihr ginge es nicht gut, das Alter, man möge es ihr nachsehen. Sie melde sich im Oktober wieder, bis dahin bitte keine Einladungen. Danke.

Diese Aussage würde Spekulationen nach sich ziehen, das war Gerdi klar. Voraussichtlich las sie demnächst im örtlichen Stadtteilanzeiger, die Galeristin Gutheil habe mit einem schweren Krebsleiden zu kämpfen, oder ähnlichen Bullshit. Sie warf das Handy auf den Tisch, ging zum Pool zurück, steckte sich eine weitere Zigarette an und hängte die Füße ins Wasser.

»Na, hast du deine Bilder?«

Gerdi erschrak. Sie hatte ihn nicht kommen hören.

»Guten Abend, Egon. Ja, sie stehen in der Garage.« Sie blickte über die Schulter nach oben. »Und wie war dein Tag?« Eine rhetorische Frage.

Ein zart blumiger Duft ging von ihm aus. Wie so oft in den letzten zwanzig Jahren duftete er nach Parfüm, das Bouquet wechselte allerdings in unbestimmten Abständen.

»Das Übliche. Viel zu tun. Und deiner?« Er gähnte. »Ich lese jetzt die Zeitung und gehe dann zu Bett. Du rauchst zu viel.«

»Ich rauche gern«, sagte sie, doch er hatte bereits abgedreht. Es war ihr egal. Und ihm ebenfalls.

Sie zog sich aus und glitt ins Wasser.

***

Elisabeth knickte um, als sie um die Ecke bog und unerwartet auf Rasen trat. Es schmerzte etwas im Knöchel. Egal.

Sie biss die Zähne zusammen und ging weiter, hörte Wasser plätschern. Sie blieb stehen, nestelte im Halbdunkel in ihrer Handtasche herum. Ah, da war sie ja. Nun denn. Sie atmete einmal tief ein und aus und streckte sich. Mit finsterer Entschlossenheit legte sie die wenigen Meter zum Pool zurück.

***

Gerdi tauchte unter.

Ein herrliches Gefühl. Stille. Leichtigkeit. Ätherisches Blau. Die Damen des Teekränzchens pflegten stets hocherhobenen Hauptes zu schwimmen. Bloß nicht die sorgsam toupierte Frisur beschädigen. Dafür nahmen sie die unvermeidliche Nackensteife in Kauf, konnte man ja vom attraktiven Privatmasseur wieder wegkneten lassen. Ob die beim Schwimmen jemals ihre Köpfe unter Wasser gesteckt hatten? Wohl kaum. Das Make-up, meine Liebe, das Make-up.

Sie hatte den Rand erreicht und tauchte prustend auf.

»Guten Abend, Frau Gutheil.«

Gerdi erschrak, wischte sich das Chlorwasser aus den Augen und blickte hoch. Über ihr stand ein pastellfarbenes Wesen, vom Blau der Pools ungünstig angestrahlt. Mit Brille. Und es zeigte mit beiden Händen auf sie. Warum? Oh, womöglich, weil zwischen den Händen eine Pistole klebte. Nicht schön. Gar nicht schön. Gerdis Herz klopfte. *Jetzt nur nicht panisch werden.*

»Sie wünschen?«, fragte sie so ruhig wie möglich und hielt sich am Rand fest. Je tiefer sie im Wasser steckte, desto weniger Zielfläche gab sie ab.

Die junge Frau stand etwa zwei Meter entfernt, breitbeinig und mit ausgestreckten Armen vor ihr. In ihren Händen zitterte die Pistole. Wenn die Kleine, sie war höchstens fünfundzwanzig, jetzt vor lauter Zittern versehentlich abdrückte, war es das mit dem angenehmen Lebensabend. Andererseits wäre sie für immer aus der Nummer mit den Damenrunden raus.

»Frau Gutheil! Mein Name ist Elisabeth Amberger und ich fordere die Herausgabe Ihres Mannes!«

»Sie fordern was?«

Moment mal, das Liebchen könnte seine Enkelin sein. Außerdem wirkte sie so unscheinbar wie ein Becher Grießbrei. Farblos, blass, soweit sie das in diesem Licht beurteilen konnte, und leicht fade.

»Die Herausgabe Ihres Mannes!«

»Ja, das habe ich schon verstanden, konnte es nur nicht glauben. Er ist ja nicht meine Geisel. Wie sind Sie überhaupt auf das Grundstück gelangt?«

»Hinter ihm durch das Tor geschlüpft und …« Offenbar besann sie sich ihres Vorhabens und trat einen halben Schritt näher an den Poolrand. »Ich liebe Egon!« Die Hände zitterten nun unübersehbar. »Und … und er liebt mich!«

Herzchen meinte es bitterernst, daran gab es kein Rütteln.

»Und deswegen wollen Sie mich jetzt erschießen, verstehe. Dann ist der Weg frei für die große Liebe, nicht wahr?« Gerdi winkte ab. »Jetzt nehmen Sie mal die Pistole runter und beruhigen Sie sich. Sie können ihn haben. Mit Handkuss. Am besten, Sie nehmen ihn gleich mit. Das Haus jedoch gehört bedauerlicherweise mir, Sie müssen sich also mit dem Mann begnügen.« Das blutarme Kindchen ließ die Arme sinken und starrte sie ungläubig an. Wenn sich jetzt ein Schuss löste, würden die kostbaren andalusischen Fliesen beschädigt. Wäre schade drum.

»Das meinen Sie nicht so. Sie pokern.« Sie hob die Hände wieder an. Was war die Kleine für eine? Medizinstudentin, Bibliothekarin, Bäckereifachangestellte?

»Ich sage immer genau das, was ich meine, junge Dame. Das ist der Vorteil des Alters. Jetzt nehmen Sie die Waffe runter und Egon am Arm und verschwinden Sie von meinem Grundstück. Aber vielleicht fragen Sie Egon vorher, ob er Sie so spontan begleiten möchte.«

»Natürlich will er das. Er hat es mir gesagt. Heiraten will er mich, sobald Sie in die Scheidung eingewilligt haben.«

Ach du liebe Güte, der servierte seinen Gespielinnen immer wieder die gleiche Geschichte. Gerdi tauchte kurz unter und wieder auf.

»Gut. Ich willige ein. Zufrieden? Also los, schnappen Sie sich Ihren Hengst.« Sie deutete mit der Hand zur Terrasse. »Durch die Tür, dann rechts halten. Vermutlich sitzt er in der Küche am Tresen und liest Zeitung. Ach ja, und bitte führen Sie ihn samstags eine Runde durch den Wald, er hat Auslauf so gerne. Und dreimal Essen am Tag, abends keine Kohlenhydrate, nur ein bisschen Eiweiß, er setzt leicht an.«

Mit Schwung verließ Gerdi das Becken. Sie schnappte sich eines der Handtücher, die griffbereit neben den Bademänteln über einem Stuhl hingen, und trocknete sich ab. Anschließend schlüpfte sie in den leichten Baumwollmantel. Elisabeth schien sich nicht mehr so sicher zu sein, was sie wollte, denn sie stand da, die Pistole hielt sie zum Glück gesenkt und nur noch in einer Hand, und schien mit der Situation ein klein wenig überfordert. *Ach.*

»Auf was warten Sie, Schätzchen? Halali. Oh, einen Moment noch … Was machen Sie eigentlich beruflich? Entschuldigen Sie, aber ich überlegte in diesem Moment, ob sie vielleicht Studentin sind.«

»Nein, ich arbeite in einer Apotheke.«

»Das ist fein.«

»Ja.«

»Und auf was warten Sie jetzt?« Jetzt wirkte die Kleine verschämt. Auch das noch.

»Würden Sie … würden Sie mit mir zusammen hineingehen?«

Gerdi zog die Brauen hoch und rubbelte sich die Haare halbwegs trocken.

»Ah, verstehe. Sie möchten eine offizielle Übergabe. Gern. Kommen Sie.«

Kurz darauf traten beide in die Küche. Egon saß über eine Zeitung gebeugt auf einem Barhocker am Thekentisch. Gerdi war stolz auf ihre etwas weniger als fünfundzwanzig Quadratmeter große Küche, deren zentraler Punkt die Kochinsel darstellte. Dort wurde gekocht und, wenn es schnell gehen sollte, auch gegessen. Sie hatte seinerzeit ein modernes Design mit grifflosen Fronten gewählt und sich für cappuccinofarbene Töne und Weiß entschieden. Arbeitsflächen und Wandverkleidungen hatte sie aus farblich passendem und hochwertigem Liberecer Rosengranit anfertigen lassen. Die obligatorischen Vollholz-Landhausküchen der anderen konnte sie nicht ausstehen. Im Gegensatz zu Holz war Granit wasserabweisend, strapazierfähig und zudem hygienisch.

Als sie eintraten, blickte Egon auf und Gerdi genoss den ungläubigen Ausdruck im Gesicht ihres Mannes, Verzeihung, ihres zukünftigen Ex-Mannes. Sie hätte ebenso gut mit einem australischen Wombat unterm Arm hereinspazieren können, die Reaktion hätte vermutlich ähnlich ausgesehen.

»Elisabeth?!« Egon sprang auf und ein Teil der Zeitung segelte zu Boden.

Gerdi trat vor und hob sie auf. Elisabeth sagte nichts.

»Ihr habt meinen Segen, Schatz«, sagte Gerdi, tätschelte ihm den Arm und trat an die Spüle, ein Glas Wasser einschenken. Schwimmen machte durstig. Sie schmunzelte, lehnte sich an die Theke und trank das Wasser in einem Zug aus. Elisabeth sagte immer noch nichts.

»Wie lächerlich!« Sein Kopf fuhr erst zu Gerdi herum, dann funkelte er die junge Frau an. Nun, das gesellschaftliche Korsett bekam dann wohl heute Abend die Chance, sich selbst zu sprengen. Gerdi schenkte Wasser nach, und Elisabeth würgte ein »Wie bitte?« hervor.

»Segen? Das ist doch absurd! Absurd ist das!«, wetterte Egon und lief rot an. »Ich und dich heiraten. Wie kommst du auf diese Schnapsidee? Ich könnte als dein Vater durchgehen!«

»Großvater«, warf Gerdi geflissentlich ein.

»Ja, auch das. Heiraten …« Er steckte die Hände in die Hosentaschen und schüttelte den Kopf.

»Du … du hast es mir versprochen. Und du … du hast mir diesen Ring geschenkt.« Demonstrativ hob sie die Hand, in der unglücklicherweise noch die Pistole baumelte. Irritiert blickte sie von ihrer Hand zu Egon und wieder auf ihre Hand.

Gerdi erinnerte sich nicht, in den letzten Monaten nach elf Uhr abends so hellwach gewesen zu sein.

Ihr Mann lachte und trat mit ausgestreckter Hand auf Elisabeth zu. »Komm, gib mir das Spielzeug, das ist nur was für Erwachsene.«

Im nächsten Moment löste sich ein Schuss.

Und Egon fiel einfach um.

Nur ein kleiner, roter Punkt zwischen seinen Augen verriet, dass etwas anders war als sonst. Na ja, und gewöhnlich lag er auch nicht einfach so in der Küche herum.

Elisabeth schrie, wohl erschrocken über sich selbst, stolperte rückwärts und warf die Pistole von sich. Sinnigerweise rutschte diese über die Fliesen und stoppte erst im Schritt des Treulosen.

»Egon?«, fragte Gerdi und tippte ihn mit dem Fuß an.

Egon sagte nichts.

***

Es begann zu regnen, als Elisabeth aus dem Haus stürmte.

Sie rüttelte am Tor und vergaß zum zweiten Mal in ihrem Leben ihre Contenance. Aus Leibeskräften schrie sie, Gerdi solle das beschissene Gitter öffnen, und fügte dem noch einige weitere unschöne Ausdrücke hinzu. Es summte, sie stolperte zum Auto, warf sich hinter das Steuer und raste los. Die Scheibenwischer sorgten für freie Sicht. Elisabeth sah trotzdem nichts, oder zumindest so gut wie nichts, weil es erstens dunkel war und sie es zweitens vorzog, Tränen wegzuwischen und ihr Armaturenbrett anzuschreien, anstatt die Scheinwerfer einzuschalten. So kam es, dass Elisabeths rasante Fahrt ein jähes Ende in einer Baugrube fand.

Die Anwohner vernahmen ein lautes Krachen und krochen aus ihren Betten. Man versammelte sich murmelnd um die dilettantisch abgesicherte und zudem nicht ausreichend beleuchtete Baustelle. Man hatte es ja gesagt, dass so etwas passieren könne, aber auf sie hörte ja niemand. Das hätte man jetzt davon. Die Grube war tief, die Meterangabe wusste man nicht so genau, ahnte aber jetzt zumindest, dass sie einen Mittelklassewagen durchaus aufnehmen konnte. Unten in der Grube lagen frisch geflickte Kabelkanäle. Und ein Auto. Es dampfte und blinkte und der Fahrer schien sich nicht zu rühren. Vorsorglich rief man die Polizei und einen Krankenwagen.

Später am Abend stellte ein Arzt den Tod der jungen Frau fest. Todesursache: Genickbruch. Aber auch Herzstillstand, was bei Toten ja nicht so sehr ungewöhnlich war. Man wusste nicht, was initial zum Tod geführt hatte, tippte jedoch auf Ersteres.

Noch viel später holte man Gutheils Leiche ab. Der Kommissar erkannte reaktionsschnell einen Zusammenhang zwischen dem Mord des Rechtsanwaltes und dem Tod der Autofahrerin, nachdem ihm Gerdi entsprechende Hinweise gegeben hatte.

Als er nach Hause fuhr, kam ihm der Gedanke, der alte Gutheil habe sich wohl eine junge Geliebte gehalten, und beneidete ihn ein wenig. Aber nur ein wenig. Denn der war ja tot.

Gerdi

»Mausetot«, dachte Gerdi, als sie gegen vier Uhr morgens im Bad stand und sich die sündhaft teure Antifaltencreme sorgsam in die Gesichtshaut einklopfte, weil sie dies jeden Abend tat. Also warum nicht auch heute?

Gerdi horchte in sich hinein. Schließlich hatte es noch bis vor einer halben Stunde in ihrem Haus nur so von Menschen gewimmelt. Horden von Polizisten, die den Tatort absperrten und Fragen stellten, Journalisten, die noch viel nervigere Fragen gestellt und die sie zum Teufel gejagt hatte. Und Ärzte und Sanitäter, die faktisch nicht viel zu tun hatten, denn Egon hatte keine Betreuung mehr benötigt. Deshalb hatten sie sich auf sie gestürzt, versucht, ihr Beruhigungsmittel zu verabreichen - sie gar zur Beobachtung ins Krankenhaus einzuweisen - und hatten blöd aus der Wäsche geglotzt, als sie abgelehnt und sich mit den Worten »Zur Feier des Tages« – oder so ähnlich – einen Scotch eingeschenkt hatte. Zu allem Überfluss hatte sie zum Abschluss auf der Wache ihre Fingerabdrücke hinterlassen müssen. Als ob man die auf der Waffe finden würde.

Gerdi tupfte sorgfältig über die Oberlippe, hier hatte sie leichte Längsfalten. Ihre Lachfältchen dagegen mochte sie, auf die Kerben über der Lippe konnte sie getrost verzichten. Nebenbei überlegte sie, sie könnte ebenso gut damit aufhören, in sich rein zu horchen. Denn weit konnte es damit nicht her sein, wenn sie sich darauf beschränkte, ihren Falten Namen zu geben. Sie tupfte weiter. Wie passend, das Damenkränzchen abgesagt zu haben. Obwohl, das würde die Spekulationen jetzt noch anfeuern, die Sache wirkte zugegebenermaßen ein klein bisschen kalkuliert.

Gerdi verharrte. Oh Gott, sie war jetzt Witwe! Wie sich das anhörte. Das klang nicht nur nach alter, einsamer Frau - sicher erwartete nun jeder, sie das restliche Jahr in Schwarz und Tränen tupfend anzutreffen.

Nun, gegen Erwartungen durfte man ja nichts einwenden, und wer nichts erwartete, wurde auch nicht enttäuscht. Und ob andere sich in ihren Annahmen erfüllt sahen oder nicht, insbesondere die hochnäsige und erlauchte Gesellschaft, konnte ihr schnurz sein. Oder?

Sie atmete tief ein – irgendwie tiefer als sonst –, schaltete das Licht im Badezimmer aus – sie sollte auch dort einen Bewegungsmelder installieren lassen –, ging durch den schwach beleuchteten Flur und betrat ihr Schlafzimmer. Ihre Füße hinterließen kleine Schwitzspuren auf dem Parkett. Es fühlte sich alles normal an. Wie jeden Abend. Nur dass es jetzt früh am Morgen war und Egon seine Träume ab heute nicht mehr weithin hörbar hinausröcheln würde. Aus diesem Grunde hatten sie bereits seit Jahren getrennte Schlafräume. Gleichwohl hatte sie sein Schnarchen sogar durch die Wand gehört. Gerdi öffnete ein Fenster und steckte sich aus Angewohnheit Wattestöpsel in die Ohren, überlegte einen Moment, lachte, schüttelte den Kopf und nahm sie wieder heraus. Egons Schlafzimmer würde erwartungsgemäß nicht mehr genutzt werden, schon gar nicht von Egon.

Der Gewohnheit folgend setzte sie sich an ihren Schminktisch, schaltete den Fernseher ein und bürstete sich die Haare. Nachrichten. Ein achtzig Jahre alter Mann hatte versehentlich seine Frau überfahren. Na, zumindest das würde ihr nicht mehr zustoßen. In Kreuzberg war eine Wohnung abgebrannt. Dabei hatte man eine Cannabis-Plantage entdeckt. Dumm gelaufen. War wohl einer mit dem Joint eingeschlafen. Bei der Verkostung sozusagen. Im Vorjahr waren zehn Menschen in Berliner Haftanstalten gestorben. *Aha.* Und in Friedrichsfeld hatte ein Typ mit einer Latexmaske eine Bank überfallen und war nach kurzer Flucht geschnappt worden. Idiot. Man überfiel keine Banken am helllichten Tage. Latexmaske. Lächerlich. Wie hatte Carla ihre Kollegin Kim noch gleich zitiert? *Stop, Gerdi, das gehört sich nicht.*

Vor wenigen Stunden hatte man den ungewöhnlich schweigsamen Egon unwiederbringlich abtransportiert. Und die arme

Elisabeth … Nein, das hatte die Kleine wahrhaftig nicht verdient. Die momentane Situation verlangte unbedingt eine gedrückte Stimmungslage. Sie sollte sich verdammt noch mal in Grund und Boden schämen. Streng genommen müsste sie leiden und trauern und verzweifelt sein.

Hm. Gerdi warf die Ohrstöpsel in den kleinen Kosmetikeimer auf dem Schminktisch, schaltete den Fernseher aus, stand auf und ließ sich rücklings und mit ausgestreckten Armen auf ihr Bett fallen. Sie schloss die Augen, fühlte die Seide sich kühl an ihren Rücken schmiegen. Fünfundsechzig Jahre zählte sie nun. Nicht zu spät, neu anzufangen.

Kein Schnarchen. Kein Furzen. Kein »Du solltest weniger rauchen, Liebes. Wie sieht das denn aus?« Außerdem hatte er immer, immer den letzten Joghurt genommen.

5

Susann

Die Morgensonne schickte helle Fäden in das kleine Wohnzimmer.

Susann legte das Buch beiseite und stellte die Tasse mit heißer Milch, in die sie heute die doppelte Portion Honig getan hatte, auf dem Tisch ab, stand auf und zog die Vorhänge zu. Dann lümmelte sie sich wieder aufs Sofa und nagte auf ihrem Daumennagel herum. Sie konnte sich nicht konzentrieren, weder auf die humorvolle Liebesgeschichte von der Kürthy, noch auf den neuesten Thriller von Veit Etzold, den sie sich erst gestern besorgt hatte. Selbst der Versuch, sich in »Das fünfte Evangelium« ihres Lieblingsschriftstellers Philipp Vandenberg einzulesen, schlug fehl.

Dieser Tag konnte ihr in seiner gesamten Länge gestohlen bleiben, genauso wie die Sonne und der freundlich aufmunternde Lichtschein, der sie ins Freie locken wollte und ihr vorgaukelte, das Leben wäre schön und aufregend. Beschissen war es. Ungerecht und hinterhältig. Dabei hatte sie nicht mal große Ansprüche.

Alles, was sie wollte, war ein anständiger Beruf, der ihr das Auskommen sicherte. Mach eine Banklehre, hatten ihre Eltern gesagt, das ist was Solides, du kannst dich hocharbeiten und gutes Geld verdienen.

Na ja, hocharbeiten schien mittlerweile von hochvögeln abgelöst, und das mit dem Geld war auch so eine Sache. Wenn es dumm für sie lief, würde sie bis zur Rente in dieser unteren Gehaltsklasse bleiben. Ach, sie sollte nicht so dummes Zeug denken. Sie brauchte nicht viel. Wenn sie gelegentlich eine Lesung besuchen und darüber und vielleicht über Bücher bloggen konnte, war sie zufrieden. Nicht mehr und nicht weniger. Na ja, vielleicht später einmal einen liebevollen Mann und ein, zwei Kinder.

Und was präsentierte ihr das Schicksal? Einen Blog, den sie noch nicht freigeschaltet hatte, weil die Einträge fehlten, und einen notgeilen Vorgesetzten. Der hatte sie gestern noch in sein Büro gebeten. Ob sie ihn zum Feind haben wolle, hatte er gefragt. Ob sie sich bewusst sei, dass er am längeren Hebel säße und ihr – einer kleinen Schalterangestellten – sowieso niemand Glauben schenke. Sie habe die Wahl, sich entweder nicht so anzustellen oder ihren Job zu verlieren - und sie solle nicht glauben, er fände keine Gründe. Ein kleiner Fehler hier, wie zum Beispiel ein Zahlendreher bei der manuellen Erfassung von Überweisungsträgern, ein kleiner Fehler dort. Das summiere sich, jaja, Kleinvieh mache auch Mist und sie zu einer unkalkulierbaren Fehlerquelle. Allerdings könne sie gern den angenehmeren Weg gehen und in naher Zukunft Frau Benedikts Position einnehmen. Diese spröde Arbeitnehmerrechteverfechterin habe sich ja mehr als disqualifiziert.

Sie hatte die Wahl. Hatte sie? Nicht wirklich. Aber sie konnte sich krankmelden, und das hatte sie vor wenigen Minuten auch getan. Carla hatte sehr besorgt geklungen und vorsichtig nachgefragt, und Susann hatte den dringenden Wunsch verspürt, sich die Last von der Seele zu reden. Carla war ihr beinahe wie eine große Schwester. Dennoch, oder vielleicht gerade deshalb, hatte sie Magenschmerzen vorgetäuscht. Und im Grunde war ihr tatsächlich speiübel.

Und nun? Morgen würde sie wieder in die Bank gehen, keine Frage, sie konnte ja ihre Kollegen nicht im Stich lassen. Bis dahin allerdings musste sie einen Masterplan haben.

Ja, Masterplan, das klang ziemlich clever. Nur wusste sie nicht, wie sie einen auf die Beine stellen sollte. Keinesfalls konnte sie den Mensinger an sich heranlassen. Allein die Vorstellung ließ die Milch noch in der Tasse ausflocken. Also würde der Mann ihr Fehler in die Schuhe schieben. Masterplan. Darüber stand doch sicher etwas in ihrem Bücherregal. Sie ging die Reihen durch. *Winstons Masterplan: ein Roman zum ökonomischen Wandel.*

Nein, das war nicht das Richtige. *Der Masterplan der Tempelritter. Ein direkter Zugang ins tiefste Mittelalter.* Auch nicht. *Der Vier-Wochen-Powerplan für die Traumfigur.* Sie seufzte desillusioniert auf. In ihrer Sammlung fehlte Fachliteratur. Sie suchte weiter. Oh, hier war ein Buch falsch einsortiert. *Kanada*, ein Roman von Richard Ford. Da ging es um illegalen Handel, Banküberfälle und Mord und Totschlag. Definitiv nicht ihre Welt. Bis heute hatte sie es noch nicht einmal angelesen. Vielleicht sollte sie das tun?

Sie zog das Buch heraus und las den Klappentext. Die Eltern eines Jungen raubten eine Bank aus, weil ihnen das als einziger Weg aus einem Dilemma erschien. Welch ein Schwachsinn. Jetzt wusste sie wieder, warum sie diesen Roman niemals hatte lesen wollen. Das Thema war ihr einfach zu weit hergeholt und auch zu gewalttätig. Zudem ein Jugendroman, aus dem Alter war sie raus. Sie stellte das Buch zurück in seine Lücke.

In diesem Moment klopfte es an der Tür.

»Schätzchen?«

Ihr Vater. Was wollte der hier? Und woher wusste er, dass sie nicht in der Bank war?

»Papa?« Susann öffnete die Tür.

Sogleich trat er herein und nahm sie in den Arm. »Wieso bist du nicht in der Bank? Geht es dir nicht gut? Bist du krank?«

»Nur ein verdorbener Magen«, sagte sie gequetscht und löste sich aus seiner Umarmung. Wieso war er nicht in der Firma? Ach, stimmte, er war ja jetzt in Rente.

»Dann brauchst du einen Kamillentee. Du hast doch Kamillentee?« Er legte den Arm um sie, dirigierte sie in die Küche und drückte sie auf den Stuhl an dem kleinen Tisch. Im Normalfall würde sie ihm einen Kaffee aufbrühen. Aktuell befand sich ihr Leben jedoch in keiner Weise im Normalbereich, und sie genoss die liebende Fürsorge ihres Vaters. Ob sie ihm von den Problemen in der Bank erzählen sollte? Lieber nicht, er wäre in der Lage und würde bei Mensinger vorsprechen und ihn zur Minna machen. Was das für sie hieß, konnte sie sich denken.

Sie sah ihm zu, wie er Wasser zum Kochen brachte und zwei Tassen mit Teebeuteln ausstattete. Dabei plapperte er unaufhörlich. »Ich habe in deiner Bank angerufen und wollte dich fragen, ob du heute Abend zu uns kommen kannst. Wir – also deine Mutter und ich – haben etwas Großes vor und wollten dir das rechtzeitig sagen. Und dann sagten sie mir, du hättest dich krankgemeldet.« Er goss heißes Wasser über die Teebeutel, stellte eine Tasse vor sie und setzte sich mit seiner Tasse ihr gegenüber. Sein Gesicht spiegelte Sorge um sie.

»Ihr habt etwas Großes vor?«

»Ja, allerdings«, sagte er aufgeregt und dippte wiederholt den Teebeutel in die Tasse. Seine Aufregung war ihm jetzt deutlich anzusehen, seine Augen glänzten, als er fortfuhr. »Stell dir vor, wir haben ein Wohnmobil gekauft.«

»Ihr habt ein Wohnmobil gekauft. Aha.« Das war schon die ganze Neuigkeit? Sie stützte die Ellenbogen auf und legte das Kinn auf ihre Hände.

»Ja. Ein großes Wohnmobil, eher ein … warte, ich zeige dir ein Bild.« Er zog einen gefalteten Flyer aus der Sakkotasche und legte ihn vor sie.

Susann hatte soeben den Teebeutel angehoben, jetzt plumpste er in die Tasse. »Das ist kein Wohnmobil, Papa! Das ist ein Bus! Und was soll dieser Sportwagen dabei? Nicht dein Ernst, oder? Auch noch rot!«

»Was? Nein, der Bus ist anthrazit-metallic.«

»Der Sportwagen.«

»Ach der, ja, der ist im Preis mit dabei. Toll, nicht wahr? Man sieht das auf dem Bild nicht so gut, aber es ist eine ausfahrbare Mittelgarage im Bus eingebaut. Sehr praktisch. Klappe auf und der Flitzer wird einfach herausgeschoben.«

»Ihr seid ja verrückt! Was das alles kostet … Woher habt ihr so viel Geld, und wo wollt ihr damit hin? An den Gardasee auf einen Campingplatz? Das Teil ist über zwölf Meter lang.«

»Gespart, Schatz. Und die Lebensversicherung war fällig. An den

Gardasee? Ja, vielleicht auch dorthin. Aber jetzt komme ich zum eigentlichen Punkt.«

Susann lachte. »Das Teil hier«, sie tippte mit dem Finger auf den Flyer, »das ist keines, mit dem man zwei Wochen All-inclusive-Urlaub macht, Papa. So ein Protzding passt doch gar nicht zu euch.«

Er nickte und faltete die Hände. »Na ja, wir wollen uns eben die Welt ein bisschen komfortabler ansehen und haben uns sogar schon eine Route ausgearbeitet. «

»Eine Route …«

Er stieß einen langen Seufzer aus. »Ich mache es kurz. Wir werden ein Jahr weg sein. Vielleicht länger. Wir wissen es noch nicht so genau.« Dann blickte er sie gespannt an.

»Ein Jahr … Oder länger …« Das musste sich erst einmal setzen. »Was ist mit eurem Haus? Mit dem Garten? Wer kümmert sich?«

»Die Putzfrau kommt einmal die Woche und die Nachbarn haben das Grundstück im Auge. Wir dachten, du könntest ab und an mal den Rasen wässern und die Pflanzen gießen. Es geht ja schon bald los, genauer jetzt am Samstag.« Er zuckte entschuldigend die Schultern. »Ich weiß, das kommt jetzt sehr plötzlich, aber wir konnten noch einen guten Platz auf der Fähre ab Genua ergattern. Sonst wären wir erst viel später losgekommen und hätten dann in den Herbst hineingemusst. Das wollten wir vermeiden.«

Susann hätte gerne etwas gesagt, so etwas wie: Seid ihr von allen guten Geistern verlassen? Warum stellt ihr mich vor vollendete Tatsachen? Hättet ihr vielleicht mal fragen können, wie ich das finde, wenn ihr euch von heute auf morgen für ein Jahr oder mehr verdünnisiert? Einfach so? Wo soll ich denn jetzt sonntags zu Mittag essen? Und überhaupt, mir diese Neuigkeit einfach so vor die Füße knallen und dann sagen, ich könnte euch den Garten gießen? Geht´s noch? Ich habe immer alles gemacht, was ihr gesagt habt, sogar eine Banklehre begonnen. Und dafür darf ich jetzt den Garten gießen?!

Faktisch brachte sie kein Wort heraus. Ihr Vater deutete ihr

Schweigen wohl als positive Sprachlosigkeit. Er strahlte sie glücklich an.

»Wusste ich doch, dass dich das von den Socken haut. Wir freuen uns sehr auf diese Reise, denn wer weiß schon, wie viel Zeit uns noch bleibt, nicht wahr? Und je eher wir starten, umso weniger kann uns was dazwischenkommen.« Er drückte mit dem Löffel den Teebeutel aus und legte ihn auf die Serviette, die er sich von dem Stapel auf dem Tisch zog. Dann umfasste er die Tasse mit beiden Händen, lehnte sich aufatmend zurück und nippte am Tee.

»Ja ... Das solltet ihr tun. Unbedingt«, hörte Susann sich sagen. Ihre Einwände brachte sie nicht über die Lippen. Sollten sie ihre Weltreise machen, es sei ihnen gegönnt. Und sie? Was war mit ihr selbst? Ihr Leben geriet aus den Fugen, und ausgerechnet die Menschen, die ihr am liebsten auf der Welt waren, ließen sie im Stich. Sie überlegte einen Moment, ob sie ihm alles erzählen sollte und ... Nein, dann würden sie die Reise nicht antreten, ihr zuliebe.

»Prinzessin, du kommst doch ohne uns klar für diese Zeit, oder?«, fragte ihr Vater.

Sie rang sich ein Lächeln ab. Er nannte sie immer noch Prinzessin. Jeden Sonntag. Und jetzt. Und bald ein Jahr lang nicht mehr. Oder länger.

»Natürlich, Papa, ich bin doch kein kleines Kind mehr. Die Reise wird fantastisch werden.«

Er nickte und leerte seine Tasse. »Deine Mutter wird erleichtert sein. Sie sagt, wenn du damit ein Problem hättest, fahren wir nicht. Und du kennst deine Mutter - sie meint, was sie sagt.« Er blickte auf die Uhr. »Oh, ich muss los. Irmchen macht mich einen Kopf kürzer, wenn ich diese komischen lila Dinger nicht bis zur Mittagszeit besorgt habe.«

Er stand auf, zog sie hoch und nahm sie kurz, aber fest in die Arme. »Du bist meine kleine Prinzessin, auch wenn wir mal ein Weilchen weg sind. Wir kommen ja wieder.«

»Welche komischen lila Dinger?«

»Na, dieses Gemüse. Du weißt doch, sie schneidet sie in Scheiben und macht diesen Montezuma drauf.«

»Mozzarella.«

»Oder so.«

»Dann sollst du Auberginen mitbringen.«

»Ja genau, so hießen sie. Danke, mein Schatz!« Er drückte ihr einen Kuss auf die Stirn. »Jetzt wird es aber Zeit für mich.«

Susann brachte ihren Vater zur Tür und lächelte so herzlich, wie sie es unter diesen Umständen vermochte.

»Wiedersehen, Papa.« Leise schloss sie die Tür hinter ihm und schlich zum Sofa zurück. Na toll, jetzt war auch noch ihre Milch kalt. Sie warf sich aufs Sofa und umschlang ihre Knie mit den Armen. Und nun?

Carla

Sechzehn Uhr. Ein Arbeitstag, den Carla gerne den Abfluss hinuntergespült hätte.

Susann hatte sich wegen Übelkeit krankgemeldet. Carla beschlich das unbestimmte Gefühl, dass der Mensinger dahinterstecken könnte.

Anschließend hatte Carla bei Kim durchgeklingelt, doch die war pausenlos in irgendwelchen kurzfristig anberaumten und hochwichtigen Meetings. Gerdi war ebenfalls nicht erreichbar und auch sonst hatte Carla bis auf einige kurze, geschäftliche Telefonate heute keine Minute geplaudert. Nun, zumindest war auf diese Weise der verfluchte Kreditantrag endlich geprüft und der nächsten Instanz zur Genehmigung übergeben. Diese Instanz hatte es bislang jedoch nicht für nötig befunden, den Empfang zu bestätigen. Obendrein war dieser van Veen wiederholt und deutlich langsam an ihrem Büro vorbeigeschlichen und sie hatte ihn bewusst und mehrmals deutlich ignoriert.

Was soll´s. Es gab Wichtigeres. Hunger zum Beispiel. Sie hatte das dringende Bedürfnis, Kühlschränke leerzufuttern oder in eine Tafel Schokolade zu beißen, verkniff es sich jedoch. Unter Umständen auch deswegen, weil im Kühlschrank der Abteilungsküche gähnende Leere herrschte und Süßigkeiten nur in den Bonbonschalen an den Schaltern zu finden waren. Selbst die Kekse im Besprechungsraum hatte jemand geplündert. Frechheit. Sie würde später im Scheers an der Oberbaumbrücke zwei Schnitzel besorgen, die waren gesund, es lag schließlich ein Salatblatt dabei, und bei Lucy vorbeischauen. Das hatte sie eigentlich am Montag schon tun wollen. Aber jetzt erst einmal durchatmen, die Systeme runterfahren und die News des Tages abrufen.

Es war zwar schon Nachmittag, aber morgens hatte sie für so etwas keinen Kopf. Ohne Kaffee ging gar nichts und potenziell üble Nachrichten mussten so früh am Tag einfach nicht sein, davon hatte sie im Büro genug. Sie öffnete die BZ-News-App auf dem Handy und überflog die Headlines.

Wenige Minuten später stockte sie bei einer Schlagzeile:

Mord an Anwalt
Tatverdächtige tot im Auto

Die Geliebte des 62 Jahre alten Rechtsanwalts Dr. Egon Gutheil soll diesen in seiner Villa im Ortsteil Dahlem mit einem gezielten Kopfschuss ermordet haben. Nun hat die Polizei die Tatverdächtige gefunden - tot in ihrem Auto.

Carla überflog den Bericht mit angehaltenem Atem. War sie tatsächlich kurz vor diesem Vorfall dort gewesen? Kaum vorstellbar. Es schien alles so idyllisch im Hause Gutheil, so perfekt organisiert und für die Ewigkeit arrangiert. Nichts hatte auf einen solchen Schicksalsschlag hingewiesen. Andererseits, hätte sie eventuelle Vorboten zu deuten gewusst? Gerdis Ehemann hatte mitten in der Woche bei Einbruch der Dunkelheit immer noch gearbeitet?

Ein Anhaltspunkt? Nein, das war nicht ungewöhnlich für einen Anwalt. Vielleicht Gerdis leicht spöttische Randbemerkung über die potthässlichen Marmorhunde?

Wie auch immer … Kein Wunder, dass sie Gerdi nicht erreicht hatte. Sie mochte sich nicht ausmalen, durch welche Höllen die Frau nun ging. Wie schrecklich. Furchtbar. Entsetzlich. Den Gedanken, Gerdi einen Besuch abzustatten, verwarf sie sofort, sie kannten sich ja kaum. Solch eine schwere Zeit gehörte der Familie und dem engsten Freundeskreis.

Es schlug fünf Uhr, als Carla aus dem Büro stürmte. Sie brauchte jetzt dringend jemanden zum Reden.

Mensinger

Etwa zur gleichen Zeit zog Dr. Mensinger den Handspiegel aus der Schreibtischschublade und kontrollierte seine Frisur. Tadellos, wie immer.

Nun, zumindest sah man ihm seinen inneren Aufruhr nicht an, denn zu seinem Verdruss hatte er auch heute noch Schwierigkeiten, den peinlichen Zwischenfall im Konferenzraum einzuordnen. Er erinnerte sich an seine Ankunft am Dienstag im Tagungshotel, das war es dann auch schon. Filmriss. Irgendwann hatte er sich an diesem Tag wie gewohnt zur Bank begeben und sich bis abends in seinem Büro verschanzt. Frau Lambrecht hatte er angewiesen, ausschließlich Gespräche seiner Hierarchieebene – oder höher – durchzustellen. Für alle anderen arbeitete er an einem vordringlichen Projekt.

Auch heute blieb sein Telefon stumm und er glotzte die meiste Zeit des Tages auf seinen Bildschirm, ohne dass er eine Schlussfolgerung aus den Zahlen ziehen konnte. Gelegentlich schnupperte er am Bourbon, womöglich hatte man einen Giftanschlag auf ihn ausgeübt, aber der gute Barterhouse roch wie sonst auch.

In der Mittagspause hatte er, entgegen seiner Überzeugung,

Ärzte wären nur was für Pinscher und Arbeitsscheue, den Pfuhl dieser zweckdienlichen Tätigkeiten mit einem Arztbesuch durchbrochen. Der bereits deutlich in die Jahre gekommene und mit Sicherheit an partieller Amnesie leidende Weißkittel hatte tatsächlich die Frechheit besessen, ihm die Vorstufe eines Burn-out-Syndroms zu unterstellen, und ihm eine Krankmeldung entgegengestreckt. Mensinger hatte ihn ausgelacht. Stümper, arbeitnehmerfreundlicher Erfüllungsgehilfe. Er würde den Arzt wechseln, ach was, überhaupt nie wieder einen aufsuchen. Der Vorfall gestern war dem Alkohol geschuldet gewesen, nichts weiter. Und dem Mangel an sexueller Betätigung. Er sagte ja immer, es war nicht gut, die Bottiche zu voll laufen zu lassen. Wenn so was überschwappte, verursachte es womöglich innerliche Vergiftungen. Ja, so musste es sein. Dem sollte schnellstmöglich Abhilfe geschaffen werden. Burn-out. Lachhaft.

In diesem Moment schob das Vollweib Lambrecht erst ihre Oberweite durch die Tür, dann ihr Gesicht. Sie hätte eine Notiz von der Geschäftsleitung.

Aufreizend setzte sie sich auf das Ledersofa und schlug die Beine übereinander.

»Einen Moment noch«, sagte sie lächelnd und zog ein kleines Fläschchen aus der Tasche. Sie schraubte die Kappe ab, steckte sie zwischen die Lippen und gab mit zurückgelegtem Kopf je einen Tropfen in jedes Auge. Dann blinzelte sie kurz, verschraubte die Flasche und lächelte erneut. »Verzeihung, meine Augen sind immer so trocken.«

Dann las sie vor: »Wir bitten Herrn Dr. Mensinger um eine dezidierte Aufstellung zum Projekt LoB, der Fluktuationsquote in Prozent und Köpfen in seinem Bereich bis Ende der Woche, szenarisch bis Ende des Monats.« Sie steckte den Zettel mit einem Augenaufschlag in ihren Ausschnitt. »Ich verstehe das nicht, Herr Dr. Mensinger. Erklären Sie es mir? Bitte.«

Das ließ er sich nicht zweimal sagen und setzte sich zu ihr. Derart komplexe Sachverhalte verlangten eine geringe Distanz, natürlich nur, um Vertrauen aufzubauen und väterliche Vorgesetztennähe zu demonstrieren. Zu seinem Bedauern lehnte sie den Whisky ab, die Zigarette ebenfalls. Jedoch bewies ihm dieses Verhalten, dass sie ihm den nötigen Respekt zollte und wusste, was sich gehörte. In ausufernden Erklärungen ergoss er sich zu der Projektthematik und labte sich an ihrem erwartungsvollen und gleichzeitig wissbegierigen Mienenspiel. Und an dem erquickenden Einblick in ihren Ausschnitt. Er hatte sie in der Tasche, klare Sache. Sie bewunderte ihn, und das konnte er mehr als nachvollziehen. Als er geendet hatte, beugte sie sich etwas vor, zog die Notiz aus dem Ausschnitt und drückte sie ihm in die Hand. »Danke, jetzt bin ich schlauer.« Sie stand auf. »Schönen Abend noch, Herr Doktor Mensinger. Und arbeiten Sie nicht mehr zu lange.«

Das Letzte, was er von ihr an diesem Tag - und in seiner Vorstellung etwas später - sah, waren zwei enorm pralle Pobacken unter hauchdünnem Stoff, die sich wogend durch die Tür schoben.

Bo

Im gleichen Augenblick unterbrach Bo van Veen seine Arbeit und rieb sich die Augen.

Man hatte ihm ein kleines Verfügungsbüro am Ende des langen Ganges zugewiesen. Es glich eher einer etwas geräumigeren Abstellkammer als einem Büro und bot gerade genug Platz für einen kleinen Schreibtisch und einen Stuhl. Für Schränke oder eine Kommode hatte es nicht gereicht. Zumindest gab es ein bodentiefes, allerdings sehr schmales Fenster. Und eine schulterhohe Grünpflanze aus Plastik in der Ecke. Beileibe kein Raum zum Wohlfühlen. Und auch kein Job zum Wohlfühlen, dachte er.

Aber Arbeit war Arbeit, und pflichtbewusst, wie er nun einmal war, drängte es ihn, seine Aufträge ordentlich zu erledigen, auch wenn er sie am liebsten dem Papiermüll überlassen hätte. Zur Fertigstellung der Ablaufdokumentation benötigte er eine Information von Carla Benedikt. Doch die hatte ihr Telefon auf die Zentrale umgestellt, und jedes Mal, wenn er an den verglasten Wänden ihres Büros vorbeischlenderte, natürlich wie rein zufällig, sah sie zur Seite oder blätterte in Akten. Gut, das konnte Zufall sein, musste aber nicht, denn irgendwie machte sie durchaus den Eindruck, sie sähe ihn sehr wohl, hätte es allerdings am liebsten, wenn er sich zum Teufel scherte. Schade, dabei hatte sie ein entzückendes Lächeln - wenn sie denn mal lächelte. Zumeist wirkte sie sehr reserviert, zumindest auf den ersten Blick - ihre Augen allerdings straften sie oft Lügen. Leuchtend hellgrüne Augen, von einem dunklen Ring eingefasst. Faszinierend.

Bo holte tief Luft und krempelte die Ärmel um. Nun gut, dann würde die Doku eben erst morgen fertig werden. Er schloss die Datei und öffnete eine andere. Die Stelle hatte man ihm eindeutig schöngeredet. Die Aussicht auf das hervorragende Jahresgehalt plus Prämie zusammen mit einer durchaus interessant kredenzten Aufgabe, ein Konzernberichtswesen zu implementieren - in einem jungen, aufstrebenden Team - hatte ihm wohl Scheuklappen aufgesetzt. Jetzt tippte er ein Word-Dokument nach dem anderen und befand sich inmitten eines gefühlten Altersdurchschnittes von mindestens fünfundvierzig Jahren innerhalb der Führungsebene. Jung und aufstrebend waren hier höchstens die Triebe an dem Riesenphilodendron in der Schalterhalle. Und selbst der rollte schon die Blätter ein.

Das Telefon klingelte. »Mensinger hier. Herr van Veen, haben Sie die Abläufe von Frau Scharmann bereits im Verzeichnis?«

Bo verzog das Gesicht. Dieser Typ grüßte nicht einmal. Sehr unsympathisch. Selbst die Stimme trug den Hauch von Widerwärtigkeit. Er wünschte ihm höflich einen guten Tag, gedanklich die Maul- und Klauenseuche an den Hals, und verneinte die Frage. Die Schalterabläufe seien als Datei zwar angelegt, er wollte sich diese aber erst morgen vornehmen. Ob es ein Problem gäbe?

»Nein, nein. Alles wunderbar, wunderbar«, flötete Mensinger. »Die Scharmann können Sie auslassen, die gibt es ab sofort nicht mehr.«

Bo wunderte sich, mit welcher Verächtlichkeit der Mann von seinen Mitarbeitern sprach, und schluckte eine entsprechende Erwiderung hinunter. Stattdessen gab er zu bedenken, die Abläufe trotzdem notieren zu wollen, die Aufgaben fielen ja so oder so an, nicht wahr.

Am anderen Ende der Leitung schnaufte es deutlich vernehmbar. Bo solle sich nicht so anstellen. Schalter sei Schalter. Die Aufgaben seien korrespondierend, und künftig würde die kleine Becker den Job der Scharmann übernehmen. Basta.

»Die kleine Becker?«

»Das Schnittchen am Schalter. Unser Küken. Susann Becker.«

Bo ging auf diese Geschmacklosigkeit nicht ein. »Es wird also kein Ersatz eingestellt?«

»Wo denken Sie hin, wir haben hier einen Auftrag zu erfüllen.«

Ja, dachte Bo, die Mission, Personalkosten zu reduzieren, bis die Mitarbeiter auf dem Zahnfleisch krochen und freiwillig kündigten. Er hatte das Verlangen, dem machtbesessenen Snob durch den Hörer die Gurgel umzudrehen.

»Ich habe verstanden, Herr Dr. Mensinger«, sagte er unterkühlt und legte auf. Mit dem Stuhl drehte er sich zu dem schmalen Fenster, das ihm einen kleinen Ausschnitt des Berliner Tiergartens zeigte, und verschränkte die Finger hinter dem Kopf. Berlin war eine faszinierende Stadt, voller Leben und mit einigen grünen Oasen ausgestattet. Zudem hatte er sich vorgenommen, die kulturelle Vielfalt kennenzulernen, auf Konzerte zu gehen und ein paar der unzähligen Museen zu besuchen. Er konnte sich durchaus vorstellen, hier zu leben, jedoch nicht mit diesem Job.

Erneut riss ihn ein Klingeln aus seinen Gedanken. Dieses Mal jedoch meldete sich sein Handy in der Sakkotasche.

Er blickte auf das Display und schloss die Augen. Bitte nicht schon wieder.

»Hallo Ulla. Was kann ich für dich …«

»Bo«, schluchzte es, »bitte, lass es uns noch mal versuchen. Ich verspreche dir, mich zu benehmen. Ehrlich. Ich liebe nur dich, glaub mir. Bitte.«

Bo drehte sich zum Schreibtisch und malte Quadrate auf die weiße Papierunterlage. Sie gab einfach nicht auf. Noch vor wenigen Monaten hatte Ullas Stern ihm so hell gestrahlt wie die aufgehende Sonne. Jetzt funzelte er nicht mal mehr mit der Wattleistung einer Backofenleuchte.

»Bo?«

»Entschuldige, Ulla, ich war in Gedanken.« Bo lehnte sich zurück und rieb sich die Stirn, schwankte zwischen Mitleid und Missmut.

»Ich leide hier Höllenqualen und du bist in Gedanken. Das ist mal wieder typisch!«

Ja, das hörte sich schon eher nach Ulla an. Unwillkürlich musste er schmunzeln.

»Hör zu, du willst doch eigentlich gar nicht mich, Ulla. Du willst *es.* Ein halbes Jahr ist jetzt vorbei und in der Zeit hast du immer bei Notstand angerufen. Du bist ja schlimmer als jeder Kerl.« Sie wusste seine Worte richtig zu interpretieren. Kurioserweise war sie auch noch stolz darauf. »Und das mit den Höllenqualen weiß sicher einer deiner Lover zu mildern. Wenn du ehrlich bist, stimmst du mir jetzt zu.«

Zum Glück hatte er sich recht schnell von dieser Frau entliebt. Obwohl er zugeben musste, dass er sich anfangs durchaus hatte vorstellen können, mit ihr eine längere Beziehung einzugehen. Sie waren noch keine vier Monate zusammen gewesen, als sie ihn mit – er rechnete schnell nach – sechs Männern betrogen hatte. Nymphomanin blieb eben Nymphomanin. Bei Ulla kam noch die Neigung hinzu, es nicht ertragen zu können, abgelehnt zu werden. Das erachtete sie als persönliche Beleidigung.

»Es schmerzt mich, solche Worte aus deinem Mund zu hören, Bo!«

»Ach Ulla, kannst du das Theater nicht sein lassen? Es gibt

haufenweise Männer, die dir den roten Teppich ausrollen. Ich gehöre nicht dazu, wie du weißt. Nimm es mir bitte nicht übel, okay?«

»Du bist ne harte Nuss.«

»Danke.«

»Ich ruf dich dann eben nicht mehr an. Das hast du jetzt davon.«

»Geht in Ordnung.« Zum Glück sah sie sein Grinsen nicht, sie würde abgehen wie Schmidts Katze.

»Das tut mir weh.«

»Entschuldige.«

»Wieso bist du eigentlich nicht zu Hause? Ich war gestern bei dir.«

»Ich bin in Berlin.«

»Oh. Da hat es sicher viele schöne Frauen.«

»Nein. Alle hässlich.«

»Bo?«

»Ja.«

»Du bist in Ordnung.«

»Danke. Du eigentlich auch, bis auf …«

»Lass gut sein. Oh, ich muss Schluss machen, da klopft es gerade an. Tschö, Süßer. Wünsch mir was.«

Aufgelegt.

Puh! Gottlob hatte er nicht allzu lange an Ullas Untreue knabbern müssen. Allerdings legte er seitdem eine gewisse Vorsicht an den Tag, was Frauen und potenzielle Flirts betraf. Man konnte ja nie wissen, ob sich eine weitere Mannstolle hinter unschuldigen Augenaufschlägen verbarg und ihn – ruckzuck – in ihre nymphomanischen Tentakel zog. Ach Quatsch, er sollte nicht so pessimistisch sein. Ulla war eben ein besonderer Griff ins Klo gewesen, die Wahrscheinlichkeit der Wiederholung dürfte äußerst gering sein.

Bo öffnete die Dateiübersicht, zog das Scharmanndokument in den Beckerordner und fuhr den Rechner herunter. Miese Sache. Hüben wie drüben.

Feierabend für heute. Zeit für Berlin. Aufatmend schloss er die Bürotür ab. Noch im Gehen verstaute er den Schlüssel in der Aktentasche und wurde abrupt abgebremst.

»Hey, haben Sie keine Augen im Kopf?« Sie bückte sich zu der Tasche, die ihm aus den Händen gerutscht war.

»Tut mir leid, Frau Benedikt, ich hatte Sie nicht gesehen …«

Wie auch, mit gesenktem Blick.

»Ja, das habe ich bemerkt. Hier bitte«, sagte sie kühl und reichte ihm die Aktentasche.

»Danke. Sorry. Tut mir leid. Ich hatte Sie tatsächlich übersehen. Haben Sie sich wehgetan?« Er nahm mit linkischen Bewegungen die Tasche entgegen. Diese Frau machte ihn zappelig.

»So, übersehen haben Sie mich.« Jetzt wirkte sie amüsiert. Oder eher verärgert? Pikiert? Wie konnte er auch nur sagen, er habe sie übersehen?

Ungeschickte Wortwahl, Bo, sehr ungeschickt.

»Nein … Nicht übersehen, eher nicht bemerkt. Ich meine, mein Bedarf an Frauen ist … Verzeihung, vergessen Sie einfach, was Sie eben gehört haben. Ich habe Sie schlicht und einfach nicht gesehen.« Verdammt, er redete sich hier um Kopf und Kragen.

»Na, das will ich mal so stehen lassen.«

Jetzt lächelte sie. Sie lächelte? Nun gut, wenn man ein kaum merkliches Anheben des linken Mundwinkels als ein Lächeln bezeichnen konnte. Befreit atmete er auf. Herrgott, wieso war ihm wichtig, ob diese recht unspektakuläre Büroangestellte ihn anlächelte oder nicht? In seinem Kopf spukte eine Vielzahl von ziemlich souveränen Antworten. Er sah sich lässig an eine Wand gelehnt, ein über den Dingen stehendes Schmunzeln auf dem Gesicht, einen Daumen in der Gürtelschlaufe, eine Zigarette im Mundwinkel. Und er hörte sich in Gedanken hauchen: Träume, als ob du ewig leben würdest, Baby. Komm, mein Pick Up wartet. Lass uns irgendwohin fahren, ganz egal wohin.

Tatsächlich krächzte er ein mickriges »Ähm, ja … äh« heraus und stand eher verloren als chillig und cool in dem schmalen Gang herum.

Mit Aktentasche Marke Biedermann vor dem Schritt und Stoffhose nullachtfünfzehn von der Stange. Diese verbalen und gestischen Fehlgriffe konnte aller Voraussicht nach nicht einmal sein in die Jahre gekommener Nissan X-Trail mit Allradgetriebe aus dem Plumpsklo der vertanen Chancen holen. Irgendwie dämmerte ihm, dass er es auf der ganzen Linie versaut hatte.

»Tut mir wirklich leid …«, stammelte er und hätte am liebsten seinen Kopf gegen die Glaswand gehämmert.

»Keine Ursache, Herr van Veen. Ich muss dann mal los.«

Er sah ihr hinterher, bis sie um die Ecke gebogen war.

Kein Zweifel, dämlicher mutete nur noch das Balzverhalten des Pekingerpels an. Ginge es nach der darwinschen Evolutionstheorie und der darin erwähnten Anpassung durch Selektion, hätte er mit seiner eben gelieferten Vorstellung herzlich wenig zur Erhaltung seiner Spezies beizutragen. Außer, er wäre eine Pekingente. Wenn er denn überhaupt balzen wollte.

Bo beschloss, den Tag mit einer kalten Dusche, einem Besuch im Berliner Tiergarten und einem kühlen Bier ausklingen zu lassen.

Marquardt, IT-Chef

Mehr durch Zufall verließ der neue Chef der IT-Abteilung das Bankgebäude zusammen mit Kim Thomas und hielt ihr die Türe auf, wie sich das eben gehörte, auch wenn die unmittelbare Nähe zu dieser … Frau ihm körperliches Unbehagen bereitete.

Sie war stark, sie war clever – zu clever, wie er sich eingestehen musste - und sie machte keinen Hehl daraus, dass sie ihn für ein Würstchen hielt. Heimlich war er am Vorabend in ihr Büro gegangen und hatte mit offenem Mund die Fotogalerie an der Wand betrachtet. Danach hatte er begonnen, eine Abmahnung aufzusetzen. Er gedachte, sie … es … so schnell wie möglich loszuwerden. Es sah aus wie ein Kerl. Fürchterliche Frau, wer fickte so was?

Es legte überhaupt keinen Wert auf seine, wie er meinte,

zuvorkommende Art, drückte sich an ihm vorbei und warf ihm einen vernichtenden Blick über die Schulter zu.

»Bitteschön, Frau Thomas«, säuselte er angewidert und war froh, es bald nicht mehr täglich sehen zu müssen. Der Tag saß ihm in den Knochen, hatte er doch hauptsächlich die Belegschaft über das Projekt Anubis informieren und unzählige Fragen beantworten müssen. Dämliche Fragen, unnötige Fragen. Vertane Zeit, seiner Meinung nach. Ein äußerst cleverer Schachzug, die IT-Abteilung in eine separate Firma umwandeln zu wollen. Natürlich würde es Übergangsverträge für die Mitarbeiter geben. Und natürlich umfasste diese Neuorientierung künftig diverse Umschichtungen in der Führungskräftestruktur. Unterabteilungs- oder Gruppenleiter benötigte man nicht mehr, der Wasserkopf hatte viel zu viel Personalkosten verursacht. In Kürze würde er der alleinige Chef sein. Punkt. Der Mob konnte das so akzeptieren oder es bleiben lassen. Und dass die Thomas sich eher den kleinen Zeh abhackte, als eine Degradierung in Kauf zu nehmen, war ihm so klar und prickelnd wie das kühle Bier, das zu Hause auf ihn wartete. Er freute sich schon jetzt auf ihre Kündigung.

»Danke, ich bin in der Lage, eigenständig Türen zu öffnen. Geben Sie sich bloß keine falsche Mühe. Damit können Sie die Schleimspur kacheln, die Sie hinter sich herziehen, Marquardt.«

Er zuckte die Schultern, schritt ausgreifend an ihr vorbei zu seinem reservierten Parkplatz und schloss den nagelneuen Mercedes CLS-Shooting-Brake auf, den man ihm als Zeichen der Wertschätzung früher als geplant zur Verfügung gestellt hatte. Durchaus angemessen für einen künftigen Geschäftsführer.

Zu Hause angekommen beschloss Marquardt, frische Luft zu schnappen und dabei den Rasen zu mähen. Erst gestern war Otto aus der Werkstatt zurückgekehrt, und der Rasen hatte es bitter nötig. Marquardt begrüßte Frau und Hund, Kinder hatten sie keine, noch nicht, und tauschte die Bürokluft gegen Shorts, T-Shirt und Sandalen. Keine fünfzehn Minuten später öffnete er die Doppelgarage.

»Willkommen zurück, Otto, alter Freund«, flüsterte er seinem Aufsitzmäher zu. Allein die Vorstellung, endlich wieder erholsam sitzend die mehr als zweitausend Quadratmeter Grünfläche zu stutzen, entspannte ihn zutiefst. Zärtlich streichelte er über die rote Schnauze des kürzlich generalüberholten Rasentraktors, schwang sich wie John Wayne auf den schwarzen und extra für ihn angefertigten Ledersitz, und drehte den Schlüssel im Schloss.

Wie erwartet antwortete Otto mit dem tiefen Grollen des Zwei-Zylinder Briggs & Stratton-Motors und schickte ihm ein Kribbeln in die Lenden. Ja, das war ein Spielzeug für echte Männer. Scheiß auf Lagerfeuerromantik mit einem PS und einem knarzenden Sattel unterm Hintern. Hier hatte er mehr als zwanzig Pferdestärken und das gleichmäßige Tuckern unbändiger Kraft unter sich.

Marquardt fuhr auf den Rasen und schaltete die Messer ein. Jetzt hörte sich sein Liebling wie ein Panzer an. Er gab Gas und fuhr los. Links stand sein Nachbar, diese Witzfigur, und sah zu ihm hinüber, den Laubrechen in einer Hand, den Strohhut schief auf dem Kopf. Tja, konnte nicht jeder so einen Traktor besitzen, hätte er eben was Gescheites gelernt, der Versager. Marquardt hob die Hand zum Gruße wie die Queen, nickte und ließ den Motor aufjaulen. Dabei fuhr er etwas dichter an den Zaun heran, sodass der seitliche Grasauswurf ein wenig Grün in Nachbars Rabatte spuckte. Lobend tätschelte er Ottos Flanke und drehte ab, jedoch nicht ohne noch einmal zurückzublicken und sich an dem wütenden Gesichtsausdruck des Strohhutträgers zu ergötzen.

Das hätte er besser bleiben lassen. Erschreckt bemerkte er, dass er direkt auf die kleine Sitzgruppe zusteuerte. Er riss das Steuer herum und setzte zu einem Offroadhaken an. Otto schaffte es nur knapp am Teakholzsessel vorbei, touchierte aber mit einem Reifen die wadenhohe Begrenzung aus Steinen, kippte, fing sich wieder, warf dabei jedoch seinen Reiter ab. Marquardt registrierte - noch im Flug - ein spöttisches Grinsen auf dem Gesicht des Nachbarn, bevor er rücklings auf dem Rasen aufklatschte. Kurzzeitig blieb ihm die Luft weg. Nach einer Schrecksekunde versuchte er vorsichtig, seine Lungen mit Luft zu füllen.

Ihn schwindelte etwas, jedoch nicht so sehr, dass er nicht bemerkte, dass Otto keineswegs stillstand, sondern mit eingeschlagenem Lenkrad direkt auf ihn zusteuerte. Sein letzter Gedanke weilte bei dem Drecksmechaniker, der keinen Schuss Pulver taugte, dann waren die 56 cm langen Messer über ihm und zersäbelten mit Umdrehungen im vierstelligen Bereich erst den abwehrenden Arm Marquardts, schließlich den Rest seines Oberkörpers.

Sehr zur Bestürzung des Hausnachbarn, der erschreckt und angeekelt zurückwich, war der Grasauswurf nicht nur auf die Teakholzgruppe vor dem Grenzzaun, sondern auch auf sein Grundstück gerichtet. Er blickte auf den Laubrechen in seiner Hand und dachte bei sich, dass er größeres Werkzeug benötigen würde, um die Sauerei von seinem Beet zu entfernen.

Nach Eintreffen des Notarztwagens und der Polizei berichtete die Witwe des auf so grauenvolle Weise Verblichenen unter Schluchzen, wie es möglicherweise zu diesem tragischen Unfall hatte kommen können. Bereits wenige Monate nach dem Kauf hatte Ottos Ausschaltmechanismus das Zeitliche gesegnet – an der Stelle schluchzte sie laut auf –, sodass der Rasentraktor ununterbrochen seine Runden drehte, ob da jemand drauf saß oder nicht. Beim Kundendienst hatte man sich über den Defekt nicht verwundert gegeben, das sei schon öfter vorgekommen. Man hatte prophezeit, dieses Problem könne auch nach der Fehlerbeseitigung durchaus wieder auftreten. Trotzdem hatte ihr Mann Otto reparieren lassen, was anderes wäre gar nicht in Frage gekommen. Es war quasi Liebe auf den ersten Sound gewesen. Umso mehr, als ihr Mann kurz vorher Ottos Sitz hatte neu beziehen lassen.

Man stellte den Täter namens Otto sofort sicher und ließ ihn zur weiteren Untersuchung abtransportieren. Anschließend verstaute man die offensichtlich unter Schock stehende Ehefrau im Krankenwagen, verabreichte ihr ein Beruhigungsmittel und kratzte Marquardts Reste zusammen. Unseligerweise suchte man jedoch vergeblich nach der linken Hand oder dem, was davon übrig geblieben sein mochte. Was tun? Man konnte ja nicht einfach ohne vollständige Leiche abrücken, die Gerichtsmedizin würde ihnen was erzählen.

Kurz bevor die Situation zu eskalieren drohte, machte ein findiger Jungpolizist den Vorschlag, man solle zusätzliche Helfer ordern, die den Garten im Umkreis von fünfzig Metern mit Metalldetektoren durchforsten könnten, der Ehering würde sich an Marquardts linker Hand befinden. Somit stiegen die Chancen, wenigstens des Ringfingers habhaft zu werden. Mit Begeisterung wurde diese Idee angenommen, stellte sich jedoch als entbehrlich heraus. Denn zur Erleichterung aller brachte just in diesem Moment der Nachbar freundlicherweise einen Eimer mit einigen wenigen hinter der Zaungrenze verstreuten Einzelteilen Marquardts vorbei - nur der Vollständigkeit halber. Man zählte die Finger durch, an einem hing tatsächlich der Ehering, und warf sie in den Müllsack zu den anderen Schnitzeln.

Der Nachbar rückte seinen Strohhut zurecht und verwarf spontan den Gedanken, sich ebenfalls einen Rasentraktor zu besorgen. Viel zu teuer in der Wartung. Und überhaupt.

Carla

Während Marquardts Überreste den Weg in die Gerichtsmedizin antraten, blickte Carla auf das Display des Crosstrainers und sehnte das Ende der halbstündigen Tortur herbei. Wie geplant erhöhte sie Tretwiderstand und Tempo. Noch zwei Minuten, anderthalb, eine.

»Ist jetzt mal gut, junge Frau, Sie haben einen knallroten Kopf. Will Sie später ungern von der Matte kratzen.«

Was? Musste das jetzt sein? Herrgott, der machte auf die letzten Meter ihren Plan zunichte. Und das konnte sie gar nicht leiden.

»Ja, gleich«, japste sie. »Sehen Sie, nur noch vierzig Sekunden. Neununddreißig, achtundreißig, siebenund …«

Der Trainer blickte auf die Anzeige, brummte etwas und trollte sich.

Noch zwanzig Sekunden, zehn. Endlich. Fertig. Carla schaltete das fünfminütige Cool-down-Programm ein. Allmählich schwenkte ihr Puls auf Normalzustand. Ihr Shirt war durchnässt, als wäre sie damit einmal durch die Spree gekrault, aus ihrem Zopf hatten sich vereinzelte Strähnen gelöst und klebten an ihrem Gesicht. Jetzt eine kalte Dusche.

Wenig später schlüpfte sie frisch geduscht und immer noch schwitzend in kurze Jeans und T-Shirt. Eine selten dämliche Idee, bei diesen Temperaturen ins Fitnessstudio zu gehen, die miserable Belüftung hatte den Duschraum in eine Dampfsauna verwandelt. Schminken unmöglich. Ihr Magen knurrte. Schwungvoll warf sie die Sporttasche in den Kofferraum, fuhr los und hatte das Glück, direkt an dem langen Mauerstreifen an der Spree einen Parkplatz unweit der Warschauer Straße zu finden.

Im Scheers, dem besten Schnitzelpub Berlins, herrschte reger Betrieb. Carla stellte sich als Nummer drei hintenan und verschränkte die Arme. Das Schnitzel war die Wartezeit wert. Allein der Duft.

Sie ertappte sich bei der Überlegung, mental den morgigen Arbeitstag durchzugehen, und zwang sich schnell, an etwas anderes zu denken. An Sex, und ob sie Käse zum Schnitzel wollte, und warum ihr der Typ vor ihr so bekannt vorkam.

Ach du Scheiße, der van Veen.

Okay, Schnitzel gab es auch woanders. Kurzerhand drehte sie sich um und stieß gegen einen riesigen Bauch, der an einem noch riesigeren Typ mit Bart hing. Hoppla, der war doch eben noch nicht da gewesen. Seit wann konnten Elefanten sich geräuschlos heranschleichen?

»Können se nicht aufpassen?«, beschwerte sich der bärtige Hüne und blickte auf sie herab, als wäre sie ein Insekt und er bereit, sie mit einem konsequenten Fliegenklatschenhieb auszulöschen.

Sie entschuldigte sich verhalten, trat die Reise um ihn herum an und wurde jäh gestoppt.

»Frau Benedikt?«

Mist! Sie drehte sich um. Lächeln! Auch auf die Gefahr hin, rüberzukommen wie die Grinsekatze aus Alice im Wunderland.

»Ach, Herr van Veen. Welch ein Zufall. Was machen Sie denn hier?«

»Nen Krabbencocktail mit Kaviarhäubchen bestellen?«, brummte der Hüne in seinen Bart.

Carla schluckte eine Bemerkung hinunter und sagte zu van Veen gewandt: »Schnitzel. Natürlich. Duftet köstlich, nicht wahr?«

Jetzt lachte dieser van Veen und entblößte dabei eine Reihe weißer Zähne. Gut sah er aus in Jeans und weißem Shirt, mit seiner dezent gebräunten Haut. So gar nicht wie ein verbissener Sanister-Zahlenknecht.

»In der Tat, es riecht verboten gut, aber ich hole mir nur ein Wasser - der nächste Supermarkt ist ein ganzes Stück entfernt - und versuche, den Verlockungen vor meiner Nase zu widerstehen. Und Sie? Schnitzel oder Wasser? Zu was darf ich Sie einladen?«

Ein wohlerzogener Mann, das musste sie ihm lassen. Hätte sie ihn in privater Umgebung kennengelernt, so hätte er sich für einen zweiten Blick qualifiziert. Aber er konnte sie nicht täuschen. Van Veen war nicht nur ein Statistikverdreher - so bezeichnete sie insgeheim die Gattung der Controller - sondern auch ein beauftragter Handlanger des Sanistergeschwaders. Das wog doppelt schwer. So jemanden konnte man ihr – selbst nach Jahren sexueller Enthaltsamkeit und unter Gabe von hoch dosierten Aphrodisiaka – auf den Bauch binden, sie würde darauf bestenfalls mit impulsiver Übelkeit reagieren.

Sie straffte sich, trotzdem reichte sie ihm höchstens bis zu den markanten Wangenknochen. »Zu gar nichts, Herr van Veen, aber danke für das Angebot. Ich bin verabredet.« Das stimmte zwar nur bedingt, aber der Zweck heiligte die Mittel.

»Und wenn Sie nicht verabredet wären, dürfte ich Sie dann einladen?«

»Auch dann nicht, Herr van Veen.«

»Der Nächste«, krähte es hinter der Theke. Van Veen löste seinen Blick von ihr und bestellte sein Wasser.

»Das ist schade. Wir sehen uns dann im Büro, Frau Benedikt«, sagte er, nachdem er bezahlt hatte, und sie meinte, ehrliches Bedauern von seinen Zügen ablesen zu können. Aber seit Oliver wusste sie, wie tief der Graben zwischen Wahrnehmung und Realität sein konnte. Drauf gesch…

Huch? Kim schien auf sie abzufärben.

Die Uhr zeigte kurz vor sieben Uhr abends, als Carla mit langen Schritten auf die Oberbaumbrücke zustrebte. Um diese Zeit tobte hier das Leben. Die Brücke war ein beliebter Platz für Nachtschwärmer und Gestrandete, für Touristen und Kulturbegierige. Zwei junge Frauen liefen klackernd auf Highheels an ihr vorbei. »Ich melde mich einfach nicht mehr bei ihm«, sagte die eine. »Richtig, der hat dich gar nicht verdient«, die andere.

Links saß ein Mann hinter einer Staffelei und zeichnete Porträts von jedem, der ein paar Euro dafür zahlte. Eine Mutter auf einem Fahrrad mit leerem Kindersitz raste an ihr vorbei, eine Hand am Handy. Am Geländer standen Touristen und schossen Selfies. Unter der Brücke floss das tiefschwarze Wasser der Spree, über Carla donnerte die gelbe U1 Richtung Warschauer Straße hinweg und neben ihr drängten sich die Autos Stoßstange an Stoßstange. Feierabendverkehr.

Carla schritt zügiger voran.

Aus der Ferne wirkte die Brücke eindrucksvoll, stand man jedoch mittendrauf und sah genauer hin, erblickte und roch man nur Dreck und Unrat. Die rote Brücke mit den beiden Türmen, ein Mekka für Touristen und Obdachlose. Einige wenige Wohnsitzlose hatten sich dauerhaft unter der Brücke eingenistet.

So auch Lucy.

Lucys roter und an zahllosen Stellen geflickter Sitzsack stand an der üblichen Stelle an einem Torbogen, daneben stapelten sich zwei Obstkisten, die als Bücherregal und Tisch dienten, und darum herum saßen die, die immer dort waren. Nur Lucy selbst nicht.

»Hey Hannes, hast du Lucy gesehen?« Carla trat zu einem älteren Obdachlosen. Er saß im Schneidersitz auf einem speckigen Lederkissen und drehte sich eine Zigarette. Seine Haare hatte er zu einem Zopf gebunden, der ihm lang den Rücken herabhing. Neben ihm schlug ein junger Mann weltentrückt wohlklingende Töne auf einer Westerngitarre an und summte eine leise Melodie dazu. Vor ihm eine Plastikschale mit ein paar Kupfermünzen darin.

»Da drüben.« Der Alte wies mit einem schwarzen Finger – Carla hoffte sehr, es wäre nur Dreck – zur anderen Seite der Brücke. »Unser Hansdampf hat sich wieder was Neues einfallen lassen. Aus der wird mal was, das sag ich dir.«

»Du meinst dort, wo die vielen Leute rumstehen?«

»Joa, genau da. Haste mal ne Mark, Carla?«

»Du meinst Euro.«

»Wie auch immer. Mark, Euro. Sieht gleich aus und heute kriegste fürn Euro weniger als damals für ne Mark.« Er zündete die Selbstgedrehte an und blies langsam und genüsslich Rauch in die Luft.

Carla kramte ein paar Münzen aus der Tasche und drückte sie ihm in die Hand, eine weitere legte sie in die Schale des Gitarristen.

»Hey Lady, vier Euro. Ist bei dir der Wohlstand ausgebrochen? Danke auch.« Seelenruhig steckte er das Geld in die Hosentasche.

Sie nickte und zog eines der beiden Schnitzelbrötchen aus der Tüte.

»Nix zu danken, Hannes. Hier, du solltest was essen, fällst ja bald vom Fleisch. Und rauch nicht so viel, ist teuer und ungesund.« Der Geruch von Urin und Autoabgasen hatte ihr den Appetit genommen. Außerdem konnte sie sich ja noch ein Schnitzel holen, wenn sie wollte.

»Nett von dir, danke.« Er nahm das in Alufolie eingewickelte Schnitzel entgegen und legte es neben sich. »Erst mal fertig rauchen.«

Carla nickte ihm lächelnd zu. Sie war gespannt, was sich Lucy hatte einfallen lassen.

Die Menschentraube versperrte ihr die Sicht. Carla sah nur Rauchschwaden und beeindruckte Mienen. Ein donnernder Applaus brach los, gefolgt von dem Geräusch geworfener Münzen auf einen Haufen anderer Münzen. Carla schob sich durch die Menschenmenge vorwärts, bis sie Lucy sehen konnte – und schnappte überrascht nach Luft. Denn in diesem Moment zog Lucy einen qualmenden Stab aus dem Mund und verbeugte sich in der Folge tief und spitzbübisch lächelnd in alle Richtungen. Nach der letzten Verbeugung zog sie das regenbogenfarbene Tuch vom Kopf, mit dem sie ihre Haare zusammengehalten hatte, und schüttelte lachend ihre roten Locken. In der Latzhose aus verblichenem Jeansstoff mit abgeschnittenen Beinen und dem knallroten Shirt wirkte sie eher wie ein Teenager als eine Frau von 21 Jahren.

Die Vorstellung war beendet. Vereinzelt wurde noch geklatscht und anerkennend genickt. Schließlich zerstreute sich die Menschenmenge und Carla blieb mit Lucy zurück. Die hatte sie entdeckt und winkte ihr zu, dabei strahlte sie über das ganze, stellenweise rußbefleckte Gesicht. Hastig verteilte sie die Münzen auf ihre Hosentaschen und band die vier Feuerstäbe zusammen.

»Du bist unter die Feuerspucker gegangen? Respekt. Komm her, lass dich erst mal drücken. Und wie bist du auf diese Schnapsidee gekommen, Lucy? Das ist doch gefährlich«, sagte Carla, als sie die Umarmung lösten.

»Quatsch, es ist gefährlicher, in Bangkok eine Straße zu überqueren oder hier auf dem Brückengeländer zu balancieren. Erst kürzlich ist so ein Bekloppter dabei ums Leben gekommen.«

»Beim Straße überqueren?«

»Auf dem Geländer. Mensch, Carla. Der wollte seiner Freundin irgendwas beweisen. Man glaubt es nicht …« Lucy verdrehte die Augen. »Männer! Aber um deine Frage zu beantworten. Nein, es ist nicht gefährlich. Na ja, zumindest dann nicht, wenn man weiß, wie's geht. Komm. Ich muss die Sachen verstauen. Hier bekommt so was so schnell Füße, wenn du weißt, was ich meine.« Lucy zog sie mit sich, plapperte munter weiter und hüpfte, tänzelte, ging seit- oder rückwärts, bis Carla schier schwindelig wurde. Dabei wippte die rote Lockenmähne und das Kleingeld klimperte in den Hosentaschen. Carla musste unwillkürlich lächeln und fühlte sich angesteckt von der Lebenslust dieses quirligen Persönchens.

»Also noch mal«, fuhr Lucy fort, »es ist nicht gefährlich. Weißt du, der Mensch atmet Sauerstoff ein und Kohlenmonoxid aus, und Kohlenmonoxid erstickt Flammen. Na, das war es dann eigentlich auch schon.«

»Und woher weißt du das alles? Im Schlaf zugeflogen?«

»So in etwa. Nein, Quatsch. Vor ein paar Tagen hat hier ein Feuerspucker eine Show gegeben. Er zieht damit von Land zu Land. Beneidenswert, nicht? Ich hab ihn ausgequetscht und ihm ein paar Sachen für den Anfang abgequatscht. Er hat mir auch den Tipp mit dem … Oh, warte, ich hab die Flasche stehen lassen!« Wie ein Wiesel drehte Lucy ab, griff sich eine Glasflasche und war im Handumdrehen wieder bei ihr.

»Und was ist da drin?«, wollte Carla wissen und deutete zu der Flasche, die Lucy in diesem Moment in eine Plastiktüte steckte.

»Petroleum. Ist billiger als diese Feuerschluckerflüssigkeit, funktioniert aber echt gut. Man sollte das Zeug halt nicht runterschlucken. Schmeckt auch nicht. Ich spucke das Zeug einfach gegen die Stäbe, hier siehst du? Sind mit Watte umwickelt und das brennt echt klasse, und wenn man das Zeug dagegenprustet, macht es WOMM. Na, und man muss auch zusehen, dass einen die Flammen nicht erwischen. Guck, beim letzten Mal hat es mir die vorderen Strähnen weggebrannt, das war vielleicht ein Schreck.

Seitdem pass ich besser auf. Echt, Carla, die Leute lieben Feuerspucker, die Kasse klingelt. Kann es gar nicht erwarten, zu zählen. Es sind bestimmt fünfzig Euro, wenn nicht mehr. Wenn das so weitergeht, kann ich bald raus hier.«

»Raus wo? Du bist draußen.«

»Ich meine weg von der Straße, Carla. Und raus aus Berlin. Vielleicht ziehe ich irgendwann durch die Welt und spucke Feuer und jongliere und so. Ich muss nur noch ein bisschen üben.«

Mittlerweile hatten sie Lucys Sitzsack erreicht. Behände verstaute sie Stäbe und Petroleum darunter, zog ein paar Sneakers hervor und schlüpfte hinein. Hannes war eingenickt, wahrscheinlich hatten die sanften Gitarrenklänge und der volle Magen eine einschläfernde Wirkung auf ihn ausgeübt.

»Gehst du mit mir zur Bank? Dort ist ein Münzzähler. Sehr praktisch.«

»Moment, vor vier Wochen wolltest du noch für immer in Berlin bleiben. Und seit wann hast du ein Konto? Kaum sehe ich dich ein paar Tage nicht, passiert irgendetwas. Gleich erzählst du mir, dass du dir endlich ein Handy zugelegt hast.« In diesem Moment fiel ihr die Tüte in ihrer Hand wieder ein. «Ach, fast vergessen. Ich hab dir was zu essen mitgebracht. Hier.« Im Gehen packte Lucy das mittlerweile gewiss lauwarme Schnitzelbrötchen aus und biss hungrig hinein.

»Dangeschön. Und nö, kein Handy. Abersch hab gschehn ... Moment.« Sie kaute schneller und schluckte den Bissen hinunter. »Ich hab die alte Erna im Rinnstein verrecken sehen. So will ich echt nicht enden ... Oh Mann, das ist das beste Schnitzel ever. Echt klasse! Jetzt schmeck ich das Petroleum kaum noch.«

Unvermittelt blieb Lucy stehen und sah sie ernst an. »Was ist los, Carla? Da ist ne Falte zwischen deinen Augenbrauen. Die ist neu und sie gefällt mir nicht. Und du hast ne Haltung, als liegt dir ein Sack Zement auf den Schultern.«

Inzwischen hatten sie die Straße erreicht und traten unter den Torbögen der Brücke in die Sonne. Carla blinzelte und zog die

Sonnenbrille auf die Nase.

»In der Firma ist der Wurm drin.«

»Ja und?« Lucy zuckte mit den Schultern, steckte das letzte Stück vom Schnitzel in den Mund und tänzelte unruhig von einem Fuß auf den anderen, während sie auf die Grünphase der Ampel warteten.

»Was meinst du mit *Ja und*?« Wie konnte sie erwarten, dass eine junge Obdachlose einschätzen konnte, was das für sie bedeutete? Im Grunde wollte sie gar nicht über ihren Berufsalltag reden. Sie besuchte Lucy, um in eine andere Welt hineinzuschnuppern und ihr gelegentlich etwas Gutes zukommen zu lassen. Denn irgendwie passte Lucy nicht hierher, aber genauso wenig in ein Büro oder in irgendeinen Nine-to-five-Job.

Die Ampel wechselte von Rot auf Grün und sie liefen los.

»Carla, wenn du dich da nicht mehr wohlfühlst, dann geh doch. Wenn im Apfel ein Wurm ist, schneid ich ihn raus oder esse den Apfel nicht. Ich glaube, du isst den Wurm quasi mit und dabei geht es dir schlecht.« Im Vorbeigehen warf Lucy die leere Tüte in einen Abfalleimer. »Und am nächsten Tag machste das gleiche wieder und wieder und wieder und dabei wird dir immer übler.«

Verdammt, Lucy hatte recht. Die Dinge waren so einfach, wenn man sie nicht unnötig verkomplizierte.

Eine Weile liefen sie schweigend nebeneinander her. In Carlas Kopf stolperten die Gedanken übereinander und Lucy hüpfte und summte dabei ein Lied.

»Du hast eine schöne Stimme.«

»Ich weiß. Und was machst du jetzt mit dem Apfel?«

Carla zuckte die Schultern. »Keine Ahnung. Irgendwas. Am besten den Wurm und seine verdorbenen Gänge herausschneiden, schätze ich.«

»Hast du das richtige Werkzeug?«

Sie hatten das Bankgebäude erreicht und traten durch die Drehtür. Kurz darauf schepperte der Automat überlaut und spuckte in Folge das Ergebnis aus.

»Hammer! Einundachtzig Euro und zwanzig Cent. Wenn sich das mal nicht gelohnt hat.« Sie stopfte den Beleg in die Brusttasche der Latzhose und klatschte in die Hände. »Wenn ich jeden Tag Feuer spucke, dann habe ich in einem Monat … oder sagen wir, in zehn Tagen - das ist einfacher -, Ähm …«

»Achthundertzehn Euro«, half Carla und hielt Lucy die Tür auf, bevor sie vor Freude noch dagegentanzte. »Aber geh davon aus, dass nicht jeder Tag so gut läuft.«

»Nein«, jauchzte Lucy. »Ich gehe davon aus, dass es noch besser laufen kann.«

Ohne Frage, diese Frohnatur riss Carla mental einfach mit, immer die Sonne vor der Nase, immer Vollgas.

»Deinen Optimismus möchte ich haben.« Carla stimmte in Lucys Lachen ein. »Allerdings nicht deinen Geruch.« Gespielt rümpfte sie die Nase. »Was hältst du von einer Dusche und einem Drink auf dem Balkon?«

Eine Stunde später, die Sonne hatte sich bereits mit einem faszinierenden Farbenspiel in Orangerot verabschiedet, gähnte Lucy herzhaft und streckte die Arme aus. »Ein herrlicher Tag. Ich hab nicht nur einen Haufen Geld verdient und dufte endlich mal wieder nach Pfirsich, ich hab die allerbeste und tollste Freundin der Welt. Danke, Carla. Aber ich glaube, ich geh dann mal. Du musst morgen früh sicher zeitig bei deinem wurmigen Apfel sein.«

Carla nickte. Auch jetzt mochte sie nicht daran denken. All das hier, der Abend mit Lucy, der Sonnenuntergang, der eisgekühlte Weißwein und der warme Duft von Sommer, bildete ihre ganz persönliche Wohlfühlinsel im Alltag. Lucys Bemerkung hatte sie unversehens - und ungewollt - in die Realität geholt.

Ein negativer Gedanke ist wie eine launische Katze, dachte sie. Einfach zu sagen, dass er sich vom Acker machen soll, hat zur Folge, dass er kommt, um zu bleiben, und noch ein paar andere zur Party mitbringt. Und so war es dann auch. Schlagartig drehten sich ihre Gedanken um Mensinger, Kim, Susann, Gerdi und um die allgemein unerträgliche Lage. Und um die Frage, wie sie diese Situation positiv beeinflussen und sich selbst dabei treu bleiben konnte.

Ab, böse Gedanken, weg mit euch. Morgen früh ist auch noch Zeit.

Denken Sie nicht an einen blauen Elefanten.

»Du kannst jetzt nicht gehen«, sagte Carla, leerte ihr Glas und wackelte mit den Zehen.

»Was? Warum nicht?«

»Deine Klamotten stecken in der Waschmaschine. Du schläfst heute bei mir. Das Sofa ist verdammt bequem.«

»Ich soll drinnen pennen? Bei dem Wetter?«

»Du kannst auch auf dem Balkon schlafen. Kein Problem.«

Lucy schlug ein und Carla schenkte nach.

»Was ist das also für ein Wurm in deinem beruflichen Apfel? Erzähl.« Lucy legte die Füße auf die Balkonbrüstung und verschränkte die Finger im Nacken.

»Ach, das ist so komplex, das würde die ganze Nacht dauern.«

»Ich hab Zeit.«

Carla blies die Backen auf und nahm einen großen Schluck vom Wein. Eine Stunde später hatte Carla Lucy über die missliche Lage informiert. Übernahme der Bank durch die Sanister AG, menschenfeindliche Machenschaften, Ersatz der alteingesessenen Mitarbeiter durch Sanister-Leute.

»So, jetzt weißt du alles.«

»Das sind keine Unternehmer, das sind hoch bezahlte Laiendarsteller«, entrüstete sich Lucy.«

»Genau. Machtgierig, korrupt, egoistisch und darüber hinaus total überfordert und unfähig …«

»Deine Kollegin, diese … Kim? Sie hat recht, Carla. Diesen Laden müsste man mindestens um die Bonuszahlungen … Sage ich das richtig? … Also man müsste ihn zumindest um diese Zahlungen an diese Ärsche erleichtern, da könnten wir beide irgendwo im Ausland ein angenehmes Leben führen. Sag mal, dein Chef, der hat sich tatsächlich die Kohle bar auszahlen lassen? An der Ehefrau vorbei? Was für ein Wichser. Und dann noch die Story mit deiner jungen Kollegin ... Wie heißt sie noch gleich?«

»Susann.«

»Ja, genau. Der Typ gehört angezeigt. Aber das bringt niemanden wirklich weiter. Nur unleidig lange Verhöre und zum Schluss sitzt der sowieso am längeren Hebel. Solche machthungrigen Fieslinge sind meistens gut vernetzt.« Sie seufzte auf und schenkte sich nach.

Carla nickte und starrte auf das Weinglas in ihren Händen. »Ja, davon ist auszugehen. Schätze, wir sind früher oder später alle unsere Jobs los und dann sitzen da nur noch die Marionetten der Sanister-Mafia.«

Lucy gähnte herzhaft und stellte das Glas ab. »Hör mal, Süße, solltet ihr euch - also du und diese Kim - dazu entscheiden, den Laden auszurauben, sag Bescheid. Ich hätte da so ein paar hilfreiche Kontakte.«

»Netter Gedanke, Lucy, aber leider absolut nicht durchführbar. Der Laden hat Sicherheitsvorkehrungen, die dem Bundeskanzleramt Konkurrenz machen könnten.«

Noch sehr viel später an diesem Abend deckte sie Lucy zu, die sich auf der Balkonliege ausgestreckt hatte und leise schnorchelte, und spannte den Sonnenschirm über ihr auf, für den Fall, dass es regnete. Anschließend verteilte sie Lucys frisch gewaschene Kleider auf der Wäscheleine und ging selbst zu Bett. Doch an schlafen war nicht zu denken. Mit hinter dem Kopf verschränkten Händen starrte sie in die Dunkelheit.

Lucy war dem Gedanken, die Bank auszurauben und es den Nieten mit erhobenen Nasen mal so richtig zu zeigen, sehr zugetan gewesen. Das wäre ihr Ticket ins Leben, weg von der Brücke, hatte sie gesagt.

Ach Quatsch, Tagträume, nichts weiter. Obwohl ...

Man müsste die korrupten Fieslinge um ihre Bonuszahlungen erleichtern.

Dieser Gedanke wollte Carla einfach nicht mehr aus dem Kopf.

6

In Frankfurt massierte Geschäftsführer Dr. Hoovensing mit unbewegter Miene sein hervorstehendes Kinn. Soeben hatte er das Gespräch mit Frau Marquardt beendet und ihr sein tiefstes Beileid, auch im Namen der Belegschaft, ausgesprochen. Das war unangenehm, aber unvermeidlich. Tragisch und ärgerlich zugleich jedoch war, dass der IT-Chef weder heute, noch voraussichtlich jemals wieder zum Dienst erscheinen würde. Ein Ersatz musste her. Und zwar schnell.

Kurz entschlossen gab er dem Sekretariat die Order, im Besprechungsraum C eine Telefonkonferenz anzuberaumen. Umgehend, bitte. Priorität eins. Teilnehmer: alle Bereichs- und Abteilungsleiter der Berliner Tochter.

Innerhalb von Minuten rauchten die Köpfe. Man überlegte hin und her und war sich einig, dass ein kommissarischer Ersatz auf die Schnelle unumgänglich sei. Kurzerhand beschloss man, den Ersatz für Dr. Marquardt aus den eigenen Reihen zu rekrutieren. Das ging nicht nur schneller, es sparte auch Kosten, denn man stelle sich vor, was eine Stellenanzeige und die nachfolgenden Gespräche wieder kosten würden, ganz abgesehen von der Zeit, die man nicht hatte. Aber wer konnte diese Stelle antreten?

Frau Thomas, sagte einer und wurde ausgelacht. Also bitte, meine Herren, nur ernst gemeinte Vorschläge, die Zeit drängt.

Stille. Keiner wusste, wen er vorschlagen sollte, außer sich selbst, und das galt als inadäquat. Man wurde vorgeschlagen, so lief das. Also wartete jeder schweigend einige Minuten darauf, dass er von irgendjemandem nominiert würde.

»Meine Herren«, polterte Hoovensing schließlich in die bedröppelten Gesichter hinein, »wenn keiner eine Idee hat, wie wir die Kuh vom Eis kriegen, schlage ich in Gottes Namen eben Herrn Siebenthal vor.«

Stille. Räuspern.

»Mich?«, piepste Herr Siebenthal.

Allgemeines Raunen erhob sich. Der junge Chef der Finanzbuchhaltung? Hatte der das überhaupt drauf? Man hörte ja so einiges. Dass er Schwierigkeiten mit seiner Vorgesetztenrolle hätte, beispielsweise, er würde wohl nicht ganz ernst genommen. Und mit Bilanzlesen hat er es auch nicht so, der Jungspund.

Da aber kein besserer, mehr noch, überhaupt kein anderer Vorschlag kam, wurde Herr Siebenthal mit sofortiger Wirkung zum Bereichsleiter IT & Finanzen befördert. Natürlich mit einer entsprechenden Gehaltserhöhung, versteht sich. Gut, über den Bonus rede man dann zu einem späteren Zeitpunkt. Das Projekt Anubis würde selbstverständlich bis auf Weiteres verschoben, zumindest bis Herr Siebenthal eingearbeitet sei. Zum Glück war die Gründung der IT GmbH noch nicht unter Dach und Fach.

Irgendjemand Einwände? Wie? Buchhaltung ist nicht Informationstechnologie? Zweifellos korrekt. Aber beides hat mit Zahlen zu tun, nicht wahr? Das eine mit Nullen und Einsen, das andere mit etwas höheren Zahlen. Bitte? Binärer Code? Nie gehört. Zahlen sind Zahlen. Und das eine hat mit T-Konten zu tun, das andere eben mit etwas anderem. Ist doch so, nicht wahr, Herr Siebenthal? Na also. Dann hätten wir das jetzt vom Tisch.

Zum Abschluss wurde das Sekretariat angehalten, eine Rundmail zu verfassen und Herrn Siebenthal in seiner erweiterten Funktion vorzustellen. Ach ja, und bitte vorher die Mitteilung raushauen, dass wir das Dahinscheiden des allseits beliebten Herrn Dr. Marquardt, nein, schreiben Sie »Ableben« und »hoch geschätzt«. Ach, Sie wissen schon, schreiben Sie einfach so was Ähnliches wie bei der Gamberling.

Carla spürte, wie ihr Magen sich zusammenkrampfte. Das tat er immer, wenn sie ihren Pflichten nicht ordentlich und mit der ihr selbst auferlegten Sorgfalt nachkommen konnte.

Nur, diese Aufgabe stellte sie vor größere Probleme. Wie sie es auch drehte und betrachtete, es war zwecklos. Bankraub, so ein Käse! Sie musste einfach abwarten und die Dinge auf sich zukommen lassen. Das Ende des Kultursponsorings allein hatte noch nichts zu bedeuten, genauso wenig wie eine Dokumentation ihrer Tätigkeiten von dritter Stelle. Panik schien ihr völlig unangebracht. Also erst mal abwarten, durchatmen und weitermachen wie bisher.

»Guten Morgen, Frau Benedikt. Ich wollte mich verabschieden.« Frau Scharmann war in ihr Büro getreten und hielt einen kleinen Blumentopf, bepflanzt mit vierblättrigen Kleeblättern, hoch. »Der ist für Sie. Ich glaube, wir haben alle ein bisschen Glück verdient, was?«

Carla legte den Stift aus der Hand und stand auf. »Verabschieden? Sie sagen mir doch jetzt nicht etwa, dass Sie ...«

»Doch.« Scharmann stellte den Topf ab. »Meine Sachen sind bereits gepackt. Ich weiß, Sie denken jetzt, man hat mich entsorgt. Na ja, das trifft es zwar schon irgendwie, aber auch wieder nicht. Man hat es mir nahegelegt, und gestern habe ich eine Auflösungsvereinbarung unterschrieben und ein paar Euro Abfindung herausschlagen können. Der Mensinger hat sich erst gewunden, am Ende dann doch zähneknirschend zugestimmt. Ist besser so. Meine Nerven halten dieses Hickhack nicht mehr aus. Bin zu alt für so eine Umstrukturierung. In fünf Jahren wäre ich sowieso in Rente gegangen, also was soll's.« Sie hob die Schultern und legte lächelnd den Kopf schief. »Nächste Woche seh ich mir eine Wohnung auf Teneriffa an. Ich habe schon immer davon geträumt, die Wintermonate auf den Kanaren zu verbringen. Mir tut es nur für euch leid, ganz besonders für Susann. Sie hat jetzt die ganze Arbeit. Ich wünschte, das hätte man anders regeln können.«

Carla lehnte sich an den Schreibtisch und schnaufte einmal tief durch. »Sie sehen so zufrieden aus, dass ich denke, ich darf Ihnen zu Ihrer Entscheidung gratulieren? Ich freue mich für Sie, Frau Scharmann. Gerade weil Sie jetzt auch Ihre Träume verwirklichen können. Diese Lösung scheint tatsächlich die beste für Sie zu sein.«

»Für mich ja, aber Susann … Das arme Mädel muss jetzt meinen Job mitmachen. Der Mensinger sagte zwar, zunächst einmal, dann wird man weiter sehen. Aber er ist ja so geil darauf, Personalkosten zu sparen, dass an eine Ersatzeinstellung wohl nicht zu denken ist.«

»Kann ich mir nicht vorstellen. Wie soll Susann zeitgleich an zwei Schaltern arbeiten?«

Scharmann nickte. »Ja, das Argument hatte ich auch in den Ring geworfen. Keine Chance. Das wird künftig der Azubischalter. Hört sich bescheuert an, ist es auch.«

Carla schüttelte den Kopf und war fassungslos. Wie Susann wohl mit dieser Neuigkeit umging?

Scharmann musste ihre Gedanken gelesen haben. »Frau Becker sitzt gerade beim Mensinger und erhält die freudige Botschaft. Ich hatte leider keine Gelegenheit, sie vorzuwarnen.«

Carla überlegte, einen Container Taschentücher bereitzustellen. Sie hatte da so eine Ahnung.

»So, dann geh ich mal weiter, Frau Benedikt. Halten Sie die Ohren steif und lassen Sie sich nicht unterkriegen.« Sie legte ihr eine Hand auf die Schulter und blickte sie ernst an. »Diese Idioten wissen gar nicht, was die an Ihnen haben.« Dann zog sie Carla in die Arme, drückte sie so fest, dass Carla beinahe die Luft wegblieb, und stürmte aus dem Zimmer.

Carla plumpste auf den Stuhl und stützte die Stirn auf die Fäuste. Hier wanderte ein Wissensträger nach dem anderen ab, ein lieber Mensch folgte dem nächsten. Das war so traurig.

Ihre Nerven verlangten jetzt dringend nach Unmengen von Kaffee, um noch ein bisschen mehr flattern zu können.

In der Tür prallte sie mit Susann zusammen. Ein Blick in deren glasige Augen bestätigte ihre Befürchtungen. Hastig zog sie das aufgewühlte Mädchen ins Büro, drückte es auf den Besucherstuhl und schloss die Tür.

»Frau Scharmann war gerade bei mir«, klärte sie auf, zog eine Packung Taschentücher aus der Schublade und drückte sie Susann in die Hand. »Ich weiß Bescheid. Du kommst gerade vom Schmierlappen.«

Susann nickte, schnäuzte sich und zerknüllte das Tuch in ihrer Hand. Dann flossen die Tränen, und Susann war eine Weile damit beschäftigt, abwechselnd die Wangen trocken zu tupfen und sich die Nase zu putzen. Zwischendurch versuchte sie, etwas zu sagen, wurde jedoch immer wieder von neuen Tränen davon abgehalten. Offenbar war sie nicht in der Lage, zu erzählen, also übernahm Carla das für sie.

»Du musst also Scharmanns Job mitmachen.«

Susann nickte und wurde von einem weiteren Heulkrampf geschüttelt.

»Und du weißt nicht, wie du das schaffen sollst.«

Nicken.

»Und Mensinger hat gedroht, dich rauszuwerfen, wenn du es nicht schaffst.«

»Ja, auch«, jaulte sie los. »Und das andere hat er auch noch mal gesagt. Dass … dass ich … du weißt schon … nett zu ihm sein soll. Ach Carla, was soll …«

Urplötzlich wurde die Tür aufgerissen und Kim stürzte herein. Ihr Gesicht hob sich zornesrot von den hellen Haaren ab. Sie wirkte, als würde sie jeden Moment Amok laufen.

»Es gibt Neues von Marquardt«, ächzte sie heraus und ließ sich auf den zweiten Besucherstuhl fallen. »Und was die Dreckskerle sich haben einfallen lassen, ist an Dummheit nicht mehr zu überbieten. Die Idee mit Anubis war ja schon eine meisterhafte

Fehlentscheidung. Ich frage mich ernsthaft, wie viele Besserwisser die angekarrt haben, um das noch zu toppen!« Mit beiden Händen fuhr sie sich mehrfach durch die kurzen Haare. Dann starrte sie Susann an, als hätte sie diese eben erst bemerkt, was wahrscheinlich auch so war.

»Beim Schopf meiner Achselhaare, wie sehen Sie denn aus? In fünf Minuten kommt ein Bus, Sie könnten sich überfahren lassen.«

Susann schnappte kurz nach Luft und fuhr umgehend fort, in ihr Taschentuch zu heulen.

»Kim!«, sagte Carla laut.

»Was?«

»Susann kommt eben vom Mensinger. Er hat ihr Scharmanns Aufgaben übertragen und … na, das reicht ja auch schon. Dein Spruch eben war in jedem Fall total daneben.«

»Ja …« Susann schnäuzte sich erneut.

Kim hämmerte mit der Faust auf den Tisch. »Verzeihen Sie, Frau Becker, ich stehe zurzeit etwas neben mir. Das wird ja immer schlimmer mit den Sanistern. So langsam reicht es mir.«

»Das … das wollen die doch nur! Wir sollen von selbst kündigen«, schluchzte Susann.

Seufzend lehnte Carla sich im Stuhl zurück. »Ja, sieht beinahe so aus, als stehen für jeden Job, der hier noch von Berlinern besetzt ist, drei Sanister in den Startlöchern und scharren mit den Hufen.«

»Ich wusste gar nicht, dass man Scheiße so hoch stapeln kann«, brummte Kim. In der Folge redete Kim sich den Abgang Marquardts und den Einsatz von dessen Stellvertreter von der Seele.

»Dieser Möchtegern Siebenthal hat keinen Hehl daraus gemacht, wie sehr er auf meine Anwesenheit verzichten kann – und das in meinem Beisein, das müsst ihr euch mal vorstellen. Aber keiner hat das Maul aufbekommen, alle haben sie genickt, diese Speichellecker!« Kims Augen funkelten. »Anubis ist somit bis auf Weiteres Geschichte. Aber ihr dürft das eigentlich noch nicht wissen, also kein Laut nach außen, verstanden?«

Carla nickte betreten und blickte zu Susann, die im Verlauf des Berichtes verdächtig still geworden war. Und leichenblass. Wie von der Hornisse gestochen sprang Susann auf, griff sich den Eimer für den Papiermüll und übergab sich lautstark.

»Oha!« Kim wich mit dem Oberkörper zurück. »Da ist es jemandem auf den Magen geschlagen. Lass die Lunge drin, Mädchen, das hört sich ja furchtbar an.«

»Kim …«, mahnte Carla.

»Hey, die kotzt sich gerade die Seele aus dem Leib. Ich mach mir Sorgen. Darf ich mir noch Sorgen machen, ja?«

Carla lachte kurz auf. »Du hast eine seltsame Art, dir Sorgen zu machen.« Sie trat zu Susann, legte ihr eine Hand auf den Rücken und reichte ihr mit der anderen ein neues Taschentuch. »Alles in Ordnung, Susann?«

»Ja … geht wieder. Danke.« Susann griff das Tuch, es unterschied sich farblich kaum von ihrer Hauttönung, und setzte sich wieder. »Hast du ein Wasser für mich?«

»Auch eins, Kim?« Ohne eine Antwort abzuwarten, zog sie drei Gläser und eine Flasche Wasser aus der unteren Schublade und schenkte ein.

Ihr Telefon klingelte. »Mensinger«, sagte sie tonlos mit einem Blick auf das Display und ließ mit einer Handbewegung erkennen, dass Kim und Susann bleiben sollten. Sie hob ab und schaltete den Lautsprecher ein.

»Frau Benedikt!«, donnerte es am anderen Ende. »Wie konnten Sie diesen unverzeihlichen Fehler in der Kreditberechnung »Heckmann« übersehen! Haben Sie auch nur den Hauch einer Ahnung, was uns da für Zinserträge durch die Lappen gehen?«

Carla registrierte, wie Susann erschreckt eine Hand vor den Mund schlug, und Kim beide Mittelfinger zeigte und dabei das Gesicht verzog. Im Normalfall brachte Kims Mimik sie zum Schmunzeln und hätte es auch jetzt getan, wenn ihr in diesem Augenblick nicht der Schreck durch alle Glieder gefahren wäre und ihr eine Horde Ameisen über die Kopfhaut geschickt hätte. Sollte sie einen Fehler begangen und ihn nicht entdeckt haben? So etwas war ihr noch nie passiert. In der Tat, unverzeihlich. Wenn Mensinger denn recht behalten sollte.

»Moment, Herr Mensinger.« Ihr Herz klopfte bis zum Hals.

Carla Benedikt macht keine Fehler. Niemals.

»Dr. Mensinger!«, dröhnte es aus dem Lautsprecher.

Schleunigst rief Carla die Berechnung auf und verkniff sich eine Randbemerkung. »Ich sehe hier keinen Fehler. Die Berechnung ist korrekt. Der Zinssatz stimmt bis ins Hundertstel.« Mit einem Schlag wich die Anspannung von ihr.

»Dann haben Sie mir eine alte Version gesendet«, blaffte es schrill durch den Lautsprecher. »Wie gesagt, der Antrag ist bereits durch und unterschrieben. Das hat Konsequenzen, Frau Benedikt, das hat Konsequenzen.«

»Welcher Zinssatz ist denn zur Berechnung herangezogen worden?«, wollte sie wissen.

»Zu wenig! 1,2 Prozentpunkte zu wenig«, brüllte er und knallte den Hörer auf.

Da ging doch etwas nicht mit rechten Dingen zu!

Mit zwei langen Schritten war Kim neben ihr. »Meld dich mal ab und lass mich ran.«

Wie paralysiert tauschte sie mit Kim die Plätze. Was lief da gerade ab, verdammt?

Kim loggte sich als Administrator ein. »Warte mal. Ich prüfe nur eben die Protokolle der letzten Tage.« Sie klickte herum und öffnete Fenster, von deren Existenz Carla bis dato gar nichts gewusst hatte, dann …

»Hier.« Sie tippte mit dem Finger auf den Bildschirm. »Gestern hat er um kurz nach sieben Uhr morgens das Heckmann-Dokument bearbeitet, gespeichert und, Moment, auch gedruckt. Ja, der Drucker im Büro Lambrecht. Vermutlich war die zu dem Zeitpunkt allerdings noch nicht da.«

»Die kommt erst um neun«, hauchte Susann.

»Das ist ein Beweis. Er hat manipuliert«, flüsterte Carla. Die Dreistigkeit dieses Widerlings war kaum zu überbieten. »Kannst du das Protokoll ausdrucken?«

»Ja, kann ich, aber ich darf nicht. Auch ist die Beweislage schwierig, Carla. Er könnte lediglich einen Tippfehler korrigiert haben. Was er genau in der Datei geändert hat, ist nicht nachvollziehbar, weil ich keinen Zugriff auf seine Dateien habe. Könnte ich knacken, darf ich aber nicht. Wie gesagt, kann ich nur die Protokolle einsehen.« Kim meldete sich wieder ab und verschränkte die Hände hinter dem Kopf.

»Ich muss das eskalieren lassen«, sagte Carla nachdenklich und merkte, wie die Falte zwischen ihren Augenbrauen sich noch tiefer eingrub.

»Da steht dein Wort gegen seins, Liebes. Schätze, du hast ein Problem.«

»Nicht nur sie«, würgte Susann hervor und hob eine Hand an den Mund. Carla schaffte es auf die letzte Sekunde, Susann den Papierkorb entgegenzustrecken, und zuckte zusammen, als Kim ihre Faust krachend auf den Schreibtisch donnerte.

»Gar nichts lassen wir eskalieren. Es gibt andere Wege, und ich habe da so eine Idee.«

»Idee?« Susann blickte auf und wischte sich den Mund sauber.

Kim stand auf. »Ja genau. Mädels, ich muss das im Hirn sortieren. Wir treffen uns morgen Abend im Cabanas. 21 Uhr. Einwände? Nein? Gut.« Mit steifen Schritten verließ sie das Zimmer.

Carla und Susann sahen sich fragend an.

»Was meint sie?«, fragte Susann.

»Ich weiß nicht genau. Hören wir uns das einfach morgen an«, antwortete sie, tatsächlich jedoch hatte sie so eine Ahnung, was der forschen Kollegin aus der IT-Abteilung im Kopf herumspukte. Wer in der Lage war, ungeliebten Zeitgenossen auf Fotografien die Augen mit Zigarettenglut auszubrennen, der barg sicher großes Potenzial in sich.

Als Susann ihr Büro verlassen hatte, klingelte Carla bei Kim durch. »Sag mal, deine Idee hat nicht zufällig was mit Bonuszahlungen und Schließfächern zu tun?«

»Du bist nicht nur attraktiv, sondern auch clever, Mädchen.«

Carla verdrehte die Augen. »Kim, das kannst du knicken. Wir befinden uns hier in Fort Knox, schon vergessen? Und ich hoffe, du machst keine Dummheiten.«

»Und du hast vergessen, dass die Sanisters ihre eigenen Systeme installieren wollen, Schätzchen, das schafft Lücken, die sich aufspüren lassen. Wie du weißt, sitze ich an der Quelle.«

»Annett?«

»Korrekt. Und ihr Ex-Mann. Er ist mir was schuldig. Und was meinst du mit Dummheiten? Ich bin lediglich eine Analytikerin mit Hang zu vereinzelten, aber wohldosierten Ausfällen.«

»Deine Fotos im Büro. Nicht dass du …«

Carla hörte es am anderen Ende der Leitung auflachen. »Du glaubst, ich werfe dem Mensinger einen Dartpfeil zwischen seine fiesen Äuglein?«

»Dir traue ich alles zu!«

»So ein Pfeilchen ist wahrscheinlich nur todbringend, wenn man ihn mit dem Hammer in die Stirnhöhle drischt, also keine Sorge. Ich denke nur die finanzielle Seite durch, obwohl … Die Vorstellung mit dem Pfeil hat durchaus ihren Reiz.«

»Geld stehlen ist kriminell!«

»Mir kommen gleich die Tränen. Das, was Mensinger und Konsorten abziehen, ist kriminell. Und noch mehr als das, heilige Scheiße. Also zier dich nicht wie Schneewittchen vor dem Apfel, sondern lass uns drüber brainstormen. Sieh es einfach als eine hoodsche Maßnahme. Im Übrigen ist eine Idee noch keine Straftat.«

»Als was soll ich es sehen?«

»Tipp. Es ist ein alter Film, magst du doch so gerne, oder? Kennst du dieses Zitat? *Streicht die Küchenabfälle für die Aussätzigen, keine Gnade mehr bei Hinrichtungen und sagt Weihnachten ab!*«

Bis zum Abend arbeitete Carla wie betäubt und von latenter Übelkeit begleitet Unerledigtes ab. Allein der Gedanke an Essen schnürte ihr die Kehle zu. Das Glück schien einen großen Bogen um sie zu machen, aber darin hatte es ja schon reichlich Übung.

Heute nehme ich garantiert keine Arbeit mit nach Hause.

Mürrisch griff sie nach der leeren Kaffeetasse, stand auf, knickte um und brach sich den Absatz ab.

Super! Weiter so, Schicksal, ich habe noch einen zweiten Absatz. Kannst du haben. Bitte. Danke.

Kurzerhand zog sie die Schuhe aus und trat barfuß den Weg in die Küche an. Dort herrschte das übliche Chaos. Sie ignorierte es und spülte ihre Tasse ab. Als sie nach dem Geschirrtuch griff, stockte sie. Auf Zehenspitzen huschte sie zur offenstehenden Tür und lauschte. Die Stimmen kamen aus Mensingers Büro. Seit wann ließ der die Tür offen, wenn er Besuch hatte?

»Sie enttäuschen mich doch sehr, Herr van Veen!«, hörte sie Mensinger sagen und sah sein zornesrotes Gesicht fast vor sich. Carla beugte sich noch ein Stückchen vor, Tasse und Tuch fest in der Hand haltend.

Jetzt sprach van Veen. »Möglich, aber unter diesen Voraussetzungen nicht zu vermeiden, wenn ich meinen Grundsätzen treu bleiben will.«

Huch? Was war da denn los? Da stritten sich zwei Sanister, wie ungewöhnlich.

»Grundsätze!«, spottete Mensinger. »Grundsätze! Sie sind sich also zu fein, um …« Die letzten Worte konnte Carla nicht verstehen, weil Mensinger die Stimme gesenkt hatte. Dafür erklang van Veens umso lauter.

»Für derartige Winkelzüge bin ich nicht zu haben, Herr Dr. Mensinger. Schönen Abend noch.« Dann knallte eine Tür ins Schloss. Hastig wich Carla zurück an die Spüle, trocknete die Tasse ab und stellte sie mit zittrigen Fingern in den Schrank. Zu ihrer Erleichterung entfernten sich die Schritte.

Für welche Winkelzüge war van Veen nicht zu haben? Aber noch wichtiger: van Veen war offensichtlich ein ziemlich untypischer Sanister. Wusste er, dass er mit seinem Job spielte, wenn er dem Mensinger nicht untertänig gegenübertrat, wie es dieser erwartete? Oder kündigte man unter Sanistern nicht? Eine Krähe hackte der anderen kein Auge aus. Bo van Veen gehörte zu diesen Sanister-Krähen, aber offenbar war er eine von den weißen, von den guten. Möglicherweise hatte er sich nur verflogen.

Zurück im Büro warf sie die Schuhe in den Papierkorb und verließ eilig und barfuß ihr Büro, bevor ihr Vorgesetzter noch auf die Idee kam, seinen Frust über den Ungehorsam van Veens an ihr auszulassen.

Beim Hinausgehen registrierte sie, dass Susann an ihrem Schreibtisch saß und ziemlich unglücklich wirkte. Kurzerhand drehte sie um. Das Fitnessstudio hatte bis vierundzwanzig Uhr geöffnet, es bestand kein Grund zur Eile.

Susann

Freitagabend – 18 Uhr.

Die Kollegen hatten sich bereits in den Feierabend verabschiedet, und Carla hatte sich mit besorgter Miene erkundigt, ob bei Susann alles okay wäre. Susann hatte nur genickt, gelächelt und zum Apfel gegriffen, der bereits den ganzen Tag darauf wartete, von ihr gegessen zu werden. Doch seit dem Tod der Gamberling hatten Äpfel für Susann irgendwie etwas Unheilvolles. Vielleicht, ja. Doch Äpfel waren gesund und außerdem verspürte sie leichten Hunger. Sie könnte ihn auf dem Weg nach Hause in der U-Bahn essen.

Sie hatte Carlas Angebot, sie ins Fitnessstudio zu begleiten, abgelehnt und ihr nachdenklich hinterhergesehen. Im Prinzip täte ihr gezielte Bewegung auch mal gut, doch Sport war nicht ihr Ding und sie würde Carla mit ihrer Anwesenheit nur den Spaß verderben, weil sie höchstwahrscheinlich bereits nach fünf

Minuten vom Crosstrainer kippen und nach einem Sauerstoffzelt rufen würde. Sie sehnte sich nach einem guten Buch, nicht nach körperlicher Betätigung. Und sie musste sich irgendetwas für den Sonntag vornehmen, den sie sonst fest bei ihren Eltern eingeplant hatte. In Gedanken versunken griff sie zum Apfel, lehnte sich im Stuhl zurück und drehte ihn nachdenklich in ihren Händen.

»Na, Fräulein Becker, treibt es Sie nicht ins Wochenende?« Die betont freundliche Intonation Mensingers ließ Susann versteifen. Seine Stimme war nah, so nah, dass sie seinen Atem in ihrem Nacken spürte.

Susann ließ den Apfel sinken und presste unwillkürlich die Knie zusammen. »Ja, Herr Mensinger. Äh, ich meine, also nicht wirklich. Aber eigentlich doch.« Oh je, nicht schon wieder. Sie hasste es, wenn ihre Stimme sich anhörte wie die eines Vorschulkindes. Gehetzt blickte sie sich um. Kein Zweifel, sie war allein. Mit Mensinger. Sie ärgerte sich über sich selbst, dass sie an diese Möglichkeit nicht gedacht hatte.

»Na na, keine Scheu, kleine Susann. Schließlich sind wir ja Kollegen, nicht wahr? Plaudern Sie ein wenig mit mir.« Er umrundete sie und setzte sich auf ihren Schreibtisch, einen Fuß am Boden belassend, die Hände gefaltet. Eine Duftwolke seines aufdringlichen Aftershaves schwappte zu ihr herüber.

Wie kam sie jetzt nur aus dieser Nummer raus? »Ich denke, ich muss jetzt los, Herr Dr. Mensinger.« Sie versuchte, ihrer Stimme einen festen Klang zu geben, und wollte gerade aufstehen, als Mensinger sie auf den Stuhl zurückdrückte.

»Bleiben Sie noch ein Minütchen.« Er streichelte über ihr Haar und ließ seine Finger abwärts gleiten.

Erschrocken wich Susann zurück und dankte Gott für Stühle mit Rollen. Der Apfel fiel ihr aus den Händen. »Aber Herr Dr. Mensinger …«, hauchte sie und traute sich nicht, den Apfel aufzuheben. Wer wusste schon, was geschah, wenn sie sich bückte. Ihr Chef atmete für ihren Geschmack deutlich zu schnell und sah aus, als würde er sich jeden Moment auf sie stürzen wollen.

Panisch rollte sie mit dem Stuhl weiter zurück, und bemerkte, wie Mensingers Blick sich lüstern auf ihre Knie heftete. Wenn sie ihm doch einfach nur schwungvoll in die Eier treten könnte. Aber das traute sie sich nicht.

Er stand auf. *Oh nein* … Mit einem schmierigen Grinsen hob er Susanns Apfel auf und … In diesem Moment trippelte die Lambrecht, Mensingers neue Sekretärin, um die Ecke. »Oh, wie schön, ich dachte schon, Sie wären in den Feierabend gegangen, Herr Dr. Mensinger. Dabei habe ich doch noch eine wichtige Frage bezüglich der neuen Verträge für … ach, das können wir ja in Ihrem Büro besprechen. Haben Sie ein paar Minuten für mich?«

Susann sackte erleichtert zusammen und beschloss, diese Lambrecht ab sofort zu mögen, auch wenn sie wie ein billiges Flittchen wirkte.

Wieder allein, fiel ihr Blick auf den Apfel. Sie hob ihn auf, legte ihn neben die Tastatur und starrte auf die rote Frucht, als läge in ihr die Antwort auf alle Fragen des Lebens.

Mensinger

Dr. Mensinger trat vor seiner Sekretärin in sein Büro und schloss die Tür hinter ihr.

»Bevor Sie mit Verträgen kommen, an einem Freitagabend, wo die doch durchaus bis Montag Zeit haben, möchte ich Ihnen eine Frage stellen.« Er machte es sich auf seinem schwarzen Ledersofa bequem und tätschelte mit der Hand den freien Platz neben sich. »Wollen Sie sich …?«

»Ach, nein danke, Herr Dr. Mensinger«, sagte sie, während sie die schon bekannte Augentropfenprozedur vollzog, und sein Blick wanderte über ihre drallen Waden hinauf und blieb eine viel zu kurze Zeit an ihren Titten hängen – viel zu kurz, weil sein bester Freund ihn durch energisches Klopfen an den Hosenlatz verraten würde, wenn er länger darauf starrte. Dann blickte er ihr in das eher durchschnittlich attraktive Gesicht, aber darauf kam es ihm ja auch nicht an.

»Frau Lambrecht, wie beurteilen Sie die These, dass die meisten außerehelichen Abenteuer im Büro stattfinden? Also, ich meine ja, dies beträfe nicht nur die Verheirateten, sondern alle, die unsere Geschäftsräume dazu nutzen, um … Sie wissen schon.« Was er nicht sagte, war, dass er die kleinen Abenteuer mit seinen Mitarbeiterinnen mitnichten als Verfehlung auffasste. Er hatte sie immer als zusätzlichen Benefit betrachtet.

»Was bitte meinen Sie damit?«, entgegnete die Lambrecht mit gerunzelter Stirn und steckte das Fläschchen zurück in die Tasche der Kostümjacke. »Wollen Sie mir damit etwa sagen, dass Sie mit mir vögeln wollen?«

»Keineswegs, keineswegs«, versicherte er ihr, zupfte an seiner Krawatte und bemühte sich, das gierige Pochen im Schritt zu ignorieren. »Ich wollte lediglich einer Anordnung der Geschäftsleitung Folge leisten, derartige … Vorkommnisse bei Bekanntwerden unverzüglich abzumahnen. Verstehen Sie mich nicht falsch, ich meine damit auf keinen Fall Sie.«

»Verstehe … Solche Ungeheuerlichkeiten tragen sich also hier zu?«

Dr. Mensinger nickte. »In der Tat. Wir überlegen noch, ob eine Abmahnung in diesen speziellen Fällen ausreicht. Wie stehen Sie dazu, Frau Lambrecht? Ich lege Wert auf Ihre Meinung.«

»Nun …«, die Lambrecht platzierte ihren prallen Arsch auf der Schreibtischkante, wobei ihr sträflich kurzer Rock fast bis an die Scham hochrutschte. »Wenn ich die Strafe verhängen dürfte …«, sagte sie langsam und sah ihn durchdringend an, »… würde ich dem männlichen Part, der seine Frau hintergeht, gerne mit einem scharfen Messer genüsslich die Eier rasieren.«

Ihm blieb kurz die Luft weg. »Das wäre eine Idee, aber leider nicht zulässig, dennoch …«, sagte er mit belegter Stimme und plötzlich ziemlich kurzatmig. Diese Vorstellung …

»Wissen Sie«, fuhr sie fort und öffnete leicht ihre Beine. Dann griff sie zum Brieföffner und fuhr sich damit über den Oberschenkel. »Meine Sichtweisen bezüglich Ehebrechern sind möglicherweise etwas streng. So streng, dass ich durchaus geneigt wäre … Ist alles in Ordnung, Herr Dr. Mensinger?«

Dr. Mensinger spürte, wie ihm das Blut aus dem Gesicht wich. Die Vorstellung, von der attraktiven Lambrecht mit ebendiesem Brieföffner an seiner empfindlichsten Stelle gekitzelt zu werden, entsprach derart seinen masochistischen Traumvorstellungen, dass er total ergriffen war.

»Wunderbar, alles wunderbar. Mir ist nur ein bisschen heiß.«

»Dann bin ich ja beruhigt. Sie sollten ein Fenster öffnen. Die Verträge können wir auch gerne am Montag durchgehen. Es ist ja schließlich Freitagabend, das hatte ich im Eifer vergessen.«

Zu seinem Bedauern gab sie ihre doch recht aufreizende Position am Schreibtisch auf und trat hüftschwingend auf ihn zu. Verkrampft hielt er die Luft an, bereit, sich von ihr mit dem spitzen Teil die Hoden schärfen zu lassen. Doch sie drückte ihm nur den Brieföffner in die Hand, drehte sich auf dem Absatz herum und verließ sein Büro.

Kaum war sie aus dem Raum, sprang Dr. Mensinger auf und schloss mit zittrigen Fingern sowohl die Bürotür als auch die Verbindungstür zum Sekretariat ab - sicher war sicher - und gab sich selbst seiner noch verdammt gegenwärtigen Vision hin, wozu er erst den Brieföffner und später seine Hand nutzte. Mit einem Schwall gurgelnder Wimmertöne und in berauschter Erschlaffung sank er schließlich ins weiche Leder des Sofas.

Zehn Minuten später saß er mit einem Glas Brandy in seinem Chefsessel und versuchte, sich an die Farbe der Brustnippel seiner Mutter zu erinnern.

Annabelle

Annabelle Lambrecht konnte sich das Lachen kaum verkneifen.

Ihre Finger huschten zu der Brosche an der Bluse, an der sich eine kleine Kamera mit Mikro befand, und suchten den winzigen Schalter. Ah, da war er ja. Sie seufzte auf, denn bevor sie endlich den ersehnten Feierabend antrat, musste sie noch einen vereinbarten Anruf tätigen. Sie zog ihr Handy aus der Handtasche, setzte sich und drückte die Kurzwahltaste ihrer Auftraggeberin. Sogleich wurde abgehoben. »Mensinger«, schnarrte es ihr schrill entgegen.

»Ja, hallo Frau Mensinger, hier Lambrecht. Ich schätze, die Angelegenheit ist schneller erledigt, als wir dachten.«

Kaum hatte sie die Worte ausgesprochen, ergoss sich ein Redeschwall über sie. Während das Geschwafel an ihr vorbeirauschte, betrachtete sie ihre Fingernägel. Hm, könnten etwas länger sein und eine Nuance weniger rot, aber alles in allem hatte die Nageldesignerin gute Arbeit geleistet. »Bitte? Ja, alles wunderbar. Sobald ich den Filmbeweis habe, gebe ich Ihnen den Stick, einverstanden? Gut. Vergessen Sie nicht, eine Sicherungskopie anzulegen. Sicher ist sicher. Ja, Sie können sich auf mich verlassen. Wie? In der Tat ist es einfacher als erwartet. Aber ja, macht Spaß. Ist mal was anderes, als auf Kundschaft zu warten. Sicher doch, ich kann die Sache etwas vorantreiben. Kein Problem. Wünsche Ihnen auch noch einen schönen Abend. Bis dann, Frau Mensinger.«

Lächelnd lehnte sie sich im Stuhl zurück, gab in jedes Unterlid ein Tröpfchen Augenmedizin – sie sollte vielleicht mal einen Arzt aufsuchen – und legte anschließend die Fingerspitzen aneinander. Das hatte sie bei ihrem »Chef« beobachtet. Diese Haltung hatte so etwas Erhabenes. Und genauso fühlte sich Annabelle in diesem Moment, denn auf sie wartete viel Geld. Frau Dr. Mensinger machte für die Überführung ihres Mannes ein ordentliches Sümmchen locker. Wahrscheinlich konnte sie im Falle einer Scheidung ein halbes Vermögen aus ihm rauskitzeln. Es fehlten ihr nur die Beweise für seine Untreue, die sie - Annabelle - jedoch demnächst liefern konnte. Ob der notgeile Sack auch ein paar Scheine springen ließ? Warum nicht doppelt absahnen? Mit etwas Glück würde sie nie wieder auf die Straße müssen.

Mit diesem Gedanken griff sie lächelnd zur Brosche, legte den kleinen Schalter um, stand auf und klopfte an die Verbindungstür. Als sie den Schlüssel im Schloss hörte, zog sie den engen Rock hoch bis kurz unter die Pofalte.

Die folgende Stunde schwebte Mensinger mal hinter seiner neuen Sekretärin, mal unter ihr, aber in jedem Fall im siebten Herrenhimmel. Zum Abschluss kicherte er betrunken, als sie ihm mit dem Brieföffner in die Brustwarzen pikste. Dann sank er glückselig in die Waagerechte. Nackt auf dem Ledersofa liegend fiel er schließlich in einen testosterongeschwängerten Schlaf, ein Lächeln auf den Lippen, und hielt eine zur Hälfte geleerte Bourbonflasche wie einen Kuschelteddy an sich gedrückt.

7

Carla

Das Cabanas war fast bis auf den letzten Stuhl besetzt und Carla verteidigte die freien Plätze am Biergartentisch mit Zähnen und Klauen. *Nein, hier ist nicht frei. Nein, ich erwarte noch ein Rudel Freundinnen. Nein, tut mir leid, besetzt.*

Schließlich brachte man ihr den bestellten Hamburger – immer noch besser als nervös am Daumennagel zu knabbern – und sie ärgerte sich, viel zu früh gekommen zu sein. Fast eine Stunde vor der vereinbarten Uhrzeit. Zu Hause war ihr die Decke auf den Kopf gefallen.

Praktisch, dass sie Umgebungsgeräusche weitgehend ausblenden konnte. Sie musste dringend in Ruhe nachdenken. Über ihren Job, über Susann, über ihren Ex. Und über Bo, den sie offensichtlich falsch eingeschätzt hatte. Das hatte sie drauf. Komplizierte Berechnungen anstellen? Kleinigkeit. Menschen einschätzen? Griff ins Klo.

Plötzlich stupste sie jemand an. »Isst du das noch oder meditierst du drüber?« Ihre Kollegin aus der IT setzte sich mit angesäuertem Gesichtsausdruck direkt gegenüber und zündete sich eine Zigarette an. »Wo ist Susann? Noch zwischen Buchseiten?«

Carla schob den Teller mit dem halben Hamburger zur Seite. Sie war satt. Eigentlich hatte sie das mehrstöckige Monster nur aus Langeweile bestellt.

»Dir auch einen guten Abend, Kim. Susann müsste eigentlich gleich …«

»Was darf ich bringen?«, grätschte der Barkeeper in ihren Satz und sah ihre Kollegin unverwandt an. Nein, nicht sie, vielmehr das Totenkopf-Tattoo auf Kims Schulter.

»Ein Bier. Im besten Fall eiskalt«, antwortete Kim, streckte ihre langen Beine unter dem Tisch aus und verschränkte die Arme im Nacken.

»Ach, ihr seid ja schon da.« Susann. »Entschuldigung, ich bin etwas spät, die U-Bahn …«

»Rehlein«, donnerte Kim. »Entschuldige dich nicht immer und überall, das nervt noch mehr als die Hitze. Außer du bist der lächerlichen Überzeugung erlegen: Wer kriecht, stolpert nicht.« Sie nahm das Bier entgegen. »Ihr seid aber schnell. Ah, eiskalt. Gut!«

Carla registrierte, wie Susanns Unterlippe zu zittern begann, und zog sie neben sich auf die Bank. »Schön, dass du gekommen bist«, sagte sie lächelnd zu Susann und warf Kim einen mahnenden Blick zu.

»Was?« Kim zog die Brauen hoch und trank einen Schluck. »Ist doch wahr, selbst jetzt …«

»Lass gut sein«, zischte Carla. »Ihr zwei müsst aber auch immer …«

Rrrring … Telefon. Offenbar ein Tag der unvollendeten Sätze für Carla.

»Gerdi?« Überrascht blickte sie von Kim zu Susann. »Was? Beerdigung? Mein herzliches Beileid. Ich habe von dem Tod deines Mannes in der Zeitung gelesen … Es ist ja so furchtbar, dass … Wie? Wo ich bin? Im Cabanas. Ja, das Restaurant an der Oberbaumbrücke. Aber …«

In diesem Moment hörte Carla hinter sich lautes Jubeln und Klatschen. Kim reckte den Hals, und Susann, die just in dem Moment ein Mineralwasser bestellt hatte, drehte sich um.

»Sekunde, Gerdi, es ist gerade sehr laut.« Carla drehte sich ebenfalls im Sitzen um. Lucy? Im Beach-Bereich des Cabanas spuckte ihre obdachlose Freundin Feuer, als hätte sie nie etwas anderes getan. Um sie herum johlte und klatschte es.

»Gerdi, noch da? Also ich bin gerade … Bitte? Jetzt? Das geht nicht, weil …« Entgeistert blickte sie auf ihr Handy. Gerdi hatte einfach aufgelegt.

»Was ist?«, wollte Kim wissen. Susann blickte sie nur aus großen Augen an. Rehlein. Da hatte Kim schon irgendwie recht.

»Gerdi kommt.« Carla verzog das Gesicht. »Tut mir leid, sie hat einfach aufgelegt, sagte nur: bis gleich.«

»Wer ist Gerdi und wer heißt heute noch so?«

Sicher, die beiden kannten sie ja nicht. In knappen Worten klärte sie Kim und Susann über die Galeriebesitzerin und den Tod ihres Gatten auf. Abermals schlug Susann eine Hand vor den Mund und ihre Augen füllten sich mit Tränen.

»Och bitte, nicht schon wieder Niagara-Fälle. Hast du eigentlich noch Wasser in den Zellen, Rehlein?«

»Herrje, Kim!«, fuhr Carla ihre Kollegin an. »Such dir ein anderes Opfer. Susann ist schließlich hier, weil du darum gebeten hast.«

Susann schniefte und nickte.

Kim verdrehte die Augen. »Sorry, Susann.« Und zu Carla gewandt: »Gut, habe mich entschuldigt. Zufrieden? Zurück zu dieser Gerdi. Da hat der werte Gatte ihr wohl einen Gefallen getan mit seinem Abgang. Wie strange ist das denn … Mal ehrlich, von der Geliebten erschossen, und am Tag der Beerdigung geht die Gattin feiern.«

»Na ja, so würde ich das nicht sehen, sie …«

»Das Letzte, was wir hier jetzt brauchen, ist eine alte Witwe!« Kim drosch mit der flachen Hand auf den Tisch.

Würde mich mal bitte jemand ausreden lassen? Nur einmal?

»Jetzt sei doch nicht so, Kim«, versuchte Susann zu beschwichtigen. »Sie bleibt bestimmt nicht lange, und außerdem will ich gar nicht …«

»Ein Rehlein und eine Greisin, womit habe ich das nur …«

Der Rest von Kims Worten ging im begeisterten Applaus unter, der von der Beach-Area zu ihnen drang.

Na, da bin ich wenigstens nicht die Einzige, die heute den Halbsatztag gewonnen hat. Carla blickte über die Schulter und sah, dass Lucy nun mit zwei Feuerstäben wild flackernde Zungen in die Luft malte, bevor sie die Flammen löschte. Neuer Applaus erscholl.

Als er abebbte, griff Susann Kims letzten Satz auf. »Dann reden wir besser heute nicht über das, was Kim …« Sie warf der IT-Spezialistin einen scheuen Blick zu. »Was du uns sagen wolltest, oder? Wenn ich ehrlich sein soll, ist es mir ganz recht.«

»Klar, dir geht die Düse. Es könnte was Verbotenes sein«, spöttelte Kim. »Stell dir vor, wir würden …«

»Ein Wasser, bitteschön.« Der Barkeeper stellte das Glas vor Susann ab.

»… die Sanister-Ärsche um ihre wohlverdienten Kröten bringen.«

»Kim!« Susann wirkte sichtlich erschrocken.

»Was genau meinst du damit?«, wollte Carla wissen. Ihr entging nicht das erregte Blitzen in Kims Augen.

»Wir rauben sie aus!«, raunte sie und beugte sich vor.

Susann schüttelte wild den Kopf. »Nein, nein. Du meinst den Mensinger, oder? Du willst ihn überfallen? Nein, da mach ich nicht mit. Das ist … das ist …«

Carla lehnte sich zurück und verschränkte die Arme. Da kam noch was, da war sie sich sicher. Ein profaner Überfall würde nicht zu Kim passen, dafür waren ihre Hirnstränge zu komplex miteinander verdrahtet.

»Hör mal, Kuschelmaus, überlass die schwierigen Dinge – wie zum Beispiel das Denken – der guten Kim und hör einfach zu. Kriegst du das hin?«

Susann schnappte stumm nach Luft und nickte.

»Gut. Wir überfallen keine Menschen, das ist bah! Verstehst du das? Ja? Wir bedienen uns nur an den Schließfächern und …«

»Du willst die Bank ausrauben?«, quetschte Susann heraus, und Carla sah ihr an, dass sie nur mit Mühe ihre Stimme drosselte.

»Alles wird gut …« Carla legte ihr beschwichtigend eine Hand auf die Schulter.

»Bank ausrauben? Ich bin dabei«, erklang es mit einem Male direkt an Carlas Ohr. Lucy hatte sich von hinten zu ihr gebeugt. Carla verdrehte die Augen. *So wird das nix.*

»Und wer bist du jetzt?«, wollte Kim wissen und verdrehte die Augen. Noch bevor Lucy etwas sagen konnte, hob Kim die Hand. »Moment, dich hab ich schon mal gesehen. Pizza.«

»Stimmt!« Lucy strahlte Kim an und setzte sich neben sie. »Mach ich nicht mehr, ich spucke jetzt Feuer. Du magst Sardellenpizza, stimmts? Ich habe dir vor ein paar Wochen mal eine gebracht. Ist das Bier kalt?«

»Eiskalt.«

»Klasse.« Lucy winkte den Kellner heran, bestellte ebenfalls ein Bier und wandte sich an Carla. »Schön, dich hier zu treffen.«

»Freut mich auch. Darf ich euch bekannt machen? Susann – Lucy, Lucy – Susann. Und neben dir sitzt Kim, verkannte Herrin des IT-Bereiches.«

»Hallo Lucy«, sagte Susann und hielt sich gehemmt lächelnd am Wasserglas fest. Kim brummte Unverständliches ins Bierglas.

»Hallo Susann!« Lucy schenkte auch ihr ein offenes Lächeln. »Ich bin Lucy, ich lebe da drüben.« Sie zeigte mit ausgestrecktem Arm zur Oberbaumbrücke. »Aber nicht mehr lange, man will säubern. Also, die Obdachlosen verbannen. Dann bin ich sozusagen ohne festen Wohnsitz.« Sie seufzte kurz, schüttelte ihre roten Locken und blickte herausfordernd in die Runde. »Also, was ist mit diesem Bankraub? Ich habe mich doch nicht verhört, oder? Ich will raus aus Good old Germany, wird mir zu eng hier. Außerdem habe ich bald keinen Schlafplatz mehr. Und mir fehlt Kohle. Wenn ihr also Kontakte in die kriminelle Szene braucht …« Sie tippte sich auf die Brust. »Fragt Lucy.« Während sie sprach, zappelte sie unruhig auf der Bank hin und her. Stillsitzen war nicht ihr Ding.

Kim stellte energisch das Glas ab. »Ein Rehlein und jetzt auch noch ein Zappelphilipp. Carla – wir ziehen den Coup alleine durch. Wenn ich mit den beiden hier arbeiten muss, könnten schlimme Dinge passieren.«

Im nächsten Moment stieß Lucy Kim scherzhaft ihren Ellenbogen in die Seite. »Ich zappele nicht, ich tanze. Außerdem kann ich nichts dafür. Sags meinen Füßen.«

»Herr, wirf endlich Gelassenheit über mich«, stöhnte Kim.

Susann schluchzte plötzlich auf und stürzte das Wasser hinunter, als wäre es Gin und sie bereit, sich die Lichter auszuknipsen. »Ich weiß, dass du mich nicht leiden kannst, aber musst du immer so verletzend sein? Das ist nicht nett, Kim!«

Carla nippte an ihrem Weißwein und haderte mit einem Plan, der noch nicht einmal ausformuliert war. So ein Schwachsinn. Bankraub. Blödsinn. Sie sollte sich einen neuen Job suchen und gut. »Ruhe, verdammt. Das ist ja nicht zum Aushalten.«

Schlagartig kehrte Stille am Tisch ein. Kim verdrehte die Augen, Lucys Füße hielten erschrocken inne und Susann bekam Schluckauf.

»Gar nichts werden wir ausrauben!«, fuhr sie fort. »Kim, was auch immer du unter deinem blonden Schopf ausheckst, das ist eine Nummer zu groß für uns und …«

»Red keinen Müll, Carla, hör dir doch erst einmal die Details an. Ich habe die halbe Nacht und einen Großteil des Tages darüber gebrütet und Recherche betrieben.«

»Du hast schon Details? Cool! Wohin setzen wir uns ab?« Lucy hob ihr Glas und prostete Kim zu, die diese Geste jedoch geflissentlich ignorierte und unverwandt Carla anblickte.

»Am besten in ein Land, für das kein Auslieferungsabkommen besteht. Falls du weißt, was das ist, du Tänzerin.«

»Was ist das?«, piepste Susann hinter ihrem Wasserglas und Carla senkte seufzend den Kopf auf ihre Hände. Eine kaltschnäuzige ITlerin, ein ängstliches Rehlein und eine freiheitsliebende Feuerspuckerin. Carla wollte jetzt sofort in ihre Wohnung. Rotwein trinken. Füße hochlegen. Und außer sanfter Hintergrundmusik nichts anderes hören.

»Ein Auslieferungsabkommen ist ein Vertrag zwischen zwei Staaten über die Auslieferung von jeweils eines im anderen Land per Haftbefehl gesuchten Verdächtigen. Guten Abend, darf ich mich vorstellen? Gerdi Gutheil. Aber nennt mich einfach Gerdi.

Darf ich, Carla?«

Carla sah ihren schönen Plan nach Venezuela reiten, Sonne putzen. Sie erweiterte die Liste der skurrilen Evastöchter um sich herum um eine stinkreiche Galeriebesitzerin mit Hang zu Morbidem.

»Klar. Hallo Gerdi.« Sie rückte ein Stück zur Seite und wunderte sich. Gerdi wirkte fröhlich, ja beinahe übersprudelnd. Ihre Augen glänzten mit der Goldkette auf ihrem gebräunten Dekolleté um die Wette. Das und die Kombination der sommerlichen Bräune mit dem Weiß des schulterfreien Hosenanzuges verlieh der älteren Frau eine jugendliche Frische. Apropos frisch, Witwen sahen definitiv anders aus.

Kaum saß Gerdi, winkte sie ab und lächelte. »Bitte keine Fragen oder Beileidsbekundungen. Du hast sie doch informiert, Carla, nehme ich an?« Carla nickte sprachlos, hatte sie doch in diesem Moment ihr Beileid ausdrücken wollen, stattdessen stellte sie die Frauen einander vor.

»Wunderbar, euch alle kennenzulernen. Also – mein Mann ist erschossen worden und ich trage Weiß«, fuhr Gerdi erklärend fort. »Das mag für euch alle hier am Tisch befremdlich sein, das ist allerdings eine jeweils subjektive Angelegenheit. Ich für meinen Teil habe etwas zu feiern und würde mich freuen, euch einladen zu dürfen.« Sie nickte kurz und winkte dem Kellner. »Eine Flasche Champagner und … fünf Gläser. Danke.«

Kim starrte Gerdi offen an, Lucy verfolgte mit fasziniertem Blick jede Bewegung der Grande Dame und Susann hatte bereits neue Tränen in den Augen.

»Ähm, Gerdi, warst du in Weiß auf der Beerdigung oder hast du dich umgezogen?«

»Kindchen. Natürlich habe ich mich umgezogen, nachdem ich den Leichenschmaus früher verlassen habe, als man erwartete. Der Rest der widerwärtigen Speichellecker begießt wahrscheinlich immer noch heuchlerisch die Beisetzung.« Sie legte den Handrücken an die Stirn, senkte kurz die Lider und seufzte gespielt auf.

»Meine Lieben, ich danke Ihnen für Ihre Präsenz an diesem unbeschreiblich traurigen Tag und schätze Ihre wohlgewählten Worte … Bitte verstehen Sie, dass ich mich nun zurückziehen muss …« Schmunzelnd blickte sie von einer zur anderen. »Diese Sippschaft kann mir gestohlen bleiben. Um was ging es also gerade? Ah ja, Auslieferungsabkommen.«

»Richtig.« Kim fand als Erste die Sprache wieder. »Sie kennen sich aus, Frau …«

»Gerdi und du, bitte. Ja, mein Mann – also jetzt wohl eher Exmann, wenn denn diese Bezeichnung zutrifft – hatte vor Jahren mal einen recht komplizierten Fall. Vielleicht kann ich ein bisschen mit Halbwissen dienen.«

Carla versuchte, in Kims Mimik zu lesen, wie sie zu der älteren Dame stand, doch Kim legte ihr Pokerface auf und bestellte ein weiteres Bier. »Welche Länder gibt es, die Straftäter nicht an Deutschland ausliefern dürfen?«

Susann hickste. Lucy stützte interessiert ihr Kinn auf die Hände.

»In erster Linie keine«, begann Gerdi.

»Wunderbar, dann wäre die Sache vom Tisch«, sagte Carla erleichtert, während ein weiterer Kellner den Champagner öffnete und einschenkte.

Dafür erntete sie einen verwunderten Blick von Gerdi. »Ich weiß zwar nicht, was dich an dieser Tatsache so beruhigt, aber ich möchte anfügen, dass es zwar Staaten gibt, die kein Auslieferungsabkommen mit Deutschland haben, jedoch die Straftäter inhaftieren, sobald ein Auslieferungsantrag gestellt wurde – vorausgesetzt, sie machen sie ausfindig. Aber das wiederum ist langwierig und ein immenser bürokratischer Aufwand, sodass er meist nicht umgesetzt wird. Allerdings gibt es Länder, da würden sich die Täter wünschen, sie würden ausgeliefert.«

»Hicks … zum Bei… Hicks … spiel?«, meldete sich Susann zaghaft zu Wort.

»Nun, der Iran beispielsweise. Wobei es davon abhängt, ob man als Mann oder Frau Zuflucht in diesem Land sucht. Todesstrafe durch Steinigung für selbst kleinste Vergehen sind an der Tagesordnung. Dabei dürfen die Steine nicht so klein sein, dass sie keinen Schaden anrichten, aber auch zu große Steine, die möglicherweise sofort zum Tode führen, werden nicht zugelassen. Dann schon eher Liechtenstein, aber wer möchte dorthin? Das Land selbst ist nicht größer als eine Gefängniszelle.«

»Nigeria?«, wollte Kim wissen.

Gerdi hob die Hände. »Das übersteigt mein Wissen zu diesem Thema.«

Carla begann, den Abend trotz des holprigen Starts recht interessant zu finden, und Susann schien ihren Schluckauf im Griff zu haben.

»Monaco …«, sagte sie schwärmerisch.

»Zu teuer«, warf Lucy ein. »Da müssten wir viele Banken ausrauben, um dort leben zu können.«

Schweigen. Jetzt war es raus. Wie würde Gerdi reagieren? Carla schielte zur Seite. Doch Gerdi quittierte Lucys spontan unbedachte Äußerung nur mit einem wissenden Lächeln. »Etwas Ähnliches hatte ich mir eben gedacht. Ihr plant also, eine Bank zu überfallen?«

»Natürlich nicht!«, schoss es aus Susann heraus.

»Nein? Das ist schade. Wisst ihr, andere reisen in ferne Länder oder nehmen Yogi-Stunden, um zu sich zu finden – brauche ich nicht, ich weiß, wo ich bin. Wiederum andere erfinden sich im Alter neu – zumindest glauben sie das – und eröffnen eine Galerie – bitte keine Bemerkungen an dieser Stelle – oder ein Lernzentrum für Kinder. Letzteres ist ehrenwert, aber nicht mein Ding. Oder sie kaufen sich Brennofen und Töpferscheibe, das Hinterhaus wird zur Werkstatt befördert, und die hobbylose Hausfrau und Nur-Gattin ist davon überzeugt, sich ab sofort der Erotik des Töpferns hinzugeben. Nicht lachen, eine mir entfernte Bekannte ist nun sechzig und wartet noch immer auf den attraktiven Liebhaber, der nächtens hinter ihr sitzt, wie Gott ihn schuf, und ihre Hände über den angefeuchteten Ton führt. Kein Scherz.

Eine dauerhafte Affäre mit dem blutjungen Tennistrainer – wie es zwei meiner *Bekannten* zu tun pflegen – scheint mir ebenso wenig erstrebenswert. Mir steht der Sinn nach richtigen Abenteuern. Und damit meine ich keine Kreuzfahrt oder irgendeine andere gebuchte Senioren-Maßnahme, die mich nach zwei, drei Wochen – oder meinetwegen auch nach einem halben Jahr – wieder in den gesellschaftlichen Käfig zurückwirft.« Sie hob das Glas erneut. »Tatsächlich nicht? Ihr wollt also keine Bank überfallen. Tja, wie gesagt, das ist schade.«

»Nicht eine Bank – drei«, sagte Kim trocken.

Gerdi stellte das Glas ab. »Jetzt wird es interessant.«

»Drei?«, brach es spontan aus Carla heraus. War die Frau irre geworden? Hatte sie nicht etwas von Schließfächern gesagt? Und selbst das war eine Schnapsidee gewesen!

Aus dem Augenwinkel bemerkte sie, wie Susann sich versteifte, als stünde Mensinger mit offener Hose hinter ihr. Ihr Gesicht war aschfahl und ihr Blick verlor sich zwischen Champagnerflasche und dem Flackern des Teelichtes in der Mitte auf dem Tisch. Als der Kellner an ihr vorbeiging, schnellte ihre Hand hervor und hielt ihn an der Kellnerschürze fest. »Einen Baileys, bitte. Mit viel Eis«, hauchte sie in seine Richtung. Das war ungewöhnlich. Susann trank für gewöhnlich keinen Alkohol.

»Das ist der Hammer! Der absolute Überflieger! Wie geil! Wir überf…«, freute sich Lucy.

»Pscht«, zischte Carla, und holte anschließend tief Luft. »Wir überfallen gar nichts. Das ist nichts weiter als Rache-Gefasel und Rumgespinne, und im Übrigen nicht umsetzbar. Die Bank ist zu gut geschützt, die Risiken sind zu groß, und wie Gerdi sagte, würden wir in jedem Fall ausgeliefert. Also bitte … Das ist absolut kein Thema. Auch wenn wir – also drei von uns – den Sanistern am liebsten die Ärsche aufreißen würden, sollten wir doch bitte auf dem Teppich bleiben. Suchen wir uns einfach andere Jobs.«

»Toll, Carla«, sagte Lucy. »Bei mir geht es aber nicht um einen

Job, sondern um ein Dach über dem Kopf und darum, dass ich nicht irgendwann im versifften Rinnstein verrecken will. Wenn abkratzen, dann bitte unter Palmen mit Blick auf den Horizont.«

»Da hat die liebe Lucy nicht unrecht«, warf Gerdi ein. »Mir geht es weder um das eine noch das andere, denn Geld und Dächer brauche ich gewiss nicht. Diese Unternehmung reizt aufs Äußerste. Und …« Sie blickte jeden nacheinander an. »Solch eine Aktion braucht unter Umständen Geld im Vorfeld. Habt ihr diesen Aspekt in eure Überlegungen mit einbezogen?«

Susann wirkte in sich gekehrt und nahm schweigend das Getränk entgegen, das ihr der Kellner in diesem Moment brachte.

»Stimmt, Gerdi!« Lucys Augen leuchteten. »Wir brauchen Waffen. Ich habe da so ein paar Kontakte. Aber die lassen sich ihre Ware teuer bezahlen.«

»Waffen? Das geht doch bestimmt ohne. Aber Masken …«, kam es leise von Susann.

»Quatsch!« Kim schnaubte verächtlich. »Masken … Zuviel Zorro gelesen? Wir brauchen Perücken, gefälschte Ausweise … Oder besser noch, wir lassen uns die Haare umfärben.«

Carla glaubte nicht, was sie da hörte, und doch wurde sie von der Begeisterung angesteckt – nur ein bisschen, in etwa so, als stünde sie auf einer Brücke, bereit für einen ersten Bungee-Jump. Es machte Spaß, solch ein Szenario durchzuspielen. Auch, wenn es niemals in die Tat umgesetzt würde.

»Falsche Leberflecke«, hörte sie sich zu ihrer Überraschung sagen. Susann kicherte und bestellte sich einen Aperol-Spritz.

»Rehlein, mach mal langsam, sonst hängst du nachher über dem Geländer und reiherst in die Spree.«

Dieser Satz holte Carla wieder runter. *Halt!* Zeit für einen Boxenstopp. »So, jetzt haben wir ein bisschen geträumt. Kommen wir wieder zur Realität zurück. Es ist nämlich nicht mit anderen Haarfarben und Leberflecken getan. Wir haben alle eine Menge Dinge: Wohnungen, Autos, Verträge. Nicht zu vergessen, die Verwandtschaft, Freunde. Also denkt nach, bevor ihr weiterträumt.

Für mich persönlich ist das ein Denkspiel für einen humorvollen Abend. Ganz witzig, mehr aber nicht.«

Für einen kurzen Moment herrschte teils betretenes, teils überraschtes Schweigen, dann ergriff Lucy das Wort. »Wahrscheinlich hast du recht, Carla. Ich meine, wenn ich von heute auf morgen verschwinde, juckt das keinen Keks. Die denken, ich bin weitergezogen, was ja auch stimmen würde. Aber bei euch hängt viel mehr dran. Schon wahr.« Gedankenverloren zwirbelte sie eine rote Strähne in den Fingern, und Carla vernahm eine leichte Wehmut in Lucys Stimme. Sie tat ihr unglaublich leid. Lucy war so eine clevere junge Frau, was suchte sie nur auf der Straße? Freiheit vielleicht, keinen Zwängen unterworfen zu sein, tun und lassen zu können, was sie wollte. Der Preis jedoch erschien Carla zu hoch.

»Wo ist euer Problem?« Kim schob Lucy ein Stück zur Seite und beugte sich vor. »Wohnungen und Verträge lassen sich kündigen. Im Übrigen genauso wie Jobs. Autos können verkauft und Konten aufgelöst werden.«

Susann zog geräuschvoll die Nase hoch. »Ich habe gar kein Auto. Andere haben sogar Wohnmobile – ich hab nicht mal ein Auto.«

»Warum eigentlich nicht?«, wollte Lucy wissen.

»Was soll ich in Berlin mit einem Auto? Außerdem kostet das zu viel, da ist U-Bahn-Fahren günstiger.«

Kim nickte und blickte Gerdi an. Diese lächelte. »Nun gut, ich habe von allem im Überfluss, doch auch das lässt sich verkaufen, in Stiftungen umwandeln oder einer guten Sache spenden. Jeder würde verstehen, wenn ich das Haus verkaufen würde. Zuviel erinnert an den verstorbenen Gatten.« Bei den letzten Worten zwinkerte sie Carla zu. »Was meinst du, Carla? Die beiden Hunde am Eingang … meinst du, die kauft jemand?«

Das Gespräch nahm eine Richtung, die Carla nicht behagte. Mit zusammengepressten Lippen verschränkte sie die Arme vor dem Körper. Von ihr aus würde sie dieses Spielchen eben mitspielen - rein mental und nur heute Abend. Die Umsetzung allerdings würde ein Traum bleiben.

Moment! Wieso eigentlich?

»Carla? Kurz eingenickt?«, hörte sie Kim sagen und bemerkte, dass alle vier auf eine Antwort von ihr warteten.

»Rein theoretisch«, begann sie und hob den Zeigefinger. »Rein theoretisch ließe sich alles verkaufen, auflösen, kündigen. Das ist korrekt, aber wie gesagt, diese Nummer ist …«

»… es wert«, schloss Kim. »Und jetzt hört mir bitte zu, ich habe mir Folgendes überlegt.«

8

Susann

Samstagmorgen.

Susann blickte ratlos in ihren Kleiderschrank. Was sollte sie mitnehmen, was zurücklassen? Ihr Blick schweifte durch das Schlafzimmer, über die feinen Spitzenvorhänge, den kuscheligen Teppich vor dem Bett, ihr Knuddelkissen. Ein mulmiges Gefühl überkam sie.

Wollte sie das wirklich tun? Banken ausrauben, spurlos verschwinden? Sie, die brave Susann, die schon Herzflattern bekam, wenn sie bei Rot über die Ampel ging? Die ganze Situation erschien ihr unwirklich, fast wie ein Film. Am Vorabend hatte sie mit ihren Freundinnen tatsächlich etwas beschlossen, das einen Endpunkt unter ihr bisheriges Leben setzen würde. Aber noch hatte sie es nicht getan, und in den Schrank wollte sie sowieso schon lange einmal Ordnung bringen. Doch was machte das jetzt noch für einen Sinn? Sie sollte sich lieber neuen Lesestoff für den langen Flug besorgen. Kurzerhand schloss sie die Schranktüren, schnappte sich Tasche und Schlüssel und verließ die Wohnung.

Keine halbe Stunde später stand Susann an dem großen, runden Tisch in der Mitte ihrer Lieblingsbuchhandlung.

»Ich glaube, ich gebe es auf«, sagte eine dunkle Stimme neben ihr.

»Was geben Sie auf?« Susann blickte hoch.

»Irgendwas Lesbares zu finden.« Der junge Mann griff unschlüssig zu einem Buch, studierte kurz den Klappentext und legte es seufzend wieder weg.

»Warum? Sie hatten eben eigentlich genau das Richtige in der Hand, das hab ich auch gelesen, das ist super!« Susann deutete auf den Thriller, den er zurückgelegt hatte.

»Meinen Sie?« Skeptisch blickte er sie an. »Irgendwie flasht mich die Story nicht so.«

»Hm … Versuchen Sie's doch mal mit diesem hier.« Sie griff nach einem dicken Taschenbuch und drückte es dem Mann in die Hand. »Das ist der Debütroman von Bjørk, ein Thriller, er spielt in Norwegen. Lassen Sie sich durch die Dicke nicht abschrecken, Sie werden nur so durch die Seiten fliegen, glauben Sie mir.«

»Ach ja?« Stirnrunzelnd las er den Text auf der Rückseite.

»Mein Wort drauf. Wissen Sie, ich bin eine recht anspruchsvolle Leserin und hasse nichts mehr als farblose Protagonisten und unendliche Längen in Büchern. Oder vorhersehbare Handlung – wenn man bereits nach hundert Seiten weiß, wer der Täter ist. Aber dieses hier …« Sie tippte mit dem Finger auf das Buch. »Wird Sie mindestens drei Nächte wachhalten, weil Sie es nicht aus der Hand legen können. Mein Wort drauf. Es strotzt nur so vor Spannung. Okay, es geht um junge Frauen und einen Serientäter. Verbrechen an Teenagern sind immer furchtbar, und in diesem Buch gibt es mehr als ein totes Mädchen. Das hat mich innerlich sehr bewegt, ist also nicht jedermanns Sache. Aber die Wendungen und Verknüpfungen sind so ausgefallen und gekonnt erzählt, dass ich bis zum Schluss keinen Schimmer hatte, wer der Mörder ist. Und das Ermittlerteam ist wirklich gut, die Figuren perfekt ausgearbeitet. Die Spannung steigert sich wirklich permanent und am Schluss zieht's dann noch mal richtig an. Ich glaube, Sie könnten es mögen.«

»Klingt irgendwie gut«, sagte der junge Mann und schlug das Buch auf.

Eine weitere Frau hatte sich dazugesellt. Sie wandte sich an Susann und hielt ihr einen Roman unter die Nase. »Darf ich fragen, was Sie von diesem hier halten? Ich suche nämlich ein Geburtstagsgeschenk für meine Freundin. Sie liebt solche grauseligen Geschichten, allerdings eher ohne viel Blut und tote Mädchen und so.«

Susann warf einen kurzen Blick auf den Titel und nickte. »Der ist gut und nicht zu blutig. Ich habe ihn verschlungen. Gott sei Dank am Wochenende, so musste ich nicht unterbrechen, um zur Arbeit zu gehen.«.

»Super! Ich denke, das Buch nehme ich dann auch. Vielen Dank für die tolle Beratung. Es muss herrlich sein, hier zu arbeiten.« Sie nahm das Buch, nickte Susann noch einmal lächelnd zu und ging an die Kasse.

Verblüfft sah Susann ihr hinterher und zuckte zusammen, als der junge Mann neben ihr das Buch zuschlug. »Perfekt! Danke. Wahrscheinlich wäre ich hier wieder ohne Lesestoff raus. Ich kann mich so schwer entscheiden. Jetzt hab ich was für die lange Zugfahrt. Wiedersehen.«

Nachdenklich griff Susann nach einem Thriller, den sie noch nicht kannte, las den Klappentext und schlug das Buch auf, um die erste Seite zu lesen. Packte sie die Story nicht bei den ersten Sätzen, würde sie erfahrungsgemäß Schwierigkeiten bekommen, in die Geschichte einzutauchen.

»Susann?« Margarete, die Ladeninhaberin ihres Lieblingsbuchladens, war zu ihr getreten. »Darf ich dich was fragen?«

Gerdi

»Jetzt wählen Sie schon, Frieder.«

Mit einer ausholenden Handbewegung unterstrich Gerdi ihre Worte. »Was soll ich mit den vielen Autos? Außerdem erinnern sie mich an meinen geliebten Mann. Ich möchte sie in guten Händen wissen.« Sie blickte ihn ernst an. »Und bei Ihnen sind Egons Lieblinge gut aufgehoben, da bin ich mir sicher.«

»Frau Gutheil, ich … Wie … Ich kann es einfach nicht glauben, was Sie da gerade sagen.« Angespannt nestelte er an dem ölverschmierten Tuch in seinen Händen.

»Glauben Sie ruhig, Frieder. Suchen Sie sich eines aus. Ach was, nehmen Sie zwei, dann haben Sie eines zum Wechseln. Oder auch drei. Sie haben die Wahl.«

»Bei allem, was Recht ist, und Ihr gutes Herz in allen Ehren, Frau Gutheil.« Er schluckte hart. »Ich kann mir diese Wagen nicht leisten, nicht mal einen davon. Die Versicherung kostet sicher so viel wie unsere Miete, und ein Reifenwechsel würde einen Monatslohn verschlingen.« Er sah sie traurig an. »Den ich ja bald nicht mehr haben werde, wenn Sie so lange auf Weltreise gehen.« Er wischte sich mit dem Tuch über die Stirn und hinterließ einen schwarzen Streifen. Gerdi musste lächeln. Dass ihr das vorher nicht eingefallen war.

»Reden Sie keinen Unsinn, Frieder. Das Haus darf schließlich in meiner Abwesenheit nicht verkommen. Sie bleiben natürlich und erhalten alle Schlüssel. Allerdings müssten Sie dann auch die Pflege des Pools und des Gartens mit übernehmen und im Haus regelmäßig nach dem Rechten sehen. Schaffen Sie das?«

»Würde ich schon hinkriegen.«

»Na bitte, dann ist ja alles geklärt. Selbstverständlich übernehme ich die Kosten für Versicherung, Wartung und Reifenwechsel. Ich kann Ihnen ja nicht etwas schenken, das Sie mittelfristig in die Armut treibt, nicht wahr? Lassen Sie mich überlegen. Ich denke, fünftausend pro Wagen und Jahr müssten ausreichen.«

Frieder klappte den Mund auf.

»Zuwenig?«, fragte sie erschrocken. »Wissen Sie, ich habe da wenig Ahnung, solche Dinge hat Egon geregelt und der Rest, welcher auch immer, wird von einem Anwalt erledigt.«

»Frau Gutheil, ich weiß gar nicht, was ich sagen soll. Das ist mehr als genug, will ich meinen. Ich …« Ergriffen umklammerte er ihre Hand und ließ sie entsetzt wieder los. »Verzeihung, jetzt habe ich Sie auch noch eingesaut.« Wieder wischte er sich über die Stirn, wobei er einen weiteren schwarzen Streifen hinterließ.

Gerdi betrachtete ihre ölverschmierte Hand und spürte, dass ihre Augen sich vor Rührung mit Tränen füllten. »Schon gut«, sagte sie hastig. »Nichts, was Wasser und Seife nicht wieder in Ordnung bringen könnten. Im Übrigen würde Ihnen eine Dusche jetzt auch guttun.« Sie zeigte auf sein Gesicht.

»Was? Bin ich verschmiert? Hier?« Er wischte sich über die Wange.

»Ja … da auch. So, jetzt muss ich ein paar Telefonate führen. Wählen Sie in Ruhe aus, welche Wagen – und wie viele – Sie gerne hätten.« Mit einem wohlwollenden Lächeln drehte sie auf dem Absatz um und eilte ins Haus. Er musste sie ja nicht unbedingt heulen sehen.

Nachdem sie sich die Hände gewaschen und die Haut um die Augen trockengetupft hatte, holte sie tief Luft und betätigte die Kurzwahltaste des Familienanwalts. Schon dessen Vater hatte in den Diensten der Gutheils gestanden. Und der Vater des Vaters, und so weiter. Auf ihn war Verlass, auch wenn er manchmal Fragen stellte, die ihm nicht zustanden.

Es klingelte nicht lange, bis abgehoben wurde. Kurz schilderte sie ihm ihr Vorhaben, für längere Zeit auf Weltreise zu gehen. Der Schmerz über den Verlust … Die Erinnerung in allen Möbelstücken und in der Villa hätten sie zu dieser Entscheidung getrieben. Sie müsse Abstand gewinnen und sich dazu von einigen Dingen trennen, die sie zu sehr an ihren geliebten Gatten erinnerten.

Das Gespräch zog sich über eine Stunde. Schließlich fügte Gerdi noch einen Punkt an, der ihr sehr am Herzen lag. »Hören Sie, meine gute Seele, Frieder … ja, der Mechaniker … erweitern Sie bitte den Arbeitsvertrag auf lebenslang und unkündbar, verdoppeln Sie seinen Lohn und packen Sie noch eine Jahresgratifikation in der Höhe eines Monatslohnes obendrauf. Ach ja, bitte setzen Sie sich mit der Familie erst in Verbindung, wenn ich abgereist bin. Moment, warten Sie, soeben fällt mir etwas Geniales ein. Ich habe ja noch das kleine Haus mit der Doppelgarage in Charlottenburg. Steht das noch leer? Ja? Wunderbar. Bitte veranlassen Sie eine Schenkung an Frieder und seine Frau zu gleichen Teilen. Aber erst, wenn ich mich auf Weltreise befinde. Am Ende muss ich noch weinen, wenn er sich bedankt, und dann verläuft mir der Lidstrich. Eine Frau in meinem Alter braucht mitunter Stunden, um über den Augen eine gerade Linie ziehen zu können. Haben Sie alles? Ja, meine Villa geht als Stiftung an das Frauenhaus, das haben Sie schon richtig verstanden. Mir genügt die kleine Wohnung mit Blick ins Grüne. Bitte?! Natürlich bin ich mir sicher. Hören Sie, Sie werden nicht bezahlt, um Fragen zu stellen, wenn ich Sie daran erinnern darf. Bereiten Sie bitte alles vor, ich komme in den nächsten Tagen zur Unterschrift vorbei.«

Carla

Am Samstag gegen Mittag plumpste Carla erschöpft in den Liegestuhl auf ihrem Balkon.

Diesen Vormittag hatte sie mindestens ein doppeltes Tagespensum erledigt. Die Wohnung war blitzblank, der Kühlschrank gefüllt und im Studio auf dem Crosstrainer hatte sie gar nicht gemerkt, wie schnell die Zeit verflogen war. Auch jetzt kreisten die Gedanken in ihrem Kopf.

Der gestrige Abend hatte sich noch lange hingezogen, denn Kim hatte ihre Pläne und Gedanken bis ins Detail geschildert. Insgeheim zollte sie der burschikosen Kim Respekt. Dass Kim in der Lage war, innerhalb eines Tages ein Konzept auszutüfteln, für das andere wahrscheinlich Wochen brauchen würden, rang ihr ein anerkennendes Staunen ab. Bereits nächsten Freitag sollte der Coup über die Bühne gehen. An diesem Punkt überlegte Carla jedoch noch herum. Eine Woche hätten sie lediglich Zeit, um alles Benötigte in die Wege zu leiten. Ein Ding der Unmöglichkeit. Allerdings, der Zeitpunkt war knapp, aber goldrichtig, weil am kommenden Freitag zwei große Veranstaltungen sowie eine

Demo anberaumt waren. Die Polizei würde größtenteils abgezogen sein. Zudem befand sich Mensinger laut Urlaubsplan in einem verlängerten Wochenende.

War sie eigentlich von Sinnen?

Carla rieb sich die Stirn, ihr brummte immer noch der Schädel. Fragen und Antworten des vergangenen Tages überschlugen sich in ihrem Kopf. Angestrengt versuchte Carla, den Haken zu finden, irgendeine Sache, die nicht stimmig schien und das Projekt gefährden könnte. Sie stand auf, holte sich eine Flasche Wasser und ging damit wieder zu ihrem Liegestuhl. Nachdem sie die halbe Flasche geleert hatte, starrte sie in die Zweige der Birke vor ihrem Balkon, die sich im Wind wiegten. Das war doch Wahnsinn! Sie waren doch keine Bankräuber!

Mitten in ihre Überlegungen hinein klingelte das Telefon. Schwerfällig kam Carla in die Höhe. Wo hatte sie es hingelegt? Auf der Kommode, dem angestammten Platz, lag es nicht. Herrje! Wurde sie jetzt etwa nachlässig? Sie folgte dem Klingeln ins Bad. Das Klingeln kam aus dem Wäschekorb, und nach einigem Wühlen zog Carla das Telefon unter einer Lage Handtücher heraus.

»Benedikt!«

»Schätzchen, alles in Ordnung mit dir? Du klingst abgehetzt.« Gerdi.

»Ja. Nein. Doch. Nein, eigentlich nicht. Mir geht dieser haltlose Unsinn nicht mehr aus dem Kopf. Das ist doch alles Spinnerei, Gerdi, wir sollten das lassen. Außerdem ist der Zeitrahmen viel zu eng.«

»Ja, ich dachte mir, dass du Bauchschmerzen damit hast. Deswegen rufe ich an.« Carla atmete befreit auf. Wie tröstlich, dass sie nicht allein zweifelte. Wenn eine lebenserfahrene Frau wie Gerdi Gutheil die Umsetzung infrage stellte, dann bestätigte sie das nur. Sie wischte sich mit dem Handrücken über die Stirn. »Das erleichtert mich, Gerdi, sehr sogar. Ich denke, diese Aktion ist nicht durchführbar. Jetzt müssen wir nur noch die Anderen …«

»Meine Liebe, da hast du mich jetzt missverstanden. Ich halte sie für sehr wohl durchführbar. Für meinen Teil habe ich bereits Einiges in die Wege geleitet. Im Übrigen haben wir uns im Cabanas alle die Hand drauf gegeben.«

Kim

»Ihr wollt das wirklich durchziehen?«, fragte Annett verblüfft, nachdem Kim ihr den Plan detailliert geschildert hatte.

»Ja, seit gestern ist es beschlossene Sache.« Aus dem Augenwinkel betrachtete Kim ihre Freundin, während sie langsam durch den Berliner Tiergarten schlenderten. Das kleine Persönchen wirkte auf Außenstehende eher wie eine biedere Hausfrau, die in ihrer Freizeit versuchte, ein paar Pfund wegzujoggen, und keinesfalls wie eine Führungskraft mit einem strengen, jedoch stets freundlichen Regiment, die von ihren Mitarbeitern sehr geschätzt wurde. Zumindest die arbeitstechnische Verbindung zu Annett würde nach Abschluss des Projekts Anubis der Vergangenheit angehören. Aktuell jedoch standen sie beruflich in permanentem Kontakt, da neben den Softwareupdates auch Änderungen, Zugänge und Berechtigungen der Mitarbeiter zwischen der Bank und der Securityfirma ausgetauscht wurden. Und aus diesem Grund hatte Kim um ein Gespräch gebeten, und Annett hatte nach anfänglichem Zieren zugesagt.

Gut sah sie aus, glücklich. Und irgendwie kam ihr das Leuchten in Annetts Augen bekannt vor. »Sag mal, dein festgetackertes Lächeln im Gesicht … Du bist wieder in einer Beziehung, stimmts? Wie heißt er? Wie sieht er aus?«

Annett blieb stehen, zog eine kleine Trinkflasche aus der Schlaufe ihres Hüftgürtels und nahm einen Schluck. »Noch nicht lange …«, sagte sie verlegen.

Kim klopfte ihr kumpelhaft auf die Schulter. »Du hast eine neue

Liebe und ich bald ein neues Leben. Passt, würde ich sagen.«

Annett nickte und steckte die Flasche zurück. »Ich bin noch ein bisschen hin und her gerissen, er ist frisch geschieden und ich weiß nicht, ob …« Sie unterbrach ihren Satz, als eine Gruppe Walker sie überholte. »Nun, er redet mir zu viel über seine Exfrau. Denke, das wird nur eine kurze Episode. Gehen wir hier über die kleine Brücke? Wenn wir geradeaus gehen, sind wir gleich am Brandenburger Tor.«

Sie bogen nach links ab und schlenderten gemeinsam weiter, über die Brücke, die sich über einen Bach spannte, weiter hinein in den kleinen bewaldeten Teil der grünen Lunge Berlins.

»Hm, tut mir leid für dich. Der Richtige klopft irgendwann an.«

»Oder auch nicht. Kommen wir zum Grund unseres Treffens, Kim. Du wolltest ein paar Dinge von mir wissen.«

»Korrekt. Hör mal, es ist doch richtig, dass …«

»Moment.« Annett hob die Hand. »Nur zum Verständnis. Ihr habt doch hoffentlich nicht vor, einen Tunnel zum Tresorraum zu graben.«

Kim schnaufte. »So gut solltest du mich kennen. Außerdem gab es das schon mal, und wir sind keine Trittbrettfahrer.«

»Gut, gut, wollte nur fragen. Also schieß los, für was brauchst du mich?« Annett begann, neben ihr zu hüpfen und im Wechsel die Knie anzuziehen.

»Kannst du bitte mit dem Gehopse aufhören?«

»Warum?«

»Weil es mich kirre macht.«

»Entschuldige.«

»Und kauf dir mal einen Sport-BH.«

»Ich trage einen. Aber bei meiner verdammten Oberweite bräuchte ich einen aus Stahl.«

»Du könntest sie mit Frischhaltefolie fixieren.«

Jetzt schnaubte Annett, verfiel in eine normale Gangart und warf ihr einen vernichtenden Blick zu.

»Was? Das soll funktionieren, hab ich irgendwo gelesen.«

Kim atmete durch. Soeben wurde ihr bewusst, dass Annett und Steffen ihre einzigen Freunde waren, und sie hatte in diesem Moment das erste Mal das Gefühl, etwas zurückzulassen, woran ihr Herz hing. Wenn man mal von ihren Brüdern absah, zu denen sie schon ewig keinen Kontakt mehr hatte. Der Spruch »Blut ist dicker als Wasser« hatte zumindest in ihrer Familie keine Gültigkeit. Jeder war froh, wenn der andere ihn in Ruhe ließ. Kim hatte keine Ahnung, warum das so war, aber es war so. Punkt. Selbst, wenn sie sich irgendwann nach ein paar Jahren bei einem ihrer Brüder melden würde, käme keiner auf die Idee zu fragen, was sie all die Jahre gemacht hätte. Das war im Grunde traurig, andererseits hielt sie tatsächlich nichts in Berlin. Außer des kreuzbergtypischen Gestanks, aber da ließe sich in Malaysia sicher etwas Adäquates finden.

»Themawechsel«, sagte Annett.

Innerlich schüttelte Kim die Gedanken an die Brüder ab. »Ja, also pass auf. Problem Schließfächer«, begann Kim, »ihr gebt ja die Zugangskarten mit Code aus und der Schließfachinhaber wählt die PIN. Könnte man die Karten theoretisch kopieren?«

Annett zog die Brauen hoch. »Du willst, dass ich dir helfe, die Schließfächer leer zu räumen?«

»Korrekt. Problem damit? Wenn ja, sags gleich, dann kann ich mir den Rest sparen.« Insgeheim ärgerte sich Kim. Wenn Annett ihre Hilfe versagte, mussten sie umplanen. Blöde Sache.

»Theoretisch schon.« Annett hängte ihre Daumen an den Gurt der Hüfttasche und Kim sah, wie sie an der Innenseite ihrer Wange knabberte. Das tat Annett immer, wenn sie angestrengt nachdachte. »Es gehen ja auch Karten verloren, oder der Inhaber vergisst seine PIN. Das gilt übrigens auch für die Bankzugangskarten. In jedem Fall müssen neue Karten ausgestellt werden. Das ist eine heiße Nummer.«

»Wie heiß?« Mit Annetts Antwort stand und fiel alles.

»Hm, es müsste einen Weg geben, wie ich den oder die … Wie viele Karten braucht ihr eigentlich? Und ich müsste überlegen, wie ich diese Vorgänge wieder löschen kann, sodass es nicht auffällt. Muss mal Steffen fragen.«

»Drei«, antwortete Kim bis zum Bersten angespannt. »Hoovensing, Mensinger und diese neue Flitzpiepe von IT-Chef, Siebenthal.«

»Echt? Hoovensing? Den Big-Boss? Nicht dein Ernst!«

»Mein voller Ernst.« Sie warf Annett einen Blick zu. »Du hast übrigens die Haare schön.«

»Es ist nur ein Zopf, Kim. Gib dir keine Mühe, mich mit Komplimenten weichzuklopfen, das funktioniert nicht. Solltest du wissen.«

»Mist.« Kim verzog ihr Gesicht zu einem misslungenen Grinsen, wurde jedoch gleich wieder ernst. »Kannst du mir … uns … nun helfen, oder nicht?«

»Kann ich. Fragt sich nur, ob ich das will. Hast du alles durchdacht? Ihr braucht nicht nur Karten. Es gibt überall Kameras, die …«

»Ich weiß. Ich dachte dabei an Steffen. Er könnte die Aufnahmen einfrieren für einen bestimmten Zeitpunkt und …« Kim holte tief Luft. »Ich brauche ihn für Geldtransaktionen. Ich meine, Zugangsdaten und die elektronische Signatur der A- und B-Autorisierungen bekomme ich raus, aber ich brauche jemanden, der mir das knackt. Glaubst du, Steffen spielt da mit?«

»Geldtransfers? Du liebe Güte, ich weiß nicht, ich …« Hinter ihnen klingelte es. Kim und Annett machten Platz und ließen eine Mutter mit zwei Kleinkindern auf winzigen Rädern passieren. Dann sprach Annett weiter. »Ich glaube schon. Wenn sich einer auskennt in den Tiefen der Sanisterprogramme und allem, was mit Bankgeschäften zu tun hat, dann Steffen. Am besten, du fragst ihn selbst. Aber noch mal, wieso Geld transferieren? Reicht euch die Kohle aus den Schließfächern nicht?«

Kim schüttelte den Kopf. »Jein. Zum einen sind wir fünf, zum anderen will ich, dass diese Drecksärsche bluten. Außerdem brauche ich einen cleveren Kopf, der uns zwei Nummernkonten in

Singapur erstellt. Die Weiteren, die wir in Malaysia benötigen, habe ich bereits angelegt.«

»Und wieso legst du die in Singapur nicht auch noch an? Und warum zur Hölle braucht ihr so viele Konten?«

»Spuren, Schätzchen. Jede Aktion hinterlässt Spuren, wo und wie auch immer. Die gilt es, minimal zu halten. Die etwas ältere Dame in unserem … Verein … Sie hat ein Konto auf den Caymans und …«

»Das wird ja immer besser!«, stöhnte Annett auf und rieb sich die Stirn.

»Unterbrich mich nicht, ist kompliziert genug. Also, sie hat ein Cayman-Konto. Auf dieses soll ein Betrag x in dreitausender Euro-Schritten vom Firmenkonto der Bank per Blitzanweisung via Prio1-Transfer geschickt werden, anschließend …«

»Du weißt schon, dass hier zwei Autorisierungen mitgesendet werden müssen.«

»Natürlich. Hab ich doch schon gesagt. Steffen muss die knacken und sich als A- und B-Autorisierer ausgeben. Oder meinetwegen auf mich übertragen, aber ich kanns nicht knacken, dazu brauche ich ihn.«

»Damit er die Spuren wieder verwischt …«, sagte Annett nachdenklich und nickte.

»Ganz genau. Er ist viel tiefer in der Programmierung drin, kann vielleicht eine kleine Routine schreiben, die sich dann selbst wieder löscht. Klar, oder?«

Annett griff sich jetzt mit beiden Händen an den Kopf und stöhnte kurz auf. »Und wie hoch ist er, euer Betrag x?«

»Eine halbe Million oder so.«

»Oder so …«

»Ja, lass mich weiterreden, okay? Direkt danach, also nach der Überweisung vom Firmenkonto auf das Cayman-Konto, wird die Kohle wieder in dreitausender Euro-Schritten transferiert. Diesmal auf ein Nummernkonto in Singapur, inzwischen wird Ger…, also besagte Dame den Rest vom Cayman-Konto auf das zweite

Nummernkonto in Singapur überweisen. Dann wird das Konto auf den Caymans gelöscht. Klar soweit?«

»Puh!«

»Der Plan sieht so aus, dass ein Teil der Kohle von dem einen Konto in Singapur auf vier Nummernkonten in Kuala Lumpur transferiert wird. Dort wartet sie auf uns, bis wir sie abholen und in vier Schließfächern verstauen. Dann werden die Konten ebenfalls gelöscht.«

»Wieso nur vier? Ihr seid doch fünf.«

»Weil die eine von uns nicht unter falschem Namen reisen muss.«

»Soll ich das jetzt verstehen?«

»Nein, aber wird dir jetzt klar, dass ich da eine zweite und eine dritte Person als Unterstützung brauche?«

Annett nickte paralysiert. »Und das hast du dir alles in dieser kurzen Zeit ausgedacht? Respekt.«

»Na ja, gedanklich habe ich schon länger mit so etwas Ähnlichem gespielt, muss ich zugeben.«

»Bis hierhin habe ich alles aufgenommen, Kim. Eine Frage noch. Der Hoovensing legt Geld ins Berliner Schließfach? Der lebt doch in Frankfurt.« Annett runzelte die Stirn. »Woher hast du diese Information? Du hast doch nicht etwa …«

»Doch, seine Accounts gehackt. Der Typ ist so dämlich, das über seine Geschäftsmail in Auftrag zu geben. Er bekommt seinen Bonus, genau wie Mensinger und Siebenthal, am Mittwoch in bar ausbezahlt. Die Schließfachnummern kann ich dir geben, Moment.« Kim zog den Geldbeutel aus ihrer Hosentasche und zupfte einen Zettel heraus. »Hier. Präg dir die drei Nummern am besten ein und dann isst du den Zettel auf.«

Mit einem gequälten Lächeln nahm Annett das Stück Papier und steckte es in ihre Hüfttasche.

»Ach ja, da wäre noch etwas.« Kim steckte ihre Hände in die Hosentaschen und lächelte ihre Freundin bittend an, was ihr schwerfiel, denn Lächeln gehörte normalerweise nicht in ihr Portfolio.

»Dachte ich es mir doch.«

»Ihr befüllt doch die Geldautomaten mit Zaster. Wie viel steckt ihr da freitags rein?«

»Kim! Das gehört zu den Bankgeheimnissen.«

»Ja, und?«

Annett seufzte auf und senkte ihre Stimme. »Es sind vier Kassetten mit maximal zweitausendachthundert Scheinen pro Kassette. Unter der Woche weniger, am Wochenende mehr.«

»Welche Stückelung? Fünfer, Zehner, Zweihunderter? Und was ist weniger oder mehr?«

»Du willst es genau wissen? Dann muss ich wissen, ob es um eine Filiale am Arsch von Berlin geht oder um eine, die am Wochenende stark frequentiert wird.«

»Zwei. Und sie werden stark frequentiert.«

»Kim, du machst mich fertig. Ihr raubt nicht nur Schließfächer aus – okay, nur die von denen, die es verdient haben, sondern arbeitet mit Geldtransfers in nicht unerheblicher Höhe und wollt auch noch Bankautomaten knacken.« Sie schüttelte den Kopf.

»Genau. Danke für die Zusammenfassung. Also, mit wie viel Kohle können wir rechnen?«

»Stark frequentiert … hm. Keine Fünfer, nur Zehner-Scheine, Zwanziger, Fünfziger und Hunderter. In der Regel werden die Kassetten halb befüllt.«

»Soll ich jetzt nachrechnen, oder was? Du hast doch bestimmt eine Summe im Kopf.«

»Ist ja schon gut«, zischte Annett. »Kannst du dir vorstellen, dass ich das erst mal für mich sortieren muss? Damit meine ich nicht die Summe, sondern euer ungeheuerliches Vorhaben. Das ist …«

»Kriminell, ich weiß. Also, wie viel in etwa?«

»Ungefähr zweihundertfünfzig pro Automat.«

»Tausend, meinst du. Eine halbe Million für zwei Automaten. Das ist fein.«

»Ja … passt sogar in zwei normale Tages-Rucksäcke.«

Kim schlug sich an den Kopf. »Danke, das Problem, wie viel

Taschen wir brauchen, hatte ich noch nicht auf dem Schirm. Nur zwei Rucksäcke voll? Bist du dir da sicher?«

»Ja, völlig sicher. Wir bringen das Geld ja schließlich dorthin, zwar nicht in Rucksäcken, aber rechne mit einem Volumen von circa zehn Litern pro Automat.«

»Die Info ist Gold wert, Annett. Jetzt bleibt nur noch die Frage, wie knacken.«

»Jetzt überraschst du mich!« Annett blieb stehen. Kim sah das amüsierte Blitzen in ihren Augen und ärgerte sich. Hatte sie etwas übersehen oder nicht zu Ende gedacht?

»Kim … Alle Geräte sind über USB- oder COM-Ports mit dem Computer verbunden, ich dachte, das wüsstest du. In unserem … speziellen Fall befinden sich diese Ports hinter dem Automaten, direkt am PC. Ihr braucht nur einen USB-Stick, den ich euch mit dem Zugangscode des jeweiligen Automaten geben kann. Ich muss nur wissen, welche Filialen.«

»Kein Problem.« Natürlich, ein Stick! So ein Bankautomat war ja auch nichts anderes als ein Rechner. Wie schludrig von ihr recherchiert. »Richtig, das hatte ich übersehen in meiner Liste. Jackpotting. Soweit ich mich erinnere, gibt es bislang nur knapp dreißig Fälle in Europa. Es wird mit Malware inklusive einer Funktion zur Selbstzerstörung der Software gearbeitet. So werden alle Spuren vollständig vom infizierten System beseitigt. Ganz schön clever, damit verzögert sich die Entdeckung des Angriffs. Aber wo bekommst du eine Schadsoftware her?«

»Gar nicht. Was du meinst, ist die Masche mit der Karte. Was ich meine, ist ungefähr das, was zwei kanadischen Jugendlichen letztes Jahr durch Zufall geglückt ist. Sie hatten im Netz ein altes Handbuch eines Bankautomaten gefunden und aus Spaß versucht, sich in einen Automaten der Bank of Montreal zu hacken. Hat geklappt, denn der Zugangscode war noch auf Werkseinstellung, und die war im Handbuch vermerkt. Nebenbei bemerkt, absolut dämlich, dass dieser Code nie geändert wurde. Die Jungs konnten den Automaten auslesen und umprogrammieren.

Sie hätten ihn leerräumen können, haben es aber nicht getan, sondern der Bank ihre Entdeckung gemeldet.«

»Das war mir nicht bekannt.« Kim beschloss, sich künftig besser auf dem Laufenden zu halten. Obwohl, im Dschungel brauchte sie die ganze Scheiße sowieso nicht mehr.

»Jetzt weißt du es. Ich gebe euch lediglich den Code. Fertig. Die Sticks solltet ihr anschließend vernichten.«

»So einfach ...«

»Ja, so einfach. Ihr müsst jedoch vorher ...«

»Ich weiß, die Abdeckung entfernen, den Stick andocken und dann spuckt das Baby alles aus, was wir haben wollen.«

»Richtig.«

Kim klopfte ihrer Freundin kumpelhaft auf die Schulter.

»Hey, ich bin doch kein Pferd. Jetzt die ultimative Frage: Was springt für mich dabei heraus?«

»Hm, sagen wir ... Zehntausend?«

»Fünfzehn. Aber nur unter der Bedingung, dass Steffen ebenfalls ins Boot springt und versichern kann, dass uns keiner auf die Schliche kommt. Er muss auch meine Aktivitäten im System löschen.«

»Die Chancen stehen gut, Annett. Hoffe ich zumindest. By the way, hat er immer noch eure alte Telefonnummer?«

Später am Tag strampelte Kim 180 Watt auf ihrem Fahrradergometer, der mitten in ihrem Wohnzimmer stand. Sie blickte auf die Uhr. Die Stunde war um. Sie änderte die Wattzahl auf 240 und gab eine Minute alles, was in ihren Beinen steckte. Anschließend brachte sie mit 60 Watt und gemütlichem Pedalieren ihren Puls in den Normalbereich, während sie sich mit einem Handtuch den Schweiß von Stirn und Nacken wischte. Als sie wieder ruhig atmen konnte, stieg sie ab und griff zum Telefon. Annetts alte Nummer war immer noch eingespeichert. Aber Moment. Sie sollte den Eintrag lieber löschen und auf keinen Fall über das Festnetztelefon anrufen. Am Ende kämen findige Ermittler noch auf die Idee, ihre Kontakte und Anrufe zu checken.

Kim griff zu einem der fünf neuen Prepaid-Handys, die sie besorgt hatte, tippte die Nummer ein und war nicht überrascht, dass gleich nach dem ersten Freizeichen abgehoben wurde.

»Hallo Steffen, ich bin es, Kim. Ich bräuchte deine Hilfe.« Sie legte eine kurze Pause ein. »Aber ich will das nicht am Telefon klären.«

Carla

Nach dem Gespräch mit Gerdi plumpste Carla aufgewühlt in die weichen Kissen ihres Sofas. Sie war müde und hellwach zugleich.

Wie konnte sie das Vorhaben infrage stellen, wenn weder Kim noch Gerdi die geringsten Zweifel hegten? Sie musste zugeben, dass alles peinlichst genau durchdacht war, nur … Ach, es ging ihr einfach zu schnell. Zudem empfand Carla die Tatsache, dass nicht sie, sondern jemand anders den Coup geplant hatte, als befremdlich. Gerdi hatte recht, vielleicht sollte sie sich damit abfinden, dass sie nicht immer alles im Überblick behalten konnte. Und überdies hatte sie keinen blassen Schimmer, wie sie ihren Part erfüllen sollte. Wo war ihr Bestreben hin, alles strukturiert und wohlgeordnet abzuarbeiten? *Ganz untypisch, Carla! Reiß dich gefälligst zusammen!*

Abrupt stand sie auf, zerrte ihren Laptop aus der Schublade und setzte sich an den Tisch. Mal sehen, was das Internet … Moment. Sie konnte solche Dinge nicht an ihrem PC recherchieren. Das musste anonym geschehen. Wo war noch gleich ein Internet-Café? Sie glaubte sich zu erinnern, vor ein paar Monaten in Friedrichshain an einem vorbeigelaufen zu sein. Sie hoffte, es würde immer noch existieren. Wer brauchte heute schon Internet-Cafés?

Sie klappte den Rechner auf und wählte das Lesezeichen aus, das sie auf die Seite ihres Lieblingskinos führte. Mal sehen, was sie im Programm hatten. Danach würde sie sich auf den Weg zum Internet-Café machen, und nach hoffentlich erfolgreicher Recherche, wie man eine Menge Geld am Zoll vorbei ins Flugzeug und wieder raus schleusen konnte, den Tag mit einem Kinobesuch ausklingen lassen. Sie brauchte eine Ablenkung, denn sonst würde sie nur unentwegt Einzelheiten in ihrem Kopf wälzen, bis nur noch Gedankenbrei übrig wäre. Ihr fehlte jedoch noch die genaue Angabe, um wie viel Geld es sich am Ende handeln würde. Sie hoffte nur, Kim bekäme das schnell heraus.

Kaum zu glauben, der Gedanke an nächsten Freitag drang nur wie durch Watte zu ihr durch. Und doch: Sie würden es wahrhaftig tun, sie würden alles aufgeben und Deutschland verlassen. Und Banken ausrauben. Sie konnte nicht mehr zurück, hatte wie alle anderen die Hand drauf gegeben.

Ein Blick ins Internet verriet ihr, dass heute in ihrem Lieblingskino die Nacht der alten Filme angesagt war. Um zwanzig Uhr lief ein Film, den sie schon unzählige Male gesehen hatte, aber immer wieder anschauen konnte, so sehr gefiel er ihr. »Der Hofnarr« mit Danny Kaye, einer ihrer Lieblingsschauspieler, leider lebte er schon nicht mehr.

Kim

»Hm …«

»Steffen?«

»Hm?«

»Sag mal, hörst du mir überhaupt zu?« Kim hörte durch das Telefon, wie Steffen fortwährend auf die Tastatur einhämmerte, während sie sich den Mund fusselig redete.

»Entschuldige, was hast du gesagt?«

So hatte das keinen Sinn. Wenn Steffen in seinen Programmierungen steckte, dann stets mit Haut und Haar. Und offenbar auch mit den Ohren.

»Pass auf, ich komme heute Abend zu dir. Kannst die Rollläden hochziehen, es ist nämlich lange hell draußen, und ich habe keine

Lust, bei künstlichem Licht rumzuhocken, das hab ich in der Bank oft genug.«

Ohne eine Antwort abzuwarten, legte sie auf und grinste in sich hinein. Steffen würde jetzt mit ziemlicher Sicherheit aufspringen, die Rollläden hoch- und die Fenster aufreißen, übervolle Aschenbecher auskippen und leere Pizzaschachteln entsorgen.

Die Zeit bis zum Abend nutzte Kim für ein ausgedehntes Muskelkräftigungsprogramm. Keine Frage, sie würde gewappnet sein, auch körperlich.

Gegen acht Uhr am Abend und nach einer ausgiebigen Dusche stopfte Kim Geldbeutel, eine Flasche Wasser – Steffen griff stets zu Cola und anderem süßem Zeug – und zwei Schachteln Zigaretten in einen kleinen Rucksack, schnappte sich den Schlüssel und machte sich auf den Weg.

– 9 –

Carla

Sie hatte das Internet-Café tatsächlich gefunden.

Die Ergebnisse ihrer Recherche hatten sie jedoch auf den Boden geholt. Wie zur Hölle sollten sie mehr als zehntausend Euro – der Betrag, der mitgeführt werden durfte – nach Malaysia bringen? Ihr Gedanke, sich einen Privatjet zu mieten, verflüchtigte sich spontan, als sie die Preise sah. Siebzigtausend für einen einfachen Flug … Die waren ja bescheuert. Nein, ausgeschlossen. Am Ende hatte Carla nicht nur keinen Schimmer, wie sie mehrere Reisetaschen mit Banknoten in ein Flugzeug schmuggeln konnten, sie zweifelte an der Aktion. Gut, man könnte in jede Tasche ein Päckchen mit zehntausend Euro obenauf legen, um die Bargeldspürhunde zu überlisten, und das restliche Geld in Klamotten wickeln. Oder aber … Verdammt, sie brauchte Lucy und deren Kontakte, vielleicht konnte sie helfen.

Eisern schob sie sämtliche Überlegungen beiseite. Jetzt freute sie sich auf den Film. Mit einer Tüte saurer Drops betrat Carla kurz vor zwanzig Uhr den noch hell erleuchteten Kinosaal. Es war angenehm kühl. Und leer. Carla zählte die Besucher durch. Nur fünf Liebhaber alter Filmklassiker, mit ihr sechs.

Sie liebte das Flair des alten Kinos, die schäbigen Sitzbezüge, und immer musste sie lächeln, wenn der Vorhang aufging. Seit Jahren stockte er an einer Stelle, dann wackelten die schweren, roten Samtvorhänge, als würden sie in Vorfreude erzittern, bevor sie sich schließlich vollends öffneten. Und jedes Mal fragte sich Carla, ob der Vorhang wieder zittern würde.

Sie stieg die Stufen hoch, blieb stehen und blickte auf ihre Karte. Reihe 21, Platz 15. Das war ungefähr die Mitte. Genau dort saß ein Mann. Typisch. Sie ging weiter hoch und suchte sich einen Platz in der letzten Reihe, Mitte. Kaum hatte sie es sich bequem gemacht, ging das Licht aus. Der rote Vorhang öffnete sich – und zitterte an bekannter Stelle. Carla musste lächeln. Auf der Leinwand begann die Werbung. Heute unter anderem für einen Thriller, der im Herbst anlaufen würde. Nun, diese Zeit konnte sie mit sauren Drops füllen. Carla öffnete die Tüte und steckte sich einen Drops in den Mund. Oh, da kam noch ein Cineast. Also sieben. Das letzte Mal hatte sie nur vier Besucher gezählt, sich selbst mitgerechnet. Klassiker hatten offenbar enorme Zuwachsraten zu verzeichnen. In fünf Jahren würden die Leute Schlange stehen. Was machte der Typ denn jetzt, der würde sich doch nicht direkt vor sie setzen? Bitte nicht …

Gerade war sie im Begriff, ihren Platz gegen einen weiter rechts zu tauschen, als der Mann sie ansprach. »Frau Benedikt?« Und schon war er über die Lehne zu ihr geklettert und ließ sich neben sie plumpsen.

Der Drops legte sich in ihrem Hals quer. Ihr ungläubig herausgestoßenes *Herr van Veen* stritt sich mit dem Drops in ihrem Hals um den besten Platz und hörte sich eher an wie: hey, Pnom phen.

Na, toll. Du liebe Güte, wie peinlich. Kaum hatte sie die Worte gedacht, fluppte der Drops heraus und landete zwischen ihren Füßen.

»Alles in Ordnung?« Van Veen sah sie besorgt an, während auf der Leinwand der Film begann.

Carla nickte. »Sieht das so aus? Was … was machen Sie eigentlich hier?«

»Pscht!«, erklang es erbost aus Reihe siebzehn.

Bo warf ein Stück Popcorn nach vorne, traf aber nicht. »Mist«, flüsterte er.

»Sehr witzig«, brummte Carla und trank einen Schluck Wasser. Sie wollte den Film sehen, verdammt. Und zwar allein.

»Möchten Sie Popcorn?« Er hielt ihr eine Jumbopackung unter die Nase. »Süß, nicht salzig.«

»Danke, nein. Und noch mal, was machen Sie hier?« Auf der Leinwand prangte in großen Lettern »Der Hofnarr«. Der Film startete. Sie wollte erstens jetzt aktuell definitiv nicht reden, und zweitens machte der Mann neben ihr sie nervöser, als sie sich eingestehen mochte. Sie schob den Popcorn-Eimer zur Seite. »So sehe ich nichts.«

»Im Ernst, Frau Benedikt«, begann van Veen leise, »ich liebe alte Filme und war ganz aus dem Häuschen, als ich bei der Suche im Internet auf diesen Filmabend gestoßen bin. Danny Kaye ist einer meiner Lieblingsschauspieler. Kennen Sie auch *Das Doppelleben des Herrn Mitty*? Oder vielleicht …«

»Gott, Herr van Veen, hören Sie jetzt bitte auf, mir einen Mähdrescher an die Ohrmuschel zu quasseln?« Carla drehte sich halb zu ihm um und funkelte ihn an. »Genügt es nicht, dass hier so wenig Platz im Kino ist, dass Sie sich ausgerechnet neben mich quetschen müssen? Und jetzt will ich den Film sehen. Und bevor Sie weiterfragen – ja, ich kenne sie alle, fast alle. Im Übrigen auch Filme mit Gene Kelly, Frank Sinatra und Bing Crosby und und … Und jetzt bitte ich um Stille. Danke.« Ein entrüsteter Schnaufer entrang sich ihrer Kehle. Mit einer kantigen Bewegung steckte sie sich gleich zwei Drops in den Mund. Sie war sauer wie ihre Drops. Konnte man nicht mal in Ruhe einen Film ansehen? Gleichzeitig war sie ärgerlich auf sich selbst, weil … ja, weil dieser Typ neben ihr einen verdammt männlichen Geruch ausströmte. Eine Mischung aus frisch geduscht und herbem Rasierwasser. Sauer, süß, herb. Drops, Popcorn, Mann. Und zwar einer, dem die alten Klassiker gefielen. Carla hasste es, wenn ihre Pläne durchkreuzt wurden, denn die hatten einen einsamen Kinoabend vorgesehen. Nur sie und Danny Kaye. Ein Hofnarr auf der Leinwand reichte aus, da brauchte sie nicht noch einen neben sich.

»Der Wein mit der Pille ist in dem Becher mit dem Fächer, der Pokal mit dem Portal hat den Wein, der ist fein. Richtig, Herzogin?«, flüsterte van Veen neben ihr und sie sah aus dem Augenwinkel sein verschmitztes Lächeln.

»… hat den Wein gut und rein, Giacomo, das ist doch so einfach«, korrigierte sie ihn. Gut, jetzt musste auch sie grinsen. Offenbar hatte er diesen Film nicht nur einmal gesehen.

»Kennen Sie auch diese Stelle?«, fuhr er fort. »Als sich das Duell zwischen Herzogin und Herzog hin und her zog, zog sich die Herzogin zurück.«

Carla kicherte.

»Eine letzte Frage: Was ist Ihre Lieblingsstelle?«, fragte er flüsternd.

»Als der Blitz einschlägt und die Ritterrüstung magnetisch wird. Aber jetzt pscht!«

»Popcorn?«

»Gern.«

»Ach, ich liebe diesen Film!«, sagte Carla, als sie fast zwei Stunden später vor Bo van Veen aus dem Kino trat. Sie streckte die Arme aus und drehte sich lachend im Kreis. »Der Elch schwimmt im Kelch mit der Pille … nein, die Pille ist im Kelch mit dem Elch. Ach, herrlich. Ich könnte ihn mir wieder und wieder ansehen. Huch?« Sie stolperte über den Bordstein und wäre zu Fall gekommen, hätte er nicht geistesgegenwärtig zugegriffen.

»Schon komisch, da verbringe ich ausgerechnet mit der reservierten Carla Benedikt einen lustigen Abend im Kino. Wer hätte das gedacht?«

Carla stockte und blickte ihn ungläubig an. »Reserviert?«

»Na ja, bisher haben Sie den Eindruck erweckt, als studierten Sie noch in den Abendstunden die Börse, um dann schließlich mit den Tagesthemen oder der Talk-Show von Maybrit Illner einzuschlafen.« Er grinste sie frech an. Das war ja die Höhe. Reserviert also. Hm.

»So ausgelassen kenn ich Sie ja gar nicht, Frau Benedikt«, schob er amüsiert hinterher, noch bevor sie eine passende Erwiderung gefunden hatte. »Sie sind entzückend, wenn Sie lachen, wussten Sie das?«

»Ach, tatsächlich? Im Übrigen können Sie mich jetzt wieder loslassen.«

»Oh, Verzeihung.« Schnell löste er die Hand von ihrem Arm.

»Danke.«

Er steckte die Hände in die Hosentaschen. »Was halten Sie davon, wenn wir den Abend mit einem Cocktail oder so abschließen? Sollten wir allerdings irgendwo reinen Wein in einem Pokal bekommen, dann gerne auch das.« Er bot ihr den Arm und … sie hakte sich tatsächlich unter. Ihr Herz machte einen Hüpfer. Huch?

»Eigentlich würde ich lieber runter ans Spreeufer«, sagte sie, während sie wie ein Liebespaar die Straße entlangschlenderten.

»Warum nicht, ich war noch nicht … Moment. Habe ich da eben ein Lächeln auf Ihren Lippen gesehen? Das ist aber nicht die Frau Benedikt, die ich vor ein paar Tagen kennengelernt habe. Ich kenne eine Frau Benedikt, die Fakten sprechen lässt, stets gut organisiert ist und niemals lächelt.«

Ruckartig bremste sie ab. »Niemals lächelt?«

»Zumindest nicht zwischen neun und siebzehn Uhr.«

Sie zog ihn weiter und beschleunigte ihre Schritte. »In dem Laden gibt es nichts zu lächeln. Höchstens mal einen Verzweiflungslacher. So einen, wie man ihn ausstößt, wenn man bis Oberkante Unterlippe im Sumpf steckt.«

»So schlimm ist es?«

»Du hast ja keine Ahnung, wie schlimm.«

Im nächsten Augenblick löste sie ihren Arm von seinem, blieb abrupt stehen und schlug die Hand vor den Mund. »Oh Gott!«

»Was? Hängt hinter mir eine tote Katze im Baum?«

»Nein, ich habe Sie geduzt. Einfach so. Das ist mir auch noch nicht passiert.«

»Das ist natürlich ein Skandal, Frau Benedikt. Widerspricht das nicht Ihren Prinzipien? Duze niemals einen männlichen Kollegen?« Sie registrierte, wie er sich ein Lachen verkniff und ihr erneut den Arm anbot. »Lassen Sie uns nicht weiter über diese

Ungeheuerlichkeit parlieren, denn … Es bietet stets der Ältere das Du an. Dass ich älter bin, weiß ich übrigens aus Ihren Personaldaten, in die ich zwangsläufig Einsicht nehmen muss. Also, wollen wir uns duzen? Ich bin Bo, angenehm.«

Seufzend hakte sie sich unter und hoffte, dass er ihr die Verwirrung, die gerade in ihrem Kopf herrschte, nicht ansah.

»Carla, ebenfalls angenehm. Und das mit den Prinzipien ist Quark.«

In einer Woche würde sie bereits im Flugzeug sitzen. One Way. Nach Kuala Lumpur. Sie wünschte, sie wäre gestern ins Kino gegangen, anstatt sich mit den Mädels zu treffen. Dann hätte sie jetzt zwei Probleme weniger. Sie beschloss, nicht mehr über das nachzudenken, was bereits beschlossene Sache war. Es half ja nichts.

Sie bogen ab, überquerten eine viel befahrene Straße und gingen einige Stufen hinunter zum Spreeufer.

»Schön hier, nicht wahr?«

»Na ja …«, er beschrieb mit der Hand einen Bogen. »Der Blick auf die beleuchtete Oberbaumbrücke hat zwar etwas, aber …« Er deutete hinter sich. »Das Getümmel hier verleiht der eigentlich idyllischen Kulisse einen gewissen Volksfestcharakter.«

»Du meinst die kichernde Frauentruppe da vorne, die grölenden Jugendlichen an der Mauer und die knutschenden Liebespaare im Gras?« Carla brachte so etwas Ähnliches wie ein Lächeln zustande. »Willkommen in Berlin, Bo.«

Er seufzte und blickte versonnen auf das Wasser vor ihnen. Verstohlen betrachtete sie ihn von der Seite. Wollte das Schicksal ihr einen Streich spielen? Sie konnte es nicht leugnen, der Mann neben ihr machte sie nervös und der Pudding in ihren Beinen kam sicher nicht vom langen Sitzen im Kino. *Vielleicht auch nur, weil mein Unterbewusstsein weiß, dass ich ihn in einer Woche sowieso nicht mehr sehe. Also kann ich es eigentlich auch drauf ankommen lassen, oder?*

Sie standen so dicht beieinander, dass sich ihre Oberarme berührten, so dicht, dass sie seinen warmen Atem fühlen konnte, der weich und sanft über ihre Schulter strich, als er den Kopf zu ihr drehte. Seine Nähe fühlte sich unerwartet angenehm an, und Carla brachte alle Kraft auf, sich nicht gegen ihn zu lehnen und den Kopf an seine Schulter zu legen. Mit einem Male fühlte sie sich nicht mehr stark, nicht mehr strukturiert und beherrscht. Sie sehnte sich mit jeder Faser ihrer Seele danach, sich fallenlassen zu können.

Fort damit! Gefühle konnte sie sich jetzt nicht erlauben. Tief atmete sie durch und trat einen Schritt nach vorne, sie musste Abstand zwischen ihren Arm und seinen bringen. Ob sie ihn auf das Gespräch zwischen ihm und Mensinger ansprechen sollte?

»Ich …«, begann sie und drehte sich zu ihm um. Ach nein, das passte jetzt nicht hierher.

»Ja?«, sagte er leise und sah sie unverwandt an. Hastig wandte sie den Kopf ab und starrte auf das schwarze Wasser der Spree. »Ach, nicht so wichtig.« Doch, verdammt, es war ihr wichtig. Schließlich verbrachte sie den Abend mit einem Sanister und … es gefiel ihr auch noch! Noch mal: Verdammt!

Sie schlang ihre Arme um sich. »Okay, vorhin in der Bank habe ich … Also, ich habe gerade in der Küche meine Tasse gespült, als ich unfreiwillig Zeuge eures Gespräches war.« Beim letzten Wort drehte sie den Kopf und blickte ihn an. Wie würde er reagieren? Egal, denn jetzt war es raus. »Tut mir leid, ich musste einfach zuhören«, schob sie entschuldigend hinterher. *Bilde ich mir das ein, oder amüsiert der sich gerade königlich?*

»Was ist denn daran so witzig?«, sagte sie und spürte eine leichte Verunsicherung. Dieser Blick! Könnte der mal aufhören, sie so anzusehen?

»Nichts«, sagte er, »Gut, vielleicht ein bisschen dein schlechtes Gewissen, dass du verbotenerweise gelauscht hast.«

Eigentlich sollte sie etwas Gehaltvolles erwidern, es fiel ihr nur nichts ein.

»Ja, und weiter?«, quetschte sie schließlich verunsichert heraus. Und irgendwie fand sie es schade, dass seine Schulter jetzt so weit von ihrer entfernt war.

Er fuhr sich mit den Fingern durch die Haare und sah jetzt aus, als wäre er gerade erst aus dem Bett gesprungen. Kurz überkam sie der dringende Wunsch, an ihm zu schnuppern. Männer rochen früh morgens ganz besonders gut. Zumindest war das bei ihrem Ex so gewesen. Ob es bei Bo … Schluss jetzt, Carla. War sie etwa gerade dabei, sich in einen Sanister zu verlieben?

»Ja … wie soll ich sagen«, begann er und lächelte sie schief an. »Der Job wurde mir anders verkauft. Eigentlich gehöre ich nicht in diesen Haufen, ich wurde angeworben.« Er zuckte entschuldigend die Schultern. »Das Angebot war zu verlockend. Außerdem wollte ich schon immer mal nach Berlin. Und da ich … egal. Also wie gesagt, der Job und die Vorgehensweisen der Geschäftsleitung nebst ihren Adjutanten gehen mir gehörig gegen den Strich.«

Carla atmete hörbar auf. Er war kein echter Sanister, nur einer auf dem Papier. »Kann ich nachvollziehen.« Unvermittelt zog es ihr heftig in der Magengrube.

Das ist nur Sexmangel, Carla, nichts weiter.

Plötzlich spürte sie, wie Bo ihre Hand in seine nahm. Ganz leicht, fast vorsichtig umfasste er ihre Finger. Carla hielt die Luft an, als sie seinen Blick erwiderte und das warme Braun seiner Augen tief und ohne Vorwarnung in ihr Herz strömte. Wie durch hauchzarte Nebelschwaden nahm sie wahr, wie er die Hand hob und ihr sanft eine verirrte Strähne aus dem Gesicht strich.

Halt! Stop! Nein! Oder doch. Ja! Küss mich. Jetzt!

»Carla«, sagte er beinahe flüsternd. »Du bist so … so … faszinierend. Ich …«

»Bin ich das, Mr. Spock?«

»Mhm, ja«, ignorierte er ihre kurze Flucht ins Scherzhafte. Das Knistern zwischen ihnen schien ihr fast hörbar. Trotz der Wärme glitt ihr ein Schauer über den Rücken. So nah wie jetzt war sie ihm noch nie zuvor gewesen. Tief sog sie seinen Duft ein. Und sie wünschte sich in diesem Moment nichts sehnlicher, als ihn zu küssen.

Du liebe Güte, jetzt wird er mich gleich … ich werde ihn gleich … und in ein paar Tagen bin ich …

Aufgewühlt schloss sie die Augen. Ihr Herz klopfte bis in den Hals, als seine Lippen die ihren berührten, zart, vorsichtig, fragend. Und alle Dämme brachen. Was zuvor wichtig schien, verblasste, und ein Morgen war unendlich weit entfernt. Die gewissenhafte und planvolle Carla trat in den Hintergrund, das erste Mal nach einer gefühlten Ewigkeit. Der Kuss, den sie ebenso zart und verhalten erwiderte, fühlte sich wunderbar an, so angefüllt mit Zärtlichkeit und der Verheißung, dass dies mehr war als ein Kuss, mehr als Verlangen. Viel mehr. Dieser erste Kuss fühlte sich wie ein Versprechen an. Carla wagte nicht, die Augen zu öffnen, aus Angst, vor Wonne zu sterben, wenn sie ihn ansah. Jetzt wollte sie nur seine Lippen spüren, seine Hände an ihren Wangen, warmen Atem auf ihrer Haut. So unverhofft, so überwältigend, so wunderbar. Und mit einem Male war ihr alles egal: die Uhrzeit, der Tag, die Bank.

»Was machen wir nur hier?«, hörte sie sich heiser flüstern und sah ihn an.

Seine Augen blitzten belustigt auf. »Wir küssen uns.« Dann verschloss er ihren Mund mit einem weiteren Kuss.

Im nächsten Moment schob sich ein rosa Pompon zwischen sie und Bo, begleitet von einer energischen Frauenstimme. Carla zuckte zurück.

»Ihr seid perfekt! Hört mal auf zu knutschen.«

»Wie bitte?« Carla blickte irritiert um sich. Sie waren eingekreist von einer Frauentruppe in weißen Shirts, nur eine der Ladies hatte ein gestreiftes an. Eine weitere trug Handschellen und kicherte ohne Unterlass. Offenbar ein Junggesellinnenabschied, denn auf dem Shirt der blonden Frau mit dem Pompon prangte der Schriftzug »Team Braut«.

»Perfekt seid ihr«, sagte die im gestreiften Shirt ohne Aufdruck.

»Das weiß ich, aber woher wisst ihr das? Und wofür überhaupt?«, fragte Bo skeptisch.

»Hierfür«, sagte Pompon, grinste breit und zerrte die kichernde Frau an einer langen Leine nach vorne. Auf ihrem Shirt stand: *Ich hätte sie alle haben können.* Ihre Handgelenke steckten in Spielzeughandschnellen, daran war die Leine verhakt, deren Ende Pompon in den Händen hielt.

Die Braut blickte Bo lange an, schwankte dabei vor und zurück als stünde sie bei Seegang fünf auf einem Bootsdeck, kicherte noch mal und sagte dann mit schwerer Zunge: »Ischmuss dirn paa Fragn stelln, dann darfsu ausm Schlauchboot. Scheissemerle. Hallo. Kann dir leidanich die Hand schüddln.«

»Sie meint, sie heißt Merle«, fügte eine der sechs hinzu und sah entschuldigend durch eine große, schwarzrandige Brille von ihr zu Bo.

»Hallo Merle«, sagte Carla belustigt. »Wo ist denn das Schlauchboot?«

»Schlauchboot …« Bo wich zurück. »Moment mal, wir sind …«

»So ein süßes Paar«, rief eine mit dunkelbrauner Wallemähne und blümchenbedrucktem Rock dazwischen und klatschte in die Hände. »Meinst du nicht auch, Leticia?« Sie stupste eine Marilyn-Monroe-Kopie neben ihr an. Die drehte sich einmal um die Achse, dass ihr roter Petticoat flog. »Aber so was von süüüß!«

Carla begann, sich köstlich zu amüsieren. »Da haben sie nicht unrecht, Bo, oder?«

»Also einverstanden. Wunderbar. Bitte folgt mir!« Pompon zog die schwankende Braut mit sich ans Ufer. Die kam aus dem Kichern gar nicht mehr heraus und fiel ständig über die eigenen Füße, was sie noch schriller kichern ließ.

»Äh … Ich hab noch nicht Ja gesagt«, wehrte sich Bo.

»Sollst du auch nicht, Hübscher. Du musst nur ein paar Fragen zu deinem Herzblatt beantworten«, rief Pompon über die Schulter und hakte jetzt die Braut unter.

»Jetzt komm schon, Bo, das wird ein Spaß. Verderben wir ihn nicht«, flüsterte Carla ihm zu und gab ihm einen kleinen Schubs.

»Ach ja? Und wenn ich die Fragen zu meinem Herzblatt nicht

beantworten kann?«

»Dann lässt du dir was einfallen?«

Sie hatten das Ufer erreicht und Carla unterdrückte ein Lachen, als sie ein winziges gelbes Schlauchboot im Wasser liegen sah.

»Schätzchen«, sagte Marilyn gurrend und nahm Bo bei der Hand. »Du steigst jetzt in das Boot, und Merle stellt dir drei Fragen – die wir dann zur Not übersetzen. Beantwortest du alle Fragen richtig, darfst du wieder raus und Merle wird freigelassen.«

»Jawohl, Schässchen, sons musisch die Nacht hier am Fosten schlafen.«

Pompon schlang das Ende der langen Kette um einen Pfosten und grinste. »Keine Sorge. Wenn es so kommt, verbringen wir alle die Nacht hier. Und der Süße pennt im Schlauchboot.«

»Carla …«, sagte Bo und streckte hilfesuchend die Hand nach ihr aus, aber sie winkte ihm nur und machte einen Schritt rückwärts.

Begleitet von großem Johlen und Klatschen stieg Bo ins Schlauchboot und wurde von Pompon und dem gestreiften Shirt mit zwei langen Paddeln vom Ufer weggeschoben. Schnell geriet es in die Strömung, und nur das straff gespannte Seil hielt das Boot in ihrer Nähe.

»Pass auf, Schnuckelchen, jetzt kommen die Regeln«, rief Pompon. »Du kommst erst wieder ans Ufer, wenn du alle Fragen beantwortet hast. Bei jeder falschen Antwort gebe ich ein Stück Seil nach, bei jeder richtigen hol ich dich näher, und …«

»Unich bin hier so lange ange… Hicks … gefessld«, lallte die Braut, ließ sich auf den Boden plumpsen und versuchte, mit den gefesselten Händen etwas aus der Hosentasche zu ziehen.

Carla nahm sich fest vor, auf einen Junggesellinnenabschied zu verzichten, sollte sie jemals vor die Wahl gestellt werden.

»Auch ein Schlückchen Sekt? Wir haben genug.« Das Wallehaar hielt Carla ein Sektglas aus Plastik hin und deutete auf einen kleinen Handwagen, aus dem oben mindestens ein Dutzend Sektflaschen herausragte.

»Och, gerne.»

Wallehaar schenkte großzügig ein. »Sei froh, dass dein Hase zu dir gehört und kein Single ist, ich würde ihn besteigen wie einen Gipfel.«

Carla verschluckte sich am Sekt und konnte vor lauter Husten nicht lachen. Wallehaar klopfte ihr auf den Rücken. »Pscht, die erste Frage. Und nicht den schönen Sekt auspucken.«

Die Braut lehnte jetzt am Pfosten und hielt einen Zettel in beiden Händen, den sie umständlich auffaltete. »Momenchen noch – habs gleich. – Jess … Erse Frage … Hicks … Wesche Augnfabe hat deine Liebse?«

»Was?«, rief Bo.

»Die Augenfarbe deines Herzblatts!«, brüllte Pompon.

»Grün!«, kam die ferne Antwort.

Plötzlich tauchte ein riesiges Augenpaar dicht vor Carlas Gesicht auf, sehr dicht.

»Stimmt!«, rief Wallehaar, und das Boot wurde unter lautem Gejohle ein Stückchen näher zum Ufer gezogen.

»Das war die Superbillig-50-Euro-Frage zum Warmwerden«, trötete Brille.

»Jenau! Nu wirdas kombli… schwera … Hörsu! Wie sieht der … der pefette Tag deines Schnuggelchen aus?« Diesmal trompetete die Braut die Frage heraus.

Schweigen. Carla kippte nervös den Sekt runter.

»Nachfüllen?«, wollte Wallehaar wissen und hob schon mal die Flasche hoch.

»Gern.«

»Sag mir schnell, wie er aussieht, dein perfekter Tag.«

»Ich? Er soll's doch sagen.« Carla blickte sie erschreckt an. Der arme Bo …

»Schon, aber wie sollen wir nachprüfen, ob's stimmt?« Sie zwinkerte ihr zu.

»Äh … Öh … Das Übliche, glaub ich. Wellness, schön essen gehen bei Kerzenlicht und so.«

»Wie langweilig.«

»Was ist, Mr. Herzblatt? Suchst du in der Spree nach einer Antwort?«, rief Pompon, während die Braut kicherte und die Beine ausstreckte.

»Der perfekte Tag für meine liebste Carla ist …«

»Oh, du heißt Carla, schöner Name. Ich bin Babsi. Prost.«

»Ist … äh, ein Tag in einem Vergnügungspark, ja genau, aber mit … äh …«

»Prost, Babsi.« Carla hob ihr Glas, trank aber nicht. Viel zu sehr war sie damit beschäftigt, amüsiert Bo zu beobachten, wie er sich wand. Ein Vergnügungspark. Was Besseres fiel ihm nicht ein?

»Für Liebespaare. Mit Wellness. Ja, Wellness und Massage – ayurvedische Ölmassage mit Stirnölguss. Ja, genau. Und danach ein Abendessen am Strand, an einem Tisch direkt am Meer mit tausenden von Kerzen.«

»Oh mein Gott … Er ist ja so niedlich.« In Carlas Magengrube prickelte der Sekt. Oder etwas anderes.

»Stimmt!«, rief Wallehaar.

»Also mein Eric würde nie erraten, was ich mir wünsche«, hörte Carla das gestreifte Shirt sagen.

»Letzte Frage!«, rief Pompon und holte das Schlauchboot mit einem kräftigen Ruck näher.

»Hey, geht's vielleicht etwas vorsichtiger?« Bo, der bis jetzt locker im Boot gesessen hatte, die Unterarme auf die aufgestellten Beine gelegt, hielt sich erschrocken an den Seiten fest. Carla schnappatmete hörbar.

Wallehaar stupste sie an und grinste. »Keine Sorge, der fällt schon nicht raus. Und wenn, das Wasser ist warm.«

»Uuund jeds – die Frage aller Fragen!« Die Braut hob die gefesselten Hände mit dem Zettel darin und lachte. »Ich fressn Besn, wenn er das weiß. Männer wissn so was nie!«

»Mach schon, Merle …«, drängelte Marilyn.

»Wie hasdu sie … Wann habt ihr … hasdusie … Hicks … äh?«

»Was?«, rief Bo, und Pompon kam der Braut zu Hilfe.

»Wann und wo habt ihr euch ineinander verliebt?«

Wallehaar blickte Carla fragend an.

»Ich …«, begann Carla und wusste nicht, was sie sagen sollte. »Also wir …«

»In der Sahara!«, hörte sie Bo rufen.

»Genau.« Carla zuckte grinsend mit den Schultern. Jetzt war sie aber gespannt.

»Das reicht nicht. Etwas detaillierter, bitte«, forderte Pompon.

»Ja, erzähl es ihnen, Bo!«, feuerte Carla ihn an.

»Gute Geschichte?«, wollte Wallehaar wissen.

»Wart's ab«, grinste Carla, und nahm einen Schluck Sekt.

»Vor drei Jahren an einem Lagerfeuer. Wir saßen nachts mit einer kleinen Gruppe von vier Leuten plus Führer am Lagerfeuer mitten in der Sahara, eingewickelt in Wolldecken. Hinter uns waren die Zelte aufgeschlagen, und an Palmen gebunden schliefen die Kamele, die uns am nächsten Morgen zum Sonnenaufgang zum Erg Chebbi – der größten Dünenlandschaft Marokkos – bringen sollten. Carla saß neben mir und wir teilten uns süßen Tee aus einem Becher, weil der Führer zu wenig dabeihatte. Carla war etwas ängstlich, denn in der Wüste gibt es nicht nur spontane Sandstürme, auch Skorpione und Schlangen. Sie gab mir gerade den Becher, als ich sah, wie eine Hornviper unter Carlas Wolldecke kroch.«

Aus dem Augenwinkel sah Carla, wie Wallehaars Augen feucht wurden und sie einen langen Seufzer ausstieß. Carla seufzte mit.

»Ihr Biss«, fuhr Bo fort, »ist absolut tödlich. Ich packte die Schlange – blitzschnell – und schleuderte sie in die Nacht hinein. Leider Richtung Kamele. Eines wurde gebissen, ausgerechnet das von Carla. Das war furchtbar. Aber so ritten Carla und ich am nächsten Morgen gemeinsam auf meinem Kamel in den Sonnenaufgang.«

Carla nickte und schluchzte auf – und das war nicht mal gespielt. »Genauso war es.«

Wallehaar nahm sie in den Arm und drückte sie kurz, aber so ruckartig, dass Carla beinahe den Sekt verschüttete. »Das ist ganz wundervoll! Okay, bis auf das arme Kamel, aber der Rest … So romantisch! Hach, ihr scheint wirklich füreinander bestimmt.«

So? Waren wir das?

»Schätze, die Sahneschnitte hat alles richtig beantwortet«, sagte Pompon, und holte mithilfe von Marilyn und der Gestreiften das Boot ein, während die Braut ihre Hände im Schoß liegen hatte und etwas undeutlich jammerte, es solle ihr jetzt einer die verfickten Ketten abnehmen und überhaupt, sie wolle jetzt sofort in die Sahara.

»Eine märchenhafte Geschichte. Fast zu märchenhaft, um wahr zu sein«, warf die Brillenschlange hinter Carla skeptisch ein.

»Tja, das Leben schreibt manchmal skurrile Geschichten.« Carla drehte sich um und drückte der Brillenschlange das Glas in die Hand. Dann eilte sie zum Ufer. Dort angekommen, streckte sie den Arm aus und zwinkerte Bo zu. Er ergriff ihre Hand und zog sich nach oben.

»Dass du dich daran noch erinnerst, Liebling«, flötete sie scheinbar ergriffen.

»Wie könnte ich je diesen einmaligen Ritt auf unserem Wüstenkamel vergessen, Schatz.«

»Okay«, sagte Marilyn trocken. »Sie nennen sich Schatz und Liebling. Sind wohl schon länger zusammen.«

»Drei Jahre«, sagte Bo.

»Zweieinhalb Jahre«, platzte es gleichzeitig aus Carla heraus.

»Also ich meine, fast drei Jahre.« Bo nahm sie demonstrativ in den Arm. »Was sind schon wenige Jahre im Vergleich zur der Ewigkeit, die ich mit dieser Frau verbringen möchte?«

»Jetzt wird's schmalzig.« Pompon wickelte das Seil auf.

»Kamirmal einer endlisch die Dinger hier abmachn?«, erklang es weinerlich von hinten.

»Tja, wir gehen dann mal«, sagte Bo kurzerhand und dirigierte sie – immer noch einen Arm um ihre Schulter gelegt – weg vom »Team Braut«.

Nach einiger Entfernung platzte es aus Carla heraus. »Du

Schlangenbezwinger, du. Was für eine tolle Geschichte. Das muss einem erst mal einfallen. Sahara … Respekt, Herr Kollege.« Dass sie die Geschichte unglaublich tief berührt hatte, versuchte sie zu überspielen. Fast wünschte sie, es wäre tatsächlich ihre Geschichte. Sie hatte so etwas … Abenteuerliches.

»Den Erg Chebbi nicht zu vergessen«, sagte er belustigt lächelnd.

»Das hast du dir doch ausgedacht.«

»Nein, ich schwöre, den gibt es wirklich. Ich selbst war zwar nicht dort, dafür ein Bekannter von mir, der schon fast in jedem Land war und jetzt in Asien lebt. Wo wohnst du eigentlich?«

Der abrupte Wechsel holte sie von Düne sieben.

»Nicht weit von hier. Zehn Minuten zu Fuß vielleicht.« Ob sie ihn mit zu sich nehmen sollte?

»Darf ich dich nach Hause bringen oder bist du mit dem Wagen da?«

»Nein, zu Fuß. Und ja, es wäre nett, wenn du mich begleiten könntest.«

Hand in Hand schlenderten sie am Ufer entlang und Carla bemerkte, dass sie beide in stiller Vereinbarung die Schritte verlangsamten, so als wolle jeder von ihnen das Ende dieses Abends hinauszögern.

»So, da wären wir also.« Wenig später nestelte Carla den Schlüssel aus ihrer Tasche und musste lächeln, als Bo sich verlegen mit einer Hand durch die sowieso schon völlig verstrubbelten Haare fuhr.

»Ja, da wären wir. Was hältst du davon, wenn wir beide …« Er lächelte sie hoffnungsvoll an.

»Wenn wir beide?«

»Nun, ich meine, wir könnten morgen zusammen irgendwo eine Kleinigkeit essen gehen. Mein Hotelzimmer hat leider keine Küche, sonst hätte ich etwas für uns kochen können.«

»Du kannst kochen? Toll. Hm, essen gehen. Morgen …« Irgendwie war sie enttäuscht. Was hatte sie erwartet? Etwa, dass er sie fragte, ob sie ihn noch auf den obligatorischen Kaffee mit hinauf nahm?

»Ja, gelegentlich bereite ich mir was zu, Steaks mit Salat, Eiernudeln. Aber okay, wenn du morgen keine Zeit hast, lass uns doch am Montag in der Mittagspause etwas essen gehen.«

Offenbar hielt er ein gemeinsames Essen für eine gute Idee. Sie nicht. Mit einem Kollegen allein die Mittagspause zu verbringen, war ein ungeschriebenes Verbot, seit die Sanisters das Sagen hatten.

»Oh, anscheinend auch kein guter Einfall.« Bo steckte beide Hände in die Hosentaschen und zog die Schultern hoch. Er hatte ihren Blick richtig interpretiert. »Beziehungen unter Mitarbeitern werden nicht gern gesehen, vermute ich.«

»Nein, das werden sie nicht. Und Klatsch verbreitet sich in Windeseile.« Was ihr ja eigentlich egal sein konnte. Nur noch wenige Tage musste sie diesen Sauladen ertragen, allerdings könnte sie sich auch krankmelden, doch das hatte sie noch nie getan, ohne dass sie tatsächlich krank gewesen wäre. Aber was nun? Sollte sie ihn auf einen Drink einladen? Den Kaffee brauchte sie nicht vorzuschieben, sie waren alt genug, um sich diese Floskel zu sparen. Allerdings, was würde er von ihr denken, wenn sie gleich am ersten Abend … Na, streng genommen hatten sie ja nicht mehr viele Abende vor sich. Nein, ganz ausgeschlossen, sie käme sich mies dabei vor. Carla bekämpfte den Wunsch, ihm um den Hals zu fallen, und spielte mit dem Schlüssel in der Hand.

»Ja dann … gute Nacht, Carla.« Er trat auf sie zu und gab ihr einen unglaublich zärtlichen Kuss. Dann lächelte er auf eine charmant süße Weise, bevor er ihr winkte und abdrehte.

»Bis morgen, Bo«, rief sie ihm nach und drehte sich schnell zur Tür. Sie steckte den Schlüssel ins Schloss. Und verharrte. In der Bauchgegend flatterte es zu wild, als dass sie es fertigbrachte, diese bescheuerten Schmetterlinge zur Ruhe zu zwingen, und eigentlich wünschte sie sich nichts sehnlicher, als die ganze Nacht mit diesem Mann zu verbringen.

Kurz entschlossen wandte sie sich um und wollte ihm hinterherrufen, doch das hatte sich erübrigt. Bo musste sich zeitgleich mit ihr herumgedreht haben. Sein Blick traf auf ihren. Unvermittelt trommelte ihr Herz im Stakkato gegen ihre Brust, und wie an Fäden gezogen lief sie auf ihn zu. Auch Bo setzte sich in Bewegung. Mitten auf der Straße schlang sie ihre Arme um ihn und er drückte sie an sich, vergrub sein Gesicht in ihrem Haar. Wortlos packte sie seine Hand und zog ihn mit sich durch die Tür, die Treppe hinauf.

»Carla. Warte.« Bo bremste sie ab und drehte sie an den Schultern zu sich herum. Sie musste den Kopf in den Nacken legen, um ihn anzusehen. »Ich weiß nicht … vielleicht … so schwer es mir fällt … Sollten wir uns nicht erst etwas besser kennenlernen?«

Keine Zeit, aber das kann ich dir ja nicht sagen.

»Ja, mag sein …« Die Vorstellung, ihn jetzt gehen zu lassen und vielleicht nie zu erfahren, wie er sich anfühlte, wie er schmeckte und wie er … Sie stellte sich auf die Zehenspitzen und küsste ihn. Er erwiderte ihren Kuss leidenschaftlich und presste sie fest an sich. Und dieser Kuss machte sie schwindelig, schürte die Sehnsucht fast bis ins Unerträgliche. Hatte sie bis vor wenigen Sekunden noch leichte Bedenken gehabt, ob sie das Richtige tat, lösten sich diese jetzt auf wie feine Nebelfetzen in der Wärme der Sonne. Was war schon richtig, was falsch, wenn es für sie nur ein Jetzt geben konnte?

»Carla …« Die Stimme brach ihm weg, als er sie aus dem Kuss entließ.

»Komm mit, Bo. Bitte.«

Die Zärtlichkeit in ihrer Stimme überraschte sie selbst. Es blieben ihnen nur wenige Tage, und es drängte sie, diese Erinnerung mitzunehmen wie etwas Kostbares, etwas, das nur ihr gehörte.

Er nickte stumm und in seinem Blick lag ein tiefes Gefühl, das jede Zelle in ihr zum Schwingen brachte. Carla packte ihn bei der Hand und nahm die letzten Stufen nach oben. Mit zitternden Fingern schloss sie auf und gab der Tür einen Schubs. Leise schwang sie auf, und sie schlüpften in den Flur.

Bo schloss die Tür hinter sich. »Carla …« Mit sanftem Druck auf ihre Schultern drehte er sie zu sich herum. Seine Augen schimmerten in einem tiefen Braun.

»Bevor wir … also, ich meine … Ich möchte dir etwas sagen. Carla, du bist eine wunderbare Frau. Seit unserem ersten Meeting in der Bank gehst du mir nicht mehr aus dem Kopf. Ständig muss ich an dich denken. An dein weichfließendes Haar, das immer so wunderbar nach Blumenwiese duftet, an deine ungewöhnlich grünen Augen, die lachen, selbst wenn du nicht lachen willst. Und auch an das süße, winzige Muttermal auf deinem linken Ohrläppchen.« Er hob die Hand und strich ihr lächelnd eine Strähne hinters linke Ohr.

Carla konnte nichts sagen. Sie war erstaunt über seine Detailverliebtheit. Wie unsagbar süß. Sie konnte sich nicht erinnern, von Oliver jemals solche Komplimente bekommen zu haben. Nicht nur von Oliver, von niemandem. Sie wusste immer noch nicht, was sie sagen sollte, suchte in seinem Gesicht nach kleinen Besonderheiten, strich mit der Handfläche über seine Wange. Sie fühlte sich leicht rau an, warm. Der Schwung seiner vollen Augenbrauen gefiel ihr. Sanft fuhr sie den Bogen mit dem Finger nach. Alles an ihm war besonders, und jedes einzelne seiner Worte hatte ihr Herz ein kleines Stückchen mehr geöffnet.

»Du …« Brauchte es überhaupt noch Worte?

Bo zog sie an sich und küsste sie so intensiv, dass ihr beinahe die Luft wegblieb. Carla schlang ihre Arme um seinen Hals und in ihrem Bauch schwirrten unzählige Schmetterlinge. Mit einem Mal fürchtete sie, innerlich zu explodieren, wenn nicht sofort der unnötige Stoff zwischen ihnen verschwand. Wortlos dirigierte sie ihn ins Schlafzimmer. Eng umschlungen fielen sie auf das Bett. Carla setzte sich rittlings auf seinen Schoß und zog sein Shirt nach oben. Ihr Herz klopfte wie wild gegen ihre Brust. Mit den Händen fuhr sie über seine Schulter, den muskulösen Rücken. Oh Gott, er glühte ja förmlich. Und er war so … Schön.

Im nächsten Moment drückte er sie sanft nach hinten. Carla stöhnte auf, als er über ihr war.

»Ausziehen …«, hauchte sie und schob ihn ein Stück von sich, nur so weit, dass sie die Knöpfe seiner Jeans erreichen konnte. Bo zog sich umständlich das Shirt über den Kopf und knöpfte anschließend schwer atmend ihre Bluse auf. Unterdessen blickten sie sich fortwährend an.

Diese Augen …

Carla hielt es nicht mehr aus und zog Bo an sich. Haut auf Haut. Sie glühten beide, ihre Körper schmiegten sich wie eins aneinander. Carla warf den Kopf in den Nacken, als Bos Lippen hinunter an ihren Hals wanderten. Immer wieder flüsterte er ihren Namen, küsste und knabberte sich bis zu ihren Brüsten hinab, verharrte dort einen Moment und liebkoste mit der Zunge ihre Brustwarzen. Seine Hände glitten an ihrem Körper entlang, waren überall. Jetzt öffnete er ihre Jeans, zog sie ihr über die Hüften, warf sie zur Seite und senkte seine Lippen auf ihren Bauch. Atemlos stütze Carla sich auf die Ellenbogen und hob den Kopf. Sie wollte sehen, was er tat.

Plötzlich hielt er inne, betrachtete stirnrunzelnd ihre kleine Narbe an der Taille.

»Was ist das?« Vorsichtig zeichnete er die winzige Erhebung mit dem Finger nach.

»Fahrradsturz … als Kind«, sagte sie atemlos.

»Die küsse ich jetzt weg.«

»Das hat noch keiner geschafft.«

»Dann muss ich mir eben Mühe geben.« Er hob den Kopf und lächelte sie verschmitzt an. Und als sie ihn hingerissen betrachtete, diesen schönen Mann, wie er zwischen ihren Beinen lag, sie mit seinen warmen, braunen Augen ansah und fortwährend mit dem Finger kleine Kreise um die Narbe zog, quoll das Gefühl in ihr fast über. So übermächtig, dass sie spürte, wie die Tränen nach oben drangen.

»Ach, Bo …« Sie zog ihn zu sich hoch. Nichts wollte sie in diesem Moment mehr, als endlich seinen Körper auf ihrem zu spüren. Er umklammerte sie so fest, als wolle er sie nie wieder loslassen, und sie schlang ihre Arme um diesen wunderbaren Mann und stöhnte auf.

Haut auf Haut.

Kim

Steffen hatte sie in den Garten bugsiert und ihr hastig mitgeteilt, nur noch schnell Getränke zu holen.

Jetzt saß Kim auf der Terrasse des kleinen Reihenmittelhauses, das Steffen seit dem Auszug von Annett vor vielen Jahren allein bewohnte, und staunte nicht schlecht. Nicht nur, dass sein Wohnzimmer aussah wie geleckt, es roch auch nicht nach Rauch wie sonst. Sehr seltsam. Nur die Arbeitsecke in dem größten Raum des Hauses war typisch Steffen. Auf zwei aneinandergestellten Schreibtischen, die fast die komplette Längsseite des Zimmers einnahmen, hatte Steffen vier Bildschirme aufgebaut.

Die Oberfläche der Schreibtische war nicht zu erkennen. Überall lagen Blätter, Bücher, Kabel, ausgebaute Platinen und CDs herum. Sie fragte sich, warum er nicht einfach eines der leer stehenden Zimmer zu einem Büro umfunktionierte. Na, wahrscheinlich war ihm der Weg in die Küche zu weit.

»Hopfenblütentee. Eiskalt.« Steffen war zurückgekehrt und stellte ihr ein großes Glas Bier mit einer fast vorbildlichen Krone auf den Tisch. Es war so kalt, dass das Glas beschlug. Perfekt!

»Seit wann hast du Bier im Haus?«

»Eigentlich niemals, bin noch schnell an die Tankstelle gefahren, die haben immer ein paar Flaschen kühl. Hab sie noch kurz ins Eisfach gelegt.« Er setzte sich und schenkte sich eine Cola ein.

»Steffen, was ist hier passiert? Erzähl mir nicht, dass du unter die Gärtner gegangen bist. Spielt in diesem Ich-mutiere-zum-Saubermann-Image vielleicht eine neue Frau mit grünem Daumen eine Rolle?« Kim deutete in den gepflegten Garten hinein. Akkurat rund geschnittene Buchsbaumkugeln, blühende Rosen und ein

Rasen, der wirkte, als hätte nichts ihn berührt außer einem Rasenmäher und einer Nagelschere.

»Nein, zweimal im Monat kommt ein Gärtner und heute war die Putzfrau da, wie jeden Samstag. Ich rauche jetzt übrigens nur noch draußen. Freiwillig.« Er zuckte die Schultern und steckte sich eine Zigarette an. Doch Kim war nicht hier, um ihn zu trösten. Sollte er eben mehr unter Menschen gehen.

»Du solltest mehr unter Menschen, Steffen. Nehme an, deine Putze ist Mitte fünfzig und führt ein hartes Regiment.«

»Äh, nicht wirklich«, sagte er und Kim bemerkte, wie sich sein Gesicht aufhellte und er sich unmerklich gerade richtete. »Sie ist Mitte dreißig und ziemlich hübsch.«

»Single?«

Steffen nickte und trank hastig einen Schluck aus dem Glas.

»Na dann, schnapp sie dir, du alter Schwerenöter. Aber jetzt zurück zu dem Grund meines Besuches. Ich komm ja nicht her, um dich nach deinem Liebesleben auszufragen.«

»Das hatte ich befürchtet. Schieß los.«

Wiederum eine Stunde und ein weiteres eiskaltes Bier später hatte Kim ihm die Einzelheiten zu ihrem Plan erklärt. Steffen hatte nur zugehört und gelegentlich genickt. Jetzt lehnte sich Kim zurück, wuchtete die Füße auf einen Stuhl und blickte ihn erwartungsvoll an. »Und? Deine Einschätzung dazu? Kannst du uns helfen? Und fast noch wichtiger, kannst du die Klappe halten?«

»Eine Frage«, begann er und massierte sich auf eine Art und Weise das Kinn, die sie an den schmierigen Dr. Hoovensing erinnerte. »Wenn ihr so viel Geld vom Firmenkonto abzweigt und noch die drei Schließfächer mit den Bonuszahlungen ausräumt, warum dann auch noch zwei Bankautomaten knacken? Das könntet ihr euch sparen und hättet so eine Gefahrensituation weniger.«

Kim winkte ab. »Das ist eine Sicherheitsmaßnahme. Gesetzt den Fall, eine Aktion geht schief, beispielsweise der Geldtransfer, wird die Transaktion abgebrochen. Oder stell dir vor, Carla und Susann werden gestört und können nicht an die Schließfächer.«

Steffen schürzte die Lippen und schien ihre Worte gegeneinander abzuwägen. »Da ist was dran«, sagte er schließlich.

»Hast du was anderes von mir erwartet?«

»Puh, nein, eigentlich nicht.« Er fuhr sich mit beiden Händen durch die schütteren Haare. »Das ist kompliziert, sehr kompliziert. Und gefährlich.«

»Zehntausend.«

»Was?« Er blickte sie verwundert an.

»Du bekommst zehntausend Euro. Reicht das nicht? Willst du mehr?«

Susann

Das Erste, was ihr auffiel: Es roch nicht nach Essen.

Normalerweise betrat sie das Haus ihrer Eltern Sonntagmorgens mit einem fröhlichen Hallo, während ihre Mutter aus der Küche etwas rief wie »Guten Morgen, Schatz, kannst du mir mal schnell beim Knödelteig helfen?«, und ihr Vater damit beschäftigt war, den Garten zu wässern oder irgendetwas im Haus zu reparieren.

Jetzt war es still.

Susann legte den Schlüsselbund auf die Kommode – wie sie es immer tat – und ging in die Küche. Danach durchquerte sie das Wohnzimmer und trat in den riesigen Garten hinaus. Ohne ihre Eltern wirkte das Haus auf irgendeine Weise geisterhaft. Und so würde es jetzt ein Jahr bleiben.

Mechanisch griff sie zum Schlauch, rollte ihn aus, stellte das Wasser an und begann, die Topfpflanzen zu wässern. Besonders der pinkblühende Oleander hatte bei diesen Temperaturen großen Durst. Ihre Mutter liebte diese Pflanze, die bereits einen Stamm so dick wie Susanns Unterarm hatte und sie um sicher einen Meter überragte. Ob die Putzfrau sie ab und zu gießen würde, oder die Nachbarn, die das Grundstück im Auge behalten sollten? Sie sah ihre Mutter vor sich, wie traurig sie angesichts ihres ausgetrockneten Oleanders sein würde.

Susann sah sich um, während das Wasser in der Blumenerde versickerte. In einem Jahr wäre hier alles verwildert. Ach, und wer würde den Oleander im Winter unter die Veranda ziehen, die Äste mit Jute abdecken und den Topf mit Kokosmatten umhüllen, damit er die kalten Temperaturen überlebte? Die Nachbarn, die Putzfrau? Konnte sie sich auf diese Menschen verlassen, wenn sie einen Zettel …? Ach nein. Was sollte sie darauf schreiben? Etwa, dass sie das nicht erledigen könne, weil sie untergetaucht war? Spurlos verschwunden … Im Prinzip ließe nicht nur der Oleander ihre Eltern traurig und ratlos zurück, denn auch sie wäre nicht mehr da. Sie überlegte eine Weile daran herum und kam zu dem Schluss, dass ein Jahr Abwesenheit ihrer Eltern den Rest des Lebens, den sie, Susann, wegsein würde, nicht kompensieren konnte.

– 10 –

Carla

Die Morgensonne schickte helle Strahlen durch die zarten vanillefarbenen Gardinen und tauchte Carlas Schlafzimmer in sanftes Licht. Carla lag auf der Seite mit Blick zum Fenster und blinzelte.

Was sagte die Uhr? Ah, noch eine halbe Stunde bis zum Aufstehen. Fahrig griff sie im Halbschlaf zum Wecker, um den Alarm auszuschalten, und stellte fest, dass sie vergessen hatte, ihn einzuschalten. Nur noch zehn Minuten, dann würde sie aus den Federn kriechen. Sie schloss die Augen wieder, wollte nicht aufwachen, denn das bedeutete einen weiteren Tag in der Bank.

Moment, irgendwas stimmte nicht. Richtig. Es war Sonntag. Carla seufzte erleichtert auf und umschlang ihr Kissen. Vielleicht schaffte sie es wieder zurück in den Traum. Vor wenigen Sekunden noch hatte sie sich unter einem Sternenhimmel an einem Palmenstrand befunden. Wasser hatte sanft ihre Beine umspült, und die weichen Lippen eines dunkelhaarigen Mannes auf ihrer Haut hatten sie beinahe verrückt gemacht. Carla versuchte, sich wieder in diese sinnliche Welt zurückträumen, als ihr etwas am Nacken entlang krabbelte. Nein, eher strich. Sanft, zart und von einer leisen, dunklen Männerstimme begleitet.

»Guten Morgen, schöne Frau.«

Schlagartig war sie hellwach.

Kein Traum. Wirklichkeit. Nur die Palmen und der Sternenhimmel fehlten. Ihr Herz überschlug sich beinahe vor Glück. Lächelnd drehte sie sich zu ihm um. Er lag nackt neben ihr, das dünne Betttuch bedeckte nur seine Mitte.

Offen und ohne Scham betrachtete sie seinen sehnigen Körper. Er hatte ein Bein über die dünne Decke gelegt und hielt das

Kopfkissen im Arm. Diese Augen! Gut, der Rest von ihm war auch ziemlich ansehnlich, wenn nicht gar atemberaubend. Aber diese Augen …

»Guten Morgen, hast du gut geschlafen?«

»Kurz, aber wie ein Baby. Du auch?«

»Mhm, ja, sehr gut. So gut, dass ich ins Büro wollte.«

»Nicht wahr.«

»Ernsthaft. Zum Glück ist Sonntag. Es sollte sieben Tage lang Sonntag sein«, sagte sie leise und rutschte näher an ihn heran. Mhm, er war warm und roch verdammt lecker nach einer Nacht mit unbeschreiblich fantastischem Sex.

»Weißt du, was das Beste ist, was wir heute tun können?«, fragte er und zeichnete die Linie ihres Schulterblattes mit den Fingern nach.

»Was?«

»Wir bleiben den ganzen Tag im Bett. Ich meine, wenn du nichts anderes vorhast und ich bei dir bleiben darf.« Fragend sah er sie an.

Statt einer Antwort hauchte sie einen Kuss in seine Halsbeuge, und bevor sie sich versah, zog er sie an sich und küsste sie mit einer Leidenschaft, die sie sofort mitriss. Seine Lippen fühlten sich leicht trocken und trotzdem weich an. Carla zog ihn zu sich und vergrub ihr Gesicht an seinem Hals.

»Also abgemacht, wir haben den ganzen Sonntag für uns«, flüsterte er. Die sanften Berührungen seiner Fingerspitzen verursachten überall auf ihrer Haut tausende von kleinen elektrischen Schlägen.

»Oh …«

Und dieses Oh galt seinen Lippen, die sich langsam, begleitet von dem Spiel seiner Finger, hinunter zu ihrem Bauch tasteten. Und es war kein Raum mehr für Worte.

Fast drei Stunden später trieb sie der Hunger in die Küche.

»Machst du Kaffee? Alles, was du brauchst, ist in dem Schrank über der Kaffeemaschine«, sagte sie, und ging ins Badezimmer.

»Wird schon schiefgehen«, rief er. Sie hörte, wie er in der Küche hantierte, während sie erschreckt ihr Gesicht betrachtete. Der Super-GAU! So hatte er sie gesehen und auch noch verliebt angeguckt?

Huh, nicht dran denken! Abschminken und den Normalzustand herstellen.

Als sie keine zehn Minuten später in ein Handtuch gewickelt die Küche betrat, stand Bo, wie Gott ihn geschaffen hatte, vor dem Toaster und wartete.

»Oh, du hast den Toast gefunden.« Carla setzte sich an den bereits gedeckten Küchentisch und goss herrlich duftenden Kaffee in zwei Tassen. Der Toast roch verlockend. Ein bisschen schämte sie sich, dass sie nur Toast und kein Vollkornbrot im Hause hatte, denn das hatte sie gestern tatsächlich vergessen. Sehr untypisch. Carla konnte ihren Blick nicht von Bo wenden. Sie kämpfte gegen den Impuls an, jetzt sofort dort weiterzumachen, wo sie vor knapp zwanzig Minuten aufgehört hatten. Und zwar direkt in der Küche. Stattdessen stützte sie den Kopf auf ihre Hände und versank in dem Anblick seiner Rückseite. Die war wirklich zum Reinbeißen. In diesem Moment spuckte der Toaster zwei Toastscheiben aus, Bo legte sie auf einen Teller und drehte sich zu ihr um. Der Anblick seiner Vorderseite verursachte ein unmittelbares und äußerst angenehmes Ziehen in ihrem Schoß.

»Marmelade oder Honig?« Er setzte sich und legte ihr eine Toastscheibe auf den Teller. Sie roch verlockend. Dieses aromatische Potpourri aus Sex und warmem Toast war erstaunlich appetitanregend. Umso mehr, weil Bo sie unentwegt anblickte.

»Honig, bitte.« Erst jetzt bemerkte sie, welchen Hunger sie hatte. Faktisch hatte sie seit gestern Nachmittag nichts mehr zu sich genommen außer ein paar saure Drops und einer Handvoll Popcorn. Carla biss mit Appetit in den Toast. »Gott, ist das köstlich.«

»Ich denke, im Büro sollten wir uns nichts anmerken lassen, was meinst du?«, wechselte Bo zu ihrer Überraschung abrupt das Thema, während er etwas Marmelade auf seinem Toast verteilte.

Ein Stückchen vom Toast stoppte jäh in ihrer Kehle. Schnell spülte sie mit Kaffee nach.

»Hab ich was Falsches gesagt?«

Carla schob den Teller mit dem halben Toast beiseite. »Nein, nur mich an die Sanister-Deppen erinnert. Und daran, dass morgen Montag ist.«

»Tut mir leid. Wir sollten uns auf eine Handlungsweise festlegen.«

»Tja, da bleiben ja nur zwei Möglichkeiten.« Falsch, eigentlich bleibt nur eine. Sie würde ihn ignorieren … müssen. Ihm zuliebe. Sie wollte nicht an seiner Kündigung oder einer Abmahnung schuld sein. Doch heute würde sie den Tag mit Bo verbringen, den ganzen Sonntag lang. Das erste … und das letzte Mal. Sie lehnte sich zurück und verschränkte die Arme. Der Kloß im Hals ließ sich nur schwer schlucken.

»Kein öffentliches Bekenntnis, in gar keinem Fall«, sagte sie, bemüht, die plötzlich aufsteigenden Tränen zurückzuhalten. »Auf eventuelle Fragen von anderen, ob wir zusammen wären, ist unweigerlich mit heftigem Kopfschütteln zu reagieren. Oder aber wir spazieren Händchen haltend durch die Schalterhalle und riskieren jeder eine Kündigung. Ich schlage jedoch vor, wir verhalten uns so wie vorher, bis …«

»Bis?«

»Bis auf Weiteres.« Bis Freitag …

»Du meinst, du wirst mich ignorieren und so tun, als siehst du nicht, wie ich mehrmals am Tag an deinem Büro vorbeischleiche?«

Jetzt ließ sie die Arme sinken und sah ihn verblüfft an. »Das hast du getan?«

»Natürlich nicht.«

»Du wirst rot.«

»Niemals!« Er grinste sie frech an, stand auf und zog sie vom Stuhl hoch. »Hey, warte mal, mein Toast.«

»Kannst du danach essen.

Bo

Bevor sie sich an diesem wunderbar sonnigen Montagmorgen an der Ecke vor der Bankzentrale trennten, nahm er ihre Hand in seine. Bo fühlte, wie sie bebte und den Druck seiner Finger erwiderte.

Am liebsten hätte er sie in seine Arme geschlossen und so lange geküsst, bis jeder, aber auch wirklich jeder, der diesen Weg entlangkäme, sie gesehen hätte. Ginge es nach ihm, durften es alle wissen. Sogar eine Kündigung käme ihm passend. Doch er hielt sich zurück, ihr zuliebe. Bis auf Weiteres. Denn in absehbarer Zeit würde er definitiv nicht mehr für diese Firma arbeiten.

»Also dann«, sagte er und schickte seinen Worten einen langen Seufzer hinterher. »Ab jetzt sind wir nur noch Kollegen.«

»Ja …«, sagte sie leise und wich seinem Blick jetzt aus, und sein Herz quoll über vor Liebe zu dieser wunderbar sanften und doch so starken Frau.

»Sehen wir uns heute Abend?«, wollte er wissen. Carla schien nach Worten zu suchen.

»Ich … ich habe eine Verabredung«, antwortete sie ausweichend. Auf seinen fragenden Blick schob sie schnell »Mit einer Freundin« hinterher. Dann löste sie ihre Hand aus seiner, blickte erst auf die Uhr und dann zu ihm hoch. »Schätze, ich muss dann mal los. Du kommst ein paar Minuten nach mir. Hol dir am besten noch einen Kaffee aus der Bäckerei oder so.« Nach einem letzten, wehmütigen Blick machte sie auf dem Absatz kehrt und bog mit schnellen, steifen Schritten um die Ecke.

Kein Zweifel, er hatte sich bis über beide Ohren verliebt. Einen kurzen Moment blickte er noch in die Richtung, in die Carla verschwunden war, dann drehte er seufzend ab – Kaffee holen.

Nach einem hastig getrunkenen Coffey-to-go betrat er durch den Personaleingang die Bank.

»Entschuldigung, darf ich mal, danke! Können Sie mir bitte die Tür aufhalten? Oh, danke. Verzeihung, ich habe es eilig. Immer diese Bestellungen kurz vor knapp. Aber bitte, die Herren rufen, die Damen eilen. So ist es ja immer, nicht wahr?« Mit einem gekünstelten Lachen schob sich eine mollige, sehr attraktive dunkelhaarige Frau mittleren Alters mit einem Tablett voller belegter Brötchen an ihm vorbei.

Freundlich hielt er ihr die Tür auf. »Kann ich Ihnen behilflich sein?«, fragte er, denn er bemerkte, dass an ihrem Arm eine prall gefüllte Papiertüte baumelte.

»Och, das wäre aber nett. Danke!« Sichtlich erfreut hielt sie ihm das Tablett mit der Brötchenpyramide hin. Umständlich klemmte er sich die Aktentasche unter den Arm und nahm das Tablett entgegen. Wenn das mal gut ging.

»Wohin?« Er folgte der Frau, die auf hohen Schuhen gekonnt vor ihm hertrippelte.

»Besprechungsraum 101a. Wissen Sie, wo der ist?«

»Allerdings. Der ist zwei Türen neben meinem Büro.« Bo runzelte die Stirn. Von einem größeren Meeting wusste er nichts. Nun, zumindest bis jetzt noch nicht.

»Wo muss ich lang?«, fragte sie.

»Geradeaus, nächste Ecke links, die dritte Tür rechts.« Er hatte Mühe, ihr Tempo zu halten und balancierte das Tablett an ausladenden Grünpflanzen und belustigt dreinblickenden Kollegen vorbei.

Vor der Tür bremste die Frau abrupt ab. Beinahe wäre er mit ihr kollidiert, hatte er doch erwartet, sie würde die Tür öffnen.

»Pscht!« Sie wedelte mit der Hand und schien angestrengt zu lauschen. »Da drinnen wird bereits getagt. Ob ich da jetzt einfach so reingehen darf?«

Bo zuckte mit den Schultern. »Warum nicht. Schätze, die Leute haben Hunger, sonst hätten sie ja nichts bestellt.«

Er fragte sich, wer da wohl zu dieser frühen Zeit beisammen saß.

»Na, wenn Sie es sagen.« Sprach's, klopfte an und riss die Tür auf. »Guten Morgen, die Herren, hier kommen Ihre Schnittchen mit Gürkchen.«

Er fühlte sich wie ein Lakai, weil ihn jeder der um den Tisch versammelten Herren amüsiert anglotzte, während er das Tablett auf den Tisch schob. Nickend grüßte er in die Runde und beeilte sich, aus dem Büro zu kommen. Aufatmend schloss er die Tür hinter sich und zog die Aktentasche hervor, die er bis jetzt wie ein Schraubstock unter seiner Achsel gehalten hatte. Mehr Kaffee. Er brauchte jetzt Kaffee.

Auf dem Weg in die Küche warf er einen Blick durch die Glasscheiben in Carlas Büro. Sie saß mit starrem Blick vor ihrem Bildschirm, und es wirkte, als schaue sie nach innen, aber nicht auf die Tabelle vor sich. Als ob sie ihn bemerkt hätte, wandte sie langsam den Kopf und blickte ihn kurz an. Sehr kurz, zu kurz, viel zu kurz. Dann drehte sie sich wieder zu ihrem Bildschirm. Oh Gott, er liebte diese Frau. Ja, tatsächlich, das tat er. Und er war sich seiner Gefühle noch niemals so sicher gewesen.

Aber etwas stimmte nicht. In Carlas Blick hatte eindeutig Traurigkeit gestanden. Er musste sie darauf ansprechen. Aber jetzt nicht, heute Abend. Vielleicht.

***

Im Besprechungsraum herrschte ausharrendes Schweigen.

Man wartete geduldig auf die Uhr blickend oder in Handys tippend, bis die Dame die Brötchen hübsch angerichtet und Gebäck in Schalen gefüllt hatte, bevor man weiter tagte.

Die Leitung des Projektes Anubis wurde dem Schmalhirn Siebenthal übertragen und die Umsetzung aufgrund des Todes von Marquardt kurzerhand auf Anfang November verschoben. Als Siebenthal vor lauter Aufregung die Toilette aufsuchte, war man sich einig, dass der schleimige Schlipswichser offenbar eine Vorliebe für außerordentlich hässliche Krawatten besaß und man daran zweifle, ob das Projekt in guten Händen wäre. Ähnlich einig nickte man zu den Worten Hoovensings, dass eine Rekrutierung von leistungsstarken Fachkräften derzeit nicht zu stemmen wäre, da die Bonuszahlungen kommenden Mittwoch – an fast alle hier Anwesenden – ein erhebliches Sümmchen darstellten.

Die nächsten zwei Stunden wurden schwammige Meilensteine für das Projekt Anubis gesetzt, sich auf die Schulter geklopft und selbst der Betriebsratsvorsitzende Herr Versager, also eigentlich Herr Vasage, wie dieser mehrmals betonte, segnete alles ab. Er bekam zwar keinen Bonus ausbezahlt, durfte sich jedoch wichtig fühlen. So war jedem gedient. Hoovensing informierte die Mannschaft über seine Anwesenheit in Berlin, die eine Woche dauern würde, weil er mit seiner Geliebten, Verzeihung … Frau, die Stadt zu besichtigen gedenke. Zudem wolle sie die Blue Man Group sehen. Es herrschte ein mit falschem Lächeln gefülltes Schweigen und jeder wünschte den aufgeblasenen Snob zurück nach Frankfurt. Zum Abschluss verabschiedete man einstimmig noch schnell die Kündigung von Kim Thomas, dann stand man auf, nickte sich zu und wickelte die übrig gebliebenen Brötchen und Kekse in Papierservietten. Es gab viel zu tun.

Lucy

»Hey! Was soll das?«

Ein Rütteln an der Schulter riss Lucy unsanft aus dem Schlaf. »Hannes, bist du irre? Ich versuche zu schlafen, verdammt!« Sie warf ihm einen vorwurfsvollen Blick zu, doch als sie sah, wie verlegen er wurde, tat es ihr leid. Sie winkte ab. »Schon gut, irgendwann muss ich ja mal aufstehen, hab sowieso beschissen geschlafen. Was ist denn so wichtig, dass du mich in aller Herrgottsfrühe weckst?«

»Na ja, is schon Mittach, Lucy. Und da war da so ne Frau, die hat dir was untern Arm gesteckt.« Er deutete auf ihren Schoß. »Da, der Umschlag. Hab die ganze Zeit neben dir gesessen und aufgepasst, dass sich da niemand an dir zu schaffen macht, Mädchen. Du hast ja geschlafen wie ne Tote. Was is'n drin?«

Verwundert öffnete Lucy den unbeschrifteten Umschlag, sah hinein und steckte ihn hastig in die Brusttasche ihrer Latzhose. »Was? Äh … Ein Brief.«

»Von der alten Lady? Kennst du die? Die hat verdammt nach Kohle ausgesehen, sag ich dir.« Hannes stand umständlich auf und setzte sich ein paar Meter weiter auf seine verschlissene Decke.

»Würde ich noch im Erker der Oberbaumbrücke schlafen, wenn ich reiche alte Damen kennen würde?« Lachend legte sie den dünnen Schlafsack zusammen und stopfte ihn unter ihren Sitzsack.

»Geht mich ja auch nix an, wen du kennst oder nicht kennst. Du hast sowieso was Besseres verdient, Mädchen. Ach«, er winkte ab und lehnte sich schwer atmend gegen das verschmutzte Mauerwerk des Brückenpfeilers, »keiner hat's verdient. Aber du, du gehörst nicht hierher, Lucy … Mädchen.« Damit schloss er die Augen, verschränkte seine Finger ineinander vor dem Bauch und schmatzte wohlig. Gleich würde er eingeschlafen sein.

Lucy seufzte und betrachtete ihren Brückennachbarn mit Zuneigung. Eine ehrliche Haut war er, und das Herz hatte er am rechten Fleck. Am liebsten würde sie ihn mitnehmen und ihm mit seinen über siebzig Jahren ein letztes Mal die Sonnenseite des Lebens zeigen. Wie schade, dass dies unmöglich war. Hannes würde der Nächste sein, der in der Gosse verreckte. Das machte sie traurig.

Als sie sichergehen konnte, dass er tief schlief, drehte sie sich zur Mauer. Aufgeregt zog sie den Umschlag aus der Brusttasche und zählte durch, ohne das Geld herauszuziehen. Fünfzehntausend Euro in 500er und 100er Scheinen. So viel? Moment, da steckte ein Zettel dabei. Fast hätte sie ihn übersehen. *Zweitausend für Sonstiges* las sie.

Plötzlich erklangen hinter ihr einige angespielte Akkorde. Hastig steckte sie den Umschlag wieder weg. Sicher war sicher. Schließlich rannte nicht jeden Tag eine arme Obdachlose mit so viel Geld durch Berlins Straßen.

»Hey, Zach«, begrüßte sie den stillen Gitarrenspieler, der eigentlich Zacharias hieß und im Schneidersitz auf dem Boden saß, die Gitarre in liebevoller Umarmung. »Was läuft so?«

Er nickte langsam, wobei er die Augen schloss und die Unterlippe leicht vorschob. Das musste als Antwort genügen. Heute war Zach früher als sonst zugedröhnt. Es wurde wirklich Zeit, dass sie hier wegkam.

»Zach, hörst du mich? Wenn ja, kann ich dich was fragen?« Einer spontanen Eingebung folgend ging sie vor ihm die Hocke. Zach hob die Lider einen Spalt breit und nickte kaum merklich. »Jo.«

»Okay, hör zu. Wo krieg ich falsche Pässe her?«, sagte sie leise, nachdem sie sich nach allen Seiten umgesehen hatte und sicher sein konnte, dass niemand außer Zach sie hörte, falls er sie hörte. Obwohl sie es nicht gut fand, wenn Zach sich mittags schon die Lichter ausschoss, spielte ihr dieser Umstand jetzt in die Karten. Alles, was sie ihn jetzt fragte, würde er vergessen.

»Musst zu Mario, Maariooo«, hauchte er, grinste breit und schlug drei Akkorde an, die irgendwie italienisch klangen.

»Welcher Mario?«

»Pizza! Carbonara. E una Coca-Cola. Carbonaaara …«

Sie fragte sich, wie zuverlässig diese Info von einem zugedröhnten Typ sein konnte.

»Zach! Bitte. Welcher Mario?« Sie sah die erhoffte Information zerstieben, als hätte sie in Mehl geblasen. Aus Zach war wohl nichts Verwertbares herauszubekommen. Lucy kam in die Höhe und nagte auf der Innenseite ihrer Wange herum. Wen konnte sie sonst noch fragen?

»Pizza Carbonara. Friedrichshain, Simon-Dingsda.«

Eben noch wollte sie sich in Bewegung setzen, jetzt ging sie wieder vor Zach in die Hocke. »Meinst du vielleicht die Pizzeria

Caprese in der Simon-Dach-Straße?«

»Capronesa … E una Coca-Cola …«, sang Zach undeutlich, nickte und schlug die passenden Akkorde des Songs an.

Sei es drum, eine vage Information war besser als gar keine und die Simon-Dach-Straße war nicht allzu weit entfernt.

Eine gute halbe Stunde später stand sie vor einer geschlossenen Pizzeria. Lucy schirmte die Augen mit der Hand gegen die Sonne ab und las das Schild. Ab 17 Uhr geöffnet. Hm. Und was machte sie bis dahin? Sie wickelte ihr letztes Kaugummi aus dem Stanniolpapier, steckte es in den Mund und setzte sich auf eine Bank vor dem Haus. Mit fünfzehntausend Euro in der Tasche fühlte sie sich unbehaglich, obwohl man ihr ja nicht ansah, dass sie einen Betrag mit sich herumtrug, für den andere töten würden.

Plötzlich polterte es hinter der alten Holztür. Ein Mann brüllte etwas auf Italienisch, was ein anderer mit schriller Stimme – ebenfalls auf Italienisch – beantwortete. Dann wurde die Tür aufgerissen und ein junger, dunkelhaariger Mann, der etwa in ihrem Alter sein musste, stolperte auf die Straße hinaus. »Und lass dich nichte wieder hier blicke, eh …«, quoll es dröhnend und diesmal auf Deutsch aus einem kleinen, älteren Italiener mit Zigarre zwischen den Lippen, der mit der flachen Hand eine kurze, scharfe Bewegung unter seinem Kinn ausführte, die Lucy aus einschlägigen Mafiafilmen bekannt war. Offenbar konnte der Typ mit Zigarre im Mund brüllen. Er hatte sie nicht bemerkt, und so beobachtete sie ihn, wie er mit düsterem Blick die Zigarre kurz aus Mund nahm, zweimal schmatzte und sie dann wieder zwischen seine Lippen steckte.

»Stupido!«, hörte sie ihn sagen, als er sich umdrehte.

Jetzt oder nie! Bevor er aus Lucys Radius verschwand, nahm sie die Gelegenheit wahr. »Mario?«

Er drehte sich um. »Ja?«

Bingo! Danke Zach.

»Ich glaube, ich brauche Ihre Hilfe.«

»Pizza erst öffnet um fünf.«

Lucy stieß sich von der Mauer ab und trat auf ihn zu. »Das ist in meinem Fall unerheblich. Ich denke an eine Art von Hilfe, die man nicht kochen oder backen kann …«, raunte sie ihm leise zu.

Seine Augen verengten sich. »Wer dich schickt, eh?«

»Zach.«

Sie bekam keine Antwort, stattdessen nahm Mario die Zigarre aus dem Mund und blickte Lucy finster an. Zum ersten Mal in ihrem jungen Leben spürte sie einen Anflug von Ängstlichkeit.

Carla

Am Ende der Mittagspause machten sich Carla und Susann schweigend auf den Rückweg in die Bank.

Carla hatte die Vereinbarung, während der Bürozeit so wenig Kontakt wie möglich zu den anderen zu halten, kurzerhand vom Tisch gefegt. Es würde auffallen, wenn sie mit Susann nicht mehr Mittagessen ging. Das hatten sie oft getan, warum sollten sie es bleiben lassen? Zudem bot sich hier die Gelegenheit, miteinander zu sprechen.

»Hat dir Gerdi schon das Geld zukommen lassen?«

Susann nickte. »Ja, heute Morgen war der Umschlag im Briefkasten.«

»Das ist gut. Die Zeit drängt«, sagte Carla nachdenklich.

»Ja, aber was ist denn nun mit Kim? Sie hat tatsächlich die Kündigung bekommen?« Susann trippelte mit kurzen Schritten neben ihr her. »Kein guter Zeitpunkt.«

Kim hatte es Carla am Vormittag in der Damentoilette zugeflüstert. Dazu war sie extra in den Elitärbereich gekommen, wie sie betont hatte. Auch das fiel nicht weiter auf, da Kim häufiger in den oberen Etagen zu tun hatte, um Programme zu installieren oder Computerhilfe zu geben.

Carla nickte. »Allerdings. Schon am Freitag hätte Kim ihre

Sachen packen sollen, man wollte sie sofort freisetzen, sie konnte jedoch noch eine weitere Woche aushandeln.«

»Wie hat sie das geschafft?«

»Sie hat auf einen Teil der Abfindung verzichtet«, sagte Carla spöttisch. »Und wenn es um Geld geht, ist die Geschäftsleitung gelegentlich inkonsequent.«

»Aber am Freitag sind wir doch schon auf und weg?«

»Auf und davon. Ja, eben, Kim braucht den Freitag noch, um in die Systeme zu kommen. So konnte sie sicherstellen, dass ihre Zugänge und ihre Passwörter nicht am Freitag schon gesperrt werden.«

Mittlerweile hatten sie die grüne Oase des Tierparks verlassen und die Brücke erreicht.

Susann schlug sich an die Stirn. »Ach ja, stimmt. Soweit habe ich gar nicht gedacht. Kim ist echt clever.«

»Das ist sie wohl.«

»Und die Arme muss auch noch ihren Nachfolger einarbeiten. Ich glaube, das könnte ich nicht, ich würde …«

»Du würdest dich wahrscheinlich übergeben müssen.« Carla lachte, obwohl ihr nicht danach zumute war. Gerne hätte sie irgendjemandem erzählt, was seit dem Wochenende in ihr wühlte. Seit heute bereute sie, keine Freundin zu haben, der sie ihr Herz ausschütten konnte. Wie gern hätte sie mit Susann über das Ziehen in ihrem Magen geredet, das sich jedes Mal einstellte, wenn Bo an ihrem Büro vorbeischlenderte. Allein heute Morgen war er dreimal wie zufällig und auffällig langsam vorbeigangen. Sie musste ihm sagen, dass er das bleiben lassen sollte. Musste sie das? In ihrer Brust kämpften zwei Seelen. Die eine wollte sich zu Bo bekennen und jede einzelne Minute des Tages mit ihm verbringen, die andere hob mahnend den Zeigefinger und sagte …

»Du Carla?«, unterbrach Susann. »Was, wenn eine von uns aussteigt? Ich glaube, dann könnten wir das nicht machen mit dem … dem Projekt.«

»Warum sollte jemand aussteigen?«, fragte Carla überrascht.

»Ich habe das Gefühl, dass du das willst.« Susanns Hände krallten sich in den weichen Stoff der Tasche, die um ihre Schulter hing. »Tu das nicht, Carla, weil … weil auch ich dann nicht … Du steigst nicht aus, oder?«

»Und wenn? Was mit fünf Frauen funktioniert, kann auch mit vier klappen.«

»Nicht dein Ernst.«

»Susann, ich weiß es nicht, es ist … vielleicht etwas dazwischen gekommen.« Sie blieb stehen und legte Susann eine Hand auf die Schulter. »Hör zu, egal wie, du machst weiter. Versprich mir das. Du besorgst das, was geplant ist. Keine Widerrede.«

»Ja aber … aber. Egal. Wie viele Perücken soll ich denn nun kaufen?«

Carla setzte sich wieder in Bewegung. Ihr war unwohl, sie hätte ihre Klappe halten und erst einmal darüber nachdenken sollen, was sie sagte.

»Vier«, sagte sie. »Gerdi muss ja nicht inkognito reisen. Und vergiss die Kontaktlinsen nicht.«

Sie waren an den Parkplätzen angekommen und in Carla sträubte sich alles, das Bankgebäude zu betreten. Es bereitete ihr fast körperliche Schmerzen.

»Ähm, Susann, geh schon mal hoch, ich muss noch mal zum Wagen.« Noch im Abdrehen bemerkte Carla den verunsicherten Blick von Susann. Mit langen Schritten steuerte sie auf ihr Auto zu, schloss auf und ließ sich auf den Fahrersitz fallen. Nach mehreren Minuten, die sie damit verbrachte, auf das Armaturenbrett zu starren, zog sie ihr Handy hervor.

Lucy

Der Wirt der Pizzeria sah flüchtig über Lucys Schulter, dann nach hinten und nickte ihr anschließend zu. »Komm.« Er steckte die Zigarre wieder an Ort und Stelle.

Mit einem mulmigen Gefühl folgte sie ihm ins Innere der Gaststätte. In den schalen Duft abgestandenen Bieres mischte sich das Aroma von köstlicher Lasagne. Lucys Magen knurrte. Erschwerte Bedingung für Verhandlungen.

Sie folgte Mario an der Küche vorbei zu einem runden Tisch in der hinteren Ecke des Gastraumes. Er schob einen Stuhl zurück und bedeutete ihr, sich zu setzen.

Lucy setzte sich und verschränkte die Arme vor der Brust, wartete, bis auch Mario sich ihr gegenüber niedergelassen hatte. Zu ihrer Überraschung nahm er die Zigarre und legte sie in den Aschenbecher.

»Was ich kanne für dich tun?«

Lucy löste ihre Arme aus der Verschränkung und spiegelte Marios Körperhaltung. Die Ellenbogen aufgestützt, die Unterarme locker auf dem Tisch liegend, die Finger ineinander verschränkt, blickte sie ihn unverwandt an. »Wir brauchen Reisepässe.«

»Wir? Wie viele?«

»Vier.«

»Hm, hm«, sagte er und machte Lucy mit seiner Art, jetzt langsam zur Zigarre zu greifen und sie in aller Seelenruhe an einem Ende abzulutschen, fast wahnsinnig. Nach einer gefühlten Ewigkeit sah er zu ihr auf. »Ich mache nicht Reisepässe.«

»Na super!« Lucy ließ sich nach hinten fallen.

»Eine Freund, eine sehr gute Freund, macht Reisepässe. Perfekte Reisepässe.« Mario hob die Hand und rieb Daumen und Zeigefinger.

»Aha, und weil der sehr gute Freund perfekte Reisepässe macht, kostet das dann pro Reisepass wie viel?«

Mario holte tief Luft durch die Nase und wog den Kopf hin und her. »Zweitausend.«

Lucy nickte. »Wie lange dauert das? Wir brauchen sie bis spätestens Freitagmorgen.«

Bei dem letzten Wort zuckte Lucy zusammen, weil Mario die

Zigarre ausspuckte und schallend zu lachen begann.

»Geht nicht? Zu knapp?« Das hatte sie befürchtet. Viel zu kurzfristig. Vielleicht sollte Carla ja recht behalten. In der Kürze der Zeit war die ganze Sache einfach nicht umsetzbar.«

»Dreitausend.«

Huch? Lucy war ehrlich überrascht. Im Geiste hatte sie der Aktion bereits das Grab gebuddelt. Das Geld reichte aus. Zum Glück.

Jetzt beugte sich Mario wieder zu ihr. »Du haste dabei Fotos für Passe und vielleicht auch Geburtsurkunde?«

»Äh … nein«, musste sie zugeben. »Weder noch. Wieso brauchen wir Gebursturkunden?«

»Eh, iste Service, Rabattmenge. Du brauche Geburtsurkunde immer, da einfach ist, diese Dokument zu fälsche, und dann du hast Basisdokumente für alles, du verstehst?«

Ja, sie verstand. Gefälschte Geburtsurkunden schienen sinnvoll. Das hatte keiner von ihnen bedacht. Auf Geburtsurkunden waren keine Bilder. Mit diesen Dokumenten konnten sie sich überall und jederzeit auch Personalausweise machen lassen. Genial.

»Du bringe Fotos spätestens heute Abend, sonst ich nicht garantiere, dass sehr, sehr gute Freund die Reisepass bis Freitag fertig hat.« Er steckte einen Finger ins Ohr und kratzte einen Moment darin herum, schmierte den Inhalt anschließend an sein Hemd. Lucy sah angewidert weg. »Eh, gehte so nichte. Stupido!«

»Was denn jetzt? Geht, geht nicht. So langsam …«

»Musse alle komme wege Fingerabdrucke. Isse aber no problemo.«

»Wegen Fingerabdrücken?«

»Si, neue Passe habe Scan von Finger. Musse drauf. Guter Freund macht das auch, er hat Scanner. Kommst du morgen um zwölf.«

»Mittags? Das wird nicht gehen, weil …«

»Nichte mittags, nachts!« Er blickte sie an, als wäre sie debil.

Lucy nickte, bedankte sich und wollte aufstehen.

Ob mittags oder nachts, die Zeit würde echt knapp werden.

»Momento.« Er streckte den Zeigefinger fast bis in ihr linkes Nasenloch. »So einfach iste nicht. Gute Freund verlangte mehr fur Fingerdruck und schnelle Arbeit. Hör su. Gute Freund braucht Ansahlung. Und ich auch. Die halbe Preis jetzt, die andere halbe bei Abholung von fertige Passe. Und du kommste morgen Abend nicht hier, sondern machst Tor nebenan auf. Gehst du bis an Ende und klopfst sweimal. Wirde Tür geoffnet, du sagen: Mario schickt mich. Capisci?«

Lucy schluckte und nickte. Zum Glück würde sie nicht allein dort auftauchen müssen.

»Gut. Machte Euro sechstausend. Du haste Cash?«

»Moment.« Sie zog den Lederbeutel unter dem T-Shirt hervor und zählte zwölf Fünfhundert-Euro-Scheine ab.

Als sie aus der Gaststätte trat, holte sie tief Luft. Aufgabe Eins war erledigt, na ja, zumindest zur Hälfte. Sie zog ihr Handy hervor und tippte eine Nachricht in den Gruppenchat.

Morgen Nacht 24 Uhr, Pizzeria Caprese, Simon-Dach-Straße. Wir treffen uns vorher unterhalb der Mercedes-Arena zum Fotos machen und so weiter. 22:30 Uhr. Bringt eure Geburtsurkunden mit.

Kaum hatte sie die Nachricht abgeschickt, klingelte ihr Handy. »Hi Lucy, ich brauche deine Hilfe«, hörte sie Carla am anderen Ende.

»Tach erstmal, Süße. Hast du meine Nachricht schon gelesen? Das ging aber schnell.«

»Welche Nachricht?«

»Vergiss es, ich sag's dir einfach. Wir treffen uns morgen Abend für die Pässe. Wieso brauchst du meine Hilfe?«

Lucy vernahm einen langen Seufzer von Carla.

»Hast du eine Idee, wie wir die Taschen mit dem Geld in den Flieger bekommen?«

»Möglich. Aber das kostet uns ne Stange Geld, fürchte ich.«

»Solange es keine sechzigtausend sind …«

»Hä?«

»Das kostet ein Privatjet.«

Das Unternehmen nahm langsam Formen an. Planänderung. Sie musste heute noch mit zwei Typen reden, die ihr möglicherweise behilflich sein konnten. Und dann nur noch die Waffen. Angestrengt dachte Lucy nach und setzte gemächlich schlendernd ihren Weg fort. Brauchten sie unbedingt Waffen? Schon. Wenn etwas schiefging, mussten sie gerüstet sein. Aber wegrennen wäre im Zweifelsfall ja auch eine Option. Und wenn sie recht überlegte, würde sie sogar mit Waffe abhauen, sollte es kritisch werden, anstatt sie auf jemanden zu richten.

Alles in ihr sträubte sich gegen den Gedanken, eine Pistole mit sich zu führen, abgesehen davon, dass sie diese nicht nur teuer bezahlen, sondern auch vor dem Flug entsorgen mussten.

Lucy blieb stehen und tippte eine weitere Nachricht ein:

Keine Waffen. Zu teuer und zu kompliziert. Wenn etwas schiefgeht, haben wir auch noch einen Mord am Hals.

Zufrieden mit dieser Entscheidung und voller Tatendrang schlug sie eine andere Richtung als geplant ein.

Wenig später stand sie vor einer mit Graffiti verunstalteten Tür in Kreuzberg, drückte sie auf und nahm immer zwei Stufen der Treppe hinauf in den zweiten Stock. Sie klingelte.

Wenig später wurde die Tür geöffnet und ein verschlafener Endzwanziger mit Dreitagebart gähnte ihr entgegen.

»Mensch, Lucy, was machst du denn hier mitten in der Nacht? Ich schlaf noch, komme gerade von der Schicht.«

»Es ist wichtig, Toni. Arbeiten du und Marcel noch am Flughafen?«

Carla

Die Wolken hingen tief an diesem Abend, so tief, dass Carla bereits um zwanzig Uhr das Licht einschalten musste. Das erlösende Gewitter jedoch blieb aus. Das Wetter passte zu ihrer Stimmung.

Sie starrte auf ihren Laptop und versuchte, sich alles einzuprägen, denn handschriftliche Notizen könnten sie verraten.

Nach Veranstaltungen für Freitag zu suchen, schien ihr unverdächtig, das tat sie ständig. Die Suche hatte ihr wertvolle Informationen geliefert, denn der Sommer mit unzähligen Konzerten, größeren Festivals und Flohmärkten war für das Vorhaben gut geeignet. Besonders freitags, aber das hatte Kim ja bereits erwähnt. Carla musste sich jedoch selbst ein Bild machen. Am kommenden Freitag fanden zwei Großveranstaltungen statt und eine Demo. Die Polizeikräfte würden größtenteils abgezogen sein.

Aufatmend verschränkte sie die Hände im Nacken. So, jetzt das nächste Thema. Ihr Blick huschte zu dem Prepaidhandy neben ihrem Laptop. Sie hatte es in ihrem Briefkasten gefunden. Absender: K.

Und noch etwas stand auf dem Umschlag: 2 T., H30-L50

Kim war wirklich sehr rührig. Und verlässlich. Die Nachricht konnte nur bedeuten, dass sie zwei Taschen für den Transport des Geldes benötigten, die ungefähr die Ausmaße ihrer großen Sporttasche hatten. Ja. Wie betäubt griff sie den leeren Umschlag, zerriss ihn in kleine Fetzen, weichte die Schnipsel in Wasser ein und spülte sie die Toilette hinunter. Dann setzte sie sich wieder an den Laptop und starrte auf den Bildschirm.

Zwei Taschen …

Abrupt sprang sie auf, eilte ins Schlafzimmer und öffnete den Kleiderschrank. Aus einem unteren Regal zerrte sie ihre Sporttasche und eine Reisetasche hervor. Da sollte die ganze Kohle reinpassen? Aber nun gut, wenn Kim das sagte, musste es stimmen. Carla ärgerte sich, immer noch nicht zu wissen, um wie viel Geld es eigentlich ging. Nachdenklich durchsuchte sie beide Taschen und achtete peinlich darauf, auch tatsächlich nichts mehr darin zurückzulassen. Anschließend ging sie nach unten und schnappte sich den Altkleiderbeutel des Nachbarn, der schon seit zwei Tagen vor dem Haus stand. Wenn die Taschen verloren gingen, wären es zumindest nicht ihre Klamotten, in denen das Geld gefunden würde. Oben angekommen, zog sie zwei Pullover und sechs Shirts in Größe XXL aus dem Beutel und verteilte sie auf zwei Mülltüten, die sie in die Taschen steckte. Anschließend stellte sie den jetzt etwas reduzierten Kleiderbeutel wieder vor die Eingangstür des Mietshauses. Fertig. Jetzt musste nur noch die Kohle in die Taschen. Moment, und Umschläge für die zehntausend Euro, die sie für die Bargeldspürhunde obendrauf legen wollte. Blieb nur noch die Frage, wie sie die Taschen in den Flieger bekamen. Sie hoffte, Lucy hatte da einen Weg gefunden.

Ihr Herz klopfte und sie merkte, wie sich ein Spannungskopfschmerz vom Nacken hoch zum Hinterkopf zog. Zur Beruhigung schenkte sie sich ein Glas Rotwein ein und setzte sich wieder vor den Laptop. Der Bildschirmschoner hatte sich aktiviert und zeigte ihr eine bunte Frühlingswiese. Der Wind pustete in die Blumen, die Wolken zogen langsam vorbei. Sie schloss die Augen und nippte am Glas. Wollte sie wirklich alles aufgeben? Abhauen? Eine Bank ausrauben? Sie, die anständige, stets korrekte und langweilige Kreditsachbearbeiterin?

Nein, eigentlich wollte sie das ganz und gar nicht. Was gäbe sie dafür, wenn sie die Zeit um Monate zurückdrehen könnte und die Sanisters sich gegen eine Übernahme der Bank entschieden hätten. Aber das hatten sie nicht, dieses Dreckstypen.

In Gedanken sah sie Susanns trauriges Gesicht vor sich. »Ich habe kein Auto«, hatte sie leise gesagt und dabei so verletzlich ausgesehen, dass es Carla fast das Herz gebrochen hatte.

»Ich will nicht im Rinnstein verrecken! Wenn abkratzen, dann bitte unter Palmen mit Blick auf den Horizont!«, klangen Lucys Worte in ihrem Kopf nach.

Am Freitag war noch alles so klar gewesen. Warum war sie nur ins Kino gegangen? Warum war Bo zum miesesten aller Zeitpunkte in ihr Leben geplatzt?

Carla klappte energisch den Laptop zu. Es gab viele Bos auf der Welt. Und beim nächsten Mann hätte sie mehr Zeit zum Kennenlernen. Alles andere wäre Roulette. Was wusste sie schon von ihm?

Sie beschloss, heute früher als gewöhnlich ins Bett zu gehen. Beim Schlafen musste man wenigstens nicht denken. Obwohl es an diesem Abend warm war, fröstelte es sie. Vielleicht war es nur die Vorstellung davon, was sie im Begriff war zu tun.

Die Türklingel riss sie aus ihren Gedanken. Wer konnte das sein um diese Zeit? Öffnen? Abwarten? Flink wie ein Wiesel huschte sie zur Tür und lugte durch den Spion.

Bo!

Verdammt, hatte sie die Haustür unten nicht richtig geschlossen? Schnell löschte sie das Licht im Flur und lehnte sich mit dem Rücken an die Tür. Ein leiser Seufzer entrang sich ihrer Kehle.

Es klingelte erneut. »Carla?«, hörte sie es leise durch die Tür.

Geh weg! Sie formulierte diesen Gedanken im Geist immer wieder und schloss die Augen. Zaghaftes Klopfen.

»Carla, bitte mach auf, ich …«

Sie schmeckte Blut auf ihren Lippen, so fest hatte sie darauf gebissen. Dann hörte sie Schritte, die sich entfernten, das Knarzen der Holzstufen. Bo war gegangen.

Langsam rutschte sie an der Tür hinunter in die Hocke, verbarg ihr Gesicht in den Händen und konnte nichts gegen die Tränen tun, die ihr unaufhörlich die Wangen hinunterliefen.

Sie hatte sich entschieden. Für ihr Versprechen. Für Susann. Für Lucy, für Kim, Gerdi und … für sich selbst. Und das machte sie unglaublich traurig.

~ 11 ~

Annabelle

»Hallo Gerdi, hier ist Susann. Ich weiß, ich soll dich eigentlich nicht anrufen, wenn es nicht unbedingt sein muss, aber ich hab das Prepaidhandy und bin ganz allein. Ich habe echt Bauchweh bei der Sache mit dem Bankraub, und irgendwie glaube ich, Carla will abspringen, und ganz ehrlich, ich …«

Der Rest ging in ein heiseres Flüstern über. Doch Annabelle hatte durch die dünne Trennwand der Toiletten genug gehört. Bemüht, keinen Mucks von sich zu geben, zog sie die Beine hoch, nicht, dass das Herzchen noch auf die Idee käme, nachzugucken. Offenbar hatte die kleine Schalterangestellte mehr auf dem Kasten, als ihr Äußeres vermuten ließ. Hochinteressant. Diese Bank war ja eine wahre Goldgrube.

Nebenan ging die Spülung, irgendetwas fiel auf den Boden und kurz danach hörte sie, wie Susann die Hände wusch und den Raum verließ. Still hatte Annabelle gewartet. Jetzt erst bestätigte sie die Nachricht von Mensingers Ehefrau. Morgen Abend würde sie ihr an einem vereinbarten Treffpunkt den Film überreichen und fünfzehntausend Euro einstreichen. Sie war sich jedoch sicher, aus der Sache noch mehr Geld rausziehen zu können. Und wer konnte schon wissen, was sich mit der hochinteressanten Information von eben anfangen ließ. Grinsend trat sie aus der Kabine. Im nächsten Moment ging die Tür auf und Susann trat herein. Wie vom Schlag gerührt, blieb diese stehen und starrte sie an.

»Guten Tag, Frau Becker. Ist was?«, begrüßte sie das junge Ding.

»Was? Nein! Was soll sein? Mir muss mein Lippenstift aus der Hosentasche gerutscht sein. Haben Sie ihn auf dem Boden liegen gesehen? Wie lange sind Sie eigentlich schon hier drin?«

Annabelle registrierte, wie sich Susann Becker nervös an der Bluse herumzupfte und irgendwie blass um die Nase wurde.

»Oh, ich bin eben erst hereingekommen«, log sie. »Ist das wichtig?«

»Nein, nein, natürlich nicht. Keineswegs, ich meinte nur … Ich war nur einen Augenblick …« Durch den schmalen Körper ging ein sichtbarer Ruck. »Ich such mal den Lippenstift.«

Sie stakte steif an ihr vorbei, hob den Lippenstift auf, der vor der Kloschüssel lag, und verließ den Raum.

Lächelnd zog Annabelle ihren eigenen Lippenstift aus der Handtasche und schminkte sich die Lippen nach. Dann richtete sie ihre Haare, schob ihre Brüste im BH etwas weiter nach oben und den Ausschnitt runter. Und jetzt ab zu den nächsten zehntausend. Mindestens.

Keine zwanzig Minuten später beugte sich Annabelle über die Schulter ihres Vorgesetzten. Amüsiert verfolgte sie, wie er ungläubig auf das Display ihres Tablets starrte. Plötzlich stand er so brüsk von seinem Schreibtisch auf, dass er sie beinahe umgeworfen hätte.

»Das wagen Sie nicht!«, brüllte er und baute sich mit hochrotem Kopf vor ihr auf.

Provokativ langsam ließ sie ihn stehen, setzte sich auf die Lehne des Ledersofas und schlug die Beine übereinander. Das Tablet schaltete sie aus und ließ es in die Tasche gleiten. »Das habe ich bereits, Herr Dr. Mensinger. Der Stick ist bei einer Freundin, die ihn heute noch an Ihre Frau übergibt, sollte ich mich nicht …« – sie sah auf die Uhr – »… bis achtzehn Uhr bei ihr gemeldet haben.«

»Wie viel wollen Sie?!«, presste er hervor.

»Zwanzigtausend«, sagte sie lächelnd und mit einem prüfenden Blick auf ihre Fingernägel.

»Scheck?«

»Wenn er gedeckt ist, gerne.«

Mit spitzen Fingern nahm sie den Scheck entgegen und steckte ihn in die Handtasche. »Ich gehe jetzt mittagessen und danach den Scheck einlösen. Wenn es genehm ist, werde ich bis zum Abend mein Büro geräumt haben. Das ist doch in Ihrem Sinne, oder sehe ich das falsch?«

»Gehen Sie mir aus den Augen!«, hörte sie ihn brüllen, als sie die Tür hinter sich zuzog.

Fünfunddreißigtausend. Keine schlechte Ausbeute. Mal sehen, ob sich der Geldfluss mit Beckers Information noch ein bisschen ankurbeln ließ.

Carla

»Verdammter Mist! Susann! Wie konntest du nur …«, zischte Carla.

Susann saß an ihrem Schreibtisch und heulte Rotz und Wasser. »Ich weiß ja nicht, ob sie überhaupt was mitbekommen hat. Sie hat gesagt, sie wäre nach mir reingekommen, aber ich war nur kurz draußen und bin dann gleich wieder zurück. Da ist niemand nach mir rein.« Sie blickte sie aus tränenverhangenen Augen an. »Was, wenn sie gehört hat, wie ich zu Gerdi …«

»Still! Kein Wort mehr. Hier haben die Wände Ohren.« Hastig blickte sie durch die Glasscheibe nach draußen. Ihr Blick traf Bos, der heute bereits zum dritten Mal an ihrem Büro vorbeischlich. Jedes Mal hatte es ihr einen Stich mitten ins Herz gegeben. Jetzt war es, als kralle sich eine eiskalte Faust darum. Sein Blick wirkte fragend und erfüllt von Sorge. Schnell blickte sie zu Susann und legte ihre Hand auf ihre. Sich ein Lächeln abringend, versuchte sie flüsternd, die aufgelöste Freundin zu beruhigen. »Du gehst jetzt da raus an deinen Arbeitsplatz und reißt dich zusammen. Heute Abend sind wir ja alle verabredet. Bring bitte die … Sachen mit. Okay?«

Susann nickte und wich Carlas Blick aus. »Ja, ich … ich habe ja schon alles besorgt.« Ein letztes Mal schnäuzte sie sich und verließ mit seltsam steifen Bewegungen Carlas Büro.

Carla hatte keine Ahnung, wie sie das Problem mit der Lambrecht lösen sollten - wenn es überhaupt ein Problem gab. Vielleicht hatte die Lambrecht ja wirklich nach Susann die Toilette betreten und Susann war nur in Panik verfallen. Ja, vielleicht. Vielleicht aber auch nicht.

Annabelle

Mit sich und der Welt zufrieden und um einige tausend Euro flüssiger trat Annabelle aus den Räumen der Postbank.

Einen kleinen Teil des von Mensinger so großzügig bemessenen Betrages hatte sie sich gleich auszahlen lassen. Ihre Hand tätschelte zärtlich die Tasche. Jetzt eine Kleinigkeit essen, danach gemütlich das Büro leerräumen und dann … Shoppen gehen! Viel war es zwar nicht, was sie aus dem Büro mitnehmen musste, es würde in ihre Handtasche passen, aber sie würde einen Riesenspaß an Mensingers Gesicht haben. Außerdem musste sie mit der Becker noch ein etwas intimeres Gespräch führen. Bankraub … Auf was man nicht alles stieß in den feinen Etagen.

Zur Feier des Tages genehmigte sie sich in einem Bistro einen Salat mit Shrimps und ein Glas Sekt dazu. Dann war es Zeit zu gehen. Fast ärgerte sie sich, dass ihre Augen ausgerechnet jetzt brannten. Nun, dann war eben jetzt Zeit für das Nachschminken der Lippen und ein paar Tropfen in die Augenlider. Aber egal, das zögerte die Vorfreude auf herrlich dämliche Gesichter nur hinaus.

Beschwingt betrat sie die Damentoilette, stellte ihre Handtasche auf dem Waschbecken ab und zog das Fläschchen hervor, das neben dem Stick mit dem entlarvenden Filmen darauf in einer Innentasche steckte. Wie immer hielt sie die Verschlusskappe mit den Zähnen fest, legte den Kopf in den Nacken und gab einen Tropfen in das linke Auge … jetzt das rechte …

RUMMS!

Ohne Vorwarnung wurde die Tür aufgerissen und eine junge Frau stürzte an ihr vorbei Richtung Toilette. Annabelle erschrak fast zu Tode und hätte sich beinahe die Spitze des Fläschchens ins Auge gerammt, wenn sie nicht spontan den Deckel der Flasche verschluckt hätte. Dadurch hatte sie reflexartig die Hand hochgerissen, was ihrem Auge guttat, denn so blieb es unversehrt, ihrer Luftzufuhr jedoch weniger. Da wiederum war nicht die Hand schuld, mehr der Deckel, der in ihrem Hals festsaß. Was zum …?! Annabelle hustete, griff sich an die Kehle, sah sich selbst im Spiegel die Augen weit aufreißen, und im Hintergrund die junge Frau über der Kloschüssel hängen, die sich lautstark übergab, und nichts zu hören schien.

»Hilfe …«, krächzte Annabelle zwischen zwei Hustern kaum hörbar, denn sie bekam ja keine Luft. Der Deckel ließ sich nicht heraushusten. Ihr wurde schwindlig, sie taumelte, versuchte, die junge Frau auf sich aufmerksam zu machen. Zwecklos. Die dumme Schnepfe kotzte sich die Lunge aus dem Leib, während sie - Annabelle - nach Sauerstoff lechzte. *Oh, so schwindlig. Scheiße. Luft! Verdammt!* Sie sank zu Boden. Der Ausblick auf einen Frauenhintern – nein, auf einen Baumwoll-Feinripp unter Minirock –, der sich rhythmisch zum Hervorschießen von Erbrochenem bewegte, machte ihr wenig Mut.

Sie …. musste … atmen.

Keine Chance! Der Deckel steckte fest wie ein Korken im Flaschenhals.

Den Blick auf einen wirklich hässlichen grellgelben Minirock gebannt, schoss Annabelle der letzte Gedanke ihres Lebens durch den Kopf: das schöne Geld.

Carla

»Ich will gar nicht wissen, was die Leute von uns denken«, hörte Carla Susann mit gesenktem Kopf flüstern, als Kim sie am späten Abend in einen der Fotoautomaten schob, die in Friedrichshain fast an jeder Ecke standen.

»Jetzt heul nicht rum, hier sind kaum Leute.«

»Genau«, pflichtete Lucy Kim bei. »Du siehst toll aus, Susann. Diese dunkle Löwenmähnenperücke und die vollen braunroten Lippen … Keiner würde dich erkennen. Hammer!«

»Kastanienfarben …«, piepste es aus dem Inneren des Fotoautomaten. Dann blitzte es ein paar Mal kurz und Kim war dran. »Und die Kontaktlinsen fühlen sich komisch an.«

»Das vergeht, Rehlein. Hey, an die roten Haare könnte ich mich gewöhnen. Hat was.« Kim zupfte an ihrer Zweitfrisur herum.

Lucy benötigte mehrere Versuche, weil sie nicht still sitzen konnte und permanent an ihren blondierten Haaren nestelte – sie hatte es vorgezogen, ihr Haar färben zu lassen, statt eine Perücke zu tragen. Das Schlusslicht bildete Carla.

Starr blickte sie nach vorne und stellte fest, dass sie sich selbst nicht wiedererkannt hätte, so verändert sah sie aus. Irgendwie gefielen ihr die blauen Augen, die blonden, halblangen Haare, die sich in weichen Wellen um ihr Gesicht schmiegten. Und die vollen Augenbrauen. Das änderte nichts an der Tatsache, dass sie unter der Perücke schwitzte. Bereits jetzt begann ihre Kopfhaut zu jucken. Nach der letzten Aufnahme riss sie erleichtert die Perücke vom Kopf und steckte sie in die Tüte.

»So!« Lucy klatschte in die Hände und trippelte nervös auf der Stelle. »Jetzt zu Mario.«

»Wird auch langsam Zeit«, sagte Kim missmutig, »Ich muss morgen früh raus, habe einen Übergabetermin mit meinem Nachfolger.«

Sie spuckte das letzte Wort mehr aus, als dass sie es sagte.

»Nur noch drei Tage, Kim«, sagte Carla beschwichtigend.

Den Weg brachten sie schweigend hinter sich. Kurz darauf standen sie vor der Pizzeria. Hinter den Fenstern war es bereits dunkel.

»Na, die schließen aber früh«, sagte Carla erstaunt.

Lucy zuckte mit den Schultern. »Ich glaube, das ist auch nicht sein Hauptgeschäft. Bereit? Dann los.«

Sie klopfte zweimal an das nebenan liegende Tor. Das Tor öffnete sich quietschend und Carla blickte verwundert auf eine ältere, italienische Frau, die sie freundlich anlächelte und sich die Hände an der karierten Schürze abwischte, als wäre sie gerade aus der Küche gekommen. »Ja bitte?«

»Mario schickt uns«, sagte Lucy bedeutungsschwer.

»Ah, sicher. Ich bin Sofia. Bitte, Sie kommen mit mir.«

Sie folgten der vorantrippelnden Frau durch einen schwach beleuchteten Hof bis zu einem Backsteingebäude. Hinter den mit Tüchern verhängten Sprossenfenstern brannte Licht.

Sofia schob eine Tür auf. »Mario und Frankie warten schon auf hubsche Damen. Iche musse wieder in Kuche, fur morgen vorbereiten.«

Carla klopfte das Herz bis zum Hals, sie kam sich vor wie in einem dieser Mafiafilme. Wenn das nur gut ausging. Hinter Kim betrat sie einen Flur. An der Decke flackerte ein Licht. Es roch nach Zigarren und Bier und etwas anderem, das sie nicht zuordnen konnte.

»Carla? Ich glaube, ich will das nicht tun!« Susann klammerte sich an ihren Arm und sah sich wie ein furchtsames Kätzchen um.

»Das sieht hier schlimmer aus, als es wird, denke ich«, versuchte Carla nicht nur Susann Mut zuzusprechen.

Kim schob die Tür auf und ging vor. Kurz darauf standen sie in einem Raum, der Carla normalerweise zum sofortigen Umdrehen veranlasst hätte. Die Fenster waren mit Bettlaken verhängt. Ein riesiger, runder Holztisch, auf dem sich allerhand elektronische

Geräte befanden und an dem zwei Männer saßen, nahm beinahe das ganze Zimmer ein. An der Wand stand ein Cordsofa, das schon bessere Zeiten gesehen hatte. Genau wie der dicke Teppich, dessen Muster nur noch zu erahnen war. Eine weitere Tür stand leicht offen und Carla konnte durch den Spalt so etwas wie einen Abstellraum erkennen.

Ein untersetzter Mittfünfziger nahm die Zigarre aus dem Mund, als er sie sah, und winkte sie zu sich. »Ah, die Dame sinde da! Komme Sie rein.«

Das musste dann wohl Mario sein. Der andere Mann starrte in seinen Laptop, hämmerte auf die Tastatur und schien sie gar nicht zu bemerken. Die Zigarette in seinem Mundwinkel qualmte.

»Komme Sie, setze Sie sich. Frankie hatte vorbereitet Scanner, Drucker und alles, wasse du hier sehen kannste.« Stolz deutete er auf den Tisch. »Oh, scusi, ich bin unhoflich.« Er deutete zum Sofa. »Bitteschon, setze euch. Dauert nichte lange, dann Frankie ist soweit. Was trinke?«

»Nein, danke«, sagte Carla und fragte sich, warum an dem Tisch nur drei Stühle - zwei davon besetzt - waren. Hier sah es eher aus, als würden sich die Mafiafreunde einmal die Woche zum illegalen Pokerspiel treffen.

Kurz darauf saßen sie aufgereiht wie die Spatzen auf dem Sofa, dessen Polsterung so sehr nachgab, dass ihre Hintern fast den Boden berührten. Carlas Knie befanden sich in der Höhe ihrer Brust. Wie sollte sie hier jemals wieder hochkommen?

»Sind wir bei der versteckten Kamera oder in einem schlechten Mafiafilm? Mir ist das nicht geheuer.« Susann saß eingequetscht zwischen Kim und ihr, die Hände im Schoß verschränkt.

»Gemütlich, was?« Lucy beugte sich etwas vor und zwinkerte Susann zu.

»Dein Ernst?«

»Nicht wirklich.«

Kim schnaubte. »Ihr benehmt euch wie ein Haufen ängstlicher Hühner.«

»So. Ich wäre dann soweit«, sagte Frankie und drückte die Zigarette in dem übervollen Aschenbecher aus. »Wer will zuerst?«

»Ich!« Kim schälte sich umständlich aus dem Sofa, setzte sich an den einzig freien Stuhl direkt vor Frankie und gab Mario die Geburtsurkunde. Carla beobachtete, wie Frankie ein kleines Gerät vor Kim schob, Kims Hand nahm und den Daumen auf das Display legte. Es schauderte sie, wenn sie daran dachte, dass dieser ungepflegte Mensch, dessen weißes Hemd vorne mit Flecken übersät war, sie anfassen würde. Wie alt Frankie war, vermochte sie nicht einzuschätzen. Vielleicht dreißig? Seine langen, fettigen Haare waren zu einem unordentlichen Zopf gebunden und er hatte eine sehr ungesunde Gesichtsfarbe, ähnlich wie die graue Wetterschutzfarbe zum Kellerabgang ihres Mietshauses.

Nach Kim war Lucy dran, die offensichtlich Spaß an der Prozedur hatte. Während der ganzen Zeit sagte Frankie nicht ein Wort. Mario zog gelegentlich an der Zigarre, blies den Rauch langsam aus und schien sich jede einzelne Pore in ihren Gesichtern merken zu wollen. Widerlich. Carla sehnte den Zeitpunkt herbei, an dem sie diesen Ort verlassen konnten.

Schließlich hatte auch Susann den Scan hinter sich gebracht. Jetzt war sie dran.

»Der stinkt, mir ist ganz schlecht«, flüsterte Susann ihr zu, als sie die Plätze tauschten. Etwas in der Art hatte sich Carla schon gedacht, und so machte sie sich auf das Schlimmste gefasst. Sie setzte sich Frankie gegenüber. Der Mann roch nicht nur, wie er aussah, es mischte sich auch noch eine Note von Ratte im fortgeschrittenen Verwesungszustand darunter. Sie war sich sicher, dass dieser Typ innerlich bereits vergammelte. Spontan versuchte sie, nur durch den Mund zu atmen. Frankie streckte die Hand aus.

»Danke, ich kann meine Finger ganz alleine auf das Gerät legen.« Sogar ein gequältes Lächeln brachte sie zustande.

»Sagen Sie, Bella, wofur Sie brauchen falsche Passe?« Mario blickte sie interessiert an und spielte mit seiner Zigarre.

»Äh … ich glaube nicht, dass Sie das etwas angeht.«

»Si, gehte mich nixe an.« Er zog eine Pistole aus einer Schublade und legte sie auf den Tisch. »Aber iche gerne wisse wolle. Sie verstehn?«

Aus dem Augenwinkel sah Carla, wie Kim aufstand. »Moment mal, Mr. Pizza. Sie bekommen Ihr Geld, wir unsere Pässe. Das ist der Deal.«

Mario lachte, lehnte sich zurück und verschränkte die Finger über dem Bauch.

»Ganz genau. Deal ist Deal!« Carlas Herz klopfte bis zum Hals. Schwierig, der Stimme in solch einer Situation Festigkeit zu verleihen.

Jetzt hob Mario die Hände und grinste sie schmierig an. »Scusi, will nur eine winzige Vorschlage mache.«

Im Hintergrund hörte Carla Susann wimmern und Lucy leise auf sie einreden.

In Carlas Kopf überschlugen sich die Gedanken. Zwei Männer gegen vier Frauen … Nein, gegen drei, Susann zählte nicht wirklich. Hatten sie eine Chance? Der Typ hatte eine Waffe.

»Was für einen Vorschlag?«, fragte Kim, trat an den Tisch und legte beide Hände darauf. Ihre Augen funkelten angriffslustig. In der Zwischenzeit war der Scan von Carlas Fingern abgeschlossen.

»Du gebe mir einen Teil von Geld – iste viel Geld, oder? – sagen wir zwansig Prosente – und ich sorge, dass niemand weiss von euch.«

»Das ist Erpressung«, hörte sie Lucy ausstoßen.

»Si.« Er steckte sich siegessicher die Zigarre zwischen die Lippen.

»Nicht mit uns, du Schmierlappen!« Kim griff zur Waffe und hielt sie Mario an den Kopf, als hätte sie nie etwas anderes getan. Dem fiel spontan die Zigarre aus dem Mund.

Hinter Carla brach Susann in Tränen aus.

»Nicht, Kim. Nicht zur Mörderin werden!«

»Jetzt reicht's!« Frankie, der die ganze Zeit nichts gesagt hatte, stand so abrupt auf, dass der Stuhl umfiel. »Mario! Kannst du dieses bescheuerte Spiel nicht mal sein lassen? Das nervt, ey!«

Damit setzte er sich wieder und hämmerte auf der Tastatur herum.

»Spiel?« Carla blickte irritiert zu Mario, der jetzt mit einem boshaften Lachen die Waffe zur Seite schob.

»Iste nicht geladen. War nur eine Spaße, scusi.«

Unvermittelt sprang Susann vom Sofa auf und stürmte an den Tisch. Kim war so überrascht, dass sie sich widerstandslos von Susann die Waffe abnehmen ließ.

»Das ist alles so furchtbar hier. Ich will das nie, nie wieder erleben. Ich will jetzt nur die Pässe und die Urkunden und dann raus hier.«

»Schon klar, Kleine. Und jetzt hör auf, mit der Pistole herumzufuchteln. Ich würde meine Hand nicht dafür ins Feuer legen, dass da nicht doch noch ne Kugel drin ist«, sagte Frankie. Mit einem Schrei ließ Susann die Waffe fallen. Frankie blickte derweil ungerührt auf sein Display. »Eine von euch kann das Zeuch morgen Nachmittag bei Sofia abholen. Die restliche Kohle gebt ihr dann auch Sofia.«

»Frankie, du alter Witzverderber …« Mario pflückte die Zigarre vom Tisch, die bereits ein kleines Loch in das Holz gebrannt hatte, schüttete Bier über die Brandstelle und steckte sich die Zigarre zwischen die Lippen.

»Spielverderber«, korrigierte Carla.

»Dann gehen wir jetzt wohl besser.« Kim zog Susann mit sich zur Tür. Lucy, die mittlerweile auch aufgestanden war, folgte ihr, und schließlich kam auch wieder Leben in Carla.

Schnell stand sie auf und eilte aus dem Zimmer. Nur raus hier. Frischluft, bitte.

Am nächsten Tag saß Carla an ihrem Schreibtisch, den Telefonhörer zwischen Kopf und Schulter geklemmt, und wartete darauf, bis die Dame am anderen Ende der Leitung ihren Terminkalender durchgeblättert hatte.

»Hallo? Sind Sie noch da? Ja also, am Freitag hätte ich nur noch was um 16 Uhr frei«, meldete sich die Dame wieder.

»Geht in Ordnung, loggen Sie mich ein.« Zu früh war besser als zu spät, gerade am Freitag. Und im Prinzip konnte es ihr egal sein, ob der Mensinger sie schief ansähe, wenn sie heute und am Freitag einfach früher ging.

Sie legte den Telefonhörer auf und blickte auf die Uhr. Zehn nach drei, Zeit zu gehen. Schnell schickte sie eine Kreditberechnung ab, griff zum Telefon und rief ihren Vorgesetzten an.

Bereits nach einmal Klingeln meldete er sich.

»Benedikt hier. Herr Mensinger, soeben ist die Berechnung an Sie raus. Außerdem muss ich Sie leider informieren, dass die Zahnbehandlung einen weiteren Termin erfordert. Nicht nur heute, auch am Freitag. Ich werde bereits um vierzehn Uhr am Freitag gehen müssen. Tut mir leid, ich hole die Arbeitszeit selbstverständlich nach.«

»Das will ich aber auch hoffen. Im Übrigen heißt es …«

»Herr Doktor Mensinger, verzeihen Sie.« Seltsam, wie leicht ihr das über die Lippen ging. Vor wenigen Tagen noch wäre sie lieber daran erstickt, als ihn mit seinem Titel anzusprechen.

»Schön, schön, Frau Benedikt, dann kümmern Sie sich mal um Ihre Beißerchen und am Montag sehen wir uns in alter Frische.«

Mit einem gallig geflüsterten »Du Arsch« legte sie auf. Der Typ war so glatt wie nasses Holz, und sie hatte deutlich den Spott in seiner Stimme wahrgenommen. Der hatte doch nur ihre Kündigung im Kopf, dieser …

»Carla, wir müssen reden!«

Ertappt zuckte Carla zusammen. »Bo!«

Unbemerkt war er in ihr Büro getreten, knallte einen Stapel Akten auf den Tisch und zog sich den Stuhl heran.

»Darüber?« Sie zeigte mit dem Finger auf die Unterlagen.

»Nein. Die sind nur Alibi.« Er griff sich eine Akte und schlug sie auf. Dann blickte er sie eindringlich an. »Du gehst mir aus dem Weg. Warum?«

Carla suchte nach Worten, doch was sollte sie ihm sagen? *Ich habe mich gegen dich entschieden, weil ich ab Freitag nicht mehr im Land sein werde? Weil ich meine Freunde nicht im Stich lassen kann? Weil …* Keine gute Idee. In ihr drängte alles, den bescheuerten Bankraubplan rückgängig zu machen und das zu tun, was ihr Herz ihr gerade mehr als deutlich zu verstehen gab. Sie hatte sich in diesen Mann verliebt, ihr Herz hämmerte gegen ihren Brustkorb und jede Faser ihres Körpers strebte zu ihm. Verdammt!

»Weil ich nicht glaube, dass das mit uns was werden könnte.« Sie hörte sich die Worte sprechen und Bos Blick schnitt ihr schmerzhaft in die Eingeweide. Und doch war es die Wahrheit. Wer konnte ihr schon die Gewissheit geben, dass eine Beziehung mit Bo gut gehen würde? Was, wenn er wieder abreisen würde, weg aus Berlin, weg von ihr? Wer sagte ihr, dass er nicht nur auf ein Abenteuer während seines Aufenthaltes hier aus war? Hatte sie eine Glaskugel? Nein, also.

Nach einer gefühlten Ewigkeit stummer Fassungslosigkeit klappte Bo die Unterlage zu, griff sich den Aktenstapel und stand auf.

»Du meinst das ernst …«

»Ja.«

»Ich verstehe. Entschuldige die Störung, es wird nicht wieder vorkommen.« Steifen Schrittes verließ er ihr Büro.

Carla schlug beide Hände vor das Gesicht und stöhnte auf. Im nächsten Moment hörte sie, wie die Tür aufgerissen wurde. Mensinger …

»Frau Benedikt, haben Sie Frau Lambrecht gesehen?«

Erschreckt blickte sie auf. »Was? Nein, habe ich nicht. Wieso?«

»Nicht wichtig.« Rumms. Tür zu.

Ein Gutes hatte es: Carla kam wieder zu sich. Sie wischte alle Gefühle beiseite, fuhr ihren PC runter und schnappte sich die Aktentasche. Sie hatte einen Termin. Als sie die Bürotür hinter sich schloss, sah sie, wie in diesem Moment Susann das Büro von Mensinger betrat.

»Und wir können die Wohnung wirklich schon nächste Woche beziehen?« Die junge Frau, vielleicht gerade mal fünfundzwanzig, strahlte sie an und legte den Kugelschreiber zur Seite.

Carla deutete auf die zwei Ausfertigungen des Mietvertrages, die ihr die Vermieterin zur Verfügung gestellt hatte, nachdem sie sich einig geworden waren. »Einmal hier unterschreiben und hier bitte auch noch mal. Einer ist für Sie, der andere für die Vermieterin. Und selbstverständlich können Sie bereits nächste Woche einziehen. Die Ablöse für die Möbel hätte ich allerdings dann gerne wie vereinbart in bar.«

Der Partner der jungen Frau legte ihr einen Umschlag hin. »Hier, sechstausend, Sie können nachzählen. Und danke noch mal. Das ist echt ein Schnäppchenpreis für all das hier.« Er machte eine ausholende Bewegung mit dem Arm.

Carla nickte, zählte die Scheine hastig durch und steckte den Umschlag in ihre Handtasche. »Keine Ursache. Ich beziehe selbst eine möblierte Wohnung in einer anderen Stadt.«

Das Pärchen sah sich verliebt an und Carla registrierte, wie er fest die Hand seiner Freundin drückte. Der Anblick machte sie traurig und sie hatte das Gefühl, den größten Fehler ihres Lebens zu begehen.

Aber jetzt gab es kein Zurück mehr. Soeben hatte sie alle Brücken hinter sich abgerissen und war im Begriff, eine Richtung einzuschlagen, von der sie nicht wusste, ob es die richtige war. Ein mulmiges Gefühl beschlich sie, während sie gemeinsam mit den beiden die Wohnung verließ. Dann steuerte sie den Gebrauchtwagenhändler an. Sie würde wohl oder übel mit der U-Bahn zurückfahren müssen. Und dann wollte sie nur noch eines: Schlafen und nicht mehr nachdenken müssen.

Kim

»Also das mit der Selbstbedienung hier ist schon lästig. Da stehste dir die Beine in den Bauch.« Steffen stellte zwei Bier und ein Glas Wasser vor sie auf den Tisch, der nah an dem kleinen See, dennoch abseits der anderen Tische stand.

»Danke Steffen. Ach, es ist einfach schön hier«, sagte Annett und blickte versonnen auf den kleinen See direkt vor ihnen. »Es geht fast nichts über eine nette Aussicht nach einem öden Arbeitstag.«

Kim verspürte eine kribbelnde Ungeduld. Schon morgen war der große Tag und langsam wurde sie nervös, was ihr gar nicht gefiel. Sie nahm einen großen Schluck aus dem Glas und wischte sich mit dem Handrücken den Schaum von den Lippen. »Ja, danke fürs Holen, Steffen. Also kommen wir zur Sache. Annett, hast du die Sticks dabei?«

»Ungeduldig wie immer …« Annett verdrehte die Augen und zog zwei Briefumschläge aus ihrer Handtasche. »Hier. In dem einen sind die Sticks für die Automaten. Der Grüne ist Filiale eins – die machst du allein, hast du gesagt? –, der schwarze Stick ist Filiale zwei. Im anderen Umschlag sind die Karten für die Schließfächer mit den neuen Pins. Die schaltet Steffen dann am Freitag ab zweiundzwanzig Uhr aktiv.«

»Passt!« Kim steckte die beiden Umschläge in ihren Rucksack und holte zwei andere hervor. Einen legte sie vor Steffen, den anderen vor Annett. »Hier, danach kann ich euch die Kohle ja nicht mehr geben und Überweisungen wären zu auffällig.«

Stumm und leicht verlegen dreinblickend steckten die beiden die Briefumschläge mit jeweils fünfzehntausend Euro weg.

»Kim«, begann Annett, »willst du das wirklich tun? Ich meine, was, wenn sie euch erwischen? Was, wenn etwas schiefgeht? Was, wenn …«

»Dann ist es halt so. Aber es wird nicht schiefgehen.« Scheitern war keine Option, davon wollte sie nichts hören. Basta. »Steffen, hast du das Singapur-Konto angelegt und …«

»Natürlich hab ich, Kim! Es ist alles erledigt«, unterbrach er sie und nestelte nervös eine Zigarette aus der Packung. »Die Programme sind geschrieben. Die Kameras an allen drei Standorten werden ab zweiundzwanzig Uhr anderthalb Stunden eingefroren. Reicht euch das?«

»Das muss reichen.« Kim steckte sich ebenfalls eine Zigarette an. Langsam blies sie den Rauch in die Luft. Was ein Glück, dass Steffen und Annett mitspielten. Ohne die beiden hätte das Projekt keine Chance auf Erfolg. »Um fünf geht der Flieger. Wann hast du den Geldtransfer geplant?«

»Am Freitagnachmittag schleuse ich das Programm ins System. Um Punkt sechzehn Uhr startet es. Ab dem Cayman-Konto läuft es automatisch, nur für die A- und B-Autorisierung muss ich zweimal aufs Knöpfchen drücken.«

»Der Transfer vom Firmenkonto zu den Caymans …«

»Ja.«

»Okay.« Kim trank mit mehreren großen Schlucken das Bier aus. »Dann können die Spiele wohl beginnen.«

Annett griff ihre Hand. »Kim, bevor wir jetzt gehen, wollte ich dir noch sagen, dass ich echt traurig bin, dich nie wieder zu sehen. Pass auf dich auf, ja? Und sei verdammt noch mal vorsichtig und halt einfach öfter mal deine Klappe.«

»Das wollte ich auch gerade sagen«, sagte Steffen.

Kim verschlug es doch tatsächlich die Sprache. Aber nur kurz. »Ihr könnt mich besuchen. Macht einfach ein paar Wochen Urlaub bei mir im Paradies.«

»Und wo wird das sein?«

Kim grinste. »Ihr hört von mir. Versprochen.«

Nachdem die beiden gegangen waren, holte sich Kim ein weiteres Bier und setzte sich wieder an den Tisch. Langsam wurde es dunkel und der Biergarten leerte sich. Gut so. Weniger Leute, weniger zufällige Mithörer.

Das Bier war schon lange geleert, als schließlich Gerdi, Lucy, Susann und Carla eintrudelten.

Kim atmete tief ein. Abschlussbesprechung.

Morgen um diese Zeit würde es ernst.

Im Verlauf der nächsten halben Stunde ließen sie sich von Lucy über den Zeitplan und die Fahrer informieren, die sie zu den einzelnen Filialen sowie zum Flughafen bringen würden, und fixierten den Haupttreffpunkt für nächsten Abend an der East Side Gallery.

»Viertel vor zehn am Abend«, schloss Lucy. »Ich denke, fünfzehn Minuten reichen uns, oder?«

»Völlig«, bestätigte Kim, zog einen kleinen Beutel aus ihrem Rucksack und wühlte darin herum.

»Das ist für euch.« Sie gab Carla vier Karten und registrierte, wie Susann die Lippen zusammenkniff, als Carla die Karten an sich nahm. »Drei für die Schließfächer – ich habe jeweils den Anfangsbuchstaben aufgemalt. M für Mensinger, S für Siebenthal und H für Hoovensing. Die vierte Karte – die weiße - ist für die Haupttür. Annett hat mitgedacht. Ihr wollt ja nicht mit euren eigenen Karten in die Bank, oder?«

Carla nickte und steckte die Karten in ihren Geldbeutel. »Perfekt. Danke, Kim.«

»Krieg ich auch eine Karte?«, Lucy rutschte aufgeregt auf der Sitzbank hin und her.

»Schätzchen, ganz ruhig«, sagte Kim und war froh, bei dieser Aktion den Einzelgänger zu spielen. Lucy würde sie hektisch machen. »Für dich und Gerdi gibt es keine Karten, aber das hier.« Sie reichte ihr einen Stick. »Du weißt noch, wie du die Verkleidung abmontierst? Ja? Gut. Dann diesen Stick einstecken, einem Moment warten, bis das Menü aufploppt, und bei der Frage, wie viel ihr abheben wollt, einfach auf »All« tippen. Alles klar?«

»Alles klar«, sagte Gerdi.

»Das Programm löscht sich anschließend selbst, der Stick sollte jedoch sicherheitshalber anschließend vernichtet werden.

Nicht vergessen«, schob Kim hinterher und erntete einen missfälligen Blick von Lucy.

»Ach, und ich dachte, wir lassen ihn einfach stecken ...«

Ohne auf die Bemerkung einzugehen redete Kim weiter. »Und jetzt erkläre ich euch noch mal den genauen Mechanismus des Geldtransfers.« An der Stelle erntete sie allgemeines Stöhnen, nur Susann blickte wie versteinert vor sich auf den Tisch und hielt ihr Wasserglas verkrampft mit beiden Händen fest. »Rehlein, ist dir schon wieder übel, oder warum starrst du dein Glas an?«

Alle Blicke richteten sich auf Susann, die mit einem Male sehr blass wirkte.

»Alles okay mit dir?«, erkundigte sich Carla besorgt und legte einen Arm um sie. Zu Kims Überraschung schob Susann Carlas Arm von ihren Schultern.

»Nein«, begann sie und starrte weiterhin auf ihr Glas. »Ich glaube, ich kann das nicht ...«

»Was kannst du nicht? Das Glas in deiner Hand zerdrücken?«, platzte es aus Lucy heraus.

Jetzt verbarg Susann ihr Gesicht in den Händen. »Ich kann da nicht mitmachen, ich kann es einfach nicht«, faserte es dünn zwischen den Fingern hervor.

Schweigen. Selbst Kim fand keine Worte, so überrascht war sie von der Ankündigung. Sie hätte es ahnen können. Eine wie Susann hatte einfach nicht das Format für so eine Sache. Hastig setzte Kim das Bierglas an die Lippen, trank zwei große Schlucke und stellte es energisch ab. »Sag das noch mal. Aber jetzt so laut, dass wir es alle verstehen. Ich hoffe nämlich immer noch, ich habe mich verhört.«

Susann blickte durch tränenblinde Augen zu Kim. »Nein«, hauchte sie, »Du hast dich nicht verhört. Ich ... bringe es einfach nicht über mich, da mitzumachen. Ich kann doch nicht meine Familie verlassen.« Wild aufschluchzend riss sie die Hände vors Gesicht. Diesmal wehrte sie sich nicht gegen die tröstende Umarmung von Carla.

»Warum hast du so lange damit gewartet, uns das zu sagen?«, fragte Carla leise. Kim sah deutlich die Fassungslosigkeit auf Carlas Gesicht, auch wenn deren Stimme tröstend klang.

Gerdi reichte Susann ein Taschentuch. »Niemand soll den Ort verlassen, an dem sein Herz hängt. Manchmal braucht man eben etwas länger, um zu erkennen, was unentbehrlich ist.«

»Ich will euch alle nicht im Stich lassen. Danke, Gerdi.« Susann nahm das Taschentuch und schnäuzte hinein. »Aber meine Eltern … Ich kann doch nicht einfach verschwinden und … Ach!« Sie schnäuzte sich erneut.

»Kommt echt ein bisschen sehr spät, deine Ankündigung!« Kim war sauer. Morgen war der große Tag, alles war minutiös geplant und jetzt so etwas. »Du ziehst also das Elend in der Bank vor. Hätte ich nicht gedacht.«

»Nein, tu ich nicht«, antwortete Susann mit jetzt fester Stimme und zerknüllte das Papiertuch in ihrer Hand. »Ich habe gekündigt und werde diesen Laden ab sofort nicht mehr betreten.«

»Du hast WAS?!« Kim verschluckte sich beinahe am Bier.

»Gekündigt.«

»Wann?«, fragte Carla. »Gestern etwa? Ich habe dich gestern Nachmittag in Mensingers Büro gehen sehen.«

Susann nickte stumm. »Heute war mein letzter Tag. Ich habe es niemandem gesagt. Ist sowieso niemand mehr da, von dem ich mich gerne verabschieden würde. Außer ihr natürlich. Ich … ich komme einfach nicht wieder.«

»Puh, okay …« Lucy fuhr sich durch die Haarpracht. »Dann müssen wir wohl die Teams neu zusammenstellen, oder?«

»Richtig«, sagte Kim. »Carla kann in der kurzen Zeit unmöglich alleine drei Schließfächer ausräumen.«

»Moment, bevor wir in die Teamaufstellung einsteigen, würde ich Susann gerne noch etwas fragen«, unterbrach Gerdi. »Was hast du jetzt vor, Susann? Einen neuen Job? Eine andere Bank?«

»Das würde mich auch interessieren«, pflichtete Lucy bei und ihre Beine tanzten unter dem Tisch.

Mit einem dankbaren Lächeln blickte Susann in die Runde. »Lieb von euch. Ich hatte solche Angst, es euch zu sagen. Schließlich bin ich ja jetzt ein Mitwisser und gewissermaßen ein Risiko. Aber ich halte dicht, versprochen. Auch deswegen betrete ich diese Bank nicht mehr.« Sie zupfte an ihrem T-Shirt herum. »Nie wieder. Diese nicht und auch keine andere. Also zum Arbeiten, meine ich.«

»Nicht? Was willst du dann tun? Du hast doch erst deine Ausbildung beendet.« Carla wirkte sichtlich überrascht.

»Meinen Eltern … sie sind ja jetzt ein Jahr weg und ich muss die Pflanzen gießen und … Ich kann sie nicht einfach nie wieder sehen. Und die Bank … Mir hat die Arbeit dort noch nie Spaß gemacht.« Susann hatte die Worte so schnell ausgestoßen, dass sie erst einmal nach Luft schnappte.

»Es geht um das, was du zurücklässt, nicht, was du mitnimmst«, sagte Lucy verständnisvoll und legte Susann eine Hand auf den Arm. »Und irgendwann kommt auch der passende Job. Wichtig ist, dass du dich gut fühlst bei dem, was du tust.«

»Das mit dem Job … Es gibt da so ein Angebot der Buchhändlerin aus meinem Lieblingsbuchladen. Ihre Mitarbeiterin ist schwanger mit Zwillingen, und … sie meint, sie würde mich gern einstellen, als Auszubildende …«

»Du bist mutig, Mädchen«, gab Kim zu. »Und du bist ja sowieso ne Leseratte. Ich meine, was Besseres kann dir gar nicht passieren. Glückwunsch.«

Carla holte tief Luft und wollte etwas sagen, ließ es jedoch sein und drückte Susann fest an sich.

»Es ist deine Entscheidung, Susann, und ich glaube, du hast richtig entschieden. Du wärst wahrscheinlich todunglücklich in Malaysia. Ich wünsche dir auf jeden Fall Erfolg und Glück und … Ach, ich wünsche dir, nein, ich weiß, dass dieser Job der richtige für dich ist.«

»Ja, das wünschen wir dir alle«, sagte Kim. »Susann, so leid es mir tut, du musst dann jetzt gehen. Wir besprechen jetzt die unvermeidlichen Änderungen. Zeit tut Not. Ich denke, wir müssen dich nicht bitten, unter keinen Umständen auch nur ein Wort über diese Aktion zu verlieren.«

»Niemals«, flüsterte Susann und stand auf. »Ich gehe dann mal. Und ich wünsche euch, dass alles wie am Schnürchen klappt. Und ich wünschte, ihr könntet mir eine Info zukommen lassen, ob ihr alle heil angekommen seid.«

»Vergiss es.« Kim lachte.

»Irgendwie finden wir eine Möglichkeit«, sagte Carla.

Nacheinander standen sie alle auf und umarmten Susann. Alle, bis auf Kim. Die klopfte ihr nur auf die Schulter. »Kopf hoch, Rehlein. Und denk dran, entschuldige dich nicht für jeden Scheiß. Versprich mir das.«

»Versprochen.« Susann verzog ihr Gesicht zu einem gequälten Lächeln, seufzte noch einmal kurz auf und marschierte mit staksigen Schritten davon, die Tasche fest an sich gepresst.

»So«, bestimmte Kim, als Susann außer Sichtweite war. »Wer geht jetzt mit Carla in die Bankzentrale?«

»Ich schlage Lucy vor«, meldete sich Gerdi bestimmt zu Wort. »Eine alte Dame allein an einem Geldautomat, die etwas länger braucht, fällt niemanden auf.«

»Einverstanden«, sagte Lucy und ihre Beine hörten einen kurzen Moment auf zu tanzen.

»Also haben wir jetzt zwei Einzelkämpfer.« Kim nickte. Gerdi und sie selbst.

Und da waren es nur noch vier. Gut, blieb mehr für die Übrigen. Auch nicht das Verkehrteste.

– 12 –

Carla

Das war es jetzt also. Carla ließ den Blick durch das Büro schweifen. Ein letztes Mal.

Sie hatte es geliebt. Ihr Büro, die Arbeit, die Kollegen, die Chefs. Nichts davon existierte mehr, bis auf wenige Personen, Kim, Gerdi, Lucy. Sie würden an ihrer Seite sein. Und sie hoffte von ganzem Herzen, Susann würde ihr Glück finden. Ein ungewohntes Gefühl, auf den leeren Arbeitsplatz von Susann zu blicken und zu wissen, dass sie nie wieder auch nur einen Fuß in diese Räume setzen würde. Über die Kündigung hatte Mensinger bis jetzt kein Wort verloren. Kein einziges.

Carla zwang sich, an etwas anderes zu denken. An morgen zum Beispiel. Wie es wohl im Dschungel sein würde? Sie war noch niemals in einem Regenwald gewesen. Leichte Unruhe überfiel sie, wenn sie daran dachte. Eine Mischung aus Angst und Vorfreude. *Taman Negara Resort.* Sie schrieb die drei Worte auf einen Zettel. Schon morgen würde sie mitten im malayischen Dschungel sein. Taman Negara. Das klang nach Abenteuer. War sie bereit für Abenteuer? Eigentlich nicht. Aber hatte sie noch eine Wahl?

Seufzend zerknüllte sie den Zettel und warf ihn in den Papierkorb. Es half nichts, hier rumzusitzen und sich Gedanken zu machen. Ihr Blick fiel auf eine Postkarte, die sie vor vielen Jahren an die Schranktür geklebt hatte. Eine Geburtstagskarte von ihrem Ex-Chef Dr. Jörgensen:

Die beste Zeit ist die, die du nicht geplant hast. Der beste Moment der, der aus dir heraus geboren wird.

Er hatte seinen Tod nicht geplant, die wenigsten taten das. Und ob man es als seine beste Zeit hatte bezeichnen können, ungeplant gekündigt zu werden, bezweifelte sie ebenfalls. Er war ein so lebensbejahender und herzlicher Mensch gewesen, immer positiv und mit einem Lächeln im Gesicht. Die guten alten Zeiten …

Energisch griff sie ihre Tasche und verließ ihr Büro. Zum letzten Mal. Sie warf keinen Blick zurück.

Fieberhaft steckte Carla eine Stunde später einige wenige Kleidungsstücke, zwei Handtücher und einen Badeanzug in den kleinen Koffer. Obendrauf legte sie den Kulturbeutel und ein Täschchen mit Medikamenten gegen Durchfall, Fieber, Kopfschmerzen und Ausschlag, Pflaster, Verbandszeug und Desinfektionsmittel. Man konnte ja nie wissen. Hatte sie etwas vergessen? Natürlich! Ihre Reiseunterlagen. Sie eilte in die Küche, griff sich das Flugticket – One-Way Berlin-Kuala Lumpur – und steckte es in die Hüfttasche, die direkt daneben lag. Als letzte Aktion stellte sie den Koffer neben die Tür, lehnte den kleinen Rucksack dagegen, der ihr bislang gute Dienste für kleinere Wanderungen geleistet hatte und schon in wenigen Stunden als Behältnis für jede Menge Scheine herhalten musste, und legte die Hüfttasche obenauf.

Sie blickte auf die Uhr. Was? Schon kurz vor vier? Sie musste sich beeilen.

Wenig später betrat sie mit einer Plastiktüte in der Hand einen ihr völlig unbekannten und zugegebenermaßen ziemlich stylishen Friseurladen in Kreuzberg, wo sie einen Termin unter dem Namen Erdmann vereinbart hatte.

»Hallo, ich bin Tania«, begrüßte die Friseurin sie, die einen lilafarbenen Sidecut trug und wie ein Wiederkäuer ein Kaugummi bearbeitete, und geleitete sie zu einem Stuhl. »Wie können wir Sie denn hübsch machen, Frau Erdmann?«

Carla blickte einen Moment in den großen Spiegel, seufzte, verabschiedete sich innerlich von ihrem gewohnten Äußeren und zog die blonde Perücke aus der Tüte. »Ich will meine Haare genau *so*.« Im Spiegel sah sie, wie Tania aufhörte, auf dem Kaugummi herumzukauen, und mit leicht geöffnetem Mund auf die Perücke starrte.

»Ist das ein Problem?«, wollte Carla wissen.

»Nein, nein. Das ist nur eine ziemlich große Veränderung. Sind Sie sich sicher?«

»Ja.«

»Okay, der Kunde ist König.«

»Ich hätte gerne auch das Permanent-Make-up für die Augenbrauen. Können Sie die ein bisschen dicker und dunkler machen?«

»Kein Ding.« Tania wand sich ab, um ein Handtuch zu holen, und Carla stopfte die Perücke wieder in die Tüte.

»Soso? Frau Erdmann also …«

Die Frau neben ihr unter der Haube drehte sich zu ihr um und grinste sie spöttisch an.

»Kim?! Was machst du denn hier?«

»Schätze, das Gleiche wie du, Frau Erdmann. Nur nicht ganz so blond, das entspricht aktuell nicht mehr meinem Typ.«

»Besser als das hier, was?« Carla tippte mit der Fußspitze gegen die Tüte.

»Kannst du laut sagen.«

»Lieber nicht.«

»Auch wieder wahr.«

»So, Frau Erdmann, dann wollen wir uns mal die Haare blondieren, was?«, flötete Tania und legte ihr ein Handtuch um die Schultern.

»Ach, Sie bekommen auch Ihre Haare gefärbt?«, hörte Carla Kim frotzeln.

»Wieso bist du eigentlich nicht im Büro? Ich dachte …«, wollte Carla wissen und schielte zur Seite zu Kim, während Tania eine Paste anrührte.

Kim warf ihr einen scharfen Blick zu. »Man braucht mich für die restlichen Arbeiten heute nicht mehr.«

»Sicher«, antwortete Carla und schalt sich selbst einen Esel. Kim hatte ja gestern noch erklärt, dass dieses Programm von ganz allein die Überweisungen abwickeln würde. Sie verstand es zwar nicht, aber das musste sie ja auch nicht.

Hoovensing

Etwa zur gleichen Zeit saß Dr. Hoovensing im Verfügungsbüro, das ihm für die Zeit seines Aufenthaltes in Berlin zugeteilt worden war, und trommelte mit den Fingern auf die Schreibtischplatte. Er wartete auf einen Anruf, der für 16 Uhr angekündigt war. Jetzt war es bereits zehn nach. Solcherart Verzögerungen waren ihm ein Graus.

Ungeduldig schloss er die Excel-Tabelle mit den Bonusauflistungen und wollte in diesem Augenblick den Laptop zuklappen, als ein Fenster auf seinem Bildschirm aufpoppte.

A- und B-Autorisierung akzeptiert. Prio1-Transfer processing 20%

Er kniff die Augen zusammen und las noch einmal. Nein, er hatte sich nicht verlesen. Verdammt, was war da los? Nur er konnte A-Autorisierungen genehmigen. Er, sonst niemand!

Die Prozentanzeige stand mittlerweile auf fünfundzwanzig Prozent.

Hastig griff er zum Hörer und drückte auf die Kurzwahltaste für die IT-Abteilung. Nach dem sechsten Freizeichen legte er auf.

Fünfunddreißig Prozent. Saftladen! Dann würde er eben selbst runtergehen und den Versagern höchstpersönlich den Arsch aufreißen. Wie hieß gleich noch die Verantwortliche? Thomas, ja, Kim Thomas. Na, die würde ihn jetzt kennenlernen. A-Autorisierungen zur Transfer-Freigabe von größeren Geldbeträgen autorisierten sich nicht selbstständig, da hatte jemand seine Finger im Spiel. Und auch noch ein Prio1-Transfer … Er wollte sich nicht ausmalen, welche Beträge in diesem Moment vom Firmenkonto abgezweigt wurden. Das musste sofort gestoppt werden!

Wutentbrannt riss er die Tür auf und stürmte auf den Flur hinaus. Die Bankzentrale war jetzt für den Kundenverkehr geschlossen und alle Mitarbeiter bis auf die wenigen in der EDV-Abteilung hatten sich bereits ins Wochenende verabschiedet, was er mit einem missfälligen Blick auf die leeren Schreibtische hinter den Schaltern quittierte. Dabei vergaß er, in Laufrichtung zu blicken. So bemerkte er auch nicht den Eimer, den die Putzfee Frau Tourulu dort kurzerhand abgestellt hatte, um mit einer Kollegin, die für die Sauberkeit der Küche zuständig war, ebendort bei einem Tässchen Kaffee zu plaudern.

Hoovensing stieß mit dem Fuß gegen den Eimer und stolperte. Wütend gab er dem Objekt einen Tritt, weil sonst niemand da war, dem er einen verpassen konnte. Der Eimer fiel um, das noch saubere Wischwasser schwappte gemeinsam mit einem kleinen Tuch heraus und verteilte sich in einer breiten Lache auf den Fliesen. Hoovensing hüpfte zur Seite und setzte laut fluchend seinen Weg fort. Er würde das Putzteam austauschen müssen. Ja, das würde er! Unverantwortlich, einfach so einen Eimer herumstehen zu lassen. Faules Pack!

Dann fiel ihm ein, dass sein Büro weit offenstand. Laptop und Handy lagen auf dem Schreibtisch, für jedermann zugänglich und leicht entwendbar. Abrupt machte er kehrt, beeilte sich, ja rannte fast. Galant umschiffte er die Lache, die kriechend ihre feuchten Finger ausstreckte, stürmte ins Büro und warf einen Blick auf den Bildschirm. Zweiundfünfzig Prozent! Schleunigst klappte er den Laptop zu, steckte ihn in die Tasche unter dem Schreibtisch, griff sich das Handy und rannte aus dem Zimmer.

»Kann hier mal jemand diese Sauerei aufwischen?!«, brüllte er gereizt, als er den Eimer passierte. Verfluchtes Pack, verdammtes!

Dann verlor er den Halt unter den Füßen. Er hatte zwar den Eimer umschifft, nicht jedoch die Pfütze, die mit ihrer Transparenz eine fast unsichtbare Symbiose mit den Fliesen bildete.

»Ich gleich machen, Sie entschuldigen«, hörte er eine Frauenstimme aus der Küche rufen. Was er nicht sah, war, dass Frau Tourulu genervt die Augen verdrehte und ihre erst zur Hälfte geleerte Kaffeetasse mit einem Seufzen abstellte. Sie hatte doch nur ein kleines Päuschen einlegen wollen, bevor sie sich daran machte, die Blätter der zwei großen Philodendren mit einer Mischung aus Sonnenblumenöl und Wasser zu reinigen, die sie bereits in einem Eimer bereitgestellt hatte. Den Tipp hatte sie von ihrer Mutter erhalten. Die Blätter glänzten danach immer so schön und setzten nicht so leicht Staub an.

In der Zwischenzeit ahnte auch Dr. Hoovensing, dass es sich nicht ausschließlich um Wischwasser handelte, auf dem er wild mit den Armen rudernd Richtung Treppenhaus schlitterte. Verzweifelt versuchte er, nicht hinzufallen, und fühlte sich einen Moment lang wie ein junger Hund, der die ersten zaghaften Versuche auf einem gefrorenen See unternahm. Ah, die Glastür! Sie würde seine Rutschpartie abfangen, er durfte nur nicht zu Fall kommen. Nicht hinfallen! Er streckte eine Hand aus, um sich an der Tür abzufangen, in der anderen hielt er ja das Handy.

Völlig unerwartet öffnete sich die automatische Schiebetür. Erst vor wenigen Wochen war diese im Zuge einer Angleichung an das Corporate Design der Firma, das keine Türen aus Holz zuließ, eingesetzt worden. Fast lautlos und mit einem lufthauchgleichen *Wusch* schob sie sich so schnell zur Seite, wie ein Mensch das Wort *Hoppla* aussprechen konnte.

Hoovensing schaffte jedoch nur ein kurzes »WA... ?!«, bevor er ungebremst die etwas mehr als einen Meter lange Strecke zur Treppe zurücklegte, die nach unten führte. Sein Blick streifte nur flüchtig das Schild, das mit großen Lettern mahnte: Bitte Handlauf benutzen.

Kurz darauf stürmte Frau Tourulu nebst Kollegin an der Pfütze vorbei Richtung Treppenhaus. Sie hatten einen kurzen Schrei gehört. Zuverlässig öffnete sich die Schiebetür, sie traten hindurch und blieben wie angewurzelt am Treppenabgang stehen.

»Iste Arschloch tot?«, flüstere die eine.

»Würde wundern, wenn nicht«, sagte Frau Tourulu, die jetzt die Hände sinken ließ, die sie erschreckt vor den Mund geschlagen hatte. »Mann hat Bein über Hals liegen und guckt komisch an Decke. Glaube, Mann ist mausetot. Muss Pfütze aufwische, schnell. Iste Unfall, oder?«

»Iste Unfall!«

Gerdi

»Stimmt so.« Gerdi legte dem Taxifahrer, der sie an den Ostbahnhof gebracht hatte, das Fahrtentgelt in die Hand und stieg aus dem Wagen.

Sie blickte auf die Uhr – zwanzig Minuten vor zehn Uhr abends – und wartete, bis der Fahrer ihren Reisetrolley aus dem Kofferraum holte.

Das Packen und Auswählen der Kleidungsstücke hatte ihr Probleme bereitet. Sie war noch niemals in Südostasien gewesen, aber Lucy hatte ihr versichert, sie bräuchte wenig, weil es dort so heiß wäre, dass man sowieso meistens mit einem Sarong bekleidet irgendwo an einem Strand läge. Nun, jetzt wusste sie zwar, dass ein Sarong nichts anderes als ein großes, dünnes, buntes Tuch war, doch deswegen besaß sie so etwas noch lange nicht. Sicherheitshalber hatte Gerdi neben leichter Kleidung noch zusätzlich feste Schuhe und lange Hosen eingepackt. Denn nach aller Voraussicht würde sie mitten im malayischen Dschungel eher nicht an einem Strand liegen.

Gerdi bedankte sich höflich beim Fahrer, der nur kurz nickte und sich eilig auf den Weg zum nächsten Kunden machte. Leise in sich hineinlächelnd wandte sie sich nach rechts und ging am Ostbahnhof vorbei Richtung East Side Gallery.

Sie mochte die quirlige Lucy, dieses kleine optimistische Persönchen, für das es keine wirklichen Hindernisse zu geben schien. Und sie freute sich auf Malaysia.

Nach zehn Minuten Fußweg hatte sie den Treffpunkt erreicht. Schräg gegenüber der Litfaßsäule stand ein schwarzer SUV vor der Mauer. Sie steuerte direkt darauf zu und klopfte an die Scheibe.

»Toni oder Marcel?«, fragte sie den etwa dreißigjährigen Mann, der die Scheibe herunterließ und sie kritisch musterte.

»Toni«, sagte er, rührte sich jedoch nicht.

»Wollen Sie mich noch ein bisschen anstarren oder vielleicht aussteigen und mir bei meinem Gepäck helfen?«

Jetzt kam Leben in den jungen Mann. In Windeseile stieg er aus und öffnete die Heckklappe. »Verzeihung, ich war mir nicht sicher … Lucy hatte zwar gesagt, dass eine ältere Dame … Nein, ich meine … Verzeihung. Ich wollte sagen, dass …«

Gerdi lachte und beobachtete ihn, wie er um seine Worte verlegen den Koffer in den Wagen hob. »Schon gut, Toni. Sie wollten sicher sagen, dass Sie eine alte Schachtel erwartet hatten und jetzt angesichts meiner jugendlichen Erscheinung positiv überrascht sind.«

»Äh … genau.« Er grinste schief, steckte die Hände in die Hosentaschen und zog die Schultern hoch.

»Bin ich die Erste oder waren die anderen schon da?«

»Jap, bist du«, hörte Gerdi Kims Stimme und drehte sich um. Kim wandte sich an Toni. »Und du bist …?«

»Das ist Toni«, übernahm Gerdi seinen Part, denn der starrte stumm wie ein Fisch auf Kim. Offenbar war er überfordert mit einer Frau über sechzig und einer jüngeren, die auf den ersten Blick ein bisschen wie ein Kerl aussah.

»Hi Toni. Lass mal, ich kann mein Schätzchen schon allein in den Wagen werfen. Nicht, dass du dir noch einen Bruch hebst. Danke übrigens. Hat Lucy dir die Kohle schon gegeben?« Toni nickte hilflos. Ob der Mann der richtige war, der das Geld in den Flieger schmuggeln sollte? Er schien ihr nicht abgebrüht genug.

»Rot steht dir«, sagte Gerdi und zupfte an Kims Perücke. »Und sie sitzt wirklich fest. Gute Arbeit.«

»Könnte daran liegen, dass es keine Perücke ist. So!« Kim klatschte in die Hände. »Wo bleiben die anderen?« Sie blickte am Wagen vorbei und nickte. »Ah, da ist Carla.«

Fast hätte Gerdi sie nicht erkannt. Carlas Haar glänzte platinblond. Sie winkte Carla zu, die gerade mit einem ebenfalls recht kleinen Koffer die Straße überquerte. Über ihrer Schulter baumelte ein kleiner Rucksack und an ihrem Koffer hing eine Reisetasche.

Toni machte sich nützlich und verstaute den Koffer im Wagen, bevor er wieder so einen dämlichen Spruch kassierte.

»Was ist mit deinen Augenbrauen passiert?«, wollte Gerdi von Carla wissen.

»Gefärbt.«

»Und die Perücke ist keine, richtig?«

»Richtig.« Carla grinste sie an. »Sorry für die unnötige Ausgabe, aber ich hatte ja keine Ahnung, wie warm es unter so einem Ding werden kann.«

»Ah, wunderbar. Alle schon da.« Lucy erschien strahlend und hüpfend und warf eine alte Reisetasche in den Wagen. Anschließend begrüßte sie Toni mit einem herzlichen Küsschen. »Schön, dass du so pünktlich bist. Danke, Toni.«

Der wirkte sichtlich erleichtert. Außerdem schien er sich gefangen zu haben. Gerdi bemerkte, wie er auf die Uhr blickte. »Jetzt fehlen noch ...«

»... die Fahrer«, ergänzte Kim.

In diesem Moment fuhren drei Wagen vor und parkten vor Tonis SUV.

»Oh, Moment«, sagte Carla und zog eine Reisetasche aus dem Kofferraum und öffnete sie. »Hier drin ist eine weitere Tasche. Toni, die beiden sind für ... du weißt schon. Hast du an das rote Klebeband gedacht?«

Toni nickte. »Ich weiß Bescheid. Marcel und ich packen den Inhalt eurer Rucksäcke später in die Reisetaschen und ...«

»Erst in die Mülltüten«, sagte Kim und erntete einen missbilligenden Blick von Toni, bevor er weiter redete.

»Dann wickeln wir die Klamotten drum und stecken je zehntausend Euro in die Umschläge und legen sie obendrauf. Richtig?«

Gerdi bemerkte, wie Carla tief Luft holte. Sie wirkte mit einem Mal etwas zögerlich. Gerdi nahm sie zur Seite. »Alles in Ordnung mit dir, meine Liebe?«

»Na ja, was heißt schon alles in Ordnung?«, sagte Carla und schlang ihre Arme um sich. »Wie es einem eben geht, wenn man im Begriff ist, in eine Art Hochsicherheitstrakt einzubrechen und Schließfächer auszurauben.«

»Es wird alles gut gehen.«

»Natürlich wird es das.«

»Können wir los?«, drängelte Kim und tippte auf die Uhr. »Jetzt ist echt der falsche Moment zum Plaudern. Ich mach dann mal den Anfang. Wir sehen uns in einer Stunde am nächsten Treffpunkt.« Ohne eine Antwort abzuwarten, schulterte sie ihren Rucksack und hielt Kurs auf den vorderen Wagen.

Toni schloss den Kofferraum und zündete sich eine Zigarette an. »Ich drück euch die Daumen, Mädels. Äh, Verzeihung …«, schob er mit einem unsicheren Blick in Gerdis Richtung nach.

»Junger Mann, diese Bezeichnung trifft es in meinem Fall nicht ganz, schmeichelt mir jedoch enorm.« Sie amüsierte sich königlich über seinen verlegenen Blick, den sie nur kurz erhaschte, denn im nächsten Moment sprang Lucy dazwischen und fiel Toni um den Hals.

»Oh danke, Toni! Danke. Danke. Danke! Ich wünschte, wir wären schon im Flieger. Hast du Angst, dass was schiefgehen könnte mit den Taschen?«

»Ach was!« Er schob Lucy, die von einem Bein aufs andere hüpfte, von sich. »Nicht, dass wir so was täglich machen, aber ich bin schon öfter mit meiner Sporttasche zur Arbeit gekommen, weil ich danach manchmal dort dusche und danach ausgehe. Damit will ich sagen, es überprüft niemand. Marcel und ich können da bequem mit den Taschen reinspazieren. Wir müssen sie nur in einem unbeobachteten Moment zu dem anderen Gepäck auf den Gepäckwagen schleusen. Aber da wir beide heute gemeinsam für dieses Gate eingeteilt sind, sehe ich da keine Probleme.«

»Wunderbar, Toni!« Gerdi revidierte ihre Meinung. Er schien genau zu wissen, was und wie er die Sache angehen musste. Sie wandte sich an Lucy. »Wir sollten uns auf den Weg machen, bevor du noch eine Delle in den Boden tänzelst.«

»Moment, ich will mir noch ne Kappe aufsetzen«, sagte Lucy

und zog eine schwarze Baseballmütze aus ihrem Rucksack. »Hast du keine?«

»Oh, daran hatte ich nicht gedacht. Das wäre natürlich von Vorteil, um nicht sofort erkannt zu werden. Ach nein, wie sähe das denn aus. Eine alte Frau mit Baseball-Mütze. Brauchen wir so was überhaupt? Kim sagte doch, die Kameras sind eingefroren?«

Lucy verdrehte die Augen. »Wenn alles funktioniert, ja. Aber die Menschen, die uns möglicherweise sehen, sind nicht eingefroren. Ich habe noch eine Mütze dabei.« Sie zog eine weitere Kappe heraus. »Carla, für dich? Hier.« Sie reichte Carla eine Art Regenmütze, die in einem dunklen Blau glänzte. »Und weil die liebe Lucy mitdenkt, auch eine für dich. Rot passt, oder?« Sie reichte Gerdi ein rotes Beanie und steckte anschließend einen kleinen schwarzen Gegenstand in die vordere Rucksacktasche. »Ach, das stecke ich lieber vorne rein«, und Carla glaubte, kurz eine Waffe gesehen zu haben. Nein, sie musste sich täuschen. Keine Waffen, das war die Vereinbarung.

Gerdi nahm die dünne Mütze und drehte sie in den Händen. »Sieht gut aus und passt zu meinen Haaren. Einverstanden.«

Mensinger blickte über die Schulter, grunzte zufrieden und entriegelte die Tür zur Bankzentrale.

Die Dinge liefen gut – nein, hervorragend. Seine Versetzung nach Berlin brachte ihm ein ordentliches Plus auf dem Gehaltszettel. Einfluss und Prestige hatte man großzügigerweise noch obendrauf gepackt. Dieser Ausweis in seiner Hand beispielsweise ermöglichte ihm, sich zu jeder Zeit in der Firma frei zu bewegen. Was ihm sehr entgegenkam und beinahe so wertvoll war wie die Gehaltserhöhung.

Durch die dunkle Schalterhalle und vorbei am Tresorraum eilte er zu seinem Büro. Der PC war noch vom Nachmittag auf standby. Er tippte das Kennwort ein und drehte den Bilderrahmen mit der Fotografie seiner Frau um. Für sie war er heute Abend in einer spontan einberufenen Krisensitzung. Bitte nicht stören, das Problem ist exorbitant, die Köpfe werden qualmen, ja, ich weiß, Freitagabend ist ungünstig, aber was will man machen. Und sie hatte ihm geglaubt, wie immer. Sie glaubte ihm alles. Praktisch und todlangweilig zugleich.

Er öffnete den Internetbrowser, rief eine einschlägige Seite auf und meldete sich wie gewohnt an. Wenn er Glück hatte, gab es ein neues Video von Sonja-Luna. Diese kleinen Apfelbrüste, allerhöchstens zwei Händchen voll, prall und knackig. Er grinste breit, als er die Liste der neu hochgeladenen Filmchen durchging. Sonja-Luna war dabei. Mit einem Doppelklick startete er das Video. Oh ja … wie sie ihre Hüften bewegte. Und dieses laszive Lächeln.

Gut, die Lambrecht hatte es auch voll drauf, aber sie war ein Miststück. Wahrscheinlich würde sie überhaupt nicht mehr im Büro erscheinen. Konnte ihm nur recht sein. Er konzentrierte sich lieber auf Sonja-Luna vor ihm, die ihre nackte Körpermitte nah an die Kamera brachte und weit ihre Beine spreizte. Mensinger atmete schwer und öffnete hastig seine Hose und … Nein, stop. Wenn er in dem Tempo weitermachte, hätte er sein Pulver in zehn Minuten verschossen. Er brauchte etwas, das ihn auf die sanfte Art beruhigte. Kaffee mit einem Schuss Whisky darin wäre genau das Richtige. Er schloss den Knopf seiner Hose wieder und griff sich in den Schritt, um zu sehen, ob auch alles an der richtigen Stelle lag.

Das Licht im Flur war ausgeschaltet, und er fand den Weg zur Küche im Halbdunkel.

Fingertrommelnd wartete er die Aufwärmphase des Automaten ab und zog sich anschließend einen Espresso. In der fensterlosen Küche hing noch das süßliche Parfüm der Becker. Vor Kurzem hatte er genau hier gestanden und mit ihr geplaudert, sich an der Röte erfreut, die ihre Wangen überzogen hatte. Es musste für ein so junges Ding gewiss eine Überwindung sein, mit dem Vorgesetzten einen lockeren Plausch zu halten. Schließlich war er eine Autoritätsperson.

Er nahm seine Tasse, rührte Zucker hinein und ging langsam zum Büro zurück. »Au-to-ri-täts-per-son. AutoritätsPERSON. AUTORITÄTSperson«, sagte er laut zu sich selbst und befand Letzteres für angemessen. »Nehmen Sie sich gefälligst zurück, Herr Xyz, Sie reden hier mit einer AUTORITÄTSperson.«

Ja, das klang gut. Er stellte die Tasse auf dem Tisch ab und schüttete Whisky hinein. Unerwartet meldete sein Handy den Eingang einer Nachricht:

Weck mich nicht, wenn die Konferenz vorbei ist. Ich gehe heute früh schlafen. Kuss. Andrea.

Er hob die Brauen, drückte die Nachricht weg und warf das Gerät auf den Tisch. Als ob er vorgehabt hätte, sie zu wecken, schon beim Abendessen war sie ihm mit ihrem ständigen Geplapper gehörig auf die Nerven gegangen.

Mit einem wohligen Stöhnen setzte er sich breitbeinig vor den Bildschirm, lockerte die Krawatte und öffnete seinen Reißverschluss. Vor ihm bewegte sich das pralle Hinterteil Sonja-Lunas, während sie es mit einem riesigen schwarzen Dildo trieb.

Mensinger nahm einen Schluck aus der Tasse. Seine Hand wanderte von allein nach unten, wo sie begann, ihm im Takt des zuckenden Hinterns Erleichterung zu verschaffen.

Plötzlich vernahm er ein Geräusch. Draußen raschelte etwas. Verdammt, war da etwa noch die Putzkolonne unterwegs? Jetzt, um halb elf in der Nacht? Eilig schloss er seine Hose, ging hinaus auf den Flur und lauschte. Stille. Nichts regte sich. Hatte er sich das Rascheln nur eingebildet? Entwickelte er nun schon einen Verfolgungswahn?

Bleib locker, beruhigte er sich selbst. Es ist niemand hier. Und wenn schon … Ich bin eine AUTORITÄTSperson. Niemand wird sich trauen, nachzufragen, was ich um diese Uhrzeit hier mache.

Er räusperte sich beherzt.

»Hallo?«

Er sah nicht viel, nur diffus konnte er die Schreibtische erkennen, die Kundenschalter, die deckenhohen Grünpflanzen, die Glastür zur Treppe. Wieso hing da ein rot-weißes Flatterband? Egal. Sein Herz klopfte. Autoritätsperson, verdammt. Aber was, wenn Einbrecher …?

Licht an? Nein, besser nicht. Wer konnte schon wissen, ob die womöglich Waffen hatten. Vorsichtig ging er einige wenige Schritte in die Schalterhalle hinein, tastete sich an der Wand entlang vorwärts, bereit, jederzeit den Rückzug in sein Büro anzutreten.

»Hallo? Ist jemand hier?« Keine Antwort, keine Putzkolonne und zum Glück keine Einbrecher. Überhaupt – Bankraub. Hier. Lächerlich. Die Sanisterbank AG war geschützt wie das Pentagon.

Er lauschte in das Halbdunkel hinein. Kein Wispern, kein Windhauch. Nur Stille. Erleichtert drehte er ab. Moment, flackerte da etwa Licht hinter der Tresortür? Tatsächlich. Und wieso war die nicht geschlossen? Da, wieder ein Rascheln. Diesmal hörte er es deutlich. Und dazu ein herausgepresstes „Pscht!“

– 13 –

Kim

»Hier können Sie halten«, wies Kim den Taxifahrer an. »Die paar Meter um die Ecke lege ich zu Fuß zurück.«

Der Mittvierziger nickte. »Ich warte hier auf Sie.«

»So ist der Plan«, antwortete Kim, schulterte den leeren Rucksack und stieg aus. Mittlerweile verspürte auch sie eine leichte Unruhe. Sie wünschte, sie säße bereits im Flieger. Nein, sie wünschte, sie wären bereits in Malaysia im Taman Negara Resort, beim ersten Cocktail im neuen Leben.

Kim kniff die Lippen zusammen und zwang sich zu einem gemäßigten Schritt. Auch, wenn die Gegend hier wie ausgestorben wirkte, es konnte immer mal jemand um die Ecke biegen. Also nur nicht auffallen. Kopf hoch, nicht gesenkt, locker in den Knien. Sie atmete tief und versuchte, das Hämmern ihres Herzens zu ignorieren. In der Hand hielt sie den Stick fest eingeschlossen.

Aus heiterem Himmel näherte sich ein Jeep, touchierte kurz den Bordstein und fuhr schlingernd weiter. Für den Bruchteil einer Sekunde hielt Kim den Atem an, beschloss jedoch, sich nicht ablenken zu lassen. Ein paar betrunkene Typen, mehr nicht.

Im nächsten Moment musste sie zur Seite springen. »Was zur Hölle …« Offenbar hatten die Jungs beschlossen, sie näher in Augenschein zu nehmen, denn der Fahrer hatte den Rückwärtsgang eingelegt und schoss in mörderischem Tempo auf sie zu. Kurz vor ihr blieb der Wagen stehen und ein Typ mit Bierflasche schob seinen Kopf aus dem Wagen.

»Hey, Alter, wo issn hier die nächste Disco?«

Kim schluckte eine passende Bemerkung hinunter. »Keine Ahnung, bin nicht von hier«, sagte sie lediglich und ging weiter.

»Ey, du bist ne Frau, oder? Heilige Scheiße, echt, ey.«

Reifen quietschten, als der Wagen davonschoß. Erleichtert, dass die Typen weiterfuhren, ohne einen Zwischenfall zu provozieren, atmete sie auf. Vollidioten! Sie schüttelte den Kopf und setzte sich wieder in Bewegung. Als sie etwas Kaltes an ihrem Hals spürte, erstarrte sie kurzfristig zur Salzsäule. Hinter ihr atmete es. Sie schielte seitlich nach unten. Ein Messer. Und zwar ein ziemlich großes.

»Schätzchen«, zischte eine rauchige Stimme an ihrem Ohr, die von einem übelkeitserregenden Gestank begleitet wurde. »Gib mal deine Kohle rüber, aber hastig.«

»Wie denn, wenn du mir ein Messer an den Hals drückst?« In Kims Kopf überschlug sich alles. Jetzt nur keine falsche Bewegung machen. Der Typ war kaum größer als sie selbst, schätzte sie. Seine Hand zitterte leicht. Sie könnte ihm den Ellenbogen in die Rippen rammen und sich gleichzeitig zur anderen Seite wegducken. Scheiße aber auch, so ein Messer konnte an Hälsen unschöne Wunden hinterlassen. Sie hatte alles vor, aber definitiv nicht, kurz vorm Ziel auf der Straße zu verbluten.

Gerdi

Es war fünfzehn Minuten nach elf, als Gerdi den Vorraum der Bankfiliale betrat.

Vor ihr standen zwei junge Frauen, wobei die eine offenbar zum zweiten Mal versuchte, die richtige PIN einzugeben, denn die andere sagte: »Du hast jetzt nicht deine Geheimzahl vergessen, oder? Echt … Noch mal falsch und deine Karte wird eingezogen.«

»Ach, halt die Klappe, das weiß ich selbst. Was vergisst du auch deine Karte zu Hause?«

»Jetzt bin ich wieder schuld! Das ist so typisch.«

»Okay, ich glaub, ich erinnere mich …«, sagte die andere und begann zu tippen. Nach einer kurzen Weile klatschte sie in die Hände. »Gott sei Dank! Wie viel soll ich abheben?«

»Weiß nicht, lass mal überlegen, wir brauchen mindestens fünfzig Euro. Oder nein, nimm siebzig. Oder besser doch gleich …«

»Könnten die Damen sich etwas beeilen?«, unterbrach Gerdi, »Ich kann nicht so lange stehen, mein Rücken …«

Die beiden drehten sich ertappt herum und blickten sie verlegen an. Gerdi unterdrückte ein Grinsen, täuschte eine schwere Atmung vor und stützte sich mit einer Hand an der Wand ab. »Verzeihen Sie, hier mangelt es leider an Sitzgelegenheiten …«

»Oh, klar, sind gleich so weit, Entschuldigung.« Hastig tippte die junge Frau einen Betrag ein.

Gerdi wartete, bis sie allein war. Die Frage der beiden, ob sie ihr behilflich sein könnten, hatte Gerdi mit einem leisen Lächeln abgelehnt.

Sie stellte die große Einkaufstasche – Carla sagte *Shopper* dazu – auf die Ablagefläche zwischen sich und dem Geldautomaten, während sie sich immer wieder nach allen Seiten umblickte. Gerdi erinnerte sich an die Zeit, als sie sechs oder sieben Jahre alt gewesen war und sich nach dem Glas mit den Süßigkeiten gesehnt hatte, das ihre Mutter im Küchenschrank ganz oben aufbewahrt hatte. Einmal die Woche war Gerdi auf die Arbeitsplatte geklettert und hatte sich ein Bonbon – oder waren es mehr? – genommen. Irgendwann hatte ihr die Mutter erzählt, dass sie es immer gewusst, jedoch nie etwas gesagt hatte.

Es dauerte länger als erwartet, die Abdeckung des Automaten zu entfernen, sie war im Umgang mit Werkzeugen jeglicher Art nicht geübt. Dann endlich konnte sie den USB-Stick platzieren. Sogleich wurde ihr die erwartete Meldung auf dem Bildschirm ausgegeben, und sie drückte auf *All*. Ein wenig wie damals fühlte es sich an, nur dass sie jetzt nicht ein einziges Bonbon, sondern gleich alle nahm. Und es war ein wunderbares Gefühl, etwas

Verbotenes zu tun, alle Korsetts zu sprengen und gleichzeitig der Gerechtigkeit auf die Sprünge zu helfen. Umso mehr, als sie es schließlich nicht für sich selbst tat. Sie tat es für Carla, Kim und Lucy. Mit Bedauern dachte sie an Susann und wünschte ihr von Herzen, dass sie ihren Weg fände. Vielleicht war es besser so für sie alle.

Überrascht zuckte sie zusammen. Der Automat spuckte die Geldscheine in einem Tempo aus, dass sie fast mit dem Einräumen in die Tasche nicht hinterherkam. Erneut blickte sie sich hastig nach allen Seiten um.

Plötzlich Stille. Die Tasche war bis zur Hälfte gefüllt und ein Blick auf den jetzt schwarzen Bildschirm zeigte ihr, dass der Vorgang wohl abgeschlossen war. Dann blitzte es kurz auf und der Bildschirm wurde weiß.

Außer Betrieb. Suchen Sie einen anderen Automaten auf.

Eilig zog sie den Stick aus dem USB-Port und brachte die Abdeckung wieder an. Dann schulterte sie die Tasche, die leichter war als vermutet, und verließ die Bankfiliale. Kaum zu glauben, aber niemand von den Passanten schenkte ihr Beachtung. Ein Pärchen schlenderte an ihr vorbei, lachte, er hob die Bierflasche und trank einen Schluck, blickte Gerdi sogar flüchtig an. Gerdi nickte, lächelte und stieg in den Wagen, dessen Fahrer brav direkt vor der Bank geparkt hatte. Zum Glück wussten die Fahrer nicht, welche Fracht sie transportierten. Gerdis Chauffeur wusste lediglich, dass er sie zum Flughafen bringen musste. Und das war gut so.

Die Uhr zeigte kurz nach Mitternacht.

Sie waren keine zwei Kilometer gefahren, als der Wagen plötzlich stoppte. Gerdi zuckte zusammen. Huch? War sie etwa weggenickt? Ihr Blick huschte erst zur Tasche auf ihrem Schoß, auf der noch immer ihre Hand lag, dann aus dem Fenster. Offensichtlich ein Stau. Na toll! Zum Glück hatten sie jede Menge Zeit, ihr Flieger ging erst um fünf Uhr morgens. Allerdings würden sie zu spät zum zweiten Treffpunkt kommen.

Neben ihr stieß der Fahrer einige unschöne Ausdrücke aus.

»Was ist los? Ein Unfall?«, wollte Gerdi wissen und ihr Magen zog sich zusammen, als sie das Blinklicht eines Polizeifahrzeuges etwas weiter vorne ausmachen konnte.

»Polizeikontrolle«, presste er hervor.

Gerdi stellte fest, dass seine Handknöchel weiß hervortraten, so hart umschlossen seine Finger das Lenkrad. Instinktiv presste sie die Tasche fest an sich. Eine normale Kontrolle, nichts weiter, versuchte sie, sich zu beruhigen, und zuckte zusammen, als zwei Polizeibeamte auf ihren Wagen zusteuerten. Der eine sah ein bisschen aus wie Clint Eastwood, der andere wirkte, als hätte er kürzlich erst seine Grundausbildung beendet. Sie überlegte, wer gefährlicher war, und tippte auf den Jüngeren. Der musste sich erst noch beweisen. Und sie behielt recht. Mit verkniffenem Gesichtsausdruck und einer zackigen Handbewegung gab er ihnen zu verstehen, dass sie nach rechts ausscheren sollten. Sofort. Pronto. Respekt, bitte!

Der Fahrer rührte sich nicht.

»Sie sollen rechts ran fahren«, sagte Gerdi beunruhigt und bemerkte, wie er zitterte. Außerdem wirkte er blass. Gut, es war mitten in der Nacht, die Straßenbeleuchtung schmeichelte sowieso nicht und das blaue Flackern des Lichts auf dem Streifenwagen gab seinen gespenstischen Teil dazu.

Der Fahrer rührte sich immer noch nicht. Er zog es vor, nach vorne zu starren, als hätte er den Leibhaftigen persönlich gesehen. Nein, eigentlich blickte er nach innen, so als suche er irgendwo eine Straßenkarte mit Auswegen in seinem Kopf. Offenbar fand er sie nicht.

»Herrje«, fuhr Gerdi ihn an, »jetzt fahren Sie schon rechts ran, oder wollen Sie sich um jeden Preis unbeliebt machen?«

Offenbar wollte er das. Ob das jetzt blanke Angst oder einfach nur unberechenbare Dummheit war, vermochte sie nicht zu beurteilen. »Hören Sie, wenn Sie gefragt werden, wohin Sie unterwegs sind, sagen Sie, dass Sie mich zum Flughafen bringen müssen und mich nicht kennen.« Ein Ruck ging durch den Mann, aber nicht, weil ihre Worte ihn irgendwie erreicht hätten, eher öffnete das energische Klopfen an der Scheibe seine Hirnschranke. Langsam betätigte er den Schalter für den Fensterheber.

Der junge Beamte bückte sich. »Haben Sie mich nicht verstanden oder wollen Sie mich nicht verstehen!«, sagte er barsch. Mit der Geduld des uniformierten Frischlings schien es nicht weit her zu sein. Das hatte Gerdi befürchtet und stieß einen langen Seufzer aus. Dabei hatte der Tag so gut begonnen … »Führerschein und Fahrzeugpapiere. Aber zügig.«

»Vergessen.«

»Auch den Personalausweis?«

»Nein.«

Gerdi beobachtete, wie der Fahrer mit verkniffenen Lippen den Ausweis aus der Brieftasche zog und ihn dem Polizisten gab. Ihr Chauffeur wirkte, als hätte er jede Menge Dreck am Stecken.

Gleichzeitig klopfte es an ihre Scheibe. Gerdi hörte noch, wie der junge Polizist schroff »Aussteigen und Hände auf's Dach« zu ihrem Fahrer sagte, dann betätigte sie den Schalter und die Scheibe fuhr herunter. Ja, auch auf die Nähe konnte der Kollege die Ähnlichkeit zu Clint nicht verleugnen. Das versöhnte sie ein wenig mit der misslichen Situation.

»Ach, Herr Wachtmeister.«, begann sie und versuchte, so hilflos wie nur möglich zu wirken, »Sie schickt der Himmel. Ich war schon völlig verzweifelt. Der junge Mann hier neben mir sollte mich zum Flughafen fahren, stattdessen stehen wir jetzt im Stau – das ist doch einer, oder? – und ich weiß gar nicht, was ich tun soll.«

»Ist der Mann denn ein Bekannter von Ihnen, Frau …«

»Gutheil. Gerdi Gutheil. Moment, ich zeige Ihnen meinen Ausweis.« Umständlich kramte sie aus einer der beiden Außentaschen des Shoppers ihren Geldbeutel hervor und zog den Ausweis heraus. »Hier bitteschön. Ach, Ihre Frage, nein, es ist kein Bekannter von mir, eine Freundin hat das organisiert. Eigentlich hätte sie mich fahren sollen, doch dann ist sie kurzfristig erkrankt.

Ich weiß nicht mal seinen Namen. Wissen Sie, ich war ja schon froh, dass mich überhaupt einer fährt, denn ein Taxi hätte ich mir ja gar nicht leisten können. Und jetzt ist es schon so spät und …«

Er warf nur einen kurzen Blick auf ihr Ausweisdokument und nickte. »Danke, den können Sie wieder einstecken.«

In der Zwischenzeit wurde ihr Fahrer von oben bis unten gefilzt. Zum Glück wusste sie tatsächlich nicht, wie er hieß, und auch sonst nichts weiter von ihm.

»Hey, Kevin«, rief Clint – so nannte sie ihn ab sofort und hoffte, er würde seinen Namen für sich behalten. Solches Wissen konnte Träume zerstören. »Der Mann sollte die Dame hier zum Flughafen fahren.«

»Hat er auch gerade gesagt.« Gerdi atmete auf.

»Wann geht Ihr Flugzeug?«, erkundigte er sich.

»Um fünf Uhr!«

Clint Eastwood lächelte sie beruhigend an. »Na, da haben Sie aber noch jede Menge Zeit.«

»Habe ich?«, stellte sie sich greis. »Wissen Sie, ich fliege zum ersten Mal und ich muss mich doch noch zurechtfinden, und ich dachte, lieber früher als später und eigentlich schlafe ich ja um diese Uhrzeit bereits und dachte, ich kann am Flughafen ein wenig die Augen zumachen, denn wer weiß, ob ich im Flugzeug überhaupt schlafen kann. Vielleicht wird mir ja übel. Wissen Sie, im Bus wird mir immer übel und …«

»Horst, den hier nehmen wir mal schön mit!«, hörte Gerdi den jungen Kollegen sagen und registrierte, dass ihr Fahrer mittlerweile breitbeinig und mit den Händen auf dem Wagendach verharrte. »Der ist nicht sauber.«

Och, musste das jetzt sein? Ihr Clint war ein Horst. Sie hätte sich wenigstens einen Richard oder einen Anthony gewünscht.

»Alles klar, Kevin. Moment.« Clint – sie weigerte sich strikt, dass dieser attraktive Mann ein Horst sein sollte – wandte sich ihr erneut überaus höflich zu. »Frau Gutheil, das ist doch alles kein Problem. Mein Kollege von der Streife fährt Sie zum Flughafen, das versteht sich doch von selbst.« Er zog eine Art größeres Handy aus der Tasche, drückte auf einen Knopf und sagte: »Kannst du einen kurzen Fahrdienst übernehmen? Ja? Gut. Eine Dame muss schnellstmöglich zum Flughafen.«

So kam es, dass Gerdi Gutheil mit ungefähr zweihundertfünfzigtausend Euro – vielleicht ein bisschen mehr, vielleicht ein bisschen weniger – auf ihrem Schoß höchstpersönlich mit dem Streifenwagen zum Flughafen gefahren wurde. Gut, der Treffpunkt wäre eigentlich ein anderer gewesen, aber sie konnte dem jungen Mann neben ihr ja nicht sagen, dass er sie doch bitte am Discounter vor dem Flughafen absetzen sollte, weil dort der Rest der Truppe auf sie wartete, um die Beute in zwei Taschen zu verstauen, die dann anschließend in den Flieger geschmuggelt werden sollten. Nein, das konnte sie wahrlich nicht.

Kim

»Kohle her oder ich schlitz dich auf!«

Kim durfte jetzt kein Risiko eingehen. Ruhig bleiben. Nicht überreagieren. Wo war ein Dartpfeil, wenn man ihn mal brauchte …

»Okay, okay. Warte … Kannst du mal mit dem Messer ein klein wenig Abstand halten, ich muss in meine Hosentasche greifen.« Kaum zu glauben, aber sie spürte, wie sich der kalte Stahl tatsächlich von ihrer Haut entfernte. Jetzt musste es schnell gehen. Wie die Katze vor dem Sprung verharrte sie für die Dauer eines Wimpernschlages, darauf bedacht, keine noch so kleine überflüssige Bewegung zu machen. Schnell wie eine Schlange – und dann zuckte sie ungeplant zusammen. Auch ihr Angreifer wurde von dem Jeep, der mit quietschenden Reifen um die Ecke bog, abgelenkt.

Geistesgegenwärtig nutzte Kim die Situation und trat blitzartig einen langen Schritt zur Seite.

Dann ging alles sehr schnell. Ihr Angreifer hatte zwar auch einen Schritt getan, leider jedoch in die falsche Richtung. Für ihn leider, denn nun stand er Auge in Auge mit den Scheinwerfern. Zu allem Unglück verwechselte der betrunkene Typ hinterm Steuer vermutlich Gas- und Bremspedal, vielleicht aber auch nicht. In jedem Fall befand sich zwischen Hauswand und Scheinwerfern nur der Typ mit dem Messer. Und es war wirklich nicht viel Platz.

Kim verfolgte mit angehaltenem Atem, wie Mackie Messer die Augen aufriss, nach rechts sprang, und der Mann hinterm Steuer hektisch ruderte. Kurz vor der Wand scherte der Wagen aus – ebenfalls nach rechts – und kam schlingernd auf die Straße zurück.

Mit einem Male war der Bürgersteig wieder frei. Kein Wagen, kein Mann mit Messer. Der klebte offenbar unter dem Jeep und wurde mitgeschleift, als die alkoholbenebelten Jungs laut grölend und lachend mit Vollgas um die Ecke verschwanden. Anders konnte sie sich die Blutspur auf dem Asphalt nicht erklären.

Carla

»Pscht!«, zischte Carla leise. »Das ist nicht komisch.«

»Doch«, flüsterte Lucy, »das ist sogar brüllend komisch. Ist das der Typ, von dem du mir erzählt hast? Dieses Weichei hat gequietscht wie ne Frau vor der Maus und ist dann in sein Büro gerannt. Der hat die Hosen voll bis zu den gestopften Tennissocken, sag ich dir.«

»Okay, ja, es ist ein bisschen komisch, muss ich zugeben. Weniger komisch ist allerdings, dass er wahrscheinlich in diesem Moment die Polizei ruft.« Carla wurde bei dem Gedanken ganz übel. Das musste verhindert werden. Aber wie? Schnell die Schließfächer ausräumen und abhauen, bevor man sie aufspürte? Sofort abhauen und das Geld dort lassen, wo es war? Äußerst ungern, aber nach pragmatischer Einschätzung der Lage unvermeidlich.

»Wir sollten einfach abhauen, Lucy. Jetzt gleich! Scheiß auf die Kohle.«

»Bist du von allen Pennern dieser Welt geknutscht?« Lucy stand auf, griff in ihren Rucksack und zog eine Waffe hervor. Anschließend zog sie sich die Mütze tief ins Gesicht. »Ich erledige das.«

»Du willst doch nicht etwa ...« Carla starrte auf die Waffe.

»Doch. Was bleibt uns anderes übrig? Du bleibst am besten hier.«

»Vergiss es. Ich komm mit. Das muss doch irgendwie anders zu lösen sein.«

»Ist es nicht. Und wenn du schon zugucken willst, zieh dir die Kappe ins Gesicht, am Ende erkennt er dich noch.« Und schon war sie aus der Tür.

Aufgeregt eilte sie Lucy nach, die ausnahmsweise nicht tänzelte, sondern ungewöhnlich straff voranschritt, die Waffe fest in beiden Händen.

»Ist das hier sein Büro?«, fragte Lucy leise, ohne sich zu ihr umzudrehen, und deutete mit der Waffe auf Mensinger Büro direkt vor ihnen.

»Ja. Aber er wird abgeschlossen haben.«

»Sicher?«

»Nein.«

Sie sah Lucy die Türklinke vorsichtig nach unten drücken und tatsächlich, die Tür öffnete sich lautlos einen Spalt. Im nächsten Moment trat ihre Freundin mit aller Wucht dagegen und sprang mit vorgestreckter Waffe in den Raum. Verblüfft über Lucys Vorgehensweise, folgte Carla ihr nach.

»Flossen hoch!« Lucys Stimme klang klar und entschieden. Die Aufforderung schien jedoch überflüssig.

Mensinger stand bereits mit erhobenen Händen neben dem Schreibtisch, das Telefon lag auf dem Boden, der Hörer daneben. Dass seine Hose offenstand, schien er in seiner Angst nicht zu bemerken, oder es war ihm schlichtweg egal. Schließlich gab es Wichtigeres, eine auf ihn gerichtete Waffe zum Beispiel.

Der Anblick seines schlapp herausbaumelnden Geschlechts, das gemeinsam mit dem ganzen Kerl wie eine Katze nach dem Sprung in Eiswasser zu zittern schien, verursachte bei Carla einen mittelstarken Würgereiz.

»Erschießen Sie mich nicht, bitte! Ich habe eine Frau und … Bitte erschießen Sie mich nicht. Ich habe auch noch nicht die Polizei gerufen, ich schwöre. Ich wollte, aber dann ist mir das Telefon … Bitte verschonen Sie mich, ich tu alles, was Sie wollen. Alles.«

Auf dem leicht gedrehten Bildschirm erkannte Carla eindeutige Bewegungen. Hatte sie es nicht geahnt? Heftchenleser. Und Pornogaffer. Pah, Widerling. Man sollte ihm seinen Kamm quer in den Hals stecken und die Nasenlöcher mit Pomade füllen.

»Alles?«, erkundigte sich Lucy mit gefährlich sanfter Stimme. Kein Zweifel, sie kostete die Situation voll aus.

»Alles!« Das Blut wich ihm aus dem Gesicht.

»Schön, dann hast du ja sicher nichts dagegen, uns den Bonus zu überlassen, der im Schließfach liegt und der deiner ach so geliebten Frau verborgen bleiben soll, du Arschgesicht.«

»Woher wisst ihr …? Ja! Alles könnt ihr haben! Mein Geld aus dem Schließfach, noch mehr Geld. Hier …« Er zuckte mit einer Hand nach unten - wohl um an den Geldbeutel in seiner Sakkotasche zu gelangen, doch ein scharfes »Hoch mit den Wichsfingern!«, ließ ihn wie eine plastinierte Leiche erstarren. Doch nur kurz. Vor Schreck sog Mensinger die Luft ein, sein Brustkorb hob sich, der Bauch wölbte sich nach innen und gab somit der Hose die noch benötigten Zentimeter, um bis auf die dürren Knöchel herunter zu rutschen. Da stand er nun, ihr Vorgesetzter – Verzeihung, Ex-Vorgesetzter – mit freiliegendem Lümmel, oder besser: Lümmelchen, und Carla fühlte sich in ihrer Vermutung, der Mensinger hätte keine Eier in der Hose, mehr als bestätigt.

Lucy grinste bis über beide Ohren und ließ die ausgestreckten

Arme mit der Waffe darin ein Stückchen tiefer sinken.

»Es ist so winzig. Meinst du, ich treffe?«

»Du willst ihm die Eier abschießen?«

»WAS?! Nein! Bitte nicht, ich …« Mensingers Stimme überschlug sich.

»Klappe halten, ich überlege noch. Und immer schön die Patschehändchen oben lassen.« Ohne den Blick von Mensinger zu lösen, wandte sich Lucy wieder zu ihr. »Die Eier? Nein, die kann ich doch gar nicht sehen. Allerdings habe ich noch nie aus drei Metern Entfernung auf einen Strohhalm geschossen. Das sind doch drei Meter, oder?«

»Ungefähr«, sagte Carla.

»Hm, ich versuchs mal.«

Sie ging einen halben Schritt vor und zielte.

Womöglich war damit das Maß für Mensinger erfüllt. »NEIN!«, brüllte er, riss gleichzeitig seine Hände zum Schutz vor die Prise Männlichkeit und tat einen Schritt zurück. Als ob ihn diese lächerliche Rückwärtsbewegung aus der Schusszone bringen würde. Zumal hinter ihm ein großer Philodendron stand, und dahinter begann die Fensterfront.

Den Philodendron schien Mensinger genauso vergessen zu haben wie seine Hose, die zwar den Umfang seiner Hüften umfassen konnte, nicht jedoch einen ausgreifenden Schritt nach hinten. Zweierlei geschah: Die Hose stoppte sein Zurückschnellen, gleichzeitig begrenzte der Hydrokultur-Topf – wohl im Einvernehmen mit der Hose – die Schrittweite des panischen Mannes, der immer noch seine Zeugungsinstrumente zu schützen versuchte. Das hätte er besser bleiben lassen, denn mit Händen am Sack konnte er sich schlecht abstützen. So fiel Mensinger mit einem Aufschrei nach hinten. Er knallte erst mit dem Hinterkopf auf die Fensterbank – was ein sofortiges Verstummen mit sich führte – dann auf den Topf mit der Hydrokultur, ungefähr so, als würde ein Ball an die Fensterbank donnern, dort abprallen und dann den Topf treffen. Unter Begleitung vereinzelter Kügelchen rutschte Mensinger zu Boden, wo er mit starr geöffneten Augen liegen blieb, die Hände unbeirrt zwischen die Beine gepresst.

Ein Ball wäre wahrscheinlich ohne größeren Schaden zu nehmen weitergesprungen und irgendwann kullernd liegenblieben. Aber nun, ein Kopf ist kein Ball, musste sich Carla eingestehen und fühlte sich im ersten Moment nicht in der Lage, etwas zu sagen, geschweige denn, sich zu bewegen.

Neben ihr klickte es. Langsam drehte sie den Kopf.

»Das ist jetzt nicht wahr, Lucy!«

Gerdi

»Lieben Dank, Herr Wachtmeister. Ich wünsche Ihnen einen baldigen Feierabend, wenn man das um diese Uhrzeit so bezeichnen darf.« Gerdi lächelte den jungen Polizisten dankbar an und tätschelte ihm ganz in Altfrauenmanier den Arm.

»Sehr gerne«, sagte er und blickte sie müde an. »Haben Sie eigentlich keinen Koffer?«

»Koffer?«

»Ja, Sie fliegen doch, oder?«

»Ach so, Koffer … Ja, natürlich habe ich den. Der wurde im Vorabend-Check-in bereits aufgegeben. Das schien mir entspannter. Mein Handgepäck ist ja Last genug.« Himmel, da wäre sie fast ins Trudeln gekommen.

»Ziemlich großes Handgepäck«, bemerkte er mit einem prüfenden Blick auf ihre geräumige Tasche. »Kann sein, dass man Sie damit nicht in den Flieger lässt.«

Gerdi schlug die Hand vor den Mund und riss die Augen weit auf. »Oh Gott, was mach ich denn da jetzt?«

»Hm, die Shops haben geschlossen um diese Uhrzeit. Ich kann Ihnen nur wünschen, dass ein Auge zugedrückt wird. Meines hätten Sie auf jeden Fall.« Jetzt lächelte er sie milde an. »Wird schon klappen.«

»Ihr Wort in Fliegergottes Ohr, junger Mann. Na, dann mach ich mich mal auf den Weg.« Gerdi versuchte, Unsicherheit in ihr Lächeln zu bringen, und öffnete die Tür.

»Warten Sie, ich helfe Ihnen aus dem Wagen.« Schon machte der Polizist Anstalten, auszusteigen.

»Ach, das ist doch nicht nötig, aber sehr lieb von Ihnen. Wissen Sie, in meinem Alter ist man stolz, wenn man noch einigermaßen vom tiefen Sofa aufstehen kann, und Übung macht den Meister. Das gilt auch für Autositze«, sagte sie und stieg behände aus. Anschließend zog sie die Tasche mit dem Geld aus dem Wagen und winkte ihm noch einmal zu. »Vielen Dank. Sie waren meine Rettung, junger Mann. Und drücken Sie mir die Daumen wegen des Handgepäcks.«

Sie sah flüchtig, wie er kurz den Daumen hob, dann setzte er den Blinker und entfernte sich.

So. Und nun? Sie konnte sich ja schlecht mit dem Taxi an den nächsten Treffpunkt bringen lassen. Der lag etwas abseits an einer Straße in einem Gewerbegebiet. Dort gab es ein paar Firmen, sonst nichts. Im ungünstigsten Fall würde der Fahrer Fragen stellen, was denn so eine nette ältere Dame mitten in der Nacht in dieser gottverlassenen Gegend wollte. Ein Mensch mehr, hieße möglicherweise ein Mitwisser mehr. Nein, sie musste – ob sie wollte oder nicht – wohl auf U-Bahn oder Bus umsteigen.

– 14 –

Kim

»Du bist die Erste«, wurde Kim von Toni am Treffpunkt begrüßt. Sein SUV stand wie vereinbart auf dem Parkplatz eines Discounters, an einer Stelle, die von der schwachen Straßenbeleuchtung nicht mehr wirklich erreicht wurde.

Aufatmend stellte Kim den gefüllten Rucksack vor dem geöffneten Kofferraum ab. Das Gröbste war geschafft.

»Obwohl ich so spät dran bin? Heiliges Kanonenrohr, hoffentlich ist bei den anderen alles glattgegangen. Wo ist dein Partner?«

»Hier.« Die Beifahrertür des SUV ging auf und ein etwa vierzigjähriger, blonder, sehr gut aussehender Mann stieg aus. Leider schob er eine Wampe vor sich her, auf der man bequem einen Pizzateller hätte abstellen können. Schade. Auf den ersten Blick wäre der Typ eine Sünde wert gewesen, gestand sich Kim ein. Blonde Männer hatten was. Chris Hemsworth beispielsweise. Für so einen würde sie glatt ein Bier stehen lassen. In diesem Moment haderte sie etwas mit der Entscheidung für Malaysia. Die Wahrscheinlichkeit, dort auf einheimische, blonde Männer zu treffen, bewegte sich knapp über dem Gefrierpunkt.

Der große Blonde hatte sie erreicht und streckte ihr eine Hand hin. »Hi, ich bin Marcel. Dann fangen wir am besten mal mit dem Umpacken an, was?«

Wenigstens kam er gleich zur Sache. »Gute Idee«, antwortete Kim. »Du bist der andere Gepäckwagenfahrer?«

»Nein, ich gehöre zum Sicherheitspersonal.« Er grinste schief und schnappte sich Kims Rucksack.

»Verdammt, das ist clever!« Kim zeigte sich beeindruckt.

»Wie viel ist das?«, fragte er.

»Keine Ahnung. Zweihunderttausend? Bisschen mehr, bisschen weniger. Ach, bevor wir es vergessen.« Sie trat dazu, griff sich ein Bündel höherstelliger Banknoten und zählte je sechstausend Euro ab. Als Nächstes knickte sie die zwei Bündel zusammen und drückte eines davon Toni in die Hand, das andere ging an Marcel.

»Jeder sechs. Wie ausgemacht.«

»Danke.« Toni steckte das Geldbündel in seine Hosentasche. Marcel schob die Scheine mit einem »Immer wieder gerne« in seine Hemdtasche, und Kim fragte sich, ob er wohl Haare auf der Brust hatte.

»Nun, ein zweites Mal wird es nicht geben«, sagte sie und blickte unruhig auf die Uhr. Der Zeiger befand sich näher an der Eins als an der Zwölf. So langsam wurde es Zeit, dass Gerdi, Carla und Lucy auftauchten. Sie hatte keine Lust, sich Sorgen machen zu müssen. Eine Kim Thomas sorgte sich nicht, sie fand Lösungen.

»Huhu, da seid ihr ja!« Kims Kopf fuhr herum. Eine sichtlich erleichterte Gerdi hielt zügig auf sie zu.

»Ihr glaubt nicht, was mir passiert ist«, begann Gerdi, als sie den Wagen erreicht hatte. »Also das … und dann musste ich auch noch laufen. Gut, es waren nur fünf Minuten. Die Zeit im Bus und in der U-Bahn allerdings zog sich wie der frühmorgendliche Naseninhalt meines verstorbenen Mannes, sag ich euch. Am liebsten hätte ich die Tasche an mich gekettet.« Sie blickte von einem zum anderen. »Aber jetzt bin ich ja da, zum Glück.«

In der Folge machte Kim Gerdi mit Marcel bekannt. Dann wollten sie alle natürlich wissen, wo Gerdi ihren ursprünglichen Fahrer gelassen hatte und was genau geschehen war. Während Toni einen Teil der Banknoten aus Gerdis Tasche umräumte und die Mülltüte mit Kleidungsstücken des Hausmeisters umwickelte, erzählte Gerdi minutiös die Verzögerung am Geldautomaten und die Sache mit dem Stau.

Kim lehnte sich an den Wagen.

»Mit Lucy wäre die Suche nach einer Ausrede einen Hauch kniffliger gewesen.«

»Ja, da könntest du nicht unrecht haben«, schloss Gerdi und tippte Toni auf die Schulter, der soeben den Reißverschluss der ersten Sporttasche schloss und anschließend nach dem roten Klebeband griff. »Junger Mann, haben Sie an den Umschlag gedacht?« Sie deutete auf einen leeren DIN A5 Umschlag neben der Tasche.

»Erwischt«, gab dieser zu. »Danke, das hatte ich nicht mehr auf dem Schirm.«

»Nun, wenigstens sind Sie so schlau, Einweghandschuhe zu benutzen.« Sie deutete auf ihre Tasche, »Zählen Sie neuntausend Euro ab und stecken Sie ihn in den Umschlag.«

»Jawohl, Lady!« Er grinste. »Wegen den Bargeldspürhunden, die vielleicht eingesetzt werden.«

»Wegen der Bargeldspürhunde.«

»Was?«

»Oh Mann, ist das nicht egal? Hauptsache, der Umschlag liegt auf den Klamotten und nicht drunter.« Kim ignorierte den irritierten Blick Tonis und sah zu Straße. Wenn nicht gleich Carla und Lucy auftauchten, würde sie zur Bank fahren, so wahr sie gerade den Mackie-Messer-Typ unter dem Auto hatte davonrauschen sehen. Die beiden waren weit über der Zeit, für ihren Geschmack viel zu weit.

***

In nicht ganz so guter Verfassung befand sich in diesem Moment Herr Dr. Mensinger, der in seinem Chefsessel eingeschlafen zu sein schien, einen Arm auf dem Tisch und den Kopf auf der Hand ruhend. Aber das würde höchstwahrscheinlich erst am Montag auffallen.

So mancher, der ihn – offensichtlich tief schlafend – vorfinden würde, könnte sich seinen Teil denken, angesichts der bis zu den Fußknöcheln heruntergelassenen Hose und dem anzüglichen Video auf dem Bildschirm, das man zwar an der Tür stehend nicht sehen, jedoch durchaus hören konnte. Vorausgesetzt, jenes oder ein anderes Filmchen liefe noch und ebenso vorausgesetzt, jemand käme in sein Büro, was so gut wie nie auch nur irgendjemand freiwillig tat.

Carla

»Eine Feuerzeugpistole …«

Heilfroh, endlich das Bankgebäude hinter sich zu lassen, plumpste Carla neben Lucy auf den Rücksitz des Wagens, der um die Ecke auf sie gewartet hatte. Den Rucksack mit dem Inhalt der drei Schließfächer platzierte sie zwischen sich und Lucy. »Du hast echt Nerven!«

»Wieso? Eine richtige Waffe hätte versehentlich losgehen können und hätte ihn tatsächlich enteiert. Ach …« Sie tippte dem Fahrer vor sich auf die Schulter. »Kann losgehen.« Dann zwinkerte sie Carla zu. »Wir haben's geschafft.«

»Ja … fast.« Carla zog sich die Mütze vom Kopf und steckte sie in den Rucksack. Die Stimmung war gedrückt. »Offen gesagt fühle ich mich mies. Das ist doch alles Mist, Lucy! So war das nicht geplant.«

»Ach! Und wenn wir geplant hätten, den Schleimer um die Ecke zu bringen, ginge es dir besser, oder was?«

»Nein, verdammt«, sagte Carla aufgebracht, wischte sich mit beiden Händen durchs Gesicht und sprach leise weiter. »Wir haben einen Menschen umgebracht! Ich kann es immer noch nicht glauben, dass er tot ist.«

»Wir haben gar nichts.« Lucy funkelte sie an. »Alles, was ich tat, war, ihm mit der Feuerzeugpistole ein bisschen Angst einzujagen. Was kann ich dafür, wenn der Typ mitten in der Nacht mit offener Hose Pornos glotzt.«

»Ohne uns wäre er gar nicht erst aufgestanden.«

»Ach nein? Hey Carla, jetzt beruhige dich mal. Wissen wir, was er getan hätte, haben wir eine Glaskugel? Vielleicht hätte er sich einen Drink geholt und seine Hose wäre gerutscht. Gefallen, Exitus. Kann doch sein, oder? Ich denke, jeder bekommt das, was er verdient.«

»DAS hat niemand verdient.« Sie blickte Lucy an, die jetzt beleidigt die Arme verschränkte und vor sich hinstarrte. Nur ihre Füße zappelten.

»Was hättest du eigentlich getan, wenn er nicht gestürzt wäre?«

»Och, ich denke, wir hätten ihn gefesselt vor sein Filmchen gesetzt und seinen Mund mit Klebeband verschlossen.« Jetzt drehte Lucy den Kopf zu ihr und lachte auf. »Stell dir vor, der hätte sich die ganze Nacht Pornos mit gefesselten Händen ansehen müssen. Gibt es eine härtere Strafe für einen Mann?«

»Äh ja … Tod durch offene Hose?«, bemerkte Carla und fragte sich, wie Lucy darüber noch Witze reißen konnte. Aber sie schätzte, auch Lucy ging der Vorfall nahe, sie überspielte es nur. Ihre tanzenden Füße verrieten sie.

»Kannst du mal bitte still sitzen? Der ganze Sitz bebt mit«, bat sie Lucy. Normalerweise störte sie diese Eigenart nicht, aber aktuell ertrug sie Lucys nervöses Zappeln nicht. Schlagartig hörte die quirlige Person neben ihr damit auf.

»Danke.«

»Kein Ding, wenn ich es merke, kann ich auch damit aufhören.« Lucy legte den Kopf nach hinten an die Stütze und schloss die Augen. »Mensch, Carla, bald schon sind wir in der Luft.«

Den Rest der Fahrt brachten sie schweigend hinter sich. Als der Wagen stoppte, öffnete Lucy die Augen.

»Wir sind da.«

Ewig hatten sie vor dem Schalter gewartet. Und noch mal eine Ewigkeit hatte es gedauert, bis sie schließlich das Gepäck aufgegeben und ihre Boardingpässe erhalten hatten.

Gegen drei Uhr morgens schließlich schlenderte Carla neben

Kim zum Gate. Lucy tänzelte mit ein wenig Abstand voraus und plapperte auf Gerdi ein.

»Bis jetzt ging zumindest im Flughafen alles glatt«, begann Carla, die froh war, für eine kurze Weile nicht mehr von Touristen umringt zu sein – spätestens am Gate würde es wieder umso voller werden, je näher das Boarding rückte. »Wie lief es denn bei dir am Bankautomat? Hat dich jemand gesehen?«

Kim kratzte sich am Hinterkopf und schien einen Moment zu überlegen. »Nicht wirklich. Bis auf zwei Typen, die total blau Auto gefahren sind und mich kurz vor der Bank angepöbelt hatten.«

»Du hast doch keine Dummheiten gemacht?«

»Sie über den nächsten Zaun gehängt, meinst du? Nein, das habe ich nicht, hätte es aber gern getan.«

»Ich bin stolz auf dich.« Carla atmete erleichtert auf. Bei Kim wusste man nie, wie sie in solchen Situationen reagierte. »Na, wenigstens bei dir ist somit alles glatt gelaufen.«

»So ist es.«

Kritisch musterte sie Kims Mimik. Sie kannte die Freundin lang genug, um zu spüren, dass sie etwas zurückhielt.

»Da ist doch noch mehr, Kim. Raus mit der Sprache.«

»Lass gut sein, Carla. Glaub mir, das willst du nicht wissen.«

»Sag mir nur, ob das unsere Aktion irgendwie gefährdet.«

»Tut es nicht. Alles im grünen Bereich, Herzchen.«

Inzwischen steuerte Gerdi gemeinsam mit Lucy das Gate an. Das hieß: Gerdi schritt langsam voran und Lucy tänzelte um sie herum wie ein übermütiges Fohlen.

»C88! Unser Gate! Und so schön leer. Freie Platzwahl. Hach, endlich. Jetzt kann ich schlafen, bis es losgeht. Wollen wir uns hier hinsetzen?« Aufgeregt huschte sie zwischen den aufgereihten Sitzplätzen hin und her. »Oder doch lieber hier? Da können wir uns gegenübersitzen. Ja, hier ist es perfekt. So sehen wir den Flieger, wenn er kommt.«

»Wenns gut läuft, auch den Gepäckwagen«, erwiderte Kim trocken und ließ ihren kleinen Rucksack auf einen der grauen Plastikstühle fallen. »Die sehen ungemütlich aus. Da schlafe ich doch besser im Flugzeug.«

»Kim, du bist ein Weichei. Penn mal jahrelang unter einer Brücke, dann kommt dir das hier vor wie die Nobelsuite vom Adlon Kempinski.«

Sehr zur Verwunderung Carlas kam von Kim keine Antwort. Stattdessen ging sie zur großen Fensterscheibe, stemmte die Hände in die Hüften und starrte in die Dunkelheit. Carla trat zu ihr.

»Was ist los?«

»Nichts, ich nehme Abschied.«

»Vom Rollfeld?«

»Schon seltsam, wenn mit einem Mal das wahr wird, was jahrelang mehr als fixer Gedanke im Kopf umspringt«, sagte Kim nachdenklich.

»Ich für meinen Teil denke da erst seit einigen Tagen drüber nach.«

»Umso heftiger muss es für dich sein.«

»Na ja … Ja. Aber ein Zurück gibt es jetzt nicht mehr. Was guckst du mich so komisch an?«

»Van Veen.« Kim verschränkte die Arme und sah wieder in die Dunkelheit hinaus.

Für einen kurzen Moment verspürte Carla einen Stich in der Brustgegend. »War das etwa so offensichtlich?«

»Hm. Keine Ahnung. Für mich schon, für die anderen wohl eher nicht. Ich kenne dich eben schon eine Weile.«

Carla antwortete nicht und starrte ebenfalls nach draußen. Abschied zu nehmen war eine gute Idee.

»He, gibt es da draußen was umsonst? Ist unser Flieger schon da?« Lucy drängelte sich zwischen Kim und sie, legte beide Hände an die Schläfen und presste ihre Stirn ans Glas.

»Wolltest du nicht schlafen?«, erkundigte sich Carla rein rhetorisch. Es hätte sie gewundert, wenn Lucy tatsächlich in den Schlaf fände, sie war viel zu aufgekratzt.

»Ja, wollte, aber ich kann nicht. Es kann ja noch alles schiefgehen, oder? Was, wenn eine von uns unbemerkt beobachtet wurde? Was, wenn jemand die Polizei alarmiert hat? So eine Personenbeschreibung macht schneller die Runde als ein Norovirus. Und dann noch der da.« Sie deutete zu den Sitzreihen. »Mal ehrlich, hier ist so viel Platz, und dieser Schmierlappen muss sich ausgerechnet zu uns setzen.«

Carlas Blick folgte Lucys Hand.

»Du meinst den rothaarigen Mann im Anzug?«

»Genau den.« Lucy drehte sich brüsk zur Scheibe, als ob sie fürchtete, von ihm beobachtet zu werden.

»Ach was, der sieht doch ganz harmlos aus.« Sie stellte fest, dass sich das Gate langsam füllte, obwohl noch knappe zwei Stunden bis zum Boarding blieben.

»Ich brauche meine Ruhe und will vielleicht Zeug mit euch bequatschen. Geht aber nicht, wenn da einer sitzt. Im Übrigen sind es immer die, die harmlos aussehen.«

»Da hast du nicht ganz unrecht.« Carla warf einen weiteren flüchtigen Blick über die Schulter. Er sah tatsächlich durchweg unbedenklich aus. Oder doch nicht? Genaugenommen blickte er sich eine Spur zu oft um, als ob er etwas zu verbergen hätte.

»Hier wird es sowieso bald voll, Lucy. Wir können frühestens im Resort über alles reden«, sagte sie und versuchte, das flaue Gefühl im Magen zu ignorieren.

»Trotzdem, mir wäre es lieb, wenn er woanders säße.«

»Am besten wir fragen ihn, ob er sich umsetzen kann.« Kim drehte ab und hielt schnurstracks auf den Mann zu.

»Das macht sie jetzt nicht wirklich, oder?«, fragte Lucy perplex.

»Zuzutrauen ist es ihr«, sagte Carla.

»Kim!«, zischte Lucy. Doch die hob nur die Hand, drehte kurz vor dem Mann ab und setzte sich ihm schräg gegenüber neben Gerdi.

»Sie hat uns veräppelt«, sagte Lucy.

»Mit Erfolg«, bestätigte Carla und verließ von Lucy gefolgt den Platz an der Scheibe. Genug Abschied genommen.

Sie setzten sich zu den Anderen. Links neben ihr fläzte sich Lucy in den Sitz, soweit man sich in einen starren Plastiksessel mit niedriger Lehne fläzen konnte, den rothaarigen Anzugträger immer im Blick. Ihnen gegenüber saßen Gerdi und Kim. Gerdi hielt sich kerzengerade, eine kleine Tasche auf dem Schoß, die Hände darüber gefaltet, und ließ lächelnd ihren Blick schweifen. Kim hatte die Beine breit aufgestellt und die Ellenbogen locker auf die Knie gelegt. Nach und nach trudelten weitere Passagiere ein.

»Wir sollten versuchen, nicht so auffällig unauffällig zu wirken«, bemerkte Kim leise.

»Wenn du mir verraten kannst, wie ich mich unauffällig unauffällig verhalten kann, nehm ich das«, sagte Carla. »Außerdem wäre jetzt ein Kaffee nicht schlecht. Wusstet ihr, dass Kaffee das Diabetesrisiko senkt?« Carla fühlte sich mit nur einem unbesetzten Stuhl zwischen sich und dem Anzugträger nur semiwohl. Zudem hatte sich schräg gegenüber ein bis zum Hals tätowierter Muskelprotz mit Bomberjacke niedergelassen und saß jetzt genauso da wie Kim. Nur dass diese nicht mit ihren Fingerknöcheln knackte und deutlich mehr Haare hatte.

»Ich sage immer: Allzu viel ist ungesund und wenn es Brokkoli ist«, warf Kim ein.

»Ich fürchte, die Gastronomie öffnet hier erst um fünf oder sechs Uhr morgens«, sagte Gerdi und ließ seufzend die Schultern fallen. »Da sitzen wir bereits im Flugzeug. Dort wird es sicher Kaffee geben. Bis dahin werde ich es vorziehen, ein Nickerchen zu machen.« Mit den letzten Silben senkte sie die Lider.

Plötzlich krallten sich Fingernägel in Carlas Unterarm.

»Hey, das tut …«.

»Pscht!« Mit bedeutungsschwerer Miene deutete Lucy Richtung Gang. »Dieser Flughafenmitarbeiter … Der läuft hier jetzt schon das zweite Mal vorbei und guckt zu uns rüber.« Sie raunte so leise, dass Carla sie kaum verstand. »Wenn der jetzt noch mal seine Runde zieht, ist was faul!«

Carla drehte den Kopf und sah dem schmächtigen Mann hinterher, bevor er aus ihrem Blickfeld verschwand.

»Ich glaube, du bist etwas überreizt, Lucy. Der läuft hier rum, weil das sein Job ist.«

»Es ist sein Job, mich anzustarren?«

»Vielleicht gefällst du ihm.«

»Oder er hat Fahndungsfotos von uns in der Hemdtasche.«

Carla schluckte. Musste Lucy sie noch besorgter machen, als sie sowieso schon war? »Wahrscheinlich gibt er so bedeutende Einzelheiten weiter, wie: Das Urinal ist mit Kondomen verstopft, der Getränkeautomat ist leer, ein Jugendlicher hat sich auf einen Sitz übergeben, bitte Putzkolonne schicken«, fügte sie mehr zu ihrer eigenen Beruhigung an.

»Solche Jobs gibt es?«, fragte Lucy skeptisch und zog ihr Handy aus der Tasche. Nach einem kurzen Blick auf das Display steckte sie es mit einem besorgten Gesichtsausdruck wieder zurück.

»Könnte ja durchaus sein, oder. Sag mal, erwartest du einen Anruf?«

»So was in der Art, ja. Toni wollte sich melden, sobald die Taschen … drin sind. Er versprach, uns noch vorm Boarding Bescheid zu geben.«

»Sei nicht so ungeduldig, Lucy. Bis zum Boarding haben wir – Moment, was sagt die Uhr? – noch ungefähr eine Stunde Zeit.«

Aus dem Augenwinkel bemerkte sie, wie der Anzugträger seinen Rucksack unter den Sitz schob. Als Nächstes beugte er sich zu Carla herüber.

»Entschuldigen Sie bitte, könnten Sie ein Auge auf meine Tasche haben? Ich müsste mal zur ….«

»… Toilette? Kein Problem. Gehen Sie nur.«

Lucy starrte dem Mann argwöhnisch hinterher, der noch im Laufen sein Handy zückte. »Wer weiß, was in diesem Rucksack ist.«

Carla verdrehte die Augen. »Wahrscheinlich das, was ein Mann so ins Handgepäck mitnimmt. Ladegerät, Laptop … Ach guck, da ist der Andere wieder.«

Plötzlich spürte sie einen Blick auf sich ruhen und sah irritiert zur Seite. Der Kraftmeier mit der Bomberjacke ihr schräg gegenüber sah sie aus schmalen Augen an und knackte mit den Fingern. Plötzlich hämmerte ihr Herz wie ein Pressluftgerät gegen ihre Brust. Hastig drehte sie den Kopf wieder Richtung Gang. Ein verdeckter Ermittler? Sie mussten aufpassen, was sie sagten. Am besten, sie würden sich woanders hinsetzen. Nein, das würde auffallen.

Auch Lucy schien den Blick bemerkt zu haben und gefror neben ihr zur Eissäule. Himmel, waren sie etwa aufgeflogen? Jetzt nur nicht panisch werden. Weggucken, befahl sich Carla, nicht hinstarren. Lachen, plaudern, irgendwas. Unauffällig unauffällig.

»Ich bin so müde, ich könnte tagelang durchschlafen«, sagte sie eine Spur zu laut, gähnte und streckte beide Arme in die Luft. Lucy schien zu verstehen, täuschte ebenfalls ein Gähnen vor und rutschte im Stuhl etwas tiefer.

»Eben wart ihr aber noch recht munter unterwegs«, bemerkte Kim und hob verwundert die Augenbrauen.

Der Flughafenmitarbeiter verschwand wieder aus ihrem Gesichtsfeld und Bomberjacke zog ein Kaugummi aus der Jackentasche. Fast zeitgleich kehrte der Rothaarige zurück.

»Dankeschön«, sagte er und schenkte Carla ein Lächeln aus verdammt grünen Augen. »Ich suche mir ein ruhigeres Plätzchen. Nicht, dass Sie denken, ich hätte etwas gegen Sie, aber ich möchte ein Telefonat tätigen.« Er schulterte seinen Rucksack und ließ sich einige Reihen entfernt wieder nieder.

»Wer's glaubt …«, nuschelte Lucy.

Carla räusperte sich. »Komm«, sagte sie leise zu Lucy, stand auf und ging vor Gerdi und Kim in die Hocke. »Krisensitzung. Ich glaube, man ist uns auf den Fersen.«

»Wer ist was?« Gerdi schlug erschrocken die Augen auf, und Lucy berichtete in knappen Worten, was sie beobachtet hatten.

Plötzlich hob Mr. Bombastic einen Arm, die Kaugummipackung fiel zu Boden und Carla hätte sich vor Schreck beinahe danebengelegt.

»Hier bin ich!«, rief er winkend.

Im nächsten Moment schlugen zwei Kinder – ein Mädchen und ein Junge – bei ihm auf, gefolgt von der Mutter. »Das nächste Mal gehst du mit den beiden zur Toilette, okay?«, hörte Carla sie sagen und hatte spontan das Bedürfnis, laut aufzulachen. Offenbar sah sie aktuell in jedem eine potenzielle Bedrohung.

»Wir sollten uns …« Lucy verstummte schlagartig und presste die Lippen aufeinander.

»Lucy? Ist der Typ wieder an uns vorbei?«

Sie nickte langsam. »Und er hat in sein Funkgerät gesprochen.«

»Wir sollten uns woanders unterhalten«, schlug Gerdi vor und stand auf. »Lasst uns ein Stück gehen. Da drüben an der geschlossenen Café-Bar ist es recht leer.«

Stumm nickend kam Carla in die Höhe. Mittlerweile schien es, als wäre der Großteil der Passagiere am Gate eingetroffen, beinahe alle Plätze waren besetzt und eine ungestörte Unterhaltung über brisante Themen somit unmöglich.

»Brumm, Brumm. Bin ein Fliiieger!« Vor ihnen sauste ein kleiner Junge mit ausgestreckten Armen vorbei. Carla hielt erschrocken inne, als Kim ins Stolpern kam und beinahe über das Kind gefallen wäre.

»Verdammte Kacke!«, fluchte Kim.

»Na, so schlimm war es jetzt auch wieder nicht.«

»Ich meine nicht den Rotzlöffel, Carla!«

»Das kannst du laut sagen«, kommentierte Gerdi verhalten. »Schaut mal, da.«

»Das war's dann wohl«, presste Lucy neben ihr heraus und blieb stocksteif stehen.

In zügigem Schritt und mit einem Zettel in der Hand strebte der Flughafenmitarbeiter – diesmal in Begleitung eines muskelbepackten Hünen – direkt auf sie zu.

Die Stimmen um Carla herum vermischten sich zu Geräuschbrei. Abhauen! Nein! Weitergehen. Lächeln, gähnen. Ihre Glieder verweigerten jede Bewegung.

Jemand nahm ihre Hand und zog sie weiter. »Wo ist das Klo?«, hörte sie Lucy wie durch Watte sagen.

»Gleich da drüben, am Ende des Gates«, sagte der Beamte freundlich und kundenorientiert lächelnd, wedelte mit dem Zettel in eine Richtung und ging mit seinem Kollegen, der sein Funkgerät zog und irgendetwas hinein nuschelte, weiter.

Erst jetzt bemerkte Carla, wie sehr ihre Knie schlotterten. In ihrem Körper schien sich kein einziger Muskel mehr zu befinden, nur gallertartige Masse.

»Ich glaub, ich muss mich setzen«, sagte sie mit zittriger Stimme.

Dann ertönte die Durchsage zum Boarding, und draußen wurde es hell.

»Oh Mann, ich bin zu alt für so was.« Zwanzig Minuten später lehnte Carla den Kopf an das weiche Polster der Rücklehne und blickte aus dem kleinen Fenster des Flugzeugs. Neben ihr saß Lucy in der Dreier-Reihe, daneben Gerdi.

»Was glaubst du, wie es erst mir ergeht, Herzchen?«, sagte sie lächelnd.

Durch den Gang getrennt hatte Kim den ersten Platz neben Lucy eingenommen. Sie hatten Plätze im mittleren Bereich der Maschine bekommen und Carla stellte mit Erleichterung fest, dass die Familie mit den zwei fortwährend plappernden Kids weit vor ihnen saß.

»Guten Flug«, hörte sie eine bekannte Stimme und blickte hoch. »Na, dann sitzen wir ja wieder zusammen, was?« Der rothaarige Mann im Anzug nickte ihr flüchtig zu, lächelte und wuchtete seinen Rucksack in das Gepäckfach.

»Sieht so aus«, sagte sie und stufte den Typen mittlerweile als tatsächlich völlig harmlos ein. Nicht mehr lange, und sie würden frische Ananas essen, Cocktails trinken und dem abendlichen Gesang der Zikaden lauschen.

Allmählich kehrte Ruhe ein. Das Pärchen vor ihnen hatte sich bereits Schlafmasken aufgezogen und die Köpfe auf kleine Kissen gebettet. Gerdi saß wie immer kerzengerade und hielt ebenfalls die Augen geschlossen.

»Bald haben wir es geschafft.« Lucy beugte sich über sie und blickte nach draußen. »Kannst du den Gepäckwagen sehen?«

»Der müsste schon längst da gewesen sein, wir rollen ja schon an die Startposition.«

Lucy zog ihr Handy aus der Tasche, blickte darauf und steckte es mit einer kantigen Bewegung wieder zurück. »Mist!«

»Meinst du, unser Gepäck ist nicht mit an Bord gekommen?«

»Sieht so aus. Immer noch keine Nachricht von Toni.«

»Mist!«

»Sag ich doch.«

»Du musst dein Handy jetzt ausschalten. Eigentlich den ganzen Flug über. Aber wenn wir die Reisehöhe erreicht haben, kannst du vielleicht kurz nachsehen, ob eine Nachricht eingegangen ist. Vielleicht hat er es nur vergessen.«

»Vergessen? Nicht Toni, Carla! Ich darf gar nicht darüber nachdenken, dass er erwischt wurde.«

»Das wäre fatal«, flüsterte Carla. »Sollte es tatsächlich so sein, dürftest du dein Handy nicht mehr nutzen. Sie könnten deine Position herausfinden.«

Lucy blickte sie entgeistert an. »Aber …«

In diesem Moment gab der Pilot Gas und der Vogel hob seine Nase in die Luft. Bald waren Menschen, Bäume und Häuser nur noch in der Miniaturausgabe zu erkennen.

»Mädels?« Kim beugte sich ein Stück über den Gang zu ihnen. »Alles klar bei euch?« Gerdi öffnete die Lider und fast zeitgleich hoben alle drei den Daumen.

»Gut. Dann weckt mich kurz vor der Landung.« Sprachs, zog die Kappe in die Stirn und lehnte sich mit geschlossenen Augen zurück.

»Gute Idee«, sagte Carla gähnend und tat es Kim gleich.

»Ich kann nicht schlafen. Wenigstens so lange nicht, bis wir oben sind und ich nachsehen kann, was mit unserem Gepäck ist.«

»Apropos Gepäck«, sagte Gerdi gedämpft. »In Kuala Lumpur werden wir von Barbara abgeholt. Wenn alles nach Plan läuft, sollte unser Gepäck bereits in ihrem Van liegen, wenn wir ausgecheckt sind.«

»Wenn die Taschen überhaupt im Flieger sind«, warf Lucy ein und kniff die Lippen zusammen.

»Meine Liebe, wieso sollten sie es nicht sein?« Gerdi wirkte sichtlich erschrocken.

»Toni hat sich noch nicht gemeldet«, erklärte Carla.

»Nun, das ist unschön. Mehr für ihn als für uns, wenn ich das erwähnen darf.«

Lucy zog ihr Handy aus der Tasche und hielt es fest in den Händen eingeschlossen. »Wie lange dauert es noch, bis die Reiseflughöhe erreicht ist?«

Statt einer Antwort erklang ein helles Ping und die Anschnallanzeige erlosch. Sofort schaltete Lucy ihr Handy ein. Nervös wartete Carla, bis Lucy die PIN eingegeben hatte. »Und?«

»Nichts!«

»Verdammt!«

Carla registrierte, wie Gerdi laut ausatmete, anschließend mit den Fingern ihre Frisur betastete und versuchte, eine Weile in eine bequeme Sitzposition zu finden, bis sie sich wieder aufrichtete und abschnallte. »Fürchte, ich werde ein gewisses Örtchen aufsuchen müssen. Die Fliegerei verursacht bei mir, wie soll ich sagen, eine Art rektale Ausgelassenheit.«

»Oh, sie hat die Schei…«

»Ähm, man könnte auch sagen, Fliegen fördert bei ihr die Verdauung«, korrigierte Carla sie.

»Das hast du schön gesagt.« Lucy ließ sich zurückfallen und blickte erneut auf ihr Handy. »Ich lass es einfach an.«

»Ich würde dir empfehlen, es auszuschalten.«

Carla sehnte sich nach einer Mütze voll Schlaf und einem starken Kaffee und entschloss sich, dem Kaffee den Vorzug zu geben. Es bot sich an, da die Stewardessen soeben den

Getränkewagen richteten. Nun, bis diese bei ihr ankamen, konnte sie einen Moment die Augen schließen.

Lucy

Alles um sie herum schien zu schlafen. Irgendwo hinter hier schnarchte jemand so laut, als wäre er im Begriff, einen ganzen Wald abzuholzen.

Herrgott, auch sie hätte gern die Augen zugemacht, doch ihre Füße ließen das Tanzen nicht sein. Und ihre Finger hörten nicht auf, in regelmäßigen Zeitabständen über das Handydisplay zu wischen. Sie wollte das Handy nicht ausschalten! Irgendetwas sagte ihr, dass Toni nicht erwischt worden war, und darauf vertraute sie. Ihr Bauchgefühl hatte sie noch nie im Stich gelassen. Aber es gab ja für alles ein erstes Mal.

6:40: Immer noch kein Zeichen von Toni. Nicht der Gedanke an die Taschen voller Geld hielt sie wach, vielmehr sorgte sie sich um ihren Freund, der jetzt vielleicht tatsächlich in einem Verhörraum saß und nicht nur sich um Kopf und Kragen redete.

6:43: keine Nachricht.

Sie blickte nach links auf die schlafende Gerdi. Wie konnte ein Mensch so gerade sitzen, als hätte er einen Stock im Rücken, und dabei auch noch selig lächelnd schlafen?

6:46: Mensch, Toni! Melde dich endlich.

Elf Stunden Flug. Sie konnte sich nicht vorstellen, jemals wieder zu schlafen. Zumindest so lange nicht, bis sie wusste, dass es Toni gut ging.

6:58: Bestimmt war er erwischt worden.

Ob damit auch sie auffliegen würden? Möglich wäre es. Aber wie groß war die Gefahr, dass man sie ausfindig machen konnte? Ihr Gehirn weigerte sich standhaft, alle Varianten, die es vielleicht geben könnte, durchzuspielen. Lucy gähnte. Langsam kroch die Müdigkeit auch in ihr hoch.

7:15: Immer noch keine Nachricht.

Sie legte die Hände wieder in den Schoß und starrte an die Decke. Fliegen war angenehm. Die Ruhe, die dumpfen Geräusche. Sehr angenehm.

Plötzlich schrak sie hoch. War sie etwa eingeschlafen? Hastig wischte sie über das Display.

11:25: Tatsächlich. Offenbar hatte sie geschlafen.

Keine Nachricht. Verdammt noch eins!

Carla

Sehr verehrte Fluggäste, wir bedauern, dass wir kurzfristig in Abu Dhabi zwischenlanden müssen. Es besteht kein Grund zur Beunruhigung. Bitte behalten Sie bis zur nächsten Durchsage Ihre Sitzposition bei.

Die Maschine setzte hart auf und bremste. Eine eiskalte Haube stülpte sich über Carlas Kopf.

»Das war´s dann wohl«, hörte sie Lucy neben sich wie durch Watte sagen.

Zwei bis unter die Zähne bewaffnete Beamte näherten sich ihr mit weit ausholenden Schritten. Auf ihren schwarzen Schutzwesten stand groß SEK. Plötzlich vernahm Carla erstauntes Raunen und blickte über die Schulter nach hinten. Der Anblick zweier weiterer Einsatzkräfte des SEK drehte ihr den Magen um. Sie schloss die Augen, hörte das metallische Klacken einer Waffe.

»Stehen Sie auf, die Hände an den Hinterkopf!«, sagte eine dunkle Stimme scharf.

Carla hob wie in Zeitlupe ihre Arme und versuchte vergeblich die Augen zu öffnen.

Urplötzlich packte jemand sie an den Unterarmen und zog sie gewaltsam herunter. Carla riss die Augen auf, Lucys Gesicht war nah an ihrem, eindringlich blickte sie Carla an und schüttelte sie.

»Carla. Carla!«

Mit einem Schlag war sie hellwach.

»Guten Morgen, gut geschlafen?«, fragte Lucy amüsiert.

»Geschlafen?«

»Wie ein Murmeltier.«

Heiliges Schwarzgeld, sie hatte geträumt. Gott sei Dank. Verwirrt richtete sie sich auf und fuhr sich mit den Händen durch die Haare. »Wie spät ist es?«

»Wir sind im Landeanflug. Zeit, die Knochen auszuschütteln.«

Verdutzt blickte Carla aus dem Fenster. Dunkel. Eigentlich hätte es hell sein müssen, oder? Ah, nein, Zeitverschiebung. Allmählich begann ihr Gehirn, warmzulaufen und die letzten Ereignisse zu sortieren. Sie hatte den kompletten Flug verschlafen? Alle Mahlzeiten ausgelassen? Nicht mal den Kaffee hatte sie mehr mitbekommen.

»Ich habe Hunger«, sagte sie mit belegter Stimme. Ihr Mund fühlte sich an, als hätte sie auf Sandpapier herumgekaut. »Und Durst.«

»Hier.« Lucy hielt ihr einen Plastikbecher mit Wasser hin. Dankbar nahm sie ihn entgegen und trank ihn in einem Zug leer.

Es polterte, es ruckelte, dann hatten sie festen Boden unter sich. Die Passagiere klatschten, wie immer. Und wie immer würde es der Pilot nicht hören, dachte Carla. Doch auch sie war froh, ohne einen Zwischenfall gelandet zu sein. Fürchterlicher Traum. Sie streckte die Arme in die Luft und gähnte herzhaft. Zwei Sitze weiter zog Kim die Kappe vom Kopf und blinzelte an Carla vorbei aus dem Fenster. »Dunkel? Wie spät ist es?«

Gerdi tippte auf ihre Uhr. »Kurz nach Mitternacht, malayische Zeit. In Deutschland dürfte es jetzt ungefähr halb fünf am Nachmittag sein.«

Mit einem Ächzen fiel Kim wieder in den Sitz zurück, und Gerdi zog mit einem »Oh« ihr Handy hervor. »Barbara ist bereits angekommen und wartet auf die Taschen«, informierte sie nach einem Blick auf das Display. »Lucy, hat sich Toni inzwischen gemeldet?«

Lucy schüttelte mit resignierter Miene den Kopf.

»Irgendwas geht immer schief«, sagte Carla seufzend und blickte durch das Fenster nach draußen, sah jedoch nichts bis auf einige blinkende Lichter. Nun mussten sie mit dem Geld von den Nummernkonten klarkommen, ein Zurück gab es nicht mehr. Nicht für sie, nicht für Lucy, nicht für Kim. Nur für Gerdi.

Zwei Stunden später befanden sie sich auf dem Weg zum Ausgang.

»Stop!«, rief Lucy plötzlich und blieb so abrupt stehen, dass Carla beinahe in sie hineingelaufen wäre. »Nachricht!«, jubelte Lucy, wirbelte herum und hielt das Handy hoch. »Alles in Butter!«

»Puh, zum Glück. Aber warum jetzt erst?«, wollte Carla wissen.

»Weil«, Lucy hielt ihr das Handy dicht vors Gesicht, »diese Drecksnachricht nicht durchgegangen ist.« Sie tippte mit dem Finger auf eine Stelle des Displays. »Hier steht's. Er hat sie bereits um 4:30 versendet. Da waren wir noch am Gate in Deutschland.«

»Das nenne ich mal eine gute Nachricht«, sagte Kim und zog an ihnen vorbei. »Los gehts, Ladys, der Van wartet. Und ich bin froh, wenn ich die nächste Zeit keine Flughäfen mehr sehen muss.«

15

Bo

Verwirrt betrat Bo am Montagmorgen um kurz vor Neun die Bankzentrale.

Nicht nur, dass das Geldinstitut für den regulären Kundenverkehr gesperrt war – auch die Präsenz von IT-Mitarbeitern und anderen Beschäftigten irritierte ihn. Die hatten eigentlich auf dieser Etage nichts zu suchen.

Zögerlich machte er sich auf den Weg zu seinem Büro. Als er an Carlas Büro vorbeikam, warf er einen flüchtigen Blick hinein, doch sie war noch nicht da.

Es wurde immer seltsamer. Ein ihm unbekannter Mann lehnte an der Wand vor der Küche und unterhielt sich mit dem völlig aufgelösten Herrn Siebenthal. Bo verstand nur »Schließfächer« und »Alles geklaut«.

»Guten Morgen«, sagte Bo und blieb stehen. »Was ist denn hier los?«

»Herr Dr. Mensinger ist tot«, sagte der großgewachsene Mann, der wie aus einer Boss-Werbung entsprungen aussah. »Und Sie sind …?«

»Van Veen. Mensinger ist tot?«

»Richtig tot«, piepste Siebenthal und nickte wie ein Wackeldackel.

»Ein bisschen tot geht ebenso wenig wie ein bisschen schwanger«, kam die Antwort. »Sehen Sie getrost nach, Herr van Veen. Noch dürfen Sie, zumindest solange, bis Polizei und Sanitäter eintreffen.«

Herr Siebenthal wurde mit einem Male aschfahl im Gesicht, murmelte eine Entschuldigung und stürzte an ihm vorbei in die Küche, wo er sich lautstark ins Waschbecken übergab.

»Ich hatte eben mitbekommen, dass Sie über Schließfächer sprechen. Wurde etwas gestohlen?«

»Allerdings. Es sind Schließfächer leer geräumt, seltsamerweise nur drei - im Übrigen auch das von Siebenthal. Und Herr Dr. Mensinger sitzt mit offener Hose vor einem Pornofilmchen.«

»Oh … Herzinfarkt?«

Der Schönling blies die Backen auf. »Kann sein, ich würde auf totgewichst tippen. Obwohl ich dazu eher weibliche Gesellschaft bevorzugen würde. Nicht die schlechteste Art, abzutreten, wenn Sie mich fragen.«

»Ich frage Sie aber nicht«, antwortete Bo düster und ließ den Mann kurzerhand stehen.

Bevor er sein Büro aufsuchte, trat er in Mensingers Zimmer. Es sah aus, als schliefe dieser an seinem Schreibtisch, den Kopf auf den Unterarm gelegt. Bo konnte nur den Hinterkopf sehen. Und dass Mensingers Hose auf dessen Knöcheln hing.

»Herr Dr. Mensinger?« Vielleicht täuschten sich die anderen ja und er schlief tatsächlich nur sehr fest. Bo hatte schon von Menschen gehört, deren Pulsschlag so schwach war, dass man ihn kaum spüren konnte.

Widerstrebend trat er an den Schreibtisch. Je näher er kam, desto mehr wurde er von Ekel geschüttelt. Ein Blick in Mensingers starr geöffnete Augen zeigte ihm schließlich, dass ein Tasten nach Pulsschlägen nicht mehr nötig war.

Hals über Kopf flüchtete er aus dem Zimmer.

An Arbeiten war heute definitiv nicht zu denken. Er würde gehen.

Sofort.

Ob Carla mittlerweile eingetroffen war?

Bo blickte in Carlas Büro, und blieb unentschlossen stehen. Da ging etwas nicht mit rechten Dingen zu. Er sah einen kleinen, gelben Zettel neben dem Papierkorb liegen. Kurzentschlossen betrat er das Büro und wollte sich gerade bücken, als Siebenthal ihm Gesellschaft leistete.

»Haben Sie vielleicht etwas von Frau Benedikt oder Frau Thomas gehört?« Siebenthal war immer noch blass und an seinem Mundwinkel hing ein Bröckchen Undefinierbares.

»Frau Thomas?«

»Ja, das Mannweib aus der IT. Blond, kurze Haare.«

»Nein, tut mir leid. Sind beide heute nicht erschienen?«

»Korrekt. Beide nicht.«

»Geht es Ihnen gut, Herr Siebenthal?«, erkundigte sich Bo. Der schmächtige Mann sah aus, als würde er jeden Moment umkippen.

»Wunderbar«, presste dieser hervor.

Bo nickte. »Mensinger ist tatsächlich tot, seine Augen stehen weit offen.«

Anscheinend genügte Siebenthal die bloße Vorstellung von toten, starr blickenden Augen, denn er presste die Hand vor den Mund und stürzte aus dem Büro.

Der Zettel. Bo tat einen Schritt vor, bückte sich und hob ihn auf. Vorsichtig faltete er ihn auseinander. Ein zerknülltes Post-it, nicht größer als ein halber Bierdeckel.

Taman Negara Resort, las er.

Dann schloss er das Papier fest in seiner Hand ein und lächelte.

Acht Tage und zwei Stunden später

Malaysia

Allmählich gewöhnte sich Carla an die hohen Temperaturen und die extreme Luftfeuchtigkeit. Wie beinahe jeden Nachmittag war ein kurzer, aber heftiger Regenschauer über sie hinweggezogen, und jetzt war die Luft angefüllt mit Nässe. Die kalte Dusche nach dem Dschungeltrip hatte nur kurz eine erleichternde Kühle gebracht.

Noch fühlte sich der Aufenthalt hier an wie Urlaub. Die komfortablen Hütten des Resorts waren urgemütlich, und auf ihren Dächern wuchsen imposante Farne. Carla fühlte sich pudelwohl, genoss das fremdartige Klima, die Dschungelgeräusche, das scharfe Essen. Die Tatsache, jetzt für immer, oder zumindest für eine lange Zeit, in diesem Land zu leben, hatte die letzte Hirnschranke noch nicht erreicht. Sie fragte sich, wann das geschehen und wie es ihr damit gehen würde. Aber jetzt war sie hier und es ging ihr besser als je zuvor. Allerdings mit einem Wermutstropfen.

Carla lehnte sich in dem gemütlichen Korbstuhl auf Lucys Bungalowterrasse zurück und blickte versonnen auf den Fluss, der etwas unterhalb des Bungalows lag. Eine mehrstündige, anstrengende Dschungeltour lag hinter ihnen. Sie waren auf eigene Faust unterwegs gewesen, da Kim ihr Tempo nicht an das einer Gruppe hatte anpassen wollen und außerdem zu bedenken gegeben hatte, dass man umso mehr Tiere würde beobachten können, je kleiner die Gruppe wäre. Sie waren über Felsen und umgestürzte Bäume geklettert, hatten zwei flache Flüsse durchquert und auf einer kleinen Lichtung zu Mittag gegessen – Nudelsuppe, auf dem Gaskocher – und sich anschließend in dem kühlen Bach erfrischt. Abertausende kleiner, gelber Schmetterlinge hatten sich auf ihre verschwitzte Kleidung und auf ihre Körper gesetzt und das Salz aufgenommen. Eine eindrucksvolle Erfahrung. Wann stand man schon mal völlig nackt auf einer Lichtung mitten im ältesten Dschungel der Welt, bedeckt von unzähligen Schmetterlingen?

Jetzt gegen Abend entspannten sie sich bei eiskalten Getränken und frischer Ananas. Bald würde es dämmern und der Gesang der Zikaden alle anderen Dschungelgeräusche übertönen.

»Ich habe vorhin einen Makaken gesehen«, sagte Lucy und schenkte sich eisgekühlte Zitronenlimonade nach.

»Glückwunsch, ich habe sie nur gehört.« Kim verzog das Gesicht und stellte die Flasche Bier auf dem niedrigen, runden Holztisch zwischen ihnen ab. »Ich hatte genug damit zu tun, mir die Blutegel von den Knöcheln zu zupfen, da konnte ich nicht die Nase zu den Baumwipfeln heben. Ekelhafte Mistviecher, diese Egel. Haben nicht mehr auf den Rippen als ein Streichholz und wenn man nicht aufpasst, saugen sie sich auf Daumendicke voll.«

»Bei manchen Ärzten zahlt man für diese Art der Blutreinigung hohe Beträge«, bemerkte Carla grinsend.

»Das investiere ich lieber in Bier.«

»Meine Lieben, dieser Aufenthalt hier inspiriert mich außerordentlich. Ich fürchte, ich werde künftig keine Damenkränzchen mehr besuchen können, wenn ich wieder in Berlin bin. Es könnte mich langweilen«, wechselte Gerdi das Thema.

»Das hat es doch sowieso schon immer, oder?«, bemerkte Carla. Gerdi nickte lächelnd.

»Richtig. Eigentlich wollte ich nach einer Woche aufbrechen und mir das Land ansehen.« Sie nahm einen Schluck Zitronenlimonade. »Das werde ich nach hinten verschieben. Es reizt mich ungemein, den Gunung Tahan zu besuchen. Er misst über zweitausend Meter und ist der höchste Berg Malaysias. Geht jemand mit? Am nächsten Wochenende gibt es eine geführte Tour dorthin.«

»Gerdi«, mahnte Kim, »das ist ein Marsch von sicher drei bis vier Tagen. Hältst du das durch?«

»Meine Liebe, ich habe schließlich auch den Tag heute überstanden.«

»Also ich bin dabei«, sagte Carla und hob ihr Glas.

»Ich sowieso«, freute sich Lucy. »Das wird ein Spaß. Oh guck mal, da kommen neue Touristen. Kim, vielleicht ist ein Blonder für dich dabei.«

»Dir erzähle ich nie wieder was«, sagte Kim und Carla bemerkte amüsiert, wie Kim sich das Grinsen verkniff.

Sie beobachteten, wie eine kleine Gruppe aus dem Langboot stieg, die kleine Anhöhe zum Dschungelresort erklomm und den Weg zur Rezeption einschlug.

Kim hob ihre Flasche. »Schon wieder leer. Tja, dann werde ich mich wohl auch mal in diese Richtung aufmachen. Von alleine kommts nicht zu mir. Soll ich sonst noch was mitbringen?«

»Oh, bitte eine Mango«, sagte Lucy. »Ich könnte mich von dem Zeug dauerhaft ernähren.«

Eine halbe Stunde später blickte Carla auf die Uhr. »Wo bleibt Kim denn nur?«

»Ha, bestimmt war ein blonder Mann dabei und sie hat sich festgeplaudert«, sagte Lucy.

Gerdi, die mit Blick Richtung Rezeption und Restaurant saß, deutete nach vorne. »Da kommt sie ja schon.«

»Gut, die letzten paar Eiswürfel hier sind schon fast geschmolzen«, bemerkte Carla mit einem Blick in den Behälter.

Kim hatte sie erreicht. »Eine Schlange, dass man glaubt, es gäbe was umsonst. Hier: Eiswürfel, Mango und Bier.« Sie stellte alles auf den Tisch und plumpste in den Korbsessel. »Die nächste Fuhre übernimmt jemand anderes.«

»Das mache dann ich«, bot sich Lucy an. »Ich wollte sowieso mal nachfragen, ob man hier vielleicht eine Feuerspuckerin braucht, für Abendveranstaltungen vielleicht.«

»Gute Idee. Hier ist abends echt der Hund begraben.« Kim öffnete eine Flasche und warf den Deckel in den Aschenbecher.

Carla gab drei Eiswürfel in ihren Cuba Libre und lehnte sich entspannt zurück.

»Hallo, Carla.«

Bei der ersten Silbe schon fuhr ein D-Zug durch Carlas Magen. Kim, die gerade die Flasche an den Mund gesetzt hatte, spuckte überrascht das Bier aus und starrte ungläubig an ihr vorbei.

Langsam drehte Carla sich um.

Es klirrte. Ihr Glas zerbrach auf den Fliesen in tausend Stücke, es war ihr einfach aus der Hand gerutscht.

»Hey«, sagte Lucy, »der Junge ist zwar hübsch, aber kein Grund, das schöne Glas zu zerbr…»

»Das glaub ich jetzt nicht! Bo van Veen!« Kim war aufgesprungen und einen Schritt an den Mann herangetreten. »Tatsächlich, er ist es.« Dann drehte sie sich blitzschnell zu Carla um. »Kannst du mir das erklären? Hast du deinem Lover etwa gesagt, wo er uns finden kann? Bist du total bescheuert?!«

»Carla …?« Lucy richtete sich auf und blickte sie verunsichert an.

»Moment mal, ich kann das …« Bo hob eine Hand.

»Du …« Kim schnellte herum und hielt Bo, der seine Hand verblüfft sinken ließ, den Finger unter die Nase, »… hast grad Pause!« Dann wandte sie sich wieder Carla zu. »Wir hören?«

Carla wollte etwas erwidern, doch nicht eine einzige Silbe schaffte den Weg aus ihrem Kopf über die Zunge. Verdattert flog ihr Blick zwischen Kim und Bo hin und her.

»Kim«, schaltete sich Gerdi dazwischen. »Jetzt beruhige dich und setz dich wieder. Ich glaube, wir werden sowieso gleich erfahren, was die Hintergründe sind.«

»Gerne, wenn man mich ließe.« Bo zog den Rucksack vom Rücken und stellte ihn an die Holzveranda.

»Na, da bin ich aber mal gespannt.« Abrupt wandte sich Kim ab, setzte sich und griff nach der Flasche, trank aber nicht.

Während Carla immer noch nicht fähig war, etwas zu sagen, geschweige denn, sich zu bewegen, erhob sich Lucy und lächelte Bo an. »Hallo Bo. Ich hol mal eben einen Stuhl von drinnen.«

»Woher wusstest du …?« Jetzt fand Carla endlich ihre Sprache wieder.

»Der Zettel.«

»Welcher Zettel?«

»Der hier.« Bo zog ein gefaltetes, gelbes Post-it aus der Hosentasche und hob es hoch. »Du hast es wohl in den Papierkorb werfen wollen, aber nicht getroffen. Ein Glück, dass die Putzfrauen schlampig arbeiten. Oder der Zettel ist einfach beim Ausleeren daneben gelandet.« Schlagartig kehrte die Erinnerung zurück. Carla schluckte. Nicht auszudenken, wenn ein anderer ihre Notiz gefunden hätte.

Kim riss Bo den Zettel aus der Hand, faltete ihn auseinander und las. Dann warf sie ihn mit einem verächtlichen Ausdruck im Gesicht auf den Tisch.

»Taman Negara Resort … Wie dämlich muss man sein, Carla …« Kim sah sie ungläubig an.

»Ja, blöd … sorry, ich …«

Lucy kam mit einem Handbesen und einem Korbstuhl zurück, den sie zwischen Kim und Carla schob.

»Rutsch mal zur Seite, Carla, ich feg die Scherben in eine Ecke, bevor noch jemand reintritt.«

»Jetzt nicht, Lucy!«, fauchte Kim. »Wir haben eine Krise!«

»Ach, echt?« Erstaunt sah Lucy zwischen Kim und Bo hin und her.

»Ich bin doch nicht hier, um euch zu verpfeifen«, verteidigte sich Bo. »Dafür hätte ich nicht fast zwölf Stunden in einem Flieger verbringen müssen, ein paar Anrufe hätten genügt. Diesen Zettel zu finden, war für mich eher eine Fügung des Schicksals.«

»Fügung des Schicksals, was für ein Quatsch!«, echauffierte sich Kim und funkelte Bo an. »Und wenn du uns noch nicht verpfiffen hast, kannst du das jederzeit nachholen! Tut mir leid, aber … Nein, tut mir überhaupt nicht leid. Ich schätze, wir müssen dich jetzt töten und den Blutegeln zum Fraß vorwerfen.«

Carla sprang auf. »Kim, halt jetzt mal die Klappe!« Nervös fuhr sie sich durch die Haare. »Gut, ich habe das mit dem Zettel vergeigt. Und gut, dass ihn Bo gefunden hat, und kein anderer.«

Unsicher blickte sie jetzt Bo an. »Sag mir, dass du diesen Zettel niemandem gezeigt hast.«

»Niemandem.«

»Ach«, spottete Kim, »und da hast du dir so ganz spontan Urlaub genommen, um ein, zwei schöne Wochen mit Carla zu verbringen. Ich glaub, ich muss mich mal eben gepflegt übergeben!«

»Nein, habe ich nicht.«

Carla versuchte, Klarheit in das Durcheinander ihrer Gedanken zu bringen. Bo war hier. Und sie glaubte nicht, dass er sie verpfiffen hatte.

»Keinen Urlaub? Was dann?«

»Möchten Sie vielleicht etwas trinken?«, fragte Gerdi freundlich zu Bo gewandt.

»Wenn es keine Umstände macht, gerne ein Bier.«

»Jetzt säuft der auch noch mein Bier weg! Nicht genug, dass er uns in Gefahr bringt«, moserte Kim, drückte ihm aber trotzdem eine Flasche in die Hand.

»Danke.«

Carla hatte sich an die Veranda gelehnt und verschränkte die Arme vor der Brust. Ihr Herz klopfte immer noch bis in den Hals und sie wusste nicht, wohin mit ihren Händen – ein Glas hatte sie ja jetzt nicht mehr. Eine unwirkliche Situation. Ein Stück unter ihnen plätscherte der Fluss, von hinten vernahm sie das Flüstern der Palmenwedel, die sich im warmen Windhauch bogen. Und dazwischen so viel Gefühl und widersprüchliche Gedanken, dass sie glaubte, es nicht aushalten zu können.

»Krieg ich mal eine Antwort auf meine Frage?!«, brach es aus ihr heraus und sie hörte ihre Stimme zittern.

Bo blickte sie lange und auf eine Art an, die Carla fast verrückt machte. Am liebsten würde sie sich in seine Arme stürzen, ihn festhalten, nie wieder loslassen. Bo war hier …

»Ich habe keinen Urlaub eingereicht, ich habe gekündigt. Man hat mich gütigerweise sogleich freigestellt.«

Ihre Blicke verschraubten sich ineinander. Und was sie in seinen Augen las, sagte mehr, als alle Worte der Welt es tun konnten. Carla spürte, wie ihr das Blut in den Ohren rauschte. Gekündigt …

Wie von fern hörte sie Lucy entzückt ausrufen: »Oh, das ist ja so romantisch. Du hast wegen Carla gekündigt und bist ihr nachgereist …«

»Äh … Das ist zwar die Kurzfassung, aber … ja«, sagte Bo und nahm einen großen Schluck.

Mit beiden Händen fuhr sich Carla über das Gesicht, spürte, wie die Tränen aufstiegen und ihre Anspannung sich Luft machen wollte. Es kostete sie alle Kraft, sie zurückzuhalten.

»Und du hast niemandem gegenüber auch nur die leiseste Andeutung gemacht?«, fragte Kim und blickte ihn lauernd an.

»Nein. Wem denn auch? Ich kenne sonst niemanden in Berlin.« Dann drehte er den Kopf zu Carla. »Dafür habe ich einen guten Freund in Kuala Lumpur, der mir einen Job besorgt.«

Gut, dass Carla sich kein neues Glas genommen hatte, denn höchstwahrscheinlich wäre dies jetzt ebenfalls zu Bruch gegangen.

»Du … bleibst?!« Hatte sie das eben richtig verstanden? Er blieb? In Carla explodierte irgendetwas und im nächsten Moment rannen ihr heiße Tränen über die Wangen. Sie wollte zu ihm stürzen, sich in seine Arme werfen, mit ihren Händen fühlen, dass er tatsächlich da war … Doch sie blieb wie festgeklebt an der Veranda, unfähig, auch nur einen Muskel zu bewegen.

»Ja, ich bleibe.«

»Oh Mann, das ist mir hier zu viel Gesülze jetzt, ich glaub, ich brauch was Härteres. Lucy, gib mal den Rum rüber.«

Bo lachte. »Ich glaube, wir verschonen euch mit dem Rest. Und … Kim, nur noch mal zu deiner Sicherheit: Nein, niemand weiß, wo ihr seid. Niemand hat auch nur ein Sterbenswörtchen von mir erfahren. Glaubst du wirklich, ich verrate meine große Liebe?«

Als Antwort verdrehte Kim nur die Augen und nahm Lucy die

Rumflasche ab, an die diese sich mit verklärtem Gesichtsausdruck geklammert hatte.

Große Liebe? Carla wurde schwindelig. *Große Liebe* … Wie durch Watte bemerkte sie, dass Bo zu ihr getreten war.

»Carla …« Er sah sie eindringlich an. In seinen Blick mischte sich ein unsicheres Flackern. »Willst du denn überhaupt, dass ich bei dir bleibe?«

Sie wischte sich hastig die Tränen von der Wange und schüttelte den Kopf. Wie konnte er das fragen? Natürlich wollte sie, dass er blieb. Oh Gott, und wie sehr sie es wollte.

»Nein?« Er versteifte und sah sie erschrocken an.

»Nein? Doch. Nein … Ich meine, ja.«

»Na, Hauptsache, ihr habt's bald, da flockt ja die Sahne aus …«

»Och, Kim«, schalt Lucy, »kannst du jetzt echt mal den Rand halten?«

Bo grinste und streckte Carla eine Hand entgegen.

»Wollen wir ein Stück spazieren gehen, Carla? Ich glaube, wir beide haben … Einiges zu bereden.«

Carla konnte nur stumm nicken und ihre Hand in seine legen. Und diese kleine Berührung entfachte ein warmes und behagliches Feuer in ihr, ein loderndes, knisterndes Gefühl, geführt von unsagbarer Liebe zu diesem Mann und der Gewissheit, dass sie angekommen war. Bei ihm, bei sich. Angekommen in einem neuen Leben.

Mit Bo als Sahnehäubchen darauf.

ENDE

Serien-Bankräuber tot

Ein ausgebranntes Auto im Spandauer Forst und eine bis zur Unkenntlichkeit verkohlte Leiche.

Es handelt sich um Wilhelm Bodenrödter, den meist gesuchten Serientäter Deutschlands. Erste Ermittlungsergebnisse weisen auf einen technischen Defekt des Wagens hin.

»Es ist außer der Außenhülle des Fahrzeugs, dem Nummernschild und Resten einer Damenhandtasche auf dem Rücksitz nichts übrig geblieben«, so ein Kriminalbeamter. Das Kennzeichen des Verkehrsmittels führte schließlich zu der Identität des Fahrers Bodenrödter. Die Überreste Bodenrödters sind der Rechtsmedizin zur Obduktion übergeben worden.

Neue Erkenntnisse zum Schließfachraub: Hat der Serien-Bankräuber Bodenrödter jetzt auch in Berlin zugeschlagen?

Weitere Ermittlungen erhärten den Verdacht, dass auf das Konto des Kriminellen Bodenrödter nicht nur das Aufbrechen der Schließfächer der Sanister-Bank-AG in Berlin und das Entwenden von größeren Geldsummen, sondern auch das Knacken der Geldautomaten zweier weiterer Filialen der Bank gehen.

Der 54-jährige ist wegen seines Raubzuges durch Deutschland zu einem der meist gesuchten Serientäter in der Bundesrepublik geworden. Bodenrödter war zwischen 2013 und 2015 wegen vier Banküberfällen im Gefängnis. Nach seiner Entlassung hat er den Ermittlungen zufolge erneut Banken, aber auch Tankstellen ausgeraubt, hieß es in einer Sondersendung zum Thema am Mittwochabend. In Garching bei München soll er sogar eine Frau als Geisel genommen haben, die später erdrosselt in einem Baggersee gefunden wurde.

»Zuletzt ist Bodenrödter von einem Passanten in Cottbus gesehen worden, ein Indiz, dass Bodenrödters nächster Coup sich auf

Berlin konzentrierte. Wir gehen davon aus, dass der Täter sich eines, wenn nicht sogar zweier weiterer Gewaltverbrechen schuldig gemacht hat«, so der Polizeisprecher.

Wie wir bereits berichteten, werden seit dem Schließfachraub die Bank-Mitarbeiterinnen Carla B. und Kim T. vermisst. Es ist davon auszugehen, dass Bodenrödter die beiden Frauen zwang, ihm Zutritt zur Bankzentrale zu verschaffen.

Ermittlungen zu bisherigen Zeugenaussagen, die die Frauen gesehen haben wollten, verliefen bislang ergebnislos. Eine Woche hatte die Berliner Polizei mit Hundertschaften nach den vermissten Frauen gesucht. Neben Polizeihunden war auch eine DRK-Rettungshunde-Staffel an der Suchaktion beteiligt. Ohne Erfolg. Jetzt wird die Suche deutschlandweit ausgeweitet. »Wir hoffen, die Frauen lebend zu finden. Es wird nach allen Seiten ermittelt.«

HINWEISE

Der Titel »Kick Off« heißt übersetzt unter anderem *Anstoß* oder auch *Start*. Der Bezug zum Roman bezieht sich auf die Verwendung des Begriffes innerhalb von Projektmanagements, und bezeichnet den Start eines Projektes (»Kick Off-Meetings«). Und genau das tun die fünf Frauen, sie starten ein Projekt. Der Begriff Kick Off wird häufig im Fußball verwendet, hat mit dem Roman jedoch nichts gemein.

Dieser Roman spielt in Berlin. Die genannten Stadtteile und viele andere Örtlichkeiten sind real, dies ist jedoch nur ein Mittel, um den fiktiven Figuren und Geschehnissen Wirklichkeitsnähe zu verleihen.

Die in verschiedenen Romanszenen geschilderten Sicherheitslücken des Flughafens Berlin sind rein fiktiver Natur und entsprechen nicht den Tatsachen. Ebenso ist der technische Ablauf bezüglich der Bankautomaten, Schließfächer und Nummernkonten hypothetisch und dient in keiner Weise als Anleitung. Die Bank und ihre Filialen sowie die Restaurants und Cafés existieren nicht.

Ähnlichkeiten sind nicht beabsichtigt, rein zufällig und sind - ebenso wie die Geschehnisse und Personen im Roman - eindeutig fiktiver Natur.

Zwischen Malaysia und Deutschland besteht kein Auslieferungsabkommen. Selbst wenn die Frauen im Ausland ausfindig gemacht werden sollten, droht keine Auslieferung.

LIEBE LESER UND LESERINNEN

Eine kleine Bitte zum Schluss …

Ich hoffe, Ihnen hat dieser Roman um die Geschichte mit Carla, Kim, Susann, Gerdi und Lucy gefallen.

Über Ihr Feedback würde ich mich sehr freuen, denn Ihr Feedback hilft nicht nur anderen Lesern, Neues zu entdecken, sondern auch mir, um nachvollziehen zu können, was aus Lesersicht in diesem Buch gefallen oder weniger gut gefallen hat. Nur so kann ich mich als Schriftstellerin weiterentwickeln. Darüber hinaus sind Ihre Erfahrungen, Erkenntnisse und Eindrücke als ehrliches Leser-Feedback eine immense Wertschätzung.

Ich Danke Ihnen bereits im Voraus, wenn Sie sich zwei bis drei Minuten Zeit nehmen und eine kleine Bewertung zum Roman bei Amazon verfassen.

Mehr zu Jo Berger finden Sie auf:
www.facebook.com/JoBergerAutorin
www.jo-Berger.com

Abonnieren Sie auch den Autoren-Newsletter und erfahren Sie so als Erster von Neuerscheinungen, Autorennews und exklusiven Buch-Gewinnspielen.

DANKSAGUNG

Bis so ein Roman den allerletzten Schliff erhält, braucht es neben dem Menschen, der ihn schreibt, jede Menge anderer Menschen, die unter anderem große Portionen Geduld mitbringen müssen. Ein riesiges Danke geht an meinen Mann, der immer hinter mir steht und mich liebevoll aufbaut, wenn ich zweifle. Meine Tochter, die oftmals humorvoll die Augen verdreht, wenn ich gedanklich im Roman schwebe und nicht wirklich ansprechbar bin. Danke, ich liebe euch.

Danke an meine Lektorin Susanne. Sie lektoriert unbarmherzig, aber wie nicht nur jeder Autor, auch jeder Sportler weiß: ohne Schmerz und Schweiß geht nichts.

Danke an meine Korrektorin Sabine, die den Roman nochmals auf Links gedreht hat. Vielen Dank an Rauschgold für das wunderbare Coverdesign! Ein großer Dank geht an meine tollen Testleserinnen, die nochmals auf Tippfehlersuche gegangen sind. DANKE, liebe Gabi R., Deine Anmerkungen zu lesen, hat mir nicht nur geholfen, auch Lachtränen in die Augen getrieben. Danke an Lisa Z. für das Durchforsten des Romans auf übersehene Fehlerchen und die Zeit, die Du Dir dafür genommen hast.

Ein riesiges Dankeschön geht an Sie, meine Leserinnen und Leser. Ihren Spaß und die Freude, meine Romane zu lesen, sind meine Motivation, noch viele weitere Romane folgen zu lassen.